BASTEI
LÜBBE
TASCHENBUCH

Weitere Titel des Autors:

Unendliche Grenzen
Der unsichtbare Killer
Die Dämonenfalle

DER ARMAGEDDON-ZYKLUS
Die unbekannte Macht
Fehlfunktion
Seelengesänge
Der Neutronium Alchimist
Die Besessenen
Der nackte Gott
Zweite Chance auf Eden

DIE COMMONWEALTH-SAGA
Der Stern der Pandora
Die Boten des Unheils
Der entfesselte Judas
Die dunkle Festung

DER VOID-ZYKLUS
Träumende Leere
Schwarze Welt
Im Sog der Zeit
Evolution der Leere

Titel in der Regel auch als Hörbuch und E-Book erhältlich

Über den Autor:

Peter Hamilton, Jahrgang 1960, wurde als Autor der MINDSTAR-Thriller bekannt. Internationalen Bestsellerruhm erlangte er mit seinem ARMAGEDDON-ZYKLUS und gilt seitdem als Erneuerer der klassichen Space Opera und Begründer einer neuen Untergattung, der GOTHIC SCIENCE FICTION. Er lebt mit seiner Familie in Rutland, England.

Peter F. Hamilton

SCHWARZE WELT

Roman

Aus dem Englischen von
Michael Neuhaus

BASTEI
LÜBBE
TASCHENBUCH

BASTEI LÜBBE TASCHENBUCH
Band 20 829

Dieser Titel ist auch als E-Book erschienen

MIX
Papier aus verantwortungsvollen Quellen
FSC® C083411

Vollständige Taschenbuchausgabe
der bei Bastei Lübbe erschienenen Paperbackausgabe

Titel der englischen Originalausgabe:
»The Dreaming Void« (Teil 2)
Originalverlag: Macmillan, an Imprint of Pan Macmillan Ltd,
London

Für die deutschsprachige Ausgabe:

Titelillustration: © Arndt Drechsler, Regensburg
Umschlaggestaltung: Arndt Drechsler
Satz: Urban SatzKonzept, Düsseldorf
Gesetzt aus der Baskerville
Druck und Verarbeitung: CPI books GmbH, Leck – Germany
Printed in Germany
ISBN 978-3-404-20829-6

5 4 3 2 1

1

Halran, Investigator zweiten Ranges, stand in der offenen Tür des Tresorraums und schaute auf das Chaos, das im Inneren herrschte. Jede Oberfläche – Wände, Fußboden, Decke, Leichen – war von einem dichten Teppich aus blaugrauen, hauchdünnen Fäden bedeckt, als hätten unzählige Spinnen über Nacht ihre Netze miteinander verknüpft. Tatsächlich handelte es sich bei dem zarten Geflecht um semiorganische Fasern, die drei volle Stunden benötigt hatten, um das aus kinetischen Projektilen entwichene Nervengift zu neutralisieren und die nicht minder tödlichen Energiestöße einzudämmen, die von der aus dem Feuergefecht übrig gebliebenen Munition herrührten.

Halran war ein wenig überrascht gewesen, dass die St-Mary's-Klinik Nervengas einsetzte, aber andererseits hatten ihre zahlenden Kunden ein durchaus berechtigtes Interesse daran, ihre sicheren Erinnerungsspeicher auch *in Sicherheit* zu wissen. Und so hatte Halran dem Klinikleiter gesteckt, dass man erst am Nachmittag deren amtliche Erlaubnis, toxische Waffen einzusetzen, prüfen würde. Das verschaffte der Einrichtung genügend Zeit, ein paar Anrufe auf höchster Ebene zu tätigen und sich die erforderliche Lizenz zu beschaffen. Nicht zuletzt Halrans Bereitschaft, Vorschriften auch einmal großzügig auszulegen, hatte ihm seine letzten beiden Beförderungen eingebracht. Er scherte sich einen Teufel um sie; die Großen lenkten so oder so die Geschicke der Welt, und es brachte nun mal nichts ein, es sich mit ihnen zu verderben. Genau aus diesem Grund hatte der Police Commissioner auch ihm diesen Einsatz anvertraut. Gleich darauf hatte sich der stellvertretende Bürgermeister bei ihm gemeldet und Halran gewisse politische

Erwägungen auseinandergesetzt. Das Gespräch war natürlich darauf hinausgelaufen, dass die totale Vernichtung einer halben Million Memorycells, die den wohlhabendsten und einflussreichsten Menschen des Commonwealth gehörten, »niemals stattgefunden« hatte. Wenn es aufgrund einer Betriebsstörung des Stromgenerators der Klinik zu »kurzfristigen kleinen Problemen bei der Wiederherstellung von Kubusdaten« kam, so war das zwar bedauerlich, aber keineswegs ein Grund zur Besorgnis – und schon lange kein Grund für irgendein übertriebenes Medieninteresse. Die Presse sollte gefälligst über die Waldschäden berichten; im Klinik-Verwaltungstrakt und seinen Untergeschossen jedenfalls war sie nicht erwünscht.

Halrans U-shadow beendete die Analyse der Spinnfäden und meldete den Abschluss der Dekontaminierung. »Okay«, sagte er zu dem achtköpfigen Team, das hinter ihm im Korridor stand, »ich will eine komplette Tatortuntersuchung, bis hinunter auf die molekulare Ebene. Was das kostet, spielt keine Rolle; das hier hat oberste Priorität. Col, Angelo – Sie rekonstruieren für mich den Tathergang. Darval – sehen Sie zu, ob Sie mir den Namen der Memorycell beschaffen können, hinter der dieser Bastard namens Telfer her war.«

Darval spähte über Halrans Schulter. Die Notbeleuchtung im Türdurchgang schuf einen silberblauen holographischen Schein im Tresorraum, der alle Schatten eliminierte und das Gazegewebe schimmern ließ. Das Ganze glich der sich kräuselnden Oberfläche eines mondbeschienenen Sees, dessen Wellen die erstarrten Splitter einer halben Million Kuben bedeckten. »Wie in Ozzies Namen soll ich das machen, Boss?«

Halran schenkte ihm ein niederträchtiges Grinsen. »Na ja, eine sollte fehlen. Sie brauchen also bloß die Fragmente von denen wieder zusammenzusetzen, die noch da sind. Dann wissen wir, welche er mitgenommen hat.«

»Ja, klar, Sie mich auch ...«

»Guter Einwand. Okay, Plan B: Gehen Sie die Kunden in der Registrationsdatenbank durch und prüfen Sie, wie hoch die

Wahrscheinlichkeit ist, dass jemand ein Interesse daran haben könnte, deren Erinnerungen zu stehlen. Checken Sie die Kandidaten erst mal auf ihren politischen, kriminellen und wirtschaftlichen Hintergrund ab.«

Darval nickte unwillig.

»Die Kraftfelder bitte die ganze Zeit eingeschaltet lassen«, befahl Halran. »Hier liegt so einiges an extrem hässlicher Munition rum, und ich möchte kein Risiko eingehen.«

Vorsichtig betrat das forensische Team den Tresorraum. Mit ihnen huschten die Examiner herein – winzige Bots, die auf schwarzen elektromuskulären Beinen umherkrabbelten wie eine Kakerlakenvorhut, strotzend von sensorischen Fühlern, die sich durch das Fasergeflecht schlängelten, um die Oberflächen darunter zu erreichen. Mehr als zweitausend von ihnen wurden in den Tresor entlassen, flitzten über den Boden und die Wände hinauf, um eine lückenlose molekulare Karte des Raums zu erstellen.

Halran wartete, bis die Bots um die Leiche von Viertz Accu herumgewuselt waren, bevor er die Tote einer näheren Inspektion unterzog. Ihr lebloser, umsponnener Körper befand sich immer noch in kniender Position, leicht nach vorn gebeugt, als würde sie beten. Die Schädeldecke hatten sie bereits oben gefunden, als das Team darauf gewartet hatte, dass die Gaze die Dekontaminationsprozedur durchführte. In diesem Moment hatte Halran begriffen, dass sich der Fall in jeder Hinsicht zu einer äußerst hässlichen Sache entwickeln würde.

Seine Exosicht überlagerte die Ergebnisse der Examiner und zeigte ihm die schmalen Verbrennungsspuren auf Accus freiliegendem Gehirn. Hier war ein hohes Maß an Energie in einer Art und Weise zum Einsatz gekommen, die Halran wohl erkannte. Er zog ein Tiefenscan-Modul hinzu und untersuchte, wie weit der Strahl eingedrungen war. Keine Frage, die Memorycells der Frau waren zerstört worden.

»Ich hoffe, sie hat kürzlich ein Backup gemacht«, murmelte er.

»Was halten Sie hiervon, Boss?«, fragte Angelo. Er stand vor einem Exotische-Materie-Käfig.

»Nette Idee, nehme ich an. Hab vorher noch nie einen gesehen. Telfer wusste offenbar nichts von ihrer Existenz.«

»Viel haben sie der Klinik jedenfalls nicht genützt. Diese Wächter haben unseren Eindringling nicht wirklich aufhalten können, oder?«

»Nein. Seine Enrichments waren einige Nummern zu gut.« Ein weiteres Mal rief Halran die Hauptdatei des Falls auf. Die Person, die sich unter dem Namen Telfer in der Klinik angemeldet hatte, erschien in seinem Exoimage – eine Aufnahme, die im Hauptempfangsbereich gemacht worden war. Sie zeigte einen Mann von möglicherweise orientalischer Abstammung, allerdings mit auffallend grauen Augen. Das Alter war in seinen Dreißigern fixiert, was ungewöhnlich war. Kinn und Wangen ließen einen dichten Bartschatten erkennen. Völlig durchschnittlich. Was, wie Halran wusste, beabsichtigt war. Nicht, dass äußere Merkmale heutzutage irgendeine Bedeutung gehabt hätten; selbst eine DNA-Analyse war inzwischen ohne Beweiskraft – und genetisch verwertbares Material hatten sie aufgrund der Blutspur oben auf dem Dach ohnehin mehr als genug. Der Mann auf dem Bild lächelte, während er die junge Klinikärztin begrüßte. Bei seiner Komplizin hingegen lag der Fall schon anders. Sie war alles andere als durchschnittlich; eine ausgesprochene Schönheit, mit einem sommersprossigen Gesicht und vollem, dunkelrotem Haar. Und einer ausgesprochen entzückenden Nase, dachte Halran. Keine Frage: Die Leute würden sich an dieses Gesicht erinnern.

Nichts an der Ankunft des Paares hatte Verdacht erregt, bis die Sicherheitssysteme der Klinik zu spinnen begonnen hatten und Telfer von der Bildfläche der passiven Überwachung des Smartcores verschwand. Auch der Überfall war extrem professionell abgelaufen. Was man von dessen Ausgang nicht behaupten konnte. Die Frau hatte beinahe überrascht gewirkt, als würde sie improvisieren. Was irgendwie keinen Sinn ergab.

»Boss?«, rief Darval.

»Ja.«

»Die Registrationsdatenbank wurde gehackt.«

Halran setzte sich Richtung Darval in Bewegung, der über die Registratursäule gebeugt stand. Mehrere Examiner huschten auf dem Gazemantel umher und durchstießen ihn mit ihren Fühlern. »Gibt's Anzeichen von physischer –«, setzte er an. Er sollte den Satz niemals beenden, denn in diesem Moment betrat eine Frau den Tresor. Konsterniert starrte Halran ihr entgegen, wollte sie schon fragen, wer zur Hölle sie war – einen weiteren Mitarbeiter des Bürgermeisters vermutend, da niemand sonst ohne seine Genehmigung durch die Polizeiabsperrung kommen konnte. Doch dann erkannte er ihr Gesicht, und seine Frage hatte sich erübrigt. Er wusste alles über diese lebende Legende, so wie jeder im Apparat des Gesetzesvollzugs. »Grundgütiger Ozzie«, murmelte Halran – und der ohnehin schon unerfreuliche Fall geriet in diesem Moment zum Albtraum.

Sie war deutlich kleiner als die meisten Angehörigen des heutigen Commonwelth, doch das Selbstvertrauen, das sie ausstrahlte, übertraf das des Durchschnittsbürgers bei weitem. Halran war in seinem Leben genug Highern begegnet, um sie auf den ersten Blick an deren leicht übersteigertem Ego zu erkennen. Sie befand sich auf einer weit höheren Stufe als er, mit einer Gelassenheit, die beinahe eisig zu nennen war. Ihr Gesicht war bezaubernd und ohne jegliche moderne Kosmetik, eine Mischung aus philippinischen und europäischen Zügen der vor-commonwelthschen Erde, umrahmt von vollem rabenschwarzen Haar, das glatt herabfiel – eine Schönheit, die man nur als anachronistisch beschreiben konnte. Was durchaus verständlich war angesichts dessen, dass sie ihr Äußeres in den vergangenen vierzehnhundert Jahren nicht ein einziges Mal verändert hatte.

Das gesamte forensische Team war in ehrfurchtsvolles Schweigen verfallen und starrte die Frau an.

Halran trat vor und hoffte, seine Anspannung verbergen zu können. Sie trug einen konservativen cremefarbenen Toga-anzug über einem Körper, der so perfekt war, als wäre er von St-Mary's-Spezialisten geschaffen worden. Als er sie mit den subtilsten Sondierungen, die seine Enrichments hervorzubringen im Stande waren, zu scannen versuchte, wurden diese komplett abgelenkt. Es war, als ob sich nichts dort befände; der einzige empirische Beweis für ihr Vorhandensein war, dass er sie mit eigenen Augen vor sich sah.

»Ma'am, ich bin Investigator Halran und zuständig für diesen Fall. Ich, äh, dass heißt, wir, fühlen uns durch Ihre Anwesenheit äußerst geschmeichelt.«

»Danke«, erwiderte Paula Myo.

»Darf ich fragen, was für ein Interesse Sie an dieser Angelegenheit haben?«

»Ich persönlich gar keins; ich bin nur eine ANA-Repräsentantin.«

»In diesem Universum«, flüsterte Darval Angelo zu.

Paula lächelte ihn liebenswürdig an. »Die alten Witze sind doch immer noch die besten. Und das Schöne ist, sie kommen niemals aus der Mode.«

Darval wurde leicht blass.

»Okay«, sagte Halran. »Warum also interessiert sich ANA für diese Sache?«

»Wegen Mr Telfer.«

»Ist er ein Higher?«

»Was denken Sie?«

»Seine Waffenbiononics sind die hochentwickeltsten, die wir auf Anagaska jemals zu Gesicht bekommen haben. Die beiden Tresorwächter wurden allein aufgrund ihrer Enrichments angestellt, doch er hat sie in weniger als einer Minute ausgeschaltet. Wenn er kein Higher ist, dann besitzt er jedenfalls Zugriff auf das Beste, was die Zentralen Welten zu bieten haben.«

»Sehr gut«, lobte Paula. »Und?«

»Wahrscheinlich arbeitet er für eine Ihrer Fraktionen.«

»Hervorragend kombiniert, Investigator. Und genau das ist der Grund, warum ich hier bin. Ich möchte herausfinden, ob dieser eine, bestimmte Schluss zutrifft. Und nun hätte ich bitte zunächst gern Einblick in all Ihre forensischen Ergebnisse.«

»Äh, ich werde selbstverständlich veranlassen, dass Sie Kopien davon erhalten.«

»Ihre planetare Regierung hat ANA:Regierung in diesem Fall volle Kooperation zugesichert. Ich bin überzeugt, Sie sind sich der politischen Dimension dieser Sache bewusst. Bitte tun Sie sich keinen Zwang an und nehmen Sie Rücksprache mit Ihrem Commissioner, oder von mir aus sogar mit dem Bürgermeister; aber kommen Sie mir nicht mit Kopien. Ich verlange direkten und uneingeschränkten Zugriff auf die Originaldaten. Vielen Dank.«

Halran wusste, wann er eine Schlacht verloren hatte. »Jawohl, Ma'am. Direkten Zugriff. Ich werde das gleich veranlassen.«

»Danke. Na schön, wer ist mit der Analyse der Registrationsdatenbank befasst?«

»Ich«, meldete sich Darval mit sichtlichem Unbehagen.

»Was glauben Sie, hinter wem Telfer her war?«

Darval blickte zu Halran, der kaum merklich nickte. »Im Grunde ganz einfach. Einer der Sicherheitsspeicher gehörte Inigo.«

»Ah.« Paula lächelte. Dann schloss sie ihre Augen und holte durch die Nase tief Luft. »Wann war das letzte Update?«

»3320.«

»Das Jahr, in dem er zu seiner Centurion-Station-Mission aufbrach«, sagte sie. »Und er kehrte nicht vor 3415 nach Anagaska zurück, richtig?«

»Ja«, sagte Halran. »In Kuhmo wurde Living Dreams Haupttempel erbaut. Er war hier, um ihn einzuweihen.«

»Interessant«, erwiderte Paula nachdenklich.

»Denken Sie, dass jemand vorhat, ihn vollständig zu klonen?«

»Warum sonst sollte man seine Erinnerungen stehlen?«, entgegnete Paula. »Vielen Dank für Ihre Kooperation, Investigator. Und ich möchte nach wie vor die Ergebnisse sehen, sobald sie hereinkommen.« Sie drehte sich um und machte Anstalten, den Tresorraum zu verlassen.

»Das war alles?«, fragte Halran.

Paula blieb stehen, neigte den Kopf und betrachtete den Investigator mit gleichmütigem Blick. »Es sei denn, Sie hätten noch etwas hinzuzufügen.«

»Was ist mit Telfer?«, fragte Halran.

»Viel Glück dabei, ihn zur Strecke zu bringen.«

»Werden Sie uns dabei unterstützen?«

»Ich werde Ihnen keine Hindernisse in den Weg legen, weder politische noch andere.« Damit durchschritt sie die Tresortür und ließ Halran verwirrt und indigniert zurück.

Paula trat aus dem Verwaltungstrakt und musterte den Wald. Die Druckwellen hatten nur eine oberflächliche Zerstörung angerichtet. Die meisten Klinikgebäude waren noch intakt, und obschon die größeren Bäume abgeknickt worden waren, gab es doch noch ausreichend jüngere, um, wenn die toten Stämme erst einmal weggeräumt waren, den Wald schnell wieder aufzuforsten.

Eine Polizeiabsperrung erstreckte sich über mehrere hundert Meter, davor uniformierte Beamte, die die Patrolbots verstärkten. Angehörige des Klinikpersonals waren zusammen mit Angestellten eines beauftragten Unternehmens und Forstbots damit beschäftigt, die schlimmsten Schäden zu beseitigen. Dort, wo in der Nacht stundenlang Feuer gewütet hatten, bevor die Brandherde schließlich gelöscht werden konnten, stiegen kleine Rauchfahnen vom geschwärzten Boden empor.

Unbeirrt setzte Paula ihren Weg fort, während ihr Feldeffekt die Umgebung scannte. Zwei der Auftragsarbeiter wurden von ihrem U-Shadow rot markiert; beide waren abgeschirmt mithilfe einer ausgeklügelten Deflektionstechnologie, wie sie nur hochwertigen Biononics zur Verfügung stand. Ihre eigenen waren selbstverständlich noch eine Spur besser. Die Männer hielten sich in einigem Abstand zu der Absperrung, doch Paula gelang es, sie heranzuzoomen und einen kurzen Blick auf ihre Gesichter zu erhaschen. Im Bruchteil einer Sekunde lieferte ihr U-Shadow Querverweise für beide Personen. Es hatte einmal eine Zeit gegeben, ungefähr vor tausend Jahren, da hätte Paula sie hier und gleich zur Rede gestellt. Dieser Tage jedoch gefiel sie sich häufig darin, etwas nachsichtiger zu sein. Es war in Wahrheit weit vorteilhafter, die beiden glauben zu lassen, sie hätte sie nicht gesehen.

Paula war auf Huxley's Haven geboren worden, einer einzigartigen, von der Human Structure Foundation finanzierten Welt, die sämtliche Bewohner genetisch veränderte, damit diese in das einfache soziale Gefüge hineinpassten, das von einer sich auf niedrigem Technologielevel bewegenden Zivilisation gebildet wurde. Zur großen Bestürzung des übrigen Commonwealth erwies sich, dass das, was dieses als genetische Sklaverei verdammt hatte, tatsächlich funktionierte und eine Bevölkerung hervorbrachte, die alles in allem glücklich war mit dem ihr vorbestimmten Schicksal. Die wenigen Unzufriedenen wurden von Polizisten zur Ordnung gerufen, die mit einem besonderen psychoneuralen Persönlichkeitsprofil ausgestattet worden waren. Es umfasste neben gewissen Charaktereigenschaften auch eine Form der Zwangsneurose, die gewährleistete, dass sie die Verfolgung niemals aufgaben. Einer dieser von der Foundation geschaffenen künftigen Ordnungshüter war Paula Myo gewesen. Doch war sie als Säugling von einer Gruppe radikaler Liberaler, die zum Ziel hatte, die armen Versklavten zu retten, von einer Geburtsstation gekidnappt worden. So kam es, dass Paula größtenteils im Commonwealth aufwuchs, zunächst Investigator im Serious Crime Directorate wurde und die letzten siebenhundert Jahre dann als Superagentin für ANA:Regierung arbeitete.

Huxley's Haven existierte immer noch; ohne sich zu verändern oder zu entwickeln dümpelte seine Gesellschaft auf ihrem vorbestimmten Kurs vor sich hin. Heutzutage pflegte das Greater Commonwelth nur wenig Kontakt zu dieser Welt. Paula selbst hatte sie vor über dreihundert Jahren zum letzten Mal besucht – im Grunde genommen reiner Nostalgietourismus –; offiziell bestand keine Notwendigkeit, den Planeten im Auge zu behalten. ANA:Regierung nahm eine äußerst protektive Haltung ein, was Nicht-Higher-Kulturen betraf. Eine Politik, die ironischerweise Paula wenig Gelegenheit zum Zurückkehren bot. Davon abgesehen hatte sie genug damit zu tun, zu verhindern, dass die ANA-Fraktionen es auf den Zentralen Welten mit ihren illegalen Einmischungen zu weit trieben.

Ihr U-Shadow stellte eine ultrasichere Verbindung zu Justine Burnelli her. »Ich bin in der St-Mary's-Klinik auf Anagaska«, sagte sie.

»Und?«

»Wir hatten recht; der Überfall wurde von einer Fraktion organisiert.«

»Irgendwelche Hinweise, von welcher?«

»Na ja, Marius und der Delivery Man treiben sich da draußen herum. Das bedeutet, dass sie ebenso interessiert sind wie wir.«

»Ergo sind sie es nicht gewesen.«

»Da wär ich mir nicht so sicher. Ich hab die Accelerators und die Konservativen noch nie so unverfroren erlebt. Höchstwahrscheinlich hat einer von ihnen es getan, und der andere versucht, zu kontern oder die Gegenseite bloßzustellen. Na, Sie wissen ja, wie so was läuft.«

»Auf wessen Memorycells hatten sie es abgesehen?«

»Tja, und hier wird's interessant: auf Inigos.«

»Du meine Güte. Wirklich?«, erwiderte Justine. »Es überrascht mich, dass Inigo sich überhaupt einem so hohen Risiko ausgesetzt hat.«

»Der Inigo der Vor-Living-Dream-Ära, um genau zu sein. Es handelt sich um einen alten Speicher.«

»Welchen Nutzen könnte jemandem davon haben?«

»Ich bin mir nicht sicher. Die Konservativen hätten natürlich einen Vorteil daraus, wenn er zurückkehrte und das Pilgerfahrtsprojekt des Kleriker-Konservators stoppte. Aber man kann nicht sicher sein, dass dergleichen auch passieren würde. Genauso gut könnte er die Sache gutheißen und sich selbst der Pilgerfahrt anschließen.«

»Wenn eine der Fraktionen ihn vollständig klonen würde, wäre sie im Besitz eines Marionettenmessias. Äußerst zweckdienlich bei der Durchsetzung ihrer eigenen Pläne.«

»Sieht man davon ab, dass es kein vollständiger Klon sein würde«, wandte Paula ein. »Vielmehr eine frühe Version.«

»Ich hätte da eine Theorie, die passen könnte.«

»Legen Sie los.«

»Eine frühe Vollklon-Version wäre voraussichtlich ebenso wie das Original in der Lage, Träume von der Leere zu empfangen, was demjenigen, der ihn kontrolliert, einen beachtlichen Vorteil über seinen Gegenspieler verschaffen würde.«

»Sie meinen, diejenigen wären imstande, an den vermeintlichen Letzten Traum zu gelangen?«

»Eher an die neuen Skylord-Träume. Ethan hat immer noch nicht den Zweiten Träumer gefunden, trotz allergrößter Anstrengungen. Wussten Sie, dass Living Dream dabei ist, jedes Gaiafield-Konfluenznest zu modifizieren, das von ihnen finanziert wird? Und das sind immerhin achtzig Prozent des Greater Commonwelth. Sie sind zum Äußersten entschlossen; die neuen Träume gewinnen an Substanz. Es sind nicht mehr einfach nur Fragmente. Ganze Sequenzen sickern ins Gaiafield hinein.«

»Ich glaube nicht, dass Living Dream hinter dem Überfall steckt.«

»Der Nutzen, den sie davon hätten, wäre enorm«, gab Justine zu bedenken.

»Ja, aber mein U-Shadow hat die Frau, die Mr Telfer geholfen hat, identifiziert. Es handelt sich um Living Dreams Ex-Ratsmitglied Corrie-Lyn, inzwischen *persona non grata* für Living Dream und wegen diverser Körperverlust-Delikte gesucht. Es existieren zahlreiche Haftbefehle des Commonwelth gegen sie. Außerdem ist darin von einem Komplizen namens Aaron die Rede, der die gleichen Gesichtszüge hat wie Mr Telfer.«

»Das ist allerdings interessant. Irgendeine Idee hinsichtlich dieses Aaron alias Mr Telfer?«

»Nein«, erwiderte Paula. »Aber die beiden sind direkt nach dem Klinik-Überfall in ein Raumschiff umgestiegen. Und derzeit wird auf Anagaska nur ein einziges Schiff vermisst, die *Artful Dodger.*«

»Was können Sie mir darüber erzählen?«

»Eine ganz gewöhnliche Privatyacht, auf Sholapur registriert.«

»Da hätten wir doch schon mal was. Sholapur: Mit anderen Worten, wir wissen nicht, wem sie gehört.«

»So ist es. Es ist kein wirklicher Background greifbar. Allerdings befand sich die *Artful Dodger* kurz nach dem Krawall am Riasi-Tempel auf Ellezelin.«

»Corrie-Lyn war früher einmal Inigos Geliebte«, überlegte Justine. »Könnte es sein, dass sie Sehnsucht nach ihm hat? Ein Vollklon wäre eine Möglichkeit, ihn zurückzubekommen.«

»Nein. Sie ist nur eine Schachfigur. Telfer benutzt sie, um an Inigo heranzukommen.«

»Und wie sollte eine veraltete Memorycell dabei nützen? Es haben bereits einige Leute versucht, ihn zu finden. Wahrscheinlich hat er das Commonwelth längst verlassen. Entweder hat er sich auf den Weg gemacht, um selbst in die Leere zu gelangen, oder er ist auf und davon, um sich Ozzie anzuschließen.«

»Er hat sich nicht Ozzie angeschlossen. Das habe ich schon vor fünfzehn Jahren überprüft.«

»Ich hab Sie von jeher beneidet um das Leben, das Sie führen«, sagte Justine. »All diese erregenden Gefahren, diese spannenden Reisen. Ihre Abenteuer hatten was fast Berauschendes für ein behütetes kleines Mädchen wie mich. Wie war Ozzie?«

»Wie ich, im Wesentlichen unverändert.«

»Was glauben Sie, für wen dieser Aaron arbeitet?«

»Wie Sie schon sagten, es gibt eine Reihe von Fraktionen und Organisationen, die von einem Auffinden Inigos profitierten. Dieser Überfall zeigt uns nur, wie dringlich ihre Suche inzwischen geworden ist. Leider war bisher niemand so unvorsichtig, seine Handschrift zu hinterlassen.«

»Und was wollen Sie als Nächstes tun?«

»Dieser Überfall ist nur ein Teilaspekt einer viel weitreichenderen Entwicklung politischer Ereignisse. Ich denke, es ist wichtig, den Zweiten Träumer zu finden, bevor Living Dream es tut. Diese Person wird zweifellos eine entscheidende Rolle hinsichtlich des Ausgangs der Pilgerfahrt spielen.«

»Wow, Sie denken immer noch in großen Zusammenhängen, nicht wahr?«

»Ich war seit jeher der Auffassung, dass die Lösung eines Falls ein ganzheitlicher Prozess ist«, sagte Paula. »Das ist eines der wenigen Dinge, die in den letzten tausend Jahren ihre Gültigkeit behalten haben.«

»Und was ist mit Aaron und Corrie-Lyn?«

»Das ist der Aspekt, an dem ich nach außen hin dranbleiben werde. Investigator Halran wird nicht lange brauchen, um Corrie-Lyn zu identifizieren, und dann werden die Dinge ziemlich schnell ziemlich publik werden. Wenn ich jetzt anfange, nach dem Zweiten Träumer zu fragen, hätte das zu viel Aufmerksamkeit bei den Fraktionen zur Folge.«

»Wollen Sie, dass ich nach dem Zweiten Träumer suche?«, fragte Justine.

»Nein. Sie sind in hohem Maße sichtbar für die Fraktionen. Fast ebenso sehr wie ich. Ich denke, das Beste wird sein, wenn Sie ein Auge auf den Delivery Man und Marius haben.«

»In Ordnung. Und wer kümmert sich dann um den Zweiten Träumer?«

Paula lächelte breit, wohl wissend, dass die Fraktionsspione draußen im Wald es sahen und sich wunderten. »Die letzte Person, von der irgendjemand es erwarten würde, natürlich.«

Der Zustand der Versorgungsleitungen im dritten Apartment war schlimmer, als Araminta gedacht hatte. Drei Stunden brauchte sie an diesem Morgen, um sie in den Wänden und Böden ausfindig zu machen und die Bots dabei zu überwachen, wie sie die korrodierten Rohre herausrissen. Das alles verursachte eine ziemliche Schweinerei. Was eine zusätzliche Reinigungsaktion nach sich zog. Die wiederum noch ein bisschen mehr Zeit kostete als geplant. Zeit, die sie eigentlich auf die Vorbereitung der Wände für die neuen Armaturen hatte verwenden wollen. Was letzten Endes den Abschluss der Arbeiten ein gutes Stück nach hinten verschob ...

Ihr U-Shadow sagte ihr, wann es elf Uhr war. Das ließ ihr kaum genug Zeit für eine Sporendusche im vierten Apartment, in dem sie wohnte. Zwei der fünf Strahler der alten Brause funktionierten nicht mehr und eine der intakten Düsen roch irgendwie komisch. Sie schaffte es gerade noch, einen Erfrischer aufzulegen und in modische Hosen und Jacke zu schlüpfen, bevor die Kunden kamen. Unvermutet rief das Parfüm, das ihre Haut befeuchtete, die Erinnerung an den Tag wach, an dem sie erfahren hatte, dass Laril Viotia verlassen hatte – wie auch an ihren seinerzeit großzügigen Umgang mit dem Luxus, sich frei und ungehindert bewegen zu können. Ein wenig verspürte sie ein schlechtes Gewissen, dass sie seit einer Ewigkeit nicht mehr im Nik's gewesen war.

Sie unterdrückte jede Art von alberner Sentimentalität und begab sich, als der Lift ihre neuen Kunden von der Lobby heraufbrachte, hinaus auf den Hausflur. Die Interessenten, Danal und Mareble, waren etwas merkwürdig gekleidet. Sie trug einen langen, rötlich-gelben Rock aus grob gewebter Baumwolle und eine schlichte weiße Bluse, darüber eine Wildlederweste mit Messingknöpfen. Unter ihrem wirbelnden Rocksaum lugten robuste braune Stiefel hervor. Ihr volles, rabenschwarzes Haar war straff nach hinten gekämmt und wurde durch ein einfaches elastisches Stoffband zusammengehalten. Er trug eine Lederhose und ähnliche Stiefel wie sie. Seine gelbe Jacke wurde von einem braunen Übermantel aus irgendeinem öligen Material fast vollkommen verdeckt.

Ungeachtet ihres anachronistischen Erscheinungsbilds musste Araminta unwillkürlich lächeln, als die Lifttüren sich öffneten. Die beiden strahlten einen unerschütterlichen Enthusiasmus aus. Vielleicht lag es an ihrem fast kindlichen Grinsen oder an der Art und Weise, wie sie sich erwartungsvoll umsahen und dabei die ganze Zeit Händchen hielten.

»Herzlich willkommen«, sagte Araminta. Die goldfarbene Glanzholztür zu dem Musterapartment schwang auf.

Sie hatte jeden Raum der Wohnung auf Basis eines simplen Zwei-Farben-Schemas zurechtgemacht und die Einrichtung minimalistisch gehalten. Der Boden in dem offenen Wohnzimmer bestand aus teurem Ebenholzparkett. Bei den geschickt platzierten Tischen, Stühlen und Sofas handelte es sich allesamt um im Herfal-Stil gehaltene Reproduktionen mit rasanten Krümmungen und Metallbeinen, die ein Flammenmuster zierte – eine beliebte Moderichtung vor dreihundert Jahren. Die Balkontüren standen weit offen. Draußen herrschte ein warmer, klarer Tag, der wirkungsvoll den Park in Szene setzte.

Als sie eintraten, holte Mareble vernehmlich Luft. »Das ist ja phantastisch«, rief sie aus. »Genau, was wir suchen.«

Danal lachte glucksend. »Sie müssen meiner Frau verzeihen, offensichtlich hält sie's nicht für nötig, mit ihrem Urteil hinterm Berg zu halten, bis die Verhandlungen abgeschlossen sind.«

»Mir ist's bei dem ursprünglichen Verkäufer genauso gegangen«, gab Araminta zu. »Man verliebt sich auf Anhieb in diese Apartments. Wenn ich ehrlich bin, ich denke ernsthaft darüber nach, ob ich nicht eines für mich selbst behalten soll.«

Mareble ging auf die Balkontür zu. »Hätte das, welches wir in Erwägung ziehen, denn die gleiche Aussicht?«

»Apartment Drei ist eine Eckwohnung.« Araminta deutete den Balkon entlang in die entsprechende Richtung. »Sie würden sowohl auf den Park als auch nach Westen über die Stadt blicken. Sogar die Hängebrücke ist von dort zu sehen.«

»Wie herrlich.«

»Können wir sie besichtigen?«, fragte Danal.

»Leider noch nicht. Die Gesundheits- und Sicherheitsvorschriften verbieten es mir, Leute mit auf eine ausgewiesene Baustelle zu nehmen.« *Und außerdem sieht's da aus wie auf 'nem Schlachtfeld, was potenzielle Käufer möglicherweise abschrecken könnte.*

»Baustelle? Gibt's im Haus denn bautechnische Probleme?«

»Ganz und gar nicht. Die Bausubstanz ist einwandfrei. In der City Hall liegt ein unabhängiger beurkundeter Tiefenscan aus, falls Sie sich davon überzeugen möchten. Ich führe bloß ein paar Renovierungs- und Umgestaltungsarbeiten durch. Dummerweise stuft die Stadt das als bauliche Maßnahme ein, da ich auch die Elektro- und Versorgungsleitungen erneuere. Das bedeutet nur mehr Aktenkram für mich, sonst nichts.«

Danal seufzte verständnisvoll. »Genau wie in Ellezelin. Grundgütige Herrin, der Waterwalker musste nie dieses und jenes Gesuch beim Orchard-Palast einreichen, wenn er irgendetwas erledigen wollte. Aber versuchen Sie das mal unserer Regierung zu erzählen.«

»Reg dich nicht wieder auf, Schatz«, sagte Mareble und drückte seine Hand etwas fester. »Er hat einen Rochus auf die Bürokratie«, erklärte sie.

»Den haben wir alle«, versicherte ihnen Araminta.

»Danke«, sagte Danal.

»Sie kommen also von Ellezelin?«, fragte Araminta.

»O ja«, erwiderten beide glücklich im Chor.

»Ich bin Konfluenznest-Techniker«, ließ Danal sie wissen. »Im Augenblick gibt's mit der Aufrüstung des gesamten Gaiafields jede Menge zu tun. Und auf Viotia ist sie besonders wichtig.«

»Wieso das?«, fragte Araminta.

»Der Zweite Träumer befindet sich hier«, sagte Mareble. »Wir sind uns da vollkommen sicher. Die letzten paar Träume waren um so vieles lebendiger als jene ersten Fragmente. Glauben Sie nicht auch?«

»Ich verfüge über keine Gaiamotes«, erklärte Araminta leichthin, als handele es sich hierbei um einen kleineren Defekt an irgendeinem Gerät, den sie alsbald beheben lassen würde. Tatsächlich betete sie darum, dass dies keine Auswirkungen auf ihr Geschäft haben würde. Sie brauchte die Anzahlung auf Apartment drei; die Wohnungen waren nicht so leicht zu verkaufen, wie sie sich das vorgstellt hatte, und ihre Lieferanten verlangten ihr Geld.

Mareble und Danal sahen sie mit einem teilnahmsvollen Gesichtsausdruck an, so, als täte es ihnen unendlich leid für sie. Eine Einmütigkeit, die Araminta unwillkürlich an Mr Bovey denken ließ.

»Ich könnte ohne das Gaiafield gar nicht leben«, sagte Mareble leise. »Ich kann Danal immer spüren, ganz gleich, wo wir sind, sogar fernab von Planeten. Diese Art von ständiger emotionaler Verbindung ist so befriedigend und beruhigend.«

»Und natürlich kennen wir Inigos Traum. Auf das Intimste!«, fügte Danal hinzu und lächelte. Es war ein sanftes, glückseliges Lächeln, zu dem nur wahrhaft Gläubige fähig waren.

Araminta versuchte, eine gleichermaßen verzückte Miene aufzusetzen. »Ich wusste gar nicht, dass ihr feststellen könnt, von wo ein Traum kommt«, sagte sie, in der Hoffnung, dies würde die beiden von ihrem tragischen Defekt ablenken. Nichts bereitete einem Sekteneiferer oder Ideologen mehr Freude, als Außenstehenden die Vorzüge seines Glaubens vor Augen zu führen.

»So ist das mit dem Gaiafield«, erklärte Mareble ernst. »Es ist nicht alles so klar und präzise wie bei der Unisphäre. Menschliche Gedanken sind nicht digital, sie sind Empfindung. Ich hatte das *Empfinden* bei den letzten paar Träumen vom Skylord; die Träume waren mir nah. Jetzt, wo die Nester sich an sie erinnern, haben sie diesen Aspekt verloren. Nicht, dass sie nicht immer noch wundervoll wären ... Wir alle hoffen zu erleben, wie der Skylord nach Makkathran fliegt, um die Seele des Waterwalkers abzuholen. Nach allem, was er für die Menschen von Querencia, und für uns, getan hat, verdient er es, in Odins See in Frieden zu ruhen.«

Etwas an Marebles Heraufbeschwörung ließ Araminta einen Augenblick lang zögern, als wäre diese mit irgendeiner alten Erinnerung verknüpft. Was völliger Blödsinn war. »Ich verstehe«, sagte Araminta. Ihr Wissen um das ganze Waterwalker-Epos war bestenfalls vage, und ganz gewiss kannte sie keine Details. »Und deshalb möchten Sie hier wohnen?«

Mareble nickte eifrig. »Ich bin fest davon überzeugt, dass der Zweite Träumer hier ist. Bald schon wird der Tag kommen, an dem er sich uns offenbart, und die Pilgerfahrt kann beginnen.«

»Werden Sie daran teilnehmen?«

Mareble und Dalan sahen sich lächelnd an und verschränkten wieder ihre Hände ineinander. »Das hoffen wir.«

»Nun denn, auch auf die Gefahr hin, unsensibel zu erscheinen: Sie werden wohl kaum einen besseren Platz zum Warten finden als diesen.«

»Ich denke, wir können es in Betracht ziehen, ein Angebot zu machen«, sagte Danal. »Eine erschreckend große Zahl von Glaubensgenossen ist derzeit auf der Suche nach Immobilien auf Viotia. In einem Hotel zu wohnen, ist zwar äußerst angenehm, aber wir wären trotzdem froh, in ein richtiges Zuhause einziehen zu können.«

»Das kann ich voll und ganz verstehen.«

»Wir sind bereit, Ihnen den kompletten Verkaufspreis zu zahlen, aber wir müssten die Garantie haben, dass das Apartment rechtzeitig fertig wird.«

»Okay, ich werde eine entsprechende Gewähr in die Akte aufnehmen.«

»Und das virtuelle Modell, das wir uns angesehen haben, war ja ganz nett, aber ...«

»Ich möchte ein paar Änderungen vornehmen«, sagte Mareble rasch. »Die Technik muss mehr in den Hintergrund treten, und das Dekor sollte naturalistischer sein.«

»Naturalistischer?«

»Weniger industriegefertigte Produkte, mehr Holz. So, wie es auf Querencia ist. Wir haben nichts gegen Technik, wir benutzen sie ständig, aber sie sollte nicht so überbetont werden. Könnten Sie zum Beispiel in der Küche einen richtigen Herd installieren? Einen mit Backofen und Kochfeld?«

»Ich werde die Stadtverordnungen daraufhin checken und mich deswegen wieder bei Ihnen melden.«

»Kannst du mir also einen richtigen Küchenherd beschaffen?«, fragte sie Mr Bovey an diesem Abend beim Dinner. Sie saßen bei ihm zu Hause an einem kleinen Tisch auf dem Balkon, der die Rasenfläche überblickte. Am hinteren Ende floss der Cairns vorbei, dort, wo das gemähte Gras struppigem Schilf und einer langgezogenen Gruppe coranischer Twisterbäume wich, deren chromblaue Wedel aufs Wasser herabhingen. Das helle Licht aus den Gebäuden am anderen Ufer spiegelte sich glitzernd auf der sanftschwarzen Oberfläche wider. Es war ein wunderbar entspannendes Ambiente, einschließlich des köstlichen Mahls, das einige von Boveys Ichs zubereitet hatten, und drei weiteren seiner Alter Egos, die bei ihr saßen. Das erfreuliche Ende eines anstrengenden Tags.

»Das kann ich tatsächlich«, erwiderte der gutaussehende Blonde.

»Du sagst das mit so einer Gewissheit.«

»Weil ich in den letzten zehn Tagen bereits drei davon beschafft hab«, sagte der kleinere Mr Bovey, der mit der dunklen Hautfarbe. »Die Living-Dream-Fanatiker stehen auf diesen schlichten Komfort. Sie ziehen auch ein Wasserbad einer Sporendusche vor.«

»Gütiger Ozzie, meine Kusine hatte recht«, meinte Araminta, »diese Leute sind dabei, den Laden hier zu übernehmen. Ich sollte den Preis für die beiden letzten Apartments erhöhen.«

»Ich möchte uns ja nur ungern den Abend vermiesen, aber ich persönlich finde diese Aussicht ziemlich beunruhigend. Vor allem deshalb, weil es in so einem Tempo geschieht. Inzwischen sind schon eine ganze Menge von denen hier, genau genommen Millionen.«

»Ich könnte mir vorstellen, dass du von dem Ansturm auf Wohnraum ebenso profitierst wie ich, vielleicht sogar mehr.«

»Finanziell gesehen ja«, entgegnete der Blonde, einen Grillspieß mit gewürztem Torkal und Schwein, mariniert in rotem Honig, in die Höhe haltend. »Aber Multiples passen nun mal nicht in die Ethik von Living Dream.« Er biss in das Fleisch und begann zu kauen. »Es gibt uns nicht in Makkathran«, fügte das orientalische Ich erklärend hinzu.

»Aber diese Leute können doch bestimmt nichts gegen deine Art zu leben haben, oder?« Gleichzeitig drängte sich ihr das Bild von Mareble und Danal auf – wie treu ergeben sie ihrer Ideologie folgten, wie kategorisch sie alles andere, was von ihrer Lebenseinstellung abwich, ablehnten. Das machte sie indes noch nicht zu Feinden, nur zu intoleranten Zeitgenossen.

»Sie würden vermutlich nicht gegen uns aktiv werden. Hoffentlich. Ihr kostbarer Waterwalker wollte ja schließlich, dass alle friedlich zusammenleben und gut miteinander auskommen. Aber sag mir: Wie haben deine Käufer reagiert, als sie erfuhren, dass du an all der Herrlichkeit, die es nur im Gaiafield gibt, nicht teilhast?«

»Überrascht«, gab Araminta zu. »Und dann wollten sie mich, glaube ich, bekehren.«

»Darauf möchte ich wetten.«

»Dieser Run wird nicht lange anhalten«, versicherte sie ihm. »Sobald die Pilgerfahrt beginnt, werden sie in Scharen wieder davonströmen, um an ihr teilzunehmen. Jedenfalls haben mir meine beiden Turteltäubchen das gesagt. Sie sind bloß hier, weil sie glauben, dass sich der Zweite Träumer hier verbirgt.«

»Was nicht minder beunruhigend ist.«

»Wieso?«, fragte sie, während sie sich von dem ausgezeichneten Rosé nachschenkte.

»Na ja, wenn man der nächste Auserwählte ist, warum sich dann verbergen? Und warum fortwährend Träume freisetzen, die jeden wissen lassen, dass man existiert, während man sich gleichzeitig versteckt?«

»Ich versteh nicht viel von Living Dream. Die ganze Sache erscheint mir einfach nur dumm.«

»Das Wort, das du meinst, ist ›gefährlich‹«, sagte der Kleine. »Zu viele unmögliche Versprechen; zu viele Leute, die blind daran glauben. Eine unheilvolle Kombination.«

»Du alter Zyniker.«

Alle drei seiner Ichs erhoben ihre Weingläser. »Schuldig im Sinne der Anklage und stolz darauf.«

»Du hast Gaiamotes«, sagte Araminta. »Sind diese zweiten Träume real?«

»Ist ein Traum real?«, erwiderten drei grinsende Münder unisono. »Die Träume existieren. Alles andere ist eine Sache der persönlichen Perspektive. Wenn man daran glauben möchte, so befindet sich der Zweite Träumer irgendwo da draußen und empfängt Träume von einem Skylord irgendwo in der Leere. Wenn nicht …«

»Ich hab keine Ahnung, was ich glauben soll. Ich bin beinahe versucht, mir Gaiamotes zuzulegen, einfach nur, um es herauszufinden.«

»Lass dir gesagt sein«, erwiderte der Blonde, »es lohnt sich nicht. Das Gaiafield ist nur eine weitere Modeerscheinung, die von einem Haufen Fanatikern vereinnahmt wurde.«

»Warum hat Ozzie es sich dann ausgedacht?«

»Seiner Behauptung nach, damit die Menschen einander besser verstehen. Wenn wir mehr Einfühlungsvermögen besäßen, würden wir wesentlich friedlicher miteinander umgehen. So weit die Theorie. Ich habe allerdings noch nicht bemerkt, dass es in letzter Zeit viel Einfluss auf die menschliche Natur gehabt hätte.«

»Trotzdem würde es dich ohne das Gaiafield in dieser Form gar nicht geben. Und du glaubst immerhin, du seist die Zukunft.«

Der orientalische Mr Bovey sah Araminta mit einem angedeuteten Lächeln an. »Allerdings. Und ich bezweifle stark, dass Ozzie sich uns vorstellen kann.«

Sie hob ihr Weinglas dicht an ihr Gesicht und senkte sittsam den Blick. »Ich hab mir dich auch niemals vorstellen können.«

»Es gibt viele Dinge, von denen wir nichts wissen, bis wir ihnen begegnen.« Der orientalische Mr Bovey lehnte sich dicht an sie und pflückte ihr das Glas aus der Hand. Sie mochte das Gefühl seiner Wärme an ihrem Körper. An ihrer anderen Seite streichelte der Blonde ihre Wange und drehte ihren rastlosen Kopf sanft herum zu einem Kuss.

Sie schloss die Augen. Hände strichen über ihren Rücken. Hände strichen über ihre Beine. Der Kuss dauerte an.

»Komm mit«, forderte eines seiner Ichs sie auf.

Der Kuss endete, und sie sah, wie alle drei Ichs sie auf diese ganz besondere Art anlächelten, sanft und vielsagend, sich nicht im Geringsten bemühend, seine Erwartung zu verbergen.

Boveys Ichs geleiteten sie in das warme Schlafzimmer in der zweiten Etage, das durch das anheimelnde Orange einer Kerzenflamme erleuchtet wurde. Am Fußende des Betts blieb Araminta stehen, während sich die drei vor ihr auszogen und sie, genau wie sie es mochte, zum Mittelpunkt ihrer Aufmerksamkeit machten, zum Mittelpunkt ihres Verlangens. Dann war es an ihr, sich langsam zu entkleiden und sich in stolzer Pracht und Schönheit zu zeigen, die Bewunderung seiner Ichs aufsaugend, frohlockend vor Bejahung. Als sie schließlich nackt war, begannen die drei mit imponierender Vertrautheit ihren Körper zu erforschen. »Ja«, stöhnte sie schließlich, erbebend vor Lust. Dann wurde sie von sechs Händen aufs Bett gehoben.

Kopfüber durch den Raum stürzend, konnte die Kreatur die umherirrenden Moleküle spüren, die ihre weit ausgebreiteten Vakuumschwingen sanft berührten. Szintillationen troffen von ihren hinteren Enden herab und ließen in dem leeren Abgrund einen fluoreszierenden Kondensstreifen zurück. Vor dem prachtvollen Hintergrund eines wogenden türkisfarbenen Nebels leuchtete ein Stern und schuf einen warmen Druck von Photonen, der allzu langsam den Hunger der Kreatur nach körperlicher Nahrung stillte. Behaglich aalte sie sich in der köstlichen Sturzflut aus Licht und lauschte den Gedanken, die stärker und stärker wurden auf dem Planeten, der immer noch Lichtjahre entfernt war.

Einer dieser Gedanken war ungewöhnlich klar: »Sieh mal, du musst dich jetzt ausruhen. Wenn du ein Multiple wärst, könnte ein anderer Körper einfach weitermachen. Die Ekstase würde sich noch stundenlang fortsetzen. Mehrere Körper könnten gleichzeitig agieren; stell dir nur mal die Lust vor, die du empfinden würdest, wenn du verdoppelt, vervierfacht, verzehnfacht wärst. Würde dir das gefallen? Wäre dein Leben nicht um so vieles besser, um so vieles großartiger …?« Der Gedanke schwand dahin in der Weite, als die Solarwinde sich abkühlten und verebbten.

Als Araminta erwachte, lagen nur zwei seiner Ichs schlafend neben ihr auf dem Bett. Sie checkte den Zeitgeber in ihrer Exosicht und ächzte bestürzt. Schon fünf nach sieben! Und dabei gab es heute im dritten Apartment noch so viel zu tun. Eigentlich hätten die Bots heute Nacht im fünften Apartment die alten Kacheln herausreißen sollen, doch ihr U-Shadow eröffnete ihr, dass sie die Arbeit um drei Uhr morgens eingestellt hatten, nachdem sie auf ein Problem mit ihrer halbintelligenten Software gestoßen waren, das sie alleine nicht lösen konnten. Und das, wo sich für vormittags zwei Kaufinteressenten für Apartment Vier angemeldet hatten!

»Großer Ozzie«, rief sie, während sie sich aus dem Bett wälzte. Nicht mal genug Zeit um zu duschen. Hastig klaubte sie die Sachen zusammen, die sie am Abend zuvor beim Essen getragen hatte – und die wirklich nicht der gängigen Vorstellung von Alltagskleidung entsprachen. *Ich muss dringend eine Tasche mit ein paar tagestauglichen Klamotten hier deponieren. Ob er wohl was dagegen einzuwenden hätte?*

Sie schlüpfte aus dem Schlafzimmer, ohne Mr Bovey aufzuwecken. Sie hastete die Treppe hinunter und fuhr sich mit den Fingern durch das wüst verknotete Haar. Der Duft von Kaffee und Toast drang von der Küche zu ihr herüber. Was angesichts ihres Fröstelns ungemein verführerisch war. *Ich sollte mit diesen Booster-Aerosolen etwas vorsichtiger sein.* Eine Tasse Tee würde wohl kaum ihre gesamte Tagesplanung über den Haufen werfen, oder?

Sie steckte den Kopf durch den Bogendurchgang und spähte lächelnd in die längliche offene Essküche. Fünf seiner Egos saßen um die Frühstücksbar herum, drei weitere fläzten sich auf dem alten, großen Sofa. »Hi –« Das Lächeln erstarb auf ihren Lippen. Auf dem sechsten Hocker an der Frühstücksbar saß eine Frau. Sie war in einen weiten, flauschigen Frotteebademantel gehüllt. Eines von Mr Boveys Ichs hatte seinen Arm um sie gelegt und massierte ihr liebevoll den Nacken.

Die Frau blickte von ihrem dampfenden Kaffeebecher auf und machte ein schuldbewusstes Gesicht. »Oh, hallo. Ich bin Josill. Schätze, die andere Hälfte seiner Ichs, mit denen du letzte Nacht nicht zusammen warst, hat mich ganz schön geschlaucht. Ziemlich geiler Sex, was? Ich hab vier geschafft.« Stolz grinste sie in die Runde ihres Mr-Bovey-Gefolges.

Araminta gelang es, ihren Gesichtsausdruck unter Kontrolle zu bringen, bevor sie irgendwas Lächerliches tun konnte, wie ihn giftig anzustarren oder eine Schnute zu ziehen oder ihm entgegenzuschleudern, was für ein wertloser Haufen Scheiße er war. »So, so«, sagte sie mit krächzender Stimme. »Also ich muss los. Hab 'ne Verabredung mit Leuten, die ich nicht vor den Kopf stoßen will.« So schnell es ging, eilte sie in Richtung Vordertür, ohne tatsächlich zu rennen. Schließlich war sie draußen. Ihre betagte Kapsel stand auf dem Schotterfeld. Fünfzehn Meter weit entfernt.

»So warte doch mal!«

Sie drehte sich um. Dort stand der Körper, mit dem sie zum ersten Mal zum Essen ausgewesen war. Den benutzte er immer, wenn er etwas Ernstes mit ihr zu besprechen hatte. Offenbar um die »Alter-gleich-Weisheit«-Karte auszuspielen, möglicherweise auch, um eine vertrauensvolle Atmosphäre zu schaffen.

»Fallt tot um«, schrie sie ihn an. »Ihr alle!«

»Du wusstest doch, dass ich mich auch mit anderen Frauen treffe.«

»Ich ...« Die Empörung schnürte ihr für einen Moment die Kehle zu. »Nein! Um ehrlich zu sein, das wusste ich nicht! Ich dachte, wir –« Ein störrischer kleiner Teil von ihr versuchte verzweifelt, nicht vor ihm in Tränen auszubrechen. Was so eine Sache war bei jemandem, der sie so gut kannte – trotzdem, sie würde ihm auf keinen Fall die Genugtuung verschaffen, zu sehen, wie viel ihr an ihm lag.

»Hör mich an.« Er baute sich vor ihr auf, brauchte einen Moment, um sich zu sammeln. »Du bist ein wunderbarer, phantastischer Mensch. Seit Jahren ist mir niemand begegnet, von dem ich mich so sehr angezogen fühle. Und ich denke, du weißt das.«

»Nun, das hier ist eine –«

»Seltsame Art, es zu zeigen? Nein. Nein! Das ist die Denkweise einer singulären Person, nicht meine.«

»Das ist ja lachhaft«, schrie sie.

»Vielleicht hast du den Gedanken auch nur verdrängt. Sich dem Leben eines Multiples anzupassen, erfordert Zeit. Es ist nicht einfach, und du bist durcheinander.«

»Ich bin nicht durcheinander«, protestierte sie.

»Ich habe eine tolle Zeit mit dir. Immer. Egal, wohin wir gehen oder was wir machen, und das ist das Problem. Denk mal darüber nach. Du bist eine wundervolle, gesunde, starke Frau mit einem Riesenappetit auf Sex. Der Traum eines jeden Mannes. Und ich bin jedes Mal aufs Neue völlig verblüfft und begeistert, mit wie vielen meiner Ichs du es aufnimmst, wenn wir miteinander ins Bett gehen. Aber nicht mal du kannst jede Nacht achtunddreißig Männer befriedigen. Wir gehen jetzt schon eine ganze Weile miteinander aus, aber da sind immer noch einige Ichs, die du noch nicht mal kennengelernt hast. Ganz zu schweigen vom Sex. Du machst mich total an und doch bleibt jedes Mal, wenn wir zusammen waren, die Mehrzahl meiner Ichs frustriert zurück.«

»Ich ... Oh. Wirklich?« So, wie er es darlegte, klang es fast schon einleuchtend. Und er hatte ganz recht, es war tatsächlich etwas, worüber sie nicht genauer nachdenken wollte.

»Auch ich habe meine Grenzen. Josill und die anderen helfen, den Druck, den du aufgebaut hast, wieder abzubauen.«

Die anderen. Wieder etwas, worüber sie nicht näher nachdenken wollte. Diese ganze Multiple-Sache geriet allmählich zu einem gigantischen Chaos. Sie holte tief Luft und starrte auf den Schotter zu ihren Füßen. »Es tut mir leid. Du hast recht, so hab ich es noch gar nicht gesehen. Es war so perfekt für mich ... und ich dachte, das war es für dich auch. Die Denkweise einer Singulären, was?«

»Ja.« Er legte ihr eine Hand auf die Schulter. Es tröstete sie – immer noch –, dieses ganze Getue um Mitgefühl und Verständnis. »Aber ich hoffe, hoffe wirklich, dass wir daran arbeiten können.«

Schuldbewusst blickte sie zur Tür. »Ich bin nicht sicher, ob ich mit der Vorstellung, dass du auch mit ihr schläfst, klarkomme. Hast du ... nein. Ich will's gar nicht wissen.«

Er hob eine Augenbraue. Wartete geduldig.

Araminta seufzte. »... letzte Nacht, hast du's da mit uns beiden gleichzeitig getrieben?«

»Ja.«

Ein ausgesprochen niederträchtiger Gedanke kam ihr in den Sinn. »Und sie hat's nur mit vieren aufnehmen können?«

»Ich fürchte, ja.«

»Armes Ding.« Dann wurde sie wieder ernst. »Ich weiß nicht. Ich bin nicht sicher, ob ich damit klarkomme. So, wie du es darstellst, müssten es eine Menge Frauen sein. Für mich nicht unbedingt die solideste Basis für eine langfristige Beziehung.«

»Hör zu, ich sagte doch, dass du von Anfang an was Besonderes gewesen bist, und je länger ich dich kenne, desto sicherer weiß ich, dass ich dich nicht verlieren möchte.«

»Und was willst du tun? Die Hälfte deiner Ichs kastrieren? Also ich bin wirklich nicht imstande ... nicht achtunddreißig.«

Er grinste. »Das ist meine Araminta. So was überhaupt in Erwägung zu ziehen ... Aber es gibt noch eine andere Möglichkeit, oder?«

»Und die wäre?«

Er antwortete nicht sofort. Stattdessen legte er ihr die Hand unters Kinn und neigte ihren Kopf nach hinten, so, dass sie ihm direkt in die Augen sehen musste. Schließlich gab sie sich mit einem kaum merklichen Nicken geschlagen. »Ich lege mir ebenfalls ein paar Extrakörper zu«, sagte sie mit leiser Stimme.

»Ich werde dich nicht dazu überreden. Das könnte ich dir nicht antun. Es wäre falsch. Die Entscheidung liegt ganz bei dir. Ich möchte einfach nur, dass du darüber nachdenkst. Du hast den praktischen Nutzen, den das Ganze hat, ja selbst gesehen. Und die Vorteile in Sachen Sex hab ich dir schließlich erst letzte Nacht wieder vor Augen geführt.«

Mit festem Blick sah sie ihn an. »Sag mir eins: Wenn ich mich darauf einließe, würdest du dann aufhören, dich mit anderen Frauen zu treffen? Wären es dann nur noch du und ich?«

»Ja, nur du und nochmals du. Du und deine Ichs in meinem Leben, du und deine Ichs in meinem Bett. Ich schwör's. Ich will es, Araminta, ich will es so sehr! Ich wünschte, du hättest Gaiamotes, damit ich dir beweisen könnte, wie ernst es mir ist. Stattdessen müssen wir uns wohl damit begnügen, es in der City Hall amtlich zu machen.«

»Ozzie! Ein Heiratsantrag und eine totale Umkremplung des Lebensstils in einem. Und dabei ist's noch nicht mal halb acht.«

»Tut mir leid, dass du von all dem so überrollt wirst.«

»Nicht dein Fehler. Du hast recht, ich sollte mir die Sache durch den Kopf gehen lassen. Daher werde ich ein großes Mädchen sein und gründlich darüber nachdenken. Erwarte bitte jetzt keine Antwort von mir. Das hier ist ein bisschen mehr als das, womit ich es normalerweise an einem Tag zu tun habe.«

Er schlang seine Arme um sie, drückte sich fest an sie, als ob er derjenige sei, der Geborgenheit suche. »Es ist eine folgenschwere Entscheidung, ich weiß. Nimm dir also alle Zeit, die du brauchst.«

Stunde um Stunde ritt er auf dem gigantischen Pferd; seine jungen Beine reichten kaum ganz über den Sattel. In der Ferne waren echte Berge zu sehen, ihre schneebedeckten Gipfel hoch in den prächtigen, saphirblauen Himmel hinaufstoßend. Er ließ sie hinter sich, ritt fort von den Wäldern, die die Gebirgsausläufer bedeckten. Jetzt lag wildes Grasland unter den Hufen, üppige tropische Vegetation, durchzogen von Strömen und kleineren Flüssen. Bäume von einem Dutzend Planeten wuchsen auf den niedrigen Hängen und schufen mit ihren vielfältigen Arten eine einzigartige Melange von Farbe und Form. Heiße Luft wehte ihm ins Gesicht, schwer von fremdartigen Pollen.

Neben ihm ritten seine Freunde. Alle sechs feuerten sich gegenseitig mit lauten Zurufen an, während sie sich ihren Weg durch kleine Hügel und Höhenzüge suchten. Keiner von ihnen war schon erwachsen, wenngleich sie inzwischen alt genug waren, um allein auszureiten. Es waren Tage wie dieser, die seinem Leben einen Sinn gaben; Tage, erfüllt von Freiheit und Glück.

Da erhob sich der Schrei. »Die Königsadler, die Königsadler sind da!«

Er suchte den strahlenden Himmel ab, sah die schwarzen Pünktchen über dem zerklüfteten Horizont. Sogleich stimmte auch er in das Willkommen mit ein. Sein Herz hämmerte wild vor Aufregung. Immer schneller jagten die Pferde dahin, während die edlen Gebieter der Lüfte größer und größer wurden.

Rote Lichter blitzten am Himmel auf. Die Königsadler dehnten sich aus, dunkle Linien, die sich bogen und wanden, um einen grauen, rechteckigen Umriss zu bilden. Sein Pferd war verschwunden, ließ ihn flach auf dem Rücken liegend zurück.

Die roten Lichter wurden blau-violett und wichen zurück, als der obere Teil der Medi-Kammer sich öffnete. Ein Gesicht schob sich in sein Blickfeld und spähte hinab. Blinzelnd stellte er seinen Fokus darauf ein. Ein hübsches Gesicht, voller Sommersprossen, umrahmt von dunkelrotem zurückgebundem Haar.

»Sind Sie okay?«, fragte Corrie-Lyn.

»Urrgh«, teilte Aaron ihr mit.

»Hier, trinken Sie das.« Ein Plastikstrohhalm wurde ihm in den Mund geschoben. Dankbar sog er die kühle Flüssigkeit in seine brennende Kehle.

»Was?«, nuschelte er undeutlich.

»Was was?

»Was ist passiert?«

»Sie sind einige Tage in der Medi-Kammer des Schiffes gewesen.«

Er zuckte zusammen, als er versuchte, seinen Arm zu bewegen. Seine ganze linke Seite war steif, so als wäre die Haut dort zusammengeschrumpft. »Einen Moment«, sagte er. Sein U-Shadow lud Krankenblätter in seine Exosicht. Er übersprang die Details und konzentrierte sich auf die größeren Wiederherstellungen. Die Verletzungen waren weitaus gravierender, als er gedacht hatte. Die Eintrittswunden der Projektile im Verbund mit der Firewire-Verstümmelung und der toxischen Kontaminierung bedeuteten, dass die Medi-Kammer jede Menge zerstörtes Gewebe und zertrümmerte Knochen aus seiner Brust hatte herausoperieren müssen. Dann war funktionsneutrales Fremdmaterial eingesetzt worden – Zellgewebe, dessen voraktive DNA so modifiziert worden war, dass sie sich zu jedem Organ, Knochen oder Muskel formte, das es zu ersetzen galt. Er entdeckte eine Zusatzdatei und öffnete sie. Das Fremdgewebe, das in der Kammer lagerte, war in Wirklichkeit gar nicht so fremd – die DNA war seine eigene. Außerdem besaß es vollkomplementierende biononische Organellen.

Die Transplantate waren von der Kammer und seinen bestehenden Biononics in seinen Körper eingefügt worden. Sie waren immer noch dabei, sich in ihn zu integrieren, was der

Grund dafür war, weshalb er sich so mies fühlte. Die geschätzte Zeit, welche die Biononics zur Beendigung des Verbindungsprozesses und die Zellen zur Anpassung an ihre neue Funktion benötigten, betrug noch weitere siebenundzwanzig Stunden.

»Könnte besser sein, aber auch weit schlimmer«, befand er.

»Ich hab mir Sorgen gemacht«, sagte sie. »Ihre Wunde war ziemlich groß. Das Blut...« Ihr Gesicht wurde fahl, selbst die Sommersprossen verblassten.

Aaron stützte die Arme auf die gepolsterte Unterlage der Kammer und stemmte sich langsam in die Höhe. Erst jetzt fiel ihm auf, dass er gar nichts anhatte. »Danke.«

Verwirrt sah sie ihn an.

»Ich schätze, ich sollte mich wohl bei Ihnen bedanken, oder? Was ist passiert? Das Letzte, woran ich mich erinnere, ist, dass Sie Ruth Stol eins verpasst haben.«

»Dieses eingebildete kleine Miststück.«

»Und? Was geschah danach?« Aaron schwang seine Beine über die Kante der Kapsel; sein Innenohr brauchte wesentlich länger, um die Bewegung zu registrieren. Um ihn herum drehten sich die Wände, pendelten sich dann wieder ein. Die Raumschiffkabine befand sich im Lounge-Modus, mit langen Ruheliegen, die aus den Seiten hervorwuchsen. Während hinter ihm die Medi-Kammer wieder im Boden verschwand, humpelte Aaron zu der Liege, die ihm am nächsten war, setzte sich und betastete mit einem Zeigefinger vorsichtig seine Brust. Die Hälfte seines Oberkörpers schimmerte in einem hässlichen, lachsfarbenen Rosa und war von einer glitzernden Schutzmembran überzogen.

»Ich hab getan, was Sie gesagt haben«, erwiderte Corrie-Lyn. »Die Kapsel ist auf direktem Weg in die Empfangshalle gebrettert. Kaum war ich drin, gab es über dem Wald diese wahnsinnige Explosion. Die Kapsel wurde ganz schön hin und her geschüttelt, aber ich wurde schließlich vom internen Sicherheitsfeld aufgefangen. Also weiter und ab über den Verwaltungstrakt gezischt. Sie waren … kein schöner Anblick, aber irgendwie ist's mir gelungen, Sie an Bord zu ziehen. Dann haben wir uns außerhalb des Klinikgeländes mit der *Artful Dodger* getroffen, wie Sie es vorbereitet hatten. Das Raumschiff hat sein Kraftfeld um die Kapsel gelegt, während wir umstiegen. Saubere Arbeit. Die Bullen waren stinksauer. Sie haben mit so ziemlich allem auf uns geballert, was sie hatten; als wir schließlich starteten, waren ringsherum überall Krater. Ich hab dem Smartcore befohlen, uns aus dem System rauszubringen, aber er hat sich an den von Ihnen vorgegebenen Flugplan gehalten. Zurzeit hocken wir hier in einer Art Hyperraumloch ungefähr ein Lichtjahr von Anagaska. Ich kann nicht mal eine Unisphären-Verbindung herstellen. Der Smartcore hört nicht auf mich.«

»Ich hatte ein paar Extras implementiert«, erklärte er. Sein U-Shadow erteilte dem Smartcore einen Befehl, und ein Aufbewahrungsschrank öffnete sich. »Könnten Sie mir wohl mal den Morgenmantel da reichen, bitte?«

Sie runzelte missbilligend die Stirn, tat jedoch, worum er sie gebeten hatte. »Ich hatte wirklich Panik, dachte, wenn Sie jetzt sterben, sitze ich für immer hier fest. Es war grauenhaft. Ich hab mich schon für alle Ewigkeiten in dieser Lounge rumhängen sehen – angestöpselt an die Senso-Dramen-Programmbibliothek, künstlich ernährt von der Kücheneinheit und alle fünfzig Jahre von der Medi-Kammer rejuveniert. Das entspricht nicht gerade meiner Vorstellung von einer strahlenden Zukunft, vielen Dank.«

Grinsend über ihre melodramatische Empörung, streifte er rasch den Morgenmantel über. »Wenn die Kammer Sie rejuvenieren könnte, könnte sie mich bestimmt auch relifen.«

»Oh.«

»In jedem Fall gewährt Ihnen der Smartcore, falls ich hopsgehe, völlige Kontrolle.«

»Stimmt.«

»Aber!« Er bekam ihre Hand zu fassen. Sie fuhr herum, plötzlich von Angst ergriffen. »Das Ganze hier wäre niemals passiert, wenn Sie sich bereitgehalten hätten, mich abzuholen, als ich es Ihnen gesagt habe.«

»Ich hatte schon seit Wochen keine anständigen Klamotten mehr zu Gesicht bekommen«, protestierte sie. »Ich hatte einfach jedes Zeitgefühl verloren. Ich hatte nicht *vor*, zu spät zu kommen. Abgesehen davon dachte ich, Sie wären schon vor dem geplanten Rendezvous verwundet worden.«

Verzweifelnd schloss er seine Augen. »Corrie-Lyn, wenn man in einem Kampfeinsatz ist, nimmt man sich keine verdammte Auszeit, um shoppen zu gehen. Verstanden?«

»Von einem Kampf ist niemals die Rede gewesen. Ein kleiner, diskreter Einbruch in ihren Tresor, haben Sie gesagt.«

»Nur für die Zukunft: Eine verdeckte Mission, bei der alle Seiten bewaffnet sind, *ist* eine Kampfsituation.«

Sie zog ein Gesicht. »*Nichts von dem, was die aufzubieten haben, stellt für meine Biononics eine Herausforderung dar.*«

»Das hab ich nie behauptet.«

»Doch, haben Sie.«

»Ich ...« Er stieß die Luft aus und versuchte, ruhig zu bleiben. *Yoga. Sie hat uns immer Yoga machen lassen. Verflucht idiotisch.*

Corrie-Lyn sah ihn stirnrunzelnd an. »Alles okay mit Ihnen? Müssen Sie noch mal in die Kammer?«

»Es geht mir gut. Hören Sie, vielen Dank, dass Sie mich aufgesammelt haben. Mir ist klar, dass Sie normalerweise mit so etwas nichts zu tun haben.«

»Keine Ursache«, entgegnete sie barsch.

»Bitte sagen Sie mir, dass wir die Memorycell noch haben.«

Corrie-Lyn setzte ein durchtriebenes Lächeln auf und hielt den kleinen Kunststoffkubus in die Höhe. »Wir haben die Memorycell noch.«

»Ozzie sei Dank.« Sein U-Shadow befahl dem Smartcore, ihm das Schiffslog zu zeigen; er wollte überprüfen, wie viel

Anstrengungen gemacht worden waren, sie aufzuspüren und zu verfolgen. Er erfuhr, dass, seit sie Anagaska so Hals über Kopf verlassen hatten, etliche Raumschiffe über einen Radius von mehreren Lichtjahren hinweg diverse Hysradar-Scans durchgeführt hatten – doch niemand war in der Lage, ein Ultra-Antriebsschiff in transdimensionaler Warteposition ausfindig zu machen. Außerdem ging aus dem Log hervor, dass es Corrie-Lyn gelungen war, die Sperre für alkoholische Getränke, mit der er die Kücheneinheit versehen hatte, auszutricksen. Doch jetzt war wirklich nicht die Zeit dafür, das an die große Glocke zu hängen.

»Okay«, sagte er zu ihr. »Ich glaube nicht, dass uns jemand entdeckt hat. Obwohl es gleich nach unserem Überfall ein äußerst interessantes Kommen und Gehen gegeben hat. Mehrere Schiffe mit ungewöhnlichen Quantensignaturen sind über Anagaska aus dem Hyperraum aufgetaucht; der Smartcore glaubt, dass es sich um getarnte Ultraantriebe handelt.«

»Wieso sollten sie hier sein?«

»Ich habe keine Ahnung. Und keinesfalls die Absicht, lange genug hier herumzuhängen, um es herauszufinden. Sehen wir zu, dass wir von hier wegkommen.«

»Endlich.«

Mit betont gleichgültiger Miene streckte er die Hand aus.

Einen Moment lang sah Corrie-Lyn den Kubus mit fast zärtlichem Blick an und ließ ihn schließlich in seine Handfläche fallen. »Ich bin mir nicht sicher, ob mir die Vorstellung, dass Sie Inigos Gedanken lesen, gefällt.«

»Das werde ich nicht. Die Assimilierung von Erinnerungen ist nicht mit dem Aufrufen eines Senso-Dramas aus der Unisphäre vergleichbar, auch nicht mit dem Aufschnappen von Erlebnissen und Erfahrungen, wie es im Gaiafield geschieht. Eine echte Erinnerung braucht lange, um aufgenommen zu werden. Sie können sie zwar von Echtzeit herunterkomprimieren, dennoch enthält dieser Kubus immerhin fast vierzig

Jahre seines Lebens. Es würde Monate dauern, dies alles in ein menschliches Gehirn zu verschieben; das ist bei der Erschaffung von Relife-Klonen einer der entscheidendsten Faktoren. Wenn wir ihn noch vor der Pilgerfahrt finden wollen, bleibt uns also nicht so viel Zeit.«

»Und was gedenken Sie zu tun?«

»Die Erinnerung jemandem bringen, der sie wesentlich schneller aufnehmen kann als ich, und ihn nett bitten.«

»Gerade eben haben Sie doch gesagt, dass das menschliche Gehirn nicht in der Lage sei, gespeicherte Erinnerungen so schnell zu absorbieren.«

»Sehr richtig. Und genau deshalb setzen wir jetzt auch Kurs auf den *High Angel.*«

Corrie-Lyn wirkte geschockt. »Das Raumschiff der Raiel?«

»Ganz recht.«

»Warum sollten ausgerechnet die Raiel uns helfen?«

Lächelnd betrachtete er den Kubus. »Sagen wir einfach, wir haben jetzt ein hervorragendes Verhandlungsargument.«

Corrie-Lyn hatte nicht die Geduld für eine umfangreiche Recherche. Also musste Aaron die Jahrzehnte und Jahrhunderte ergänzen, die sie ausgelassen hatte, als sie die Dateien aufrief, die ihr U-Shadow über die Raiel zusammengesucht hatte.

»Die Menschen haben den *High Angel* im Jahre 2163 entdeckt«, las er vor, »als in dessen Sternensystem ein Wurmloch geöffnet worden war, um nach etwaigen H-kongruenten Planeten zu forschen. Die Explorationsabteilung von CST kam rasch zu dem Schluss, dass es dort keine Welten gab, auf denen für Menschen Leben möglich war. Allerdings hatten die Astronomen ein hochfrequentes Signal festgestellt, das aus dem Orbit des Gasriesen Icalanise zu ihnen drang.«

»Was hat das mit Engeln zu tun?«, fragte sie. »Waren die alle tiefreligiös?«

»Die Astronomen? Nein«, erwiderte Aaron und fuhr fort. »Als sie ihre Sensoren auf die Quelle der Hochfrequenzwellen konzentrierten, konnten sie einen dreiundsechzig Kilometer langen Minitrabanten erkennen, mit etwas, das aussah wie undeutlich verschwommene, matt schimmernde Flügel. Die Flügel eines Engels.«

»Klingt für mich, als ob sie doch religiös gewesen wären, wenn das das Erste war, was ihnen dazu einfiel.«

Aaron seufzte. »Nachdem hastig weitere Sensoren ausgerichtet worden waren, offenbarte sich die wahre Natur des Objekts. Es war ein Gesteinskern, aus dem zwölf Holme wuchsen, die an ihren Enden gewaltige Kuppeln trugen. Fünf von ihnen besaßen transparente Gewölbe; Städte und Parklandschaften waren darunter zu sehen.

Es war ein Raumschiff; ein lebendes Wesen, oder eine Maschine, die Intelligenz entwickelt hatte. Ursprung unbekannt, und es ließ diesbezüglich auch keinerlei Rückschlüsse zu. Die Kuppeln beherbergten unterschiedliche Spezies. Lediglich die Raiel willigten ein, mit der Menschheit zu sprechen, und sie erzählten nicht viel.

Mehrere der größten Astrotechnik-Unternehmen handelten für drei der Kuppeln einen Pachtvertrag aus, und der *High Angel* wurde für einen Archipel von Mikrogravitationsfabrik-Stationen, die einige der fortschrittlichsten und gewinnbringendsten Technologien des Commonwelth produzierten, zur Schlafstadt. Die Arbeitnehmer und ihre Familien waren bald schon zahlreich genug, um (mit Genehmigung des *High Angel*) ihre Unabhängigkeit zu erklären und sich für einen Sitz im Senat zu qualifizieren.

Mit Ausbruch des Starflyer-Krieges wurde der *High Angel* zur wichtigsten Basis der Commonwelth-Navy, während die Astrotechnik-Unternehmen ihre gewerblichen Stationen auf die Produktion von Kriegsschiffen umstellten. Weitere Kuppeln wurden erzeugt, oder extrudiert, oder auf geheimnisvolle Weise ins Dasein gerufen, um das Navy-Personal unterzubringen. Immer noch begriff niemand die hinter dem *High Angel* steckende Technologie.«

»Wissen wir inzwischen mehr darüber?«, fragte Corrie-Lyn.

»Nicht wirklich. Möglicherweise ANA. Die Zentralen Welten sind in der Lage, einige Funktionsweisen mit Biononics zu reproduzieren, aber die Externen Welten sind weit davon entfernt, etwas auch nur annähernd Vergleichbares zuwege zu bringen.«

Die Menschheit, so berichtete er ihr weiter, hatte bis zweihundert Jahre nach dem Krieg warten müssen, bis die Geschichte des gewaltigen Alien-Raumschiffs endlich ein bisschen klarer wurde. Wilson Kimes' legendäre Reise, mit der *Endeavour* die Galaxis zu umrunden, hatte dem Commonwelth die Existenz der Leere offenbart; einschließlich Centurion Station und den Abwehrsystemen der Raiel, die die Sterne des Walls aufrechterhielten. Andere Explorationsschiffe entdeckten weitere Schiffe der *High Angel*-Klasse, und die einzige Spezies, die auf ausnahmslos allen vertreten war, waren die Raiel.

Mit diesem Sachverhalt konfrontiert, hatten die Raiel schließlich erklärt, dass die *High Angel*-Schiffsklasse von ihnen geschaffen worden war, und dies vor mehr als einer Million Jahren, als ihre Spezies sich auf dem Höhepunkt befand. Es war ein goldenes Zeitalter gewesen, und die Raiel-Zivilisation hatte sich über Tausende von Planeten erstreckt. Sie hatten sich mit Hunderten anderer intelligenter Wesen vermischt, hatten beobachtet und gelenkt, während Dutzende von Spezies in einen postphysischen Zustand übertraten. Sogar die Silfen hatten die Raiel schon lange bevor deren Mutterholm sich seinen Pfad ins Dasein träumte gekannt.

Dann machte die Leere eine ihrer periodischen Expansionsphasen durch. Nichts von dem, was die Raiel imstande waren zu tun, hielt die Barriere davon ab, ganze Sternencluster zu verschlingen. Die Gravitation um den galaktischen Kern kehrte sich um, während Gestirne in den Ereignishorizont hinabgerissen wurden. Die Auswirkungen auf die Zivilisationen direkt außerhalb des Walls waren katastrophal. Sterne verlagerten ihre Position, als das Gravitationsfeld des Kerns fluktuierte; ihre Planeten veränderten ihren Orbit. Unzählige einzigartige Biosphären waren verloren, noch ehe die Evolution irgendeine reelle Chance hatte zu gedeihen. Ganze Gesellschaftssysteme mussten evakuiert werden, bevor die Sturmfront ultraharter Strahlung, die in der Diagonalen Tausende von Lichtjahren maß, in die Basis der galaktischen Spiralarme quoll.

Nachdem alles vorbei war, nach Rettungs- und Bergungsaktionen, die Jahrtausende währten, verkündeten die Raiel, dass die Leere nicht länger hingenommen werden könne. Die Firstlife, die sie geschaffen hatten, als die Galaxis noch in den Kinderschuhen steckte, hatten offensichtlich nicht die entsetzlichen Konsequenzen vorausgesehen, die sie für jene haben würde, die nach ihnen kamen. In der Folge stellten die Raiel eine Armada von Schiffen auf, die in jedwedem Quantenzustand, der innerhalb der Leere theoretisch existieren mochte, arbeiten würden. Und sie drangen ein. An die hunderttausend Schiffe sammelten sich an der schrecklichen Barriere und flogen hinein, zu allem bereit.

Keines kehrte zurück.

Die Leere blieb unversehrt.

Das, was von der einstmals so großen Zivilisation der Raiel noch übrig geblieben war, verlegte sich auf ein Rückzugsgefecht. Ein Abwehrsystem zur Verstärkung der Wall-Sterne wurde in der schwachen Hoffnung errichtet, dass es der nächsten Makroexpansion standhalten würde. Weitere Schiffe wurden gebaut, um als Archen für junge Spezies zu dienen und sie aus der todgeweihten Galaxis hinaus und zu der großen Kluft weit draußen zu bringen, wo sie sich in friedvollen Sternenclustern auf neuen Welten wieder ansiedeln konnten. Es war der letzte mildtätige Akt eines Volkes, das an seiner ultimativen Herausforderung gescheitert war. Wenn sie schon die Galaxis nicht retten konnten, so schworen die Raiel, dann würden sie wenigstens bis zum bitteren Ende bleiben und diejenigen behüten, die weniger imstande waren, für ihre Sicherheit zu sorgen, als sie selbst.

»Ich hab mit dieser Version der Geschichte so meine Probleme«, sagte Corrie-Lyn leise, als die Dateibilder zur Kabinenmitte hin zusammenschrumpften und verschwanden. »Für jemanden, der um die Schönheit weiß, die in der Leere liegt, ist es sehr schwer, sie als etwas Feindseliges zu akzeptieren.« Sie trank einen Schluck von ihrer heißen Schokolade mit Brandy und kauerte sich auf der Liege zusammen.

»Diese Version?«, fragte Aaron von der anderen Seite der Kabine.

»Na ja, es ist ja nicht so, als könnten wir es jemals überprüfen, oder?«

»Sofern meine Erinnerungen nicht gefälscht sind, verfügen wir über annähernd sechshundert Jahre menschlicher Observation von Centurion Station aus, um die höchst unnatürliche Art und Weise, mit der die Barriere Sternensysteme verspeist, zu bestätigen. Und wer war es noch gleich, der ein paar dieser Beobachtungen gemacht hat? Ach ja, richtig: Inigo persönlich.«

»Ja, aber dieser ganze Kreuzzugsarmada-Schwachsinn? Kommen Sie. Hunderttausend Schiffe, mit Waffen bestückt, die in der Lage sind, komplette Sterne zu zermalmen. Wo sind die hin? Keiner von Inigos Träumen hat auch nur das kleinste ihrer Überbleibsel gezeigt.«

»Ausgelöscht. In ihre einzelnen Atome vaporisiert und wie alle anderen Materiepartikel, die die Barriere passieren, absorbiert.« Er hielt einen Augenblick inne, ein wenig beunruhigt. »Abgesehen von dem Menschenschiff, das es hindurchschaffte und auf Querencia gelandet ist.«

»Ziemlich beschissene Taktik für eine Spezies von selbsternannten Superhirnen. Haben die nicht mal daran gedacht, vorher ein oder zwei Aufklärer reinzuschicken?«

»Vielleicht haben sie das. Sie können sie ja fragen, wenn wir am *High Angel* angekommen sind.«

Sie sah ihn mit mitleidigem Blick an. »Falls sie uns überhaupt andocken lassen.«

»O ihr Kleingläubigen.«

Zehntausend Kilometer vom *High Angel* entfernt fiel die *Artful Dodger* wieder zurück in die Raumzeit. Hinter dem Alien-Raumschiff wuchs Icalanise heran, eine gekrümmte Sichel aus widerstreitenden topas- und platinfarbenen Sturmgürteln. Vier schmale, dunkle Ringe dehnten sich längs des Äquators aus, der Randbogen des Kernschattens wurde von einem Konjunktionscluster der achtunddreißig Monde des Gasriesen markiert.

Mehrere Sensorabtastungen huschten über das Raumschiff. Nach wie vor zeichnete sich der *High Angel* durch eine starke Commonwelth-Navy-Präsenz aus, und der Basisadmiral nahm Sicherheit sehr ernst. Aus diesem Grund war für die *Artful Dodger* bereits eine neue Identität samt offizieller Bestätigung in den Smartcore geladen worden. Und so erbat Aarons U-Shadow bei der New-Glasgow-Kuppel Andockerlaubnis für die *Alini*. Beinahe umgehend erhielten sie die Anfluggenehmigung.

Träge glitt in einem Tausend-Kilometer-Orbit der Archipel aus Industriestationen dahin und bildete einen dichten Ring aus silbernen Punkten um den *High Angel*. Versorgungsshuttles schwirrten zwischen ihnen und den menschenbewohnten Kuppeln hin und her, verluden fortschrittlichste Technologien und Baustoffe für die Weiterverschiffung zu den Externen Welten, wo solche Systeme immer noch hoch geschätzt waren. »Sehen Sie mal«, murmelte Aaron bewundernd, während er die Schiffssensorendarstellung aufrief. »Ein Engel mit Heiligenschein.«

»Man sollte es mit den religiösen Analogien nicht zu weit treiben«, maßregelte ihn Corrie-Lyn.

Siebzehn Kuppeln erhoben sich mittlerweile aus der felsigen Oberfläche des Kerns. Die sechs, die von den Menschen belegt waren, besaßen allesamt kristallene Dächer, die ihnen den Blick auf die Städte und Parkanlagen in ihrem Innern gewährten.

Vier der übrigen waren ebenfalls bis zu einem gewissen Grad transparent; die Spektren fremder Sonnen schimmerten durch sie hindurch, ihrem jeweils eigenen Tag-und-Nacht-Rhythmus folgend. Fremdartige Silhouetten von Städten, eingebettet in seltsame Landschaften, waren zu sehen. Bei Nacht würden sie als verführerisch farbenprächtige Lichtpunkte erstrahlen. Eine von ihnen gehörte zu den Raiel. Die übrigen Kuppeln waren für Blicke von außen gesperrt, und weder der *High Angel* noch die Raiel würden in irgendeiner Weise Auskunft über ihre Bewohner geben.

Auf Aarons Anweisung hin richtete der Smartcore des Schiffs einen Kommunikationsmaser auf die Kuppel der Raiel. »Ich bitte um Genehmigung, an der Raiel-Kuppel andocken zu dürfen«, sagte Aaron. »Ich möchte mit einem ihrer Bewohner sprechen.«

»Das ist für eine Privatperson ein ungewöhnliches Ersuchen«, erwiderte der *High Angel* mit der Stimme eines männlichen Menschen. »Ich kann stellvertretend für den Raiel sprechen.«

»Nicht zufriedenstellend. Du bist dir der Natur dieses Schiffes bewusst?«

»Sie ist mir nicht entgangen. Nur sehr wenige von ANAs Ultraantriebs-Schiffen sind je in meine Nähe gekommen; die Technologie ist in höchstem Maße fortgeschritten. Sie müssen einer ihrer Repräsentanten sein.«

»So etwas in der Art, und ich muss dringend mit einem bestimmten Raiel reden.«

»Also schön. Ich werde Ihnen einen neuen Flugweg übermitteln, dem Sie bitte folgen möchten.«

»Vielen Dank. Der Name des Raiel, den ich zu treffen wünsche, ist Qatux.«

»Selbstverständlich.«

Die *Artful Dodger* änderte leicht den Kurs, steuerte dann um den massiven steinernen schwarzen Kern des *High Angel* herum und auf den Trägerholm der Raiel-Kuppel zu. An der Basis befanden sich große, dunkle Ovale; gleich darunter verschmolz der zinnfarbene Schaft schon mit der Gesteinskruste. Eines dieser Ovale entmaterialisierte und gab den Blick auf eine nichtssagende weiße Öffnung frei. Den Bug voran glitt die *Artful Dodger* hinein, bevor die Außenwand hinter ihr wieder rematerialisierte.

»Bitte halten Sie sich für den Teleport bereit«, sagte der *High Angel*.

Corrie-Lyn wirkte ausgesprochen beunruhigt.

»Noch einmal«, wandte sich Aaron an sie. »Und im Grunde ohne jede Hoffnung, dass Sie sich auch nur im Geringsten daran halten: Überlassen Sie das Reden mir.«

Ihr Mund öffnete sich zu einer Antwort.

Im selben Moment verschwand die Kabine und wurde sogleich durch einen weitläufigen runden Raum mit matt smaragdgrün leuchtendem Boden ersetzt. Wenn es eine Decke gab, so war sie irgendwo in der Düsternis hoch oben verborgen. Direkt vor ihnen stand ein ausgewachsener Raiel. Corrie-Lyn keuchte auf und wäre beinahe gestolpert. Rasch streckte Aaron eine Hand aus und erwischte sie am Arm. Er mochte zwar keine Erinnerung daran haben, jemals auf der Erde gewesen zu sein und die planetare T-Sphäre benutzt zu haben, doch die abrupte Parallelverschiebung entsprach genau dem, wie er es sich vorgestellt hatte.

»Grundgütiger Ozzie«, ächzte Corrie-Lyn.

»Ich hoffe, ihr seid nicht allzu sehr erschrocken«, sagte der Raiel mit seiner sanften Flüsterstimme.

Aaron verbeugte sich förmlich. Der Raiel war so groß wie alle ausgewachsenen Vertreter seiner Art, größer als ein irdischer Elefant, mit einer graubraunen Haut, die von borstigen dicken Haaren bedeckt war. Nicht, dass Aaron ein Experte gewesen wäre, aber dieser eine sah aus wie ein außerordentlich gesundes Exemplar. Von vorn betrachtet war sein birnenförmiger Kopf von einem Kranz Tentakelglieder umschlossen; mit einem kräftigen Paar ganz unten, vier Meter lang und mit segmentierten Schaufelhänden bestückt, zur Verrichtung schwererer Arbeit. Die übrigen Gliedmaßen wurden fortschreitend kleiner, bis hin zu einer Gruppe von schlanken Manipulatoren, die besonders geschmeidigen Schlangen glichen. An jeder Seite seines Kopfes befand sich ein Cluster von fünf schmalen, halbkugelförmigen Augen, die unisono in die jeweilige Richtung schwenkten. Unterhalb der Augencluster, an der Unterseite des Schädels, legte sich die Haut in losen Falten übereinander, um einen Mundbereich zu formen. Wenn der Raiel sprach, konnte Aaron gerade noch speichelbenetzte Taschen und eine Reihe spitzer, brauner Zähne erblicken.

»Nein, schon okay«, stammelte Corrie-Lyn. Dann erinnerte sie sich ihrer guten Kinderstube und neigte linkisch den Kopf.

»Ich bin schon lange keinem leibhaftigen Menschen mehr begegnet«, sagte Qatux in seiner traurig klingenden, gedämpften Sprechweise. »Ich war neugierig. Ich wusste nicht, dass man meinen Namen unter euresgleichen noch kennt.«

»Ich fürchte, dein Name ist auch das Einzige, was ich von dir kenne«, erwiderte Aaron. »Aber ich danke dir, dass du bereit warst, uns zu empfangen.«

»Meine Rolle in eurer Geschichte war nur ein kurzes Intermezzo. Ich habe während des Starflyer-Krieges an einer Expedition der Menschen teilgenommen. Ich hatte Freunde. Menschliche Freunde, was ungewöhnlich ist für einen Raiel, damals wie heute. Sag, kennst du Paula Myo?«

Aaron war überrascht, dass sein Herz bei diesem Namen einen kleinen Satz machte. *Muss an der medikamentösen Behandlung liegen.* »Ich habe von ihr gehört.«

»Ich mochte Paula Myo«, sagte Qatux.

»Sie ist jetzt eine ANA:Regierungsrepräsentantin.«

»Und du nicht?«

»Nicht auf ihrer Stufe«, sagte Aaron und betete darum, dass Corrie-Lyn ihren verdammten Mund hielt.

»Weshalb seid ihr hier?«, fragte Qatux.

»Ich habe eine Bitte.« Er hielt den Kubus in die Höhe. »Das hier ist die Memorycell eines Menschen. Ich hätte gern, dass du die Erinnerungen aufnimmst. Es gibt Fragen hinsichtlich seiner Person, auf die ich Antworten brauche.«

Qatux erwiderte nichts. Stattdessen schwenkten seine Augen von Aaron zu Corrie-Lyn und wieder zurück.

»Kannst du das für mich tun?«, fragte Aaron. Es war klar, dass irgendetwas nicht so lief, wie es sollte, doch er wusste nicht, was. Sein Verstand sagte ihm immer noch, dass Qatux der Raiel war, der ihm in dieser Sache am ehesten weiterhelfen konnte. Und bis jetzt hatte sich im Verlauf dieser Mission all das intuitive Wissen, mit dem sein Unterbewusstsein befrachtet worden war, noch immer als richtig erwiesen.

»Ich habe so etwas mal getan«, flüsterte Qatux. »Es gab einmal eine Zeit, da war ich von menschlichen Gefühlszuständen außerordentlich fasziniert. Ich habe sogar einen Menschen geheiratet.«

»Geheiratet?«, platzte Corrie-Lyn heraus.

»Ja, eine überaus nette Dame namens Tiger Pansy. Ich hatte nie zuvor jemand gekannt, der so emotional reagierte. Wir haben viele glückliche Jahre miteinander verbracht, auf einem Planeten, den ihr Far Away nennt. Ich teilte mit ihr jeden Gedanken, jedes Gefühl.«

»Was ist passiert?«, fragte Aaron, ahnend, dass die Geschichte wohl nicht gut ausgehen würde.

»Sie starb.«

»Das tut mir leid.«

»Sie starb auf die entsetzlichste Weise. Ein Frau mit Namen ›The Cat‹ hat ihren Tod um viele Jahre verlängert. Absichtlich. Ich habe an ihrem langen Sterben teilgehabt. Ich erlebte den menschlichen Tod.«

»Scheiße«, stieß Aaron leise hervor.

»Seitdem habe ich keine menschlichen Gedanken oder Gefühle mehr erfahren. Letzten Endes hat meine Frau mich von dieser skurrilen Schwäche geheilt. Es ist ihr letztes Geschenk an mich gewesen, so unfreiwillig es auch war. Ich bin wieder ein Raiel. Ich nehme jetzt einen hohen Rang unter meinesgleichen ein.«

»Wir hätten dich nicht darum bitten sollen«, sagte Corrie-Lyn kleinlaut. »Wir hatten keine Ahnung. Es tut mir leid.«

Aaron hätte sie am liebsten mit einem Betäubungsschuss niedergestreckt. »Es handelt sich um Inigo«, sagte er und hielt noch einmal den Kubus in die Höhe. »Der Mensch, der die Leben von Menschen innerhalb der Leere träumt.«

Abermals blieb Qatux absolut stumm. Nur blieben seine Augen diesmal allein auf Aaron gerichtet.

»Aaron!«, zischte Corrie-Lyn ihn durch die zusammengebissenen Zähne an.

Er konnte die Wut, die aus ihr heraus und durch das Gaiafield strömte, spüren, doch es war ihm egal. »Ich bin auf der Suche nach ihm«, erklärte er dem riesigen schweigenden Alien und blickte ihm direkt in die multiplen Augen. »Er muss gefunden werden, bevor die Living-Dream-Gläubigen mit ihrer Pilgerfahrt eine weitere Absorptionsphase der Leere auslösen. Wirst du uns helfen?«

»Inigo?«, fragte Qatux fast tonlos.

»Ja. Der Kubus enthält seine Persönlichkeit bis zu dem Moment, als er sich auf seine Centurion-Station-Mission begab. Seine prägenden Jahre. Jeder kennt sein Leben, seit er Living Dream gegründet hat, selbst die Raiel. Oder vielleicht die Raiel ganz besonders. Ich dachte, wenn du dieses Wissen mit seinen frühen Jahren in Zusammenhang setzt, bist du möglicherweise in der Lage, seine Beweggründe zu verstehen. Ich hatte gehofft, dass du für mich herausfindest, wohin er gegangen ist.«

»So lange schon haben die Raiel erfahren wollen, wie es im Innern der Leere aussieht. Das ist alles, wofür wir im Augenblick leben. Wir sind ebenso sehr ihre Nemesis wie sie die unsere. Seit mehr als einer Million Jahren haben wir uns mit der Rolle, die das Schicksal uns zugewiesen hat, begnügt. Und dann kommt so ein Mensch daher und *träumt* einfach, was sich in ihr befindet. Und es sind keine der Unsrigen darin. Die Klügsten und Fähigsten unseres Volkes sind einst in diesen Ort des Bösen eingedrungen, und keine Spur ist von ihnen geblieben. Nichts.«

»Die Leere ist kein Ort des Bösen«, wandte Corrie-Lyn trotzig ein.

»Ich würde das zu gerne glauben. Aber ich kann es nicht. Wir haben von der Leere schon vor langer Zeit gewusst, lange bevor eure Spezies Intelligenz erlangt hat. Sie ist der Zerstörer allen Lebens, aller Hoffnung. Nichts und niemand entkommt ihr.«

»Millionen von Menschen leben im Inneren der Leere. Sie führen ein Leben voller Hoffnung und Heiterkeit und Liebe, sie führen ein besseres Leben als jeder von uns hier draußen.«

»Und um das zu tun, um dieses großartige Leben zu erringen, um das ihr sie so sehr beneidet, *töten* sie euch. Sie töten diese Galaxis. Und jetzt wollt ihr euch ihnen anschließen, um den Schaden auf ein Ausmaß zu erhöhen, das niemand von euch sich vorstellen kann.«

»Werdet ihr die Pilgerfahrt verhindern?«, fragte Aaron.

»Nicht ich. Nicht dieses Archenschiff. Das ist nicht die Aufgabe der hier lebenden Raiel; wir sind nur Hüter. Doch es gibt andere Raiel, die einem anderen Zweck dienen. Sie sind die Verteidiger dieser Galaxis. Ich weiß nicht, welche Schritte sie hinsichtlich der Pilgerfahrt unternehmen werden.«

Aaron warf einen raschen Blick auf Corrie-Lyn. Ihre Lippen waren zu zwei entschlossenen schmalen Strichen aufeinandergepresst.

»Kannst du uns mit Inigos Erinnerungen helfen? Wenn ich ihn finden kann, mit ihm reden kann, besteht vielleicht eine Chance, dass er die Pilgerfahrt stoppt.«

Qatox trat näher an ihn heran. Acht stämmige Beine an jeder Seite seines Unterleibs neigten sich nach vorn, um den massigen Körper in einer gleitenden Wellenbewegung vorwärts zu tragen. Aaron wich nicht von der Stelle, wenngleich er aus den Augenwinkeln wahrnahm, dass Corrie-Lyn einen kleinen Schritt zurück machte; ihre Emotionen, die ins Gaiafield durchsickerten, schlugen von Stolz zu Besorgnis um.

»Ich werde tun, was ich kann«, sagte Qatux. Er streckte einen mittelgroßen Tentakel aus.

Erleichtert stieß Aaron die Luft aus und übergab ihm die Memorycell. Die Tentakelspitze schlang sich um den Würfel, zog sich wieder zurück und rollte sich nach hinten zusammen. Direkt hinter dem Tentakelkranz, an dem Raiel-Äquivalent eines Halses, baumelten zahllose schmale Fleischauswüchse herab, jeder von ihnen von einer kleinen, dicklichen Wölbung gekrönt, die technischen Ursprungs war. Der Kubus sank durch die Oberfläche einer Wölbung wie ein in Wasser fallender Kiesel.

Ein lang anhaltender Schauer ging durch Qatux' massigen Körper. Das gewaltige Alien gab einen Seufzer von sich, der einem gequälten Ächzen nahekam. »Ich lasse dich wissen, wenn ich fertig bin«, sagte Qatux.

In der nächsten Sekunde wurden Aaron und Corrie-Lyn in die *Artful Dodger* zurückteleportiert.

Die Mars Twins erglühten in bombastischem Rot, während ihre oberen Atmosphärenstürme über Tausend-Kilometer-Fronten hinweg brodelten und tosten und die dunklen Schatten, die zeitweilig die Oberflächenmerkmale verbargen, verwischten. Ihr düsteres Ambiente passte hervorragend zu Kleriker-Konservator Ethans Stimmung, als er die Liliala Hall durchschritt. Über ihm an der unwirklichen Decke ließen die tobenden Orkane purpurrote Blitze aufzucken und prügelten sich gegenseitig voreinander her wie Wellen, die auf einen

Strand einstürmen. Brodelnd strudelten sie ineinander und verhüllten die beiden kleinen Planeten. Die lautlose heftige Schlacht verschaffte ihm, als er durch die gewölbte Tür in die Bürgermeister-Suite trat, einen effektvollen Auftritt.

Rincenso und Falven, zwei seiner treuesten Anhänger im Rat, warteten im ersten Vorzimmer auf ihn, in dessen bernsteinfarbenem Licht ihre finsteren Mienen umso unheimlicher erschienen. Das Einzige, was sie von sich ins Gaiafield dringen ließen, war eine Ausstrahlung höflicher Erwartung. Nicht einmal Ethans leicht wahrzunehmende Laune brachte sie ins Wanken.

Während er in das ovale Arbeitszimmer ging, bedeutete er den beiden mit einem knappen Wink, ihm zu folgen. Durch die hohen Fenster im Rayonnantstil strömte helles Sonnenlicht herein und ergoss sich auf den großen Holzschreibtisch, der äußerlich völlig dem glich, hinter dem der Waterwalker gesessen hatte, als er Bürgermeister von Makkathran war. Fünf schlichte Stühle standen davor. Neben einem von ihnen stand Ratsmitglied Phelim und wartete darauf, dass Ethan an seinem Schreibtisch Platz nahm. Er trug die einfache blau-grüne Alltagsrobe eines Ratsherrn. Ihrer Bedeutung nach stand sie für eine offene und zugängliche Person, die sich für die Lösung von Problemen, die jemand haben mochte, stets Zeit nehmen würde. An Phelim allerdings hatte das Kleidungsstück etwas fast Abschreckendes, indem es seine Größe und seine grimmigen Gesichtszüge noch unterstrich.

»Also ist der Skylord allem Anschein nach unterwegs nach Querencia«, sagte Ethan, während er sich hinsetzte.

Falven räusperte sich. »Er steuert jedenfalls auf irgendeine Art von Planeten zu. Wir müssen annehmen, dass es sich um Querencia handelt. Die Aussicht eines weiteren von Menschen bevölkerten Planeten innerhalb der Leere würde eine ganze Reihe von Komplikationen für uns bedeuten.«

»Es hält sich im Rahmen«, wandte Rincenso ein. »Mir ist es egal, wie viele H-kongruente Planeten es dort gibt oder wer auf ihnen lebt. Unser Interesse ist allein auf Querencia und den Waterwalker beschränkt. Sein Beispiel ist es, dem wir folgen wollen.«

»Zu viele Unbekannte, um damit an die Öffentlichkeit zu gehen«, sagte Falven.

»Nicht gar so viele im Grunde genommen«, erwiderte Ethan. »Es gibt keinen Zweifel daran, dass der Zweite Träumer einen Skylord träumt. Diese Kreatur ist in der Lage, die Seelen und Bewusstseine lebender empfindungsfähiger und intelligenter Wesen wahrzunehmen. Sie und ihr Schwarm fliegen auf einen festen Planeten zu, um diese Seelen einzusammeln und sie dann zu Odins See zu tragen. Ihr Flug entspricht allen Lehren der Herrin.«

»Ich frage mich, wie das Leben in Makkathran jetzt aussieht«, sinnierte Rincenso. »So viel Zeit ist inzwischen vergangen.«

»Das werden Sie schon bald genug erfahren«, sagte Ethan. »Die Rümpfe unserer Pilgerschiffe sind bereits in Konstruktion. Nicht mehr lange und wir werden startbereit sein. Phelim?«

»Die Rumpfarbeiten und die Installation der internen Systeme sollten im September abgeschlossen sein«, entgegnete Phelim. »Die Kosten sind gewaltig, aber die Freihandelszone verfügt über eine beachtliche Produktionskapazität. Die Herstellung der Komponenten ist in hohem Maße kybernetisiert: Nachdem die Vorlagen erst einmal geladen sind, ist die Fertigung ein simpler Prozess. Und natürlich sind, ganz gleich, wie viel Kritik wir uns auch ausgesetzt sehen, die Externen Welten immer erpicht auf unser Geld.«

»September«, sagte Ricenso. »Gütiger Ozzie, so bald.«

Ethan vermied es, Phelim anzusehen. Niemand sonst wusste von den Ultra-Antriebsmaschinen, die Marius zu liefern versprochen hatte. »Unter physikalischen Gesichtspunkten läuft alles bestens«, sagte er. »Bliebe also nur noch die Sache mit unserem rätselhaften Zweiten Träumer zu klären. Wir wissen zwar immer noch nicht, warum er sich nicht zu erkennen gegeben hat, aber es ist bezeichnend, dass seine Träume so viel substanzieller geworden sind, seitdem die Schiffe gebaut werden.«

»Warum nur offenbart er sich uns nicht?«, sagte Falven. Das Gaiafield verriet das Aufblitzen von Wut in seinen Gedanken. »Hol ihn der Teufel, werden wir ihn denn niemals finden?«

»Er befindet sich auf Viotia«, sagte Phelim.

»Sind Sie sicher?«

»Ja. Die Gaiafield-Konfluenznester auf Viotia waren die ersten, die seinen letzten Traum empfingen. Von dort aus wurde er über das ganze Greater-Commonwelth-Gaiafield verbreitet.«

»Wissen Sie, wo auf Viotia er sich exakt aufhält?«

»Noch nicht. Aber immerhin haben wir jetzt den Planeten, auf den sich unsere Anstrengungen zur Bestimmung der genauen geographischen Position konzentrieren werden. Natürlich, Menschen wandern für gewöhnlich umher. Und wenn er absichtlich anonym zu bleiben versucht, wird er einfach nach jedem Traum seinen Aufenthaltsort wechseln.«

»Was es zu verhindern gilt«, sagte Ethan nur.

»Wie?«, fragte Rincenso.

»Das ist der Grund, warum ich Sie heute zu mir bestellt habe, Sie beide, meine teuersten Freunde und Verbündete im Rat. Der Zweite Träumer ist für die Pilgerfahrt von entscheidender Bedeutung. Er ist es, der die Skylords bitten muss, uns durch die Barriere zu geleiten und weiter nach Querencia. In Inigos Abwesenheit ist er derjenige, der unseren Weg erleuchten wird.«

»Was sollen wir also tun?«, fragte Falven.

»Es gibt für uns mehrere gangbare Wege«, erwiderte Ethan ruhig. »Ich denke, der eine, der uns zum Ziel unserer Reise führt, ist es, Viotia in die Freihandelszone zu bringen.«

Die beiden Ratsmitglieder wechselten einen verwunderten Blick.

»Viotia *gehört* zu unserer Freihandelszone«, sagte Falven.

»Auf dem Papier, ja«, entgegnete Ethan. »Auch wenn es keiner unserer Kernplaneten ist. Bislang. Wir müssen bereit sein, den Beitrittsprozess zu Ende zu führen. Ein Prozess, der darin gipfeln soll, dass Ellezelin ein Wurmloch zwischen unseren beiden Welten öffnet. Anschließend dürfte Viotias Regierung eine etwas positivere Haltung gegenüber Living Dream einnehmen. Letztendlich ist es mein Ziel, sie in unserer Hierokratie zu begrüßen.«

Falven lehnte sich zurück und schien völlig perplex.

Rincenso lächelte lediglich anerkennend. »Es gibt bereits eine erhebliche Anzahl von Living-Dream-Anhängern dort. Aber sind es genug, um die demographischen Werte zum Kippen zu bringen?«

»Möglicherweise«, sagte Phelim.

»In dem Fall wäre es mir eine Freude, im Rat den entsprechenden Antrag zu stellen.«

»Dem schließe ich mich an«, setzte Falven bedächtig hinzu.

»Derzeit sehen sich unsere Anhänger auf Viotia gewissen Anfeindungen und Ressentiments gegenüber«, fuhr Ethan fort. »Würde ein Wurmloch geöffnet, das ihre Wirtschaft an unsere bindet, werden diese Ressentiments sich in offenen Gewalttätigkeiten äußern. Wir bräuchten eine Garantie für die Sicherheit aller Living-Dream-Angehörigen und -Sympathisanten.«

»Haben wir denn die Möglichkeiten dazu?«, fragte Falven vorsichtig.

»Über die Kernplaneten der Freihandelszone sind genügend nationale Sicherheitskräfte verteilt, um auf Viotia die Herrschaft des Rechts durchzusetzen«, sagte Phelim. »Und seit Ethans Aufstieg zum Konservator haben wir zusätzliches Personal rekrutiert.«

»Genug für so etwas wie das hier?«

»Ja.«

»Oh. Ich verstehe.«

»Ich bedaure jede Unannehmlichkeit, die diese Angelegenheit für Viotias Bewohner nach sich ziehen mag«, sagte Ethan. »Aber wir können es uns einfach nicht leisten, den Zweiten Träumer zu verlieren.«

»Wenn wir nur wüssten, warum er sich weigert, sich zu offenbaren ...«, sagte Rincenso verbittert.

»Vielleicht weil er es noch nicht weiß«, erwiderte Ethan mit müder, trauriger Stimme.

»Aber wie könnte er es *nicht wissen*?«

»Inigo hat mehrere Wochen gebraucht, um sich darüber klar zu werden, was da eigentlich vorging. Zuerst hat er für seine Träume eine Art von Streuung eines Full-Sense-Dramas verantwortlich gemacht, die in Centurion Stations Gaiafield durchgesickert war. Und ich glaube, dass diese anfängliche Verwirrtheit sich gerade wiederholt. Zunächst hatten wir nichts bis auf kleine Fragmente, flüchtige Eindrücke des Skylords, die wir mühsam zusammengefügt haben. Nun, da die Verbindung hergestellt ist, nehmen Länge und Stärke der Träume zu. Genau wie damals bei Inigo. Bald werden sie zu einem Crescendo anschwellen, und der Zweite Träumer wird sich darüber bewusst werden, zu was er auserkoren wurde.«

Falven sah die anderen im Arbeitszimmer mit unbehaglichem Blick an. »Und wozu müssen wir dann Viotia inkorporieren?«

»Was, wenn der Zweite Träumer gar kein Living-Dream-Anhänger ist?«, fragte Ethan sanft.

»Aber –«

»Es gibt noch ein viel schlimmeres Szenario als das«, sagte Phelim. »Was, wenn einer unserer Gegner ihn sich vor uns schnappt und ihn dazu benutzt, unsere Pilgerfahrt zu sabotieren?«

»Sie werden ihn suchen«, stellte Rincenso fest.

»Natürlich werden sie ihn suchen«, erwiderte Ethan. »Aber dadurch, dass wir das Gaiafield kontrollieren, besitzen wir einen gewaltigen Vorteil. Nicht einmal ANAs ruchlose Fraktionen können daran rütteln. Wir müssen als Erste an ihn herankommen.«

»Und wenn er sich weigert, uns zu helfen?«, gab Falven zu bedenken.

»Dann ändern wir seine Meinung«, klärte Phelim sie auf. »In einem sehr buchstäblichen Sinn.«

»Ich denke, das wird nicht notwendig sein«, sagte Rincenso, dem sichtlich unwohl bei dem Gedanken war.

»Ich hoffe, nicht«, beruhigte ihn Ethan. »Aber wir müssen auf alle Eventualitäten vorbereitet sein.«

»Ja. Ich verstehe.«

»Zunächst würde ich gern sowohl an den Zweiten Träumer wie auch an den Skylord einen schlichten Appell richten«, sagte Ethan.

Falven machte sich nicht die Mühe zu verbergen, dass seine Gedanken sich vor Überraschung kräuselten. »Eine öffentliche Erklärung über die Unisphäre?«

»Nein. Eine direkte Intervention in den nächsten Traum.«

»Wie das?«

»Der Zweite Träumer sendet seine Träume in Echtzeit in die Konfluenznester aus«, sagte Phelim. »Direkt am Ende des letzten Traums – gerade, wenn er verblasst – gibt es eine Anomalie, eine winzig kleine. Sie ist extrem schwer zu erkennen, und wir denken, dass sie der Mehrheit unserer Anhänger nicht aufgefallen ist. Aber unsere Traummeister haben sich diese letzten Momente noch einmal etwas genauer angesehen. Sie sind auf eine menschliche Empfindung gestoßen, die in den Bewusstseinsstrom des Skylords eingedrungen ist. Ein schwaches Glücksgefühl, aber eines mit deutlich sexuellen Assoziationen. Aller Wahrscheinlichkeit nach wurden wir Zeuge post-koitaler Befriedigung.«

»Der Zweite Träumer empfängt die Träume des Skylords während des Geschlechtsverkehrs?«, fragte Rincenso ungläubig.

»Im Zustand der Entspannung ist das menschliche Gehirn am aufnahmebereitesten«, erwiderte Ethan. »Der Moment kurz nach dem Sex ruft fraglos ein solches Befinden hervor.«

»War das bei Inigo etwa auch der Fall?« Falven wirkte beinahe empört.

Ethans Mundwinkel zuckten amüsiert. »Nicht dass ich wüsste. Aber Inigo hat auch niemals seine Träume in Echtzeit in Umlauf gesetzt, sodass ich annehme, dass wir es wohl nie herausfinden werden. Aber diese Anomalie ist das stärkste Indiz für unsere Annahme, dass es sich um Echtzeit-Träume handelt. Womit wir in der Lage sein sollten, uns einzuschalten und sowohl mit dem Zweiten Träumer wie auch mit dem Skylord zu kommunizieren. Wenn es uns gelingt, speziell diese letztgenannte Intervention erfolgreich durchzuführen, sind wir vielleicht in der Lage, eine direkte Verbindung ohne den Zweiten Träumer herzustellen. Womit wiederum unsere Probleme gelöst wären. Viotia wäre für uns ebenso irrelevant wie unser schwer fassbarer Träumer. Und wir wären der Leere wieder einen Schritt näher.«

»Das wäre ... wundervoll«, sagte Falven.

»Unsere Traummeister überwachen derzeit Viotias Konfluenznester daraufhin, wann der Zweite Träumer wieder zu träumen beginnt. Wenn es so weit ist, unternehmen wir einen Versuch.«

»Und wenn er scheitert?«

»Dann werden Sie im Rat den Antrag einbringen.«

Vierzehnhundert Jahre waren nach jedermanns Maßstäben eine lange Lebenszeit. Trotzdem gab es Commonwelth-Bürger, die noch länger in ihren Körpern verblieben waren; Paula war einigen von ihnen sogar begegnet, und sie mochte ihre Gesellschaft nicht besonders. Es waren zumeist Dynastie-Mitglieder, die sich nicht damit abfinden konnten, dass die alten Zeiten, in denen ihre Familienimperien noch das Commonwelth regierten, vorbei waren. Nachdem Bionoics und ANA und Higher-Kultur die Zentralen Welten für immer veränderten, hatten sie von ihrem alten Wohlstand so viel sie konnten zusammengerafft und sich auf den Externen Welten neu etabliert, wo sie sich daranmachten, ihr persönliches goldenes Zeitalter neu erstehen zu lassen.

Dank ihres Geldes und Einflusses konnten sie das Wagnis eingehen, neue, experimentelle Gesellschaftsformen zu etablieren; etwas anderes, etwas Aufregendes. Doch trotz ihres außergewöhnlich langen Daseins hatten sie niemals eine andere Art zu leben kennengelernt. Und je länger es ihnen gelang, ihr kleines Imperium aufrechtzuerhalten, umso veränderungsresistenter wurden sie. Nichts Neues wurde versucht, kein Risiko eingegangen – stattdessen untergruben sie die Weiterentwicklung zugunsten der eigenen Stabilität.

Besonders auf einem Planeten erreichte diese Form der Sozialkonstuktion ihren Tiefstpunkt: Iaioud, wo ein herrschendes Halgarth-Kollektiv eine Gesellschaft aufgebaut hatte, die sogar noch weniger empfänglich war für Veränderungen als Huxley's Haven – kraft des simplen, doch effektiven Instruments des Verbots. Am Ende eines fünfzigjährigen Lebens wurden alle Bürger von Iaioud rejuveniert und ihre Erinnerungen gelöscht – allein der Staat wusste, wer sie einmal gewesen waren und welchen Job sie am besten ausführen konnten. Frisch aus der Klinik kommend, wurden die Bürger sodann wieder dem gleichen Beruf zugeteilt, den sie vorher hatten, und verbrachten auch die nächsten fünfzig Jahre mit Arbeiten, so wie sie es die letzten fünfzig, hundert, dreihundert Jahre getan hatten: der ultimative Feudalismus.

Vor dreihundert Jahren hatte Paula ein Team von Undercover-Agenten geleitet, um die Kliniken auf Iaioud, die die Rejuvenationsbehandlungen durchführten, zu infiltrieren und zu zersetzen. Im Verlauf der nächsten Jahre wurden die Gedächtnislöschungen zusehends lückenhafter und ermöglichten es den Menschen, sich daran zu erinnern, was ihnen verloren gegangen war. Tausende von Frauen machten die Entdeckung, dass ihre revitalisierten Körper wieder einen funktionierenden Uterus besaßen. Untergrundnetzwerke wurden gegründet; zunächst mit dem Ziel, den kriminalisierten Outcasts, die Kinder zur Welt gebracht hatten, zu helfen, später, um eine größere Rolle im politischen Widerstand gegen das Halgarth-Regime zu übernehmen.

Vierzig Jahre nachdem Paula und ihr Team ihre Mission, Unfrieden auf Iaioud zu säen, abgeschlossen hatten, wurde das Halgarth-Kollektiv durch eine Revolution unter Einsatz minimaler Gewalt gestürzt. Es kostete die zerrüttete Welt weitere hundertfünfzig Jahre, ihr Gleichgewicht wiederzuerlangen und sich mühsam erneut auf einen sozioökonomischen Index hochzuarbeiten, der für eine Externe Welt zumindest annähernd dem Durchschnitt entsprach.

Damals hatte Paula sich Sorgen gemacht, dass sie für diese Art von Mission noch nicht bereit war. Veränderung war etwas, das auch bei ihr selbst einem eher längeren Prozess unterworfen war. Es war eine Sache, intellektuell zu begreifen, dass man sich geistig anpassen musste, wenn man mit den sich in stetem Wandel befindenden Kulturen des Greater Commonwelth Schritt halten wollte. Doch im Gegensatz zu allen anderen hatte sie die bewusste Entscheidung treffen müssen, sich auch physisch zu verändern, damit dieser Prozess sich manifestierte. Ihre sorgsam konstruierte DNA hatte ihre Neuronen zu einem spezifischen persönlichen Charakter verdrahtet. Um jede Art mentaler Fortentwicklung zu überstehen, hatte sie daher zuerst zerstören müssen, was war. Ein Akt, der gefährlich nah an einen Persönlichkeits-Suizid herankam. Und in ihrem Innern, so wie bei jedem anderen Menschen auch, war Eitelkeit nicht an die DNA gebunden; sie empfand ihre bestehende Persönlichkeit als äußerst angemessen – kurz: Sie gefiel sich so, wie sie war.

Und dennoch modifizierte sie jedes Mal, wenn sie sich einer Rejuvenation unterziehen musste, ein weiteres kleines bisschen ihres psychoneuralen Profils. Am Ende des drei Jahrhunderte andauernden Prozesses war sie zwar noch immer von vielen Dingen fast wie besessen, doch die Hartnäckigkeit war nun mehr das Ergebnis ihrer freien Entscheidung und weniger motiviert durch eine physisch bedingte Zwangsneurose. Einmal, vor langer Zeit, als sie versucht hatte, zugunsten eines höheren Ziels ihren Drang, einen Verbrecher festzunehmen, zu bekämpfen, hatte die dazu nötige Anstrengung ihren Körper in einen ernsten Schockzustand versetzt. Nach der Eliminierung der physiologischen Zwänge, die ihr die Foundation einst auferlegt hatte, konnte ihr Verstand nun in einer Weise aufblühen, wie es sich ihre längst verstorbenen Konstrukteure niemals hätten vorstellen können. Sie war zu dem Zweck geboren worden, gewisse Kriminelle zu jagen – die Art von Gesetzesbrechern, welche die Gesellschaft von Huxley's Haven heimsuchen könnten; doch jetzt besaß sie die Freiheit, sich einen eigenen Überblick zu verschaffen. Und doch kratzten die Freiheiten, die sie sich nahm, niemals am Kern ihrer Identität; stets bewahrte sie sich ihr instinktives Verständnis dafür, was richtig und was falsch war. Ihre Seele war makellos rein.

Iaioud stellte ihr neues, wandlungsfähiges Ich vor eine gewaltige Zerreißprobe. Paula verstand, dass die Art und Weise, in der das Halgarth-Kollektiv die Staatsverfassung angelegt hatte, falsch war, da man auf ihrer Basis eine ganze Bevölkerung unterdrückte. Tatsächlich hätte sie es wahrscheinlich sogar schon früher erkannt, wäre Iaiouds rigide Gesellschaft nicht dem Wesen nach der von Huxley's Haven beunruhigend nahe gewesen. Doch nach einer Weile hatte sie befunden, dass der Unterschied simpel genug war: Auf Iaioud wurden die Leute von einem brutalen autoritären Regime, das die Medizintechnik des Commonwelth missbräuchlich einsetzte, auf Linie gehalten. Auf Huxley's Haven dagegen kamen Einengungen und Konformismus von innen. Möglicherweise war es ein Verbrechen gewesen – damals, zurzeit der Gründung –, als die Human Structure Foundation angefangen hatte, eine ganze Bevölkerung zu gebären, deren DNA nach ihrem großen Plan verändert war. Vielleicht hatten die alten liberalen Gruppen ja doch recht gehabt – ein Gedanke, der den Radikalen, die sie als Kind geraubt hatten, letzten Endes sicherlich gefallen hätte. Aber wie groß die Sünde, die in den Anfangstagen dieser Welt begangen worden sein mochte, auch war, die Zwänge, die den Bewohnern von Huxley's Haven auferlegt wurden, waren innerliche. Seine Menschen konnten nun nicht mehr geändert werden, ohne dabei das zu zerstören, was sie waren; bei weitem das größere Verbrechen.

So redete sie sich damals jedenfalls ein. Heute schrieb sie es nur mehr ab als eine philosophische Behauptung. Interessant, und doch weit entfernt vom richtigen Leben. Das Commonwelth hatte genug echte Probleme, um sie vollauf beschäftigt zu halten. Obwohl selbst sie zugeben musste, dass die ganze Pilgerschaftssache ein paar besondere Komplikationen mit sich brachte.

Da war zunächst einmal der Umstand, dass sie nicht entscheiden konnte, ob Living Dream das Recht besaß, sich auf Pilgerfahrt zu begeben und damit möglicherweise fatale Konsequenzen auszulösen. Das Dilemma ergab sich aus dem völligen Fehlen jeglichen empirischen Beweises, dass die Leere sich tatsächlich den Rest der Galaxis einverleiben würde. Insofern musste sie zugeben, dass die Skepsis vieler Pro-Pilgerfahrtsfraktionen und –Kommentatoren durchaus angebracht war. Die Annahme, dass Living Dream die völlige Vernichtung heraufbeschwor, basierte samt und sonders auf Informationen, die von den Raiel kamen. Doch der gewaltige Zeitraum, der seit der letzten verheerenden Makro-Expansionsphase vergangen war, musste sämtliche Informationen verzerrt haben, ganz gleich, wie sorgfältig sie archiviert worden waren. Und zog man dann noch die Aliens und deren eigene Ziele mit ins Kalkül, so war es ihr schlichtweg unmöglich, diese Behauptung für bare Münze zu nehmen.

Auch ANA:Regierung war überaus interessiert daran, mehr

Informationen über die Situation zu erlangen, was Paula ein geeignetes Ventil für ihre Energien verschaffte, und dankenswerterweise wenig Zeit, um über die damit einhergehende Politik nachzugrübeln. Ihre Aufgabe war es, nach wie vor, die Fraktionen daran zu hindern, die physischen Bewohner des Commonwelth zu Handlungen zu verleiten, auf die sie von selbst nie gekommen wären.

Sie hatte die St-Mary's-Klinik verlassen und war zu ihrem Schiff, der *Alexis Denken*, zurückgekehrt; einem eleganten Ultra-Antriebsschiff, das von ANA in einem Maße nachgerüstet und bewaffnet worden war, das jeden Navy-Captain in höchste Alarmbereitschaft versetzt hätte. Sie ließ den Planeten hinter sich und ging sodann zwanzig astronomische Einheiten von der Sonne entfernt in transdimensionale Wartestellung. Es war eine Position, die es ihr erlaubte, den Überlichtverkehr innerhalb des Anagaska-Systems mit erstaunlicher Genauigkeit zu überwachen. Dummerweise jedoch konnten ihre Schiffssensoren keine kalte Spur lokalisieren. Nirgends gab es das geringste Anzeichen von Aarons Schiff. In Anbetracht der Zeit, die zwischen dem Überfall und ihrem Eintreffen vergangen war, vermutete sie, dass er ebenfalls ein Ultra-Antriebsschiff besaß. Marius verfügte ganz gewiss über eins. Ihr U-Shadow verfolgte seine Ankunft am City-Sternenhafen zurück, wo er in eine Privatyacht stieg. Die Sensoren der *Alexis Denken* beobachteten, wie die in den Hyperraum hinüberglitt. Für jemanden, der sich damit auskannte, deutete die Signatur auf einen Ultra-Antrieb hin.

Eine Stunde später startete der Delivery Man mit seinem eigenen Schiff, das die gleiche verdächtige Antriebssignatur zeigte. Er verließ das System in der fast exakt entgegengesetzten Richtung wie Marius. Zehn Minuten später fiel ein weiteres Schiff aus seiner transdimensionalen Warteposition, in der es im Kometenhalo des Systems ausgeharrt hatte, und setzte sich mit dem gleichen Kurs wie der Delivery Man in Bewegung.

»Viel Glück«, übermittelte Paula an Justine.

»Danke.«

Paula öffnete eine ultrasichere Verbindung zu ANA:Regierung. »Es scheint, als wäre Ihre Ultra-Antriebstechnologie vollkommen kompromittiert«, berichtete sie.

»Wie zu erwarten war«, erwiderte ANA:Regierung. »Um eine Theorie für den Grund dafür abzuleiten, bedarf es nicht einmal meiner vollen Kapazität. Die meisten Fraktionen besitzen die intellektuellen Möglichkeiten. Liegen die Gleichungen erst einmal vor, ist jeder Higher-Replikator über Level fünf in der Lage, die entsprechende Hardware zu produzieren.«

»Ich bin immer noch der Meinung, Sie sollten ein wenig mehr Autorität zeigen. Schließlich sind die Fraktionen allesamt ein Teil von Ihnen.«

»Fraktionen sind, so ist es nun mal, integral. Ich bin plural.«

»So, wie Sie es sagen, klingt es, als hätten Sie die elektronische Variante einer bipolaren Funktionsstörung.«

»Eher eine multimilliardenpolare. Aber so bin ich nun mal. Alle Individuen, die sich mir angliedern, tun dies, indem sie mir ihre Persönlichkeitsroutinen aufprägen. Ich bin das kollektive Bewusstsein aller ANA-Bewohner, genau das ist die Grundlage meiner Autorität. Wurde mir ihr Wesenskern erst einmal vermacht, steht es ihnen frei, zu werden und zu sein, was sie wollen. Ich greife auch nicht auf ihre Erinnerungen zu, das wäre eine Annektierung von Individualität.«

»Sie müssen durch das sprichwörtliche Nadelöhr hindurch, um auf der Spielwiese der Götter zu leben.«

»Eines von Inigos besseren Zitaten«, entgegnete ANA:Regierung in leicht belustigtem Tonfall. »Schade um den Rest von diesem Sermon.«

»Sie machen mir meinen Job nicht gerade leichter.«

»Alle meine Ressourcen stehen zu Ihrer Verfügung.«

»Das ändert nichts daran, dass ich letztlich auf mich allein gestellt bin, und allmählich komme ich mir vor, als würde ich die Hydra bekämpfen.«

»Dieser Mangel an Selbstvertrauen sieht Ihnen gar nicht ähnlich. Was ist los?«

»Die Pilgerfahrt natürlich. Sollte sie gestattet werden?«

»Die Menschen von Living Dream sehen darin nicht nur ihr gutes Recht, sondern darüber hinaus ihre Bestimmung. Ihre Zahl geht in die Milliarden. Wie kann so viel Überzeugung falsch sein?«

»Vielleicht weil sie Trillionen andere gefährden?«

»Das stimmt. Aber leider gibt es auf diese Frage keine Antwort. Jedenfalls nicht in der Eindeutigkeit, die Sie sich wünschen.«

»Was, wenn sie tatsächlich die letzte Absorptionsphase der Leere auslösen, oder zumindest eine größere?«

»Ah, das ist allerdings die Frage aller Fragen. Und außerdem eine, hinsichtlich der wir, wie ich fürchte, keine früheren Erkenntnisse haben. Weder ich noch irgendeine andere postphysische Existenz, mit der ich Kontakt hatte, wissen, was im Inneren der Leere vor sich geht.«

»Inigo hat es Ihnen gezeigt.«

»Inigo hat uns das Schicksal der Menschen in der Leere gezeigt. Was, nebenbei bemerkt, einem Download seines Ichs in mein System nicht ganz unähnlich ist; wenngleich die Leere diesen quasi-mystischen Beiklang besitzt, um die Technophoben unter den Menschen für sich zu gewinnen. Und auch Sie haben sich entschlossen, körperlich zu bleiben. Was er uns allerdings nicht gezeigt hat, ist die Beschaffenheit der Leere selbst.«

»Also sind Sie bereit, das Risiko in Kauf zu nehmen?«

»Sagen wir, zu diesem Zeitpunkt bin ich bereit, die Akteure auf der Bühne herumposieren zu lassen.«

»Ja. Indifferenter geht's wohl kaum.«

»Würde ich die Pilgerfahrt verbieten und diese Entscheidung zwangsweise durchsetzen, würde ich damit eine Spaltung in mir selbst auslösen. Pro-Pilgerfahrts-Gruppierungen wie die Advancer würden wahrscheinlich versuchen, ihre eigene Version meiner selbst zu erschaffen. Und denken Sie gütigst daran, dass ich kein virtuelles Environment bin. Ich bin vollständig in die Quantenfeld-Intersektionen um die Erde implementiert.«

»Haben Sie etwa Angst vor Konkurrenz?«

»Die menschliche Rasse war niemals so homogen wie heute. Es hat unserer gesamten Geschichte bedurft, um diese Kongruenz zu erreichen. Die Menschen, alle Menschen, führen ein gutes Leben, das gerade von so viel Divergenz erfüllt ist, wie sie es sich wünschen. Sie migrieren und downloaden sich dann am Ende in mich. In mir können sie in jeder Weise transzendieren, die Vorstellungskraft und Befähigung zu vereinen vermögen. Eines Tages werde ich in meiner Gesamtheit postphysisch werden. Und die Menschen, die diesem Pfad nicht folgen möchten, werden von neuem beginnen. Das ist die Vision von Evolution, die uns erwartet. Ein ›konkurrierender‹ Blickwinkel würde das vollkommen verzerren, vielleicht sogar das Singularitätsmoment beeinträchtigen oder verwässern.«

»Es kann nur einen Gott geben, oder?«

»Es kann viele Götter geben. Ich möchte einfach nur verhindern, Feindschaft unter ihnen hervorzurufen. Niemand will einen Krieg im Himmel erleben. Glauben Sie mir, dagegen wäre eine Absorption durch die Leere geradezu belanglos.«

»Ich dachte, Verschiedenartigkeit wäre unsere Tugend?«

»Sie ist eine von ihnen, und als solche blüht sie in mir auf.«

»Aber ...«

»Sie ist außerdem eine Gefahr, die zu unserer Vernichtung führen kann. Gegensätzliche Kräfte müssen ausgeglichen werden. Das ist mein Zweck.«

»Und etwas, an dem Sie scheitern werden, wenn Sie nicht aufpassen.«

»Zweifellos.«

»Also müssen wir nach anderen Möglichkeiten suchen.«

»So wie es die Menschheit getan hat, seit die Zivilisation auf der Erde ihren Anfang genommen hat. Das, denke ich, ist eine noch größere Tugend.«

»Also schön.« Paula brauchte einen Augenblick, um ihre Gedanken zu ordnen. »Ich bin mir nicht sicher, wer hinter dem Überfall auf die Klinik steckt. Es ist mir absolut schleierhaft, warum sowohl die Advancer als auch die Konservativen nach der Tat ihre Repräsentanten dorthin entsandt haben sollten. Glauben Sie, es ist noch eine dritte Fraktion involviert?«

»Höchstwahrscheinlich. Nur weiß ich nicht, welche. Es werden andauernd Allianzen gebildet und gebrochen. Wie auch immer, Sie werden vielleicht bald schon in der Lage sein, die Identität zu ermitteln. Admiral Kazimir erhält gerade einen Bericht des Basisadmirals auf dem *High Angel*. Vermutlich wird er Sie bitten, sich den Trabanten einmal vorzunehmen.«

»Ah.«

»Falls Sie irgendetwas brauchen?«

»Lasse ich's Sie wissen.«

Die Verbindung brach ab. Paula lehnte sich in den stark geschwungenen Sitz zurück, den die Raumschiffkabine für sie modelliert hatte. In Anbetracht ihrer eigenen Bedenken, diese Mission betreffend, beunruhigte sie die mangelnde Rückversicherung, die ANA:Regierung ihr zu bieten hatte. Sie nahm an, dass sie froh und dankbar sein sollte, dass man so aufrichtig zu ihr war.

Keine Minute darauf rief Kazimir an. »Wie geht die Untersuchung auf Anagaska voran?«, fragte er.

»Positives Ergebnis. Es war definitiv jemand mit fortgeschrittenen Biononics und wahrscheinlich einem Ultra-Antriebsschiff. Das Zielobjekt war Inigos alte Memorycell.«

»Interessant. Und wir haben gerade einen Bericht erhalten, dass die *Alini*, ein Privatschiff, am *High Angel* angedockt hat.«

»Inwiefern ist das von Bedeutung?«

»Es hat an der Raiel-Kuppel angedockt. Die Navy-Sensoren haben eine Antriebssignatur ausgemacht, die auf einen Ultra-Antrieb hindeuten könnte.«

Augenblicklich wurde Paula hellhörig. »Was Sie nicht sagen. Es gibt nur äußerst wenige Menschen, denen die Raiel gestatten würden, ihre Kuppel zu betreten. Wem gehört diese *Alini?*«

»Halter unbekannt. Registriert ist sie auf ein Unternehmen, das auf Sholapur sitzt.«

»Bin unterwegs.«

Nachdem der Delivery Man auf Darocas Hauptraumhafen gelandet war, stellte er sein Ultra-Antriebsschiff, die *Jomo,* auf einem Feld ab, das mit dem dritten Terminalgebäude verbunden war. Hier wurden die Privatyachten abgefertigt. Dann ging er über das Feld zur nahe gelegenen Hangarzone. Sein Wissen um den Ablenkungsbug, mit dem die Bodennavigationssektion des Raumhafen-Smartcores infiltriert worden war, half ihm wenig bei der Suche. Alle Hangars waren völlig identisch, die Reihen dazwischen ohne jeden Wiedererkennungswert, kurz: das Areal bot keinerlei Orientierungspunkte. Nicht, dass er sich hätte verlaufen können, nicht bei all seinen Enrichments und einem instinktmäßigen Ortssinn, doch sicher war sicher ... Und so schnappte sich sein U-Shadow die Echtzeitaufnahmen von einem Sensorsatelliten und führte ihn direkt.

Schließlich stand er am Fuß einer schwarz glänzenden Wand. Die kleine Seitentür war mit einem ausgezeichneten Schutzschild gesichert. Nicht einmal ein kompletter Feldfunktionsscan konnte feststellen, was sich in der dahinter liegenden Halle befand. Er lächelte. *Das* war schon besser.

Seine Biononics begannen, ihre Feldfunktionen zu modifizieren und legten eine Vielzahl von Energiemustern über den Schutzschild, die zu winzigen Instabilitäten führten, welche sich rasch zu potenzieren begannen. Sein U-Shadow stieß durch die fluktuierenden Lücken und ließ einen Schub intelligenter Trojaner auf das Hangarnetz los.

Irisartig schob sich die Tür auseinander.

Siebenundneunzig Sekunden. *Nicht schlecht.*

Drinnen scannten seine Feldfunktionen die nähere Umgebung, um nach etwaigen Verteidigungswaffen zu suchen, während sein U-Shadow die Elektroniksysteme des Hangars durchwühlte. Troblum hatte ein ziemlich standardmäßiges Abwehrnetz installiert, bestehend aus konzentrischen Abschirmungen rund um die Hauptsektion der Halle. Offensichtlich war der Physiker mehr an der Erhaltung seiner Privatsphäre als an körperlichem Schutz interessiert.

Der Scan ließ keinerlei menschliche Präsenz im Hangar erkennen. Das erste Büro war offenbar nur eine Art Empfangsbereich und gleichzeitig ein geeignetes Versteck für jeden, der es trotz des Irreführungssystems hierhergeschafft hatte. Dahinter lag ein zweites Büro, mit einem der größten Smartcores, die der Delivery Man jemals gesehen hatte. Er war weder mit dem Hangarnetz noch mit der Unisphäre verbunden. Sein U-Shadow stellte einen Link zu dessen peripheren Systemen her und begann, die abrufbaren Files zu sondieren.

Der Delivery Man ging weiter in den Haupthangar. Er stieß einen leisen Pfiff aus, als er die gewaltige Phalanx von Neumann-Kybernetik-Modulen sah, die die Hälfte des Raumes einnahm. Die Apparatur war heruntergefahren worden, doch er war mit dieser Technologie vertraut und schätzte, dass sie mit ihrer Komplexheit vermutlich über dem Niveau eines Level-Sechs-Replikators lag. Eine Anlage diesen Ausmaßes befand sich normalerweise nicht im Besitz eines einzelnen Higher-Bürgers. Kein Wunder, dass Troblum einen so großen Smartcore benötigte; nichts anderes war dazu imstande, so ein Ding überhaupt ans Laufen zu bringen.

»Kannst du auf den Hauptspeicher zugreifen?«, fragte er seinen U-Shadow.

»Das ist mir nicht möglich. Ich benötige Unterstützung höherer Ordnung.«

Der Delivery Man fluchte und öffnete eine ultrasichere Verbindung zur Konservativen Fraktion. Es bestand ein geringes

Risiko, dass sie von einer anderen Fraktion oder, wahrscheinlicher noch, von ANA:Regierung abgehört wurde, aber angesichts dessen, worüber er hier gestolpert war, hielt er diesen Schritt für unumgänglich. »Ich benötige Hilfe beim Zugriff auf Troblums Smartcore. Er sollte uns Aufschluss darüber geben, was er mit dieser Apparatur zu bauen bezweckt.«

»Wie Sie wünschen«, erwiderte die Konservative Fraktion. Während sein U-Shadow einen Link bereitstellte, konnte der Delivery Man beinahe spüren, wie sich die Präsenz der Fraktion in den Hangar verlagerte. Sie begann den Smartcore zu infiltrieren. Währenddessen machte er sich daran, die Dateien im Hangarnetz auf der Suche nach möglichen Lieferantendaten zu checken. Die Komponenten der Maschinerie mussten ja irgendwo herkommen, und die EMAs gingen weit über die Möglichkeiten einer Privatperson hinaus. Es gab kein Gericht, vor das die Konservativen die Accelerators hätten zerren können, selbst wenn er eine Datenspur zu ihren Repräsentanten nachweisen konnte; aber wenn es ihm gelang, den Handelsbevollmächtigten, der Troblum mit ein paar Extra-EMAs unter die Arme griff, zu finden, konnte er vielleicht weitere illegale EMA-Transfers von der gleichen Quelle aufspüren. Eine ganze Kette von Accelerator-Operationen wäre somit aufgedeckt.

»Im Smartcore ist lediglich ein Konstruktionsplan gespeichert«, verkündete die Konservative Fraktion. »Offenbar handelt es sich um einen FTL-Antrieb, der in der Lage ist, einen Planeten zu transportieren.«

Der Delivery Man fuhr ruckartig herum und starrte auf die düster vor ihm aufragende Maschine, den Blick auf den ringförmigen Extrusionsmechanismus in ihrem Mittelpunkt fixiert. »Einen ganzen ... Planeten?«

»Ja.«

»Und das würde funktionieren?«

»Der Plan stellt eine geniale Überarbeitung der Exotische-Materie-Theorie dar. Er könnte funktionieren, wenn man richtig vorgeht.«

»Und das Ding hier hat ihn gebaut?«, fragte er, immer noch auf die Apparatur starrend.

»Es hat zwei Versuche gegeben, den Antrieb herzustellen. Der erste wurde abgebrochen. Der zweite war anscheinend erfolgreich.«

»Aber warum sollten die einen Planeten mit Überlichtgeschwindigkeit durchs All transportieren? Und welchen Planeten überhaupt?«

»Das wissen wir nicht. Bitte zerstören Sie die Maschine und den Smartcore.«

Der Delivery Man stemmte die Hände in die Hüften und schaute die Anlage angewidert an. »Bis zu welchem Technologielevel kann ich hier gehen?«

»Keine Beschränkung. Niemand darf erfahren, dass sie jemals existiert hat, am allerwenigsten Higher.«

»Okay. Ihre Entscheidung.«

Die Konservative Fraktion beendete die Verbindung und ließ den Delivery Man sich ungewöhnlich einsam fühlend zurück. Nun, da er den Zweck des Dings kannte, kam ihm der stille Hangar vor wie die Kulisse zu einer altertümlichen Mörderszene. Der Ort war ihm unheimlich, machte ihn nervös.

Er nahm Kontakt mit dem Smartcore der *Jomo* auf und befahl ihm herüberzufliegen. Als das Schiff eintraf, waren die Hangartore bereits weit offen. Bug voran flog die *Jomo* durch die Sicherheitsabschirmung herein und setzte auf den Landegestellen im Inneren auf; die Vorderspitze stieß dabei fast an die Wand aus Neumann-Kybernetik.

Nachdem der Delivery Man sich vergewissert hatte, dass die Sicherheitsabschirmung auf höchster Belastungsstufe arbeitete, trat er unter die geöffnete Luftschleuse der *Jomo*, um sich von einem umgekehrten Gravitationseffekt nach oben ziehen zu lassen. Sobald er sich im Schiff befand, benutzte er eine dreifach gesicherte Autorisierung, um den Hawking m-Sink, der sich in einem der vorderen Frachträume befand, zu aktivieren. Das kleine Gerät befand sich in einem Hochleistungs-

Regrav-Schlitten, der nun herausglitt und vor der Neumann-Kybernetik schwebte. Als der Schlitten sich positioniert hatte, richtete der Delivery Man einen begrenzten Disruptoreffekt auf die Apparatur, knapp über den Hawking m-Sink hinweg. Ein Teil der Anlage von etwa einem halben Meter Ausmaß vaporisierte und ließ eine horizontale Fontäne aus ionisierten heißen Gasen entstehen. In der Luft vollführte sie einen leichten Bogen nach unten, um direkt in den Hawking m-Sink zu strömen, der sofort jedes Molekül absorbierte. Der Delivery Man dirigierte den Disruptoreffekt entlang der Vorderfront der Maschinerie, und der Hawking m-Sink folgte.

Es dauerte vierzig Minuten, bis die gesamte Apparatur verdampft war. Als die Arbeit getan war, hatte das schwarze Quantenloch im Zentrum des Hawking m-Sink dreihundertsiebenundzwanzig Tonnen Materie absorbiert und damit den Regrav-Schlitten, während dieser sich langsam wieder in den Raumschifffrachtraum schob, bis hart an dessen Hublastgrenze gebracht.

Der Delivery Man holte beim Raumhafen die Flugfreigabe ein. Gleich darauf stieg die *Jomo* in Arevalos warmen Sommerhimmel auf.

Aus der Sicherheit ihres eigenen Schiffs heraus, das auf einem Feld acht Hangars weiter nach wie vor in der Reihe parkte, blickte Justine ihm hinterher.

Die Abenddämmerung tauchte Hawksbill Bay in einen satten Goldton, sanft genug, um bereits merkwürdige Sternenkonstellationen am wolkenlosen Himmel funkeln zu lassen. Das einzige Geräusch beim Swimmingpool des Pavillons kam von den Wellen, die sich an den Felsen und der Landzunge tief unten brachen.

»Ein FTL-Antrieb, der Planeten versetzt«, sagte Nelson. »Eins muss man ihnen lassen, die denken in großen Dimensionen.«

»Die denken überhaupt nicht: Punkt, Ende, Aus«, grunzte Gore. »ANA ist ins lokale Quantenfeld eingebettet. Man kann sie nicht einfach rausrupfen und in die Galaxis schmeißen für ein Blinddate mit der Leere.«

»Offensichtlich denken sie das aber. Troblum erhielt seine EMA über eines ihrer Scheinkomitees. Er hat den Antrieb für die Accelerators gebaut.«

»Glaub ich nicht«, sagte Gore und schüttelte den Kopf. »Er hat sogar einen Vortrag bei der Navy darüber gehalten, dass die Anomine etwas in dieser Art benutzten, um die Dyson-Barriere-Generatoren an Ort und Stelle zu befördern. Hat Kazimir angebettelt, um Himmels willen eine verdammte Suchaktion nach ihnen zu finanzieren. Wieso sollte Ilanthe ihm erlauben, mit dieser Idee an die Öffentlichkeit zu gehen? Sie hätten ihn atomisiert, noch bevor er überhaupt dazu gekommen wäre, einen Anruf wegen eines Treffens mit der Navy zu tätigen. Nein, wir haben noch nicht genug Informationen.«

»Was, wenn es sich nur um ein Ablenkungsmanöver handelt«, meinte Nelson zögerlich. »Ich meine, die würden doch nichts, was für ihre Pläne von solcher Wichtigkeit ist, auf einer Higher-Welt konstruieren. Wir täten es jedenfalls nicht.«

»Und er hat Jahre gebraucht, um das Ding zusammenzubauen, mit einem ziemlich jämmerlichen Budget. Falsche Prioritätsstufe. Wir müssen unbedingt diesen Troblum finden und ihn dann nett danach fragen, was er eigentlich in Wirklichkeit für die Accelerators macht.«

»Er hat vor einiger Zeit Arevalo verlassen. Hat einen Flugplan nach Lutain eingereicht. Ist aber niemals dort aufgetaucht, oder auf irgendeiner anderen Commonwelth-Welt, Zentraler oder Externer.«

»Wir müssen ihn finden«, wiederholte Gore mit Nachdruck.

»Das kannst du dir abschminken. Entweder haben ihn die Accelerators, oder er versteckt sich, oder, wahrscheinlicher noch, er ist schlicht und ergreifend tot.«

»Dann werden wir eben herausfinden, was davon zutrifft.«

Justine stand in der Mitte des gespenstisch leeren Hangars und setzte sich mit Paula in Verbindung.

»Irgendwas ist hier oberfaul.«

»Inwiefern?«, fragte Paula.

»Ich glaube, der Delivery Man hat hier gerade kräftig entrümpelt.« Langsam ließ Justine ihren Blick durch den großen verwaisten Raum schweifen und öffnete dabei Paula ihre optische Sicht. »Sehen Sie das? Irgendwas war hier. Mein Feldscan zeigt mir, dass diese Energiekabel von einem Disruptoreffekt durchtrennt worden sind, das Gleiche gilt für die Stützträger. Was immer es gewesen ist, es war ziemlich groß und hat 'ne Menge Energie geschluckt. Aber die *Jomo* ist nicht größer als mein Schiff. Was nur eine Möglichkeit offenlässt, wie er es gemacht hat.«

»Ich dachte immer, der Hawking m-Sink wäre sogar noch mehr gesichert als die Ultra-Antriebstechnologie. Scheint so, als hätte ich mich geirrt ... was außerordentlich beunruhigend ist.«

»Kazimir muss davon erfahren«, sagte Justine. »Wenn es auch nur ein Raumschiff geben sollte, das mit einer solchen Waffe ausgerüstet im Commonwelth herumfliegt, dann sollte die Navy das wissen. Immerhin greifen die Fraktionen bei der Wahl ihrer Repräsentanten nicht gerade auf die charakterfestesten Zeitgenossen zurück.«

»Das überlasse ich Ihnen.«

»Klasse. Vielen Dank. Kazimir ist immer noch Mensch genug, um den Überbringer der schlechten Nachricht zur Rechenschaft zu ziehen.«

»Er ist Profi. Es wird schon gut gehen. Wissen Sie, wohin der Delivery Man unterwegs ist?«

»Sein Kurs wies Richtung Erde, als er meine Sensorreichweite verließ. Ich denke, er wird erst mal die Masse, die sich im Hawking m-Sink befindet, verklappen wollen, und das wird er im interstellaren Raum tun. Der Ausstoß wird eine gewaltige Gammaexplosion erzeugen.«

»Lassen wir ihn fürs Erste in Ruhe. Der Fokus richtet sich wieder auf Living Dream.«

»Warum?«

»Unsere Informanten innerhalb der Bewegung berichten von einer beunruhigenden Entwicklung«, sagte Paula. »Living Dream versetzt gerade sämtliche zivilen Sicherheitskräfte auf allen Kernwelten der Freihandelszone in Bereitschaft. Sämtlicher Urlaub wurde gestrichen, und die Leute müssen sich einem martialischen Strafverfolgungstraining unterziehen.«

»Kriegsrecht? Wo in der Freihandelszone wurde das beantragt?«

»Wurde es nicht. Noch nicht. Aber sie würden wahrscheinlich so viele Polizeitruppen brauchen, wenn sie vorhätten, Viotia zu annektieren, um die Bevölkerung in Schach zu halten.«

»Grundgütiger Himmel! Haben sie das etwa vor?«

»Ethan wird langsam verzweifelt in seinem Bemühen, die Kontrolle über den Zweiten Träumer zu erlangen. Er ist die einzige Person, die diese ganze Pilgerfahrt aufhalten kann.«

»Und alle Welt glaubt, er befände sich auf Viotia«, sagte Justine entsetzt. »Heilige Scheiße, die reinste interstellare Invasion. Und das in der heutigen Zeit. Unglaublich, man kommt sich ja fast vor wie im Starflyer-Krieg.«

»Gewöhnen Sie sich an den Gedanken. Ich habe einen Fehler gemacht, dieser Sache nicht eine höhere Priorität einzuräumen. Es ist tatsächlich so weit gekommen, dass wir dem Zweiten Träumer den Schutz von ANA:Regierung anbieten müssen. Auf diese Weise wird niemand dazu in der Lage sein, ihn wahlweise zur Unterstützung oder zur Verhinderung der Pilgerfahrt zu zwingen.«

»Aber zunächst mal müssen wir ihn finden. Wann können Sie Ihren Agenten auf diese Sache ansetzen?«

»Ziemlich bald schon. Ich bin unterwegs, um mich mit ihm nach einem kleinen Umweg zu treffen.«

Argwöhnisch beobachtete Justine das innere Hangarbüro.

Dort war ein Leerraum zu erkennen, zu dem drei Kommunikationsleitungen führten, die Enden allesamt fein säuberlich gekappt. »Was immer sie auch hier konstruiert haben, es ist ohne Frage wichtig für sie gewesen. Und der Delivery Man ist ein hohes Risiko eingegangen, um es zu vertuschen. Ich glaube nicht, dass uns noch viel Zeit bleibt.«

»Die Pilgerschiffe werden nicht vor September startbereit sein«, sagte Paula.

»Und die Flotte des Ocisen-Empire wird gegen Ende August hier eintreffen, das sind weniger als drei Monate. Ich möchte auf etwas hinweisen, das offenbar von allen anderen bisher vollkommen außer Acht gelassen wurde.«

»Und das wäre?«

»Inigo fing zu träumen an, als er sich auf Centurion Station aufhielt. War das außer bei ihm noch bei irgendjemand anderem der Fall?«

»Wenn dem so wäre, so wissen wir es jedenfalls nicht«, meinte Paula.

»Und genau das ist der springende Punkt: Würden wir es überhaupt wissen? Angenommen, es war nur eine schwache Verbindung, die sich zu keiner Zeit voll aufgebaut hatte. Oder der Empfänger hatte einfach keine Lust, sich von Inigos Religion vereinnahmen zu lassen. Eine eher zurückhaltende Person, so wie es der Zweite Träumer allem Anschein nach auch ist.«

»Ich glaube, ich verstehe, worauf Sie hinauswollen.«

»Ich würde gern das Konfluenznest auf Centurion Station überprüfen«, sagte Justine, »und mich vergewissern, ob es nicht doch noch irgendwelche Erinnerungen an Leeren-Träume enthält, oder an Bruchstücke von ihnen. Könnte doch sein, dass der Zweite Träumer seinen Kontakt zu dem Skylord initiiert hat, als er dort gewesen ist, genau wie Inigo.«

»Sie haben recht, diesen Aspekt hat bis jetzt noch niemand gesehen.«

»Wenn ich jetzt starte, könnte ich mit meinem Schiff in fünfhundert Stunden dort sein.«

»Sie wollen dorthin fliegen? Wieso nicht die Relaisverbindung der Navy benutzen?«

»Zu großes Risiko, abgehört zu werden.«

»Falls Sie tatsächlich etwas finden, wird es Sie weitere fünfhundert Stunden kosten, um wieder zurückzukehren. Bis dahin könnte alles vorbei sein«, sagte Paula.

»Sollte ich was Wichtiges herausfinden, werde ich die Relaisverbindung nutzen und Ihnen in der heftigsten Verschlüsselung, die wir haben, den Namen übermitteln.«

»In Ordnung. Viel Glück.«

Troblum erwachte zusammengesunken in dem Sessel, in dem er den ganzen Tag etliche Schaltpläne durchgesehen hatte. Seine Exosicht-Displays zeigten noch immer das, was zu sehen gewesen war, bevor der Schlaf ihn übermannt hatte. Bunt schillernde Profile von exotischer Masse schwebten wie schematische Geister um ihn herum, jedes von Scharen blauer und grüner analytischer Anzeigen umlagert. Angeblich sollten diese Komponenten die ihnen zugedachten Funktionen anstandslos ausführen; die Entwickler hatten den Maßstab bestehender Ultra-Antriebe einfach um ein Vielfaches vergrößert. Man hatte sie bloß bisher noch nie in dieser Größe gebaut, was Troblum einen Berg von Problemen bescherte, als es um die Art der präzisen Leistungssteuerung ging, die sie brauchten. Und dabei waren sie noch nicht mal bei der Fertigungsphase angelangt.

Er streckte sich so gut seine massigen Glieder es zuließen und versuchte aus dem Sessel zu kommen. Nach zwei erfolglosen Anläufen, in denen er aussah wie ein gestürztes Glagwi, das sich mühsam wieder aufzurichten versuchte, bat sein U-Shadow die Station, das lokale Gravitationsfeld zu reduzieren. Indem Troblum sich daraufhin mit Beinen und Hinterteil abstieß, verlieh er seinem Körper einen Auftrieb, der ausreichte, um ihn aus den anhänglichen Polstern zu heben. Langsam kehrte die Schwerkraft zurück und ließ ihm gerade genug Zeit, seine Beine gerade auszustrecken, bevor die Füße den Boden berührten. Er stieß einen feuchten Rülpser aus, als das Gefühl des Fallens nachließ. Sein Magen revoltierte noch immer, und seine Beine fühlten sich schwach an und steif. Außerdem hatte er Kopfschmerzen. Die Gesundheitsanzeige in seiner Exosicht verriet ihm, dass seine Zuckerwerte vorn und hinten nicht stimmten. Ein Haufen Blödsinn über Toxine und Blutsauerstoffgehalt stand da auch, den er jedoch cancelte, noch bevor die Ernährungs- und Bewegungsempfehlungen auftauchten. *Idiotischer Anachronismus in Zeiten von Bionics.*

Er machte sich in den Saloon auf, den das Ultra-Antrieb-Team als Gesellschafts- und Geschäftszentrale nutzte. Davon abgesehen gab es dort die besten Kücheneinheiten auf der Station. Als er dort eintraf, waren entlang der geschwungenen Wand bereits mehrere Tische von kleineren Menschengruppen besetzt, die über verschiedene Aspekte des Projekts diskutierten. Sein Blick fiel auf Neskia, die mit zwei Technikern zusammensaß. Er erkannte die beiden als zu dem Team gehörig wieder, das sich mit dem Hyperraum-Fluiditätssystem des Antriebs befasste. Das Trio starrte ihn an, als er sich auf dem viel zu kleinen Stuhl niederließ, und zuckte beim Knacken seiner Knie zusammen. Die beiden Techniker ließen leichte Ablehnung erkennen. Neskias metallisierter Hals bog sich schlangenhaft herum, bis sich ihr flaches Gesicht auf gleicher Höhe mit dem von Troblum befand. »Vielen Dank«, sagte sie zu den Technikern. »So machen wir es.«

Die beiden nickten und zogen sich zurück.

»Kann ich Ihnen mit irgendetwas helfen?«, fragte sie Troblum mit ausdrucksloser Stimme.

»Ich muss den Entwurf für den Massendichte-Modulator ändern«, sagte er. Ein Maidbot glitt heran und brachte ein Tablett mit Essen, das sein U-Shadow bei der Kücheneinheit bestellt hatte. Troblum lud die Teller vor sich auf den Tisch.

Neskias Gesicht neigte sich nach unten; ihre großen runden Augen betrachteten die Speisen ohne jedes Anzeichen von Emotion. »Ich verstehe. Haben Sie schon einen neuen Vorschlagsentwurf?«

»Nein«, erwiderte er undeutlich, den Mund voller Spaghetti. »Ich wollte erst Ihr Okay für die Änderungen, bevor ich eine Woche darauf verschwende.«

»Was ist mit dem jetzigen Modulator nicht in Ordnung?«

»Das Ding ist ein Haufen Scheiße. Funktioniert nicht. Ihre Schlaumeier haben die Anforderungen für die Leistungskontrolle nicht mit einkalkuliert.«

»Haben Sie eine Analyse des Problems?«

Troblum konnte lediglich nicken, während er auf dem getoasteten Floratt-Brot mit Mozzarella und Kräutern herumkaute. Sein U-Shadow übermittelte Neskia das File.

»Vielen Dank. Das Prüfteam wird sich das mal ansehen. In einer Stunde erhalten Sie Bescheid. So ist leider das Procedere.«

»Sicher. Gut.« Er seufzte. Schön, dass man sich um das technische Problem kümmerte, aber an die Spaghetti mit Jolfleischbällchen in Attrato-Soße hätte ruhig mehr schwarzer Pfeffer gekonnt. Er griff nach seinem Bierkrug, spürte in diesem Moment jedoch Neskias Hand auf seiner, die ihn daran hinderte, den Seidel hochzuheben. Ihre Haut schimmerte zwischen silbern und weiß. Von ihren Fingern ging nicht die geringste Temperatur aus, nicht Wärme noch Kälte. »Was?«

Ihr Augen blinzelten träge, veränderten ihre Iris von schwarz zu tief indigoblau. »In Zukunft. In der Öffentlichkeit. Solange Sie sich auf meiner Station aufhalten. Achten Sie doch bitte darauf, dass Ihr soziales Interaktionsprogramm läuft, und dass Sie seinen Empfehlungen folgen.«

»Oh. Okay.« Er senkte den Kopf auf den Krug.

»Danke, Troblum.« Sie zog ihre Hand zurück. »War sonst noch etwas? Das Projekt scheint viel von Ihrer Zeit zu verschlingen.«

»Ja, es ist höchst interessant. Vielleicht kann ich durch die hier gewonnenen Erkenntnisse bei meinen eigenen Projekten profitieren. Der Ultra-Antrieb stellt eine faszinierende Überarbeitung der Quantendimensionstheorie dar. Wer ist darauf gekommen?«

»Ich glaube, es war ANA:Regierung. Spielt das eine Rolle?«

»Nein.« Er schob den Spaghettiteller zur Seite und machte sich über das Lammkarree her.

Neskia starrte ihn immer noch unverwandt an. Sie schien gerade etwas sagen zu wollen, als zwei Personen herüberkamen und an ihrem Tisch stehenblieben. Troblum kaute in aller Ruhe zu Ende, bevor er den Blick hob – wissend, dass dies eines der Dinge war, die sein Benimm-Programm empfahl. Mit der für ihn typischen leichten Geringschätzung schaute Marius auf ihn herab. Doch es war seine Begleiterin, die Troblum zur Reglosigkeit erstarren ließ. Seine Glieder wollten sich nicht mehr bewegen. Glücklicherweise auch nicht sein Mund, was ihn daran hinderte, die Kinnlade herunterzuklappen und erschrocken zu ächzen. Er vermochte auch nicht mehr zu atmen, so als würde eine frostige Kälte seine Lungen zerreißen.

»Ich würde Sie ja vorstellen«, sagte Marius kalt. »Aber von allen Personen auf dieser Station sind Sie wohl die einzige, Troblum, bei der das nicht notwendig ist. Habe ich recht?«

»Aha«, sagte Cat und grinste. »Wie kommt's?«

Troblums ausgesprochen düstere Faszination hielt seine Muskeln fest in ihrem Griff. Sie war nicht leicht wiederzuerkennen, denn sie trug nicht länger ihre stachelige Frisur, ihr Markenzeichen in all den Geschichten, die über sie kursierten. Das Haar war immer noch kurz und schwarz, doch nun glatt nach hinten gestrichen, mit einigen dünnen, kupferroten Schattierungen gleich über der Stirn. Anstatt der Lederhose und der knappen Weste, in der sie sich sonst zu zeigen pflegte, trug sie ein elegantes, modernes Kostüm. Doch der leicht dunkle Teint und das breite, belustigte Grinsen, das ihr einen beinahe irren ... Es gab keinen Zweifel. Sie war so viel kleiner, als er gedacht hatte, es war verwirrend. Sie reichte ihm kaum bis an die Schulter. Und dabei hatte er sie sich immer als eine Art Amazone vorgestellt.

»Troblum hat eine Schwäche für Geschichte«, sagte Marius. »Er kennt alle möglichen ausgefallenen Fakten.«

»Was ist mein Lieblingsessen?«, fragte Cat.

»Zitronenrisotto mit Spargel«, stammelte Troblum. »Die Spezialität des Restaurants, in dem Sie mit fünfzehn gearbeitet haben.«

Cats Grinsen wurde noch eine Spur breiter. »Was zum Teufel ist denn das für einer?«, fragte sie an Marius gewandt.

»Ein Fachidiot mit dem Fetisch Starflyer-Krieg. Er ist nützlich für uns.«

»Was immer Sie antörnt.«

»Sie sind in Suspension«, sagte Troblum geradeheraus; die Worte entschlüpften ihm wider Willen, obwohl er Angst vor ihr hatte. »Das Urteil lautete fünftausend Jahre.«

»Oooch, der ist ja süß«, sagte Cat zu Marius. Sie zwinkerte Troblum anzüglich zu. »Ich werde sie irgendwann zu Ende absitzen. Versprochen.«

»Wenn Sie vielleicht einen Augenblick Zeit hätten«, wandte sich Marius an Neskia. »Wir müssen ein geeignetes Schiff für unseren Gast finden.«

»Selbstverständlich.« Neskia erhob sich.

»Ach ja«, setzte Marius wie beiläufig hinzu. »Benimmt Troblum sich?«

Neskia blickte von Marius zu Troblum. »So weit, so gut. Bis jetzt ist er jedenfalls recht hilfsbereit gewesen.«

»Weiter so«, sagte Marius. Er lächelte nicht.

Troblum senkte den Kopf, unfähig, einen von ihnen anzusehen. Zu viele Menschen. Zu nah. Zu aufdringlich. *Und einer von ihnen ist ›The Cat‹!* Auf so eine Begegnung war er nicht vorbereitet gewesen. Nicht heute und nicht an irgendeinem anderen Tag. Aber sie war raus. Raus aus der Suspension – irgendwie. Spazierte quietschfidel in der Gegend herum. *Sie ist auf dieser Station!*

Am Rand seiner Exosicht blitzten blaue Symbole auf. Es war seine Gesundheitsanzeige, die ihm mitteilte, dass seine Bionics dabei waren, seine Brustmuskeln zu reaktivieren und sie in einen steten, ruhigen Rhythmus zu bringen. Er hatte gar nicht bemerkt, dass er angefangen hatte, die Luft einzusaugen, als hätte ihm etwas die Kehle zusammengeschnürt. Seine makrozellularen Drüsen entließen einen schwachen Medikamentencocktail, um die Herzfrequenz zu senken.

Erneut hob Troblum den Kopf und riskierte einen Blick, das Gesicht zu einem fürchterlich schuldbewussten Ausdruck verzerrt. Die drei waren fort, außer Sicht, fort aus dem Saloon. Viel zu viele neugierige Blicke seiner nach wie vor dasitzenden Kollegen ruhten auf ihm. Er wollte es ihnen sagen, wollte hinausbrüllen: *Nicht ich bin es, den ihr anstarren müsst.*

Stattdessen spürte er das Zittern, das sich in den Tiefen seines Oberkörpers ankündigte. Allzu hastig stand er auf. Sofort fing alles um ihn herum an sich zu drehen. Bionics verstärkten seine Beinmuskulatur und ermöglichten es ihm, fluchtartig den Saloon zu verlassen. Im Gang lenkte sein U-Shadow einen Trolleybot um, damit er sich daraufsetzen konnte. Der Transportkarren brachte ihn zurück zu seinem Quartier, wo er sich erschöpft auf sein Bett fallen ließ. Dann lud er eine Levelneun-Sicherheitsbestätigung in die Verriegelung, auch wenn ihm klar war, wie nutzlos das war.

The Cat!

Während sich die Kabine auf eine angenehme Zimmertemperatur erwärmte, lag er auf seinem Bett und spürte, wie der Schock allmählich verebbte. Doch der Rückgang der körperlichen Symptome trug nicht dazu bei, das Grauen zu mindern. Von allen Größenwahnsinnigen und Psychopathen der Geschichte hatten sich die Accelerators ausgerechnet sie ausgesucht, um sie wieder zurück auf die Bühne zu bringen. Stundenlang lag er einfach so da im warmen Dunkeln und fragte sich wieder und wieder, mit wem oder was in aller Welt sich die Accelerators wohl konfrontiert sahen, dass ihnen keine andere Wahl blieb, als Cat einzusetzen. Er hatte immer hinter dieser ganzen Accelerator-Sache gestanden, ganz einfach, weil sie so logisch war. Sie waren einer Evolutionslinie gefolgt, die mit einzelligen Amöben ihren Anfang genommen hatte und die mit der Erhebung in einen postphysischen Zustand ihr Ende nehmen würde. Eine Folgerichtigkeit, die niemand in Zweifel ziehen konnte. Die anderen Fraktionen irrten sich, das war so offensichtlich. Für ihn. Die Philosophie der Accelerators entsprach seinem Physikernaturell wie keine andere, denn dieser verletzend boshafte Hurensohn Marius hatte recht, es gab in puncto Persönlichkeitsentwicklung nur herzlich wenig Alternativen.

Vergiss das. Es tut nichts zur Sache.

Weil alles, was den Einsatz von ›The Cat‹ erforderlich macht, unmöglich richtig sein kann. Das kann es einfach nicht.

Inigos fünfter Traum

»–folglich kann, weil die Stadt als eine eigenständige, einzige Wesenheit gilt, keiner ihrer Einwohner sie im rechtlichen Sinne ›besitzen‹. Nichtsdestotrotz hat im Jahre 15 nach Rahs Ankunft der neu gegründete Obere Rat die Erste Meldeverordnung erlassen. In Großen und Ganzen besagt diese, dass jeder Mensch einen Wohnsitz innerhalb der Stadtmauern für seinen Eigengebrauch beanspruchen kann. Um Euch registrieren zu lassen, müsst Ihr lediglich ein unbenutztes Haus oder eine freie Wohnung oder ein Zimmer finden, zwei Tage und zwei Nächte dort bleiben und dann beim Belegungsamt Euren Anspruch darauf geltend machen. Dieser Anspruch, ist er erst einmal notariell beglaubigt, gibt Euch und Euren Nachkommen das Recht, solange dort zu wohnen, bis er wieder aufgegeben wird. Da es keine neuen Gebäude gibt, und niemals geben wird, waren die begehrtesten und größten Domizile innerhalb von zehn Jahren, nachdem Rah das erste Tor geöffnet hatte, belegt. Sie sind nun die Paläste unserer altehrwürdigsten Familien, der Distriktmeister. In ihnen wohnen nicht selten bis zu fünf Generationen gleichzeitig, deren erste Söhne allesamt darauf warten, das Anwesen und den Sitz im Oberen Rat zu erben. Der übriggebliebene verfügbare Wohnraum in der Stadt ist spärlich und für die Unterbringung von Menschen schlecht ausgelegt. Und selbst dieser nimmt rapide ab. Folglich, und da Distrikte wie beispielsweise Eyrie im Grunde genommen unbewohnbar –«

Edeard hoffte, dass er gerade nicht vor Langeweile laut gestöhnt hatte. Zwar war er mittlerweile ebenso versiert darin, seine Emotionen vor zufälligen Fernblicken zu verbergen, wie jeder andere Bürger Makkathrans, aber wenn Meister Solarin von der Advokatengilde noch einmal das Wort *folglich* benutzte … Es war ein Mysterium, wie der alte Mann so lange ohne Unterbrechung reden konnte. Auf der Wache ging das Gerücht, dass Meister Solarin über zweihundertfünfzig Jahre alt war. Das allerdings hätte Edeard sehr gewundert; so jung sah er definitiv nicht aus. Sein weißes Haar hatte sich so weit zurückgezogen, dass die Schädeldecke inzwischen vollkommen kahl war. Etwas, das Edeard noch nie zuvor gesehen hatte, zumal die verbliebenen Strähnen so lang waren, dass sie ihm bis über die Schultern reichten. Meister Solarins Glieder waren entsetzlich dürr und zerbrechlich, während seine Finger so sehr angeschwollen waren, dass er Schwierigkeiten hatte, sie anzuspannen. Seine Stimmbänder indessen litten nicht unter solcher Malaise.

Zusammen mit seinen Mitkonstablern in spe saß Edeard auf einer Bank im kleinen Saal der Jeavons-Wache und lauschte der wöchentlichen Vorlesung über grundlegendes makkathranisches Recht. In zwei weiteren Monaten standen ihnen zu diesem Thema eine Reihe von Prüfungen bevor, die sie alle bestehen mussten, um weiterzukommen. Wie alle seine Kameraden empfand auch Edeard den Alten als einen extremen Geduldstest. Eine rasche Sondierung der unmittelbaren Umgebung ergab, dass Boyd schon fast eingeschlafen war. Macsen starrte mit glasigem Blick ins Leere, während er über Longtalk die Mädchen in der Schneiderei am Ende der Straße hofierte. Kanseen schien dem Vortrag eine gewisse höfliche Aufmerksamkeit zu schenken, doch Edeard kannte sie inzwischen gut genug, um zu erkennen, dass sie genauso gelangweilt war wie er. Allein Dinlay saß andächtig und kerzengerade da und machte sich sogar Notizen. Irgendwie konnte Edeard darüber nicht wirklich lachen. Der arme Dinlay hatte seinem Vater und seinen Onkeln so viel zu beweisen, dass er die Prüfungen zweifellos mit Bestnoten ablegen würde. Dies wiederum konfrontierte den Rest ihrer Einheit mit der höchst realen Gefahr, dass Dinlay nach ihrem Abschluss vermutlich zu ihrem Truppführer ernannt werden würde. Und das wäre etwas, das er *sehr* ernst nehmen würde.

»–folglich wurde es für den unteren beigeordneten Gerichtshof zur vordringlichen Aufgabe, sich, falls damit zu rechnen ist, dass es zu einem zivilen Gesetzesverstoß innerhalb des Objekts selbst kommen könnte, jedweder Zwangsräumungsklage anzunehmen. In der Praxis erweist sich eine zeitraubende Verhandlung meist als nicht nötig, und es reicht, einen Antrag auf eine einstweilige Räumungsverfügung beim zuständigen Richter zu stellen, der *de facto* als hoher Rat beim unteren Gerichtshof fungiert. Und damit, fürchte ich, sind wir glücklich am Ende dieser Sitzung angelangt. Mit den Kriterien für eine solche Klage werden wir uns in der nächsten Woche befassen. In der Zwischenzeit möchte ich Euch bitten, *Sampsols Bürgerliches Recht* Band drei, Kapitel dreizehn bis siebenundzwanzig zu lesen. Es geht darin um die wichtigsten Faktoren bezüglich der Anwendung von Waffen innerhalb der Mauern der Stadt. Vielleicht werde ich uns unsere nächste gemeinsame Stunde auch mit einem kleinen Test versüßen. Das wär doch mal was, oder? Bis dahin danke ich für Euer Interesse und verabschiede mich.« Solarin schenkte ihnen ein dünnes Lächeln und setzte seine goldgerahmte Brille ab, bevor er das dicke Buch zuklappte, das er mit Anmerkungen vollgeschrieben hatte. Zusammen mit den anderen Büchern, die der Advokat für seine Vorlesung gebraucht hatte, verstaute sein Ge-Affe es sorgfältig in einer ledernen Umhängetasche.

Dinlay hob eine Hand. »Sir?«

»Ah, mein guter Junge; leider bin ich etwas in Eile heute. Wenn Ihr Eure Frage vielleicht aufschreiben und an meinen Senior-Lehrling in der Gilde schicken könntet, wäre ich Euch überaus dankbar.«

»Ja, Sir.« Dinlays Hand sank wieder herab, enttäuscht sackte er ein Stück in sich zusammen.

Edeard blieb sitzen, während der Advokat bedächtig und

von zwei Ge-Affen gestützt den Saal verließ. Er fragte sich, wie es wohl aussah, wenn Meister Solarin es wirklich eilig hatte.

»Olovan's Eagle heute Abend?«

»Häh?« Edeard riss sich aus seinen absurden Tagträumen los und sah auf.

Macsen stand über sein Schreibpult gebeugt, einen süffisanten Ausdruck im Gesicht. »Clemensa wird auch da sein. Evala sagt, sie hätte nach dir gefragt. Andauernd!«

»Clemensa?«

»Die mit den dunklen Haaren, die sie immer zum Pferdeschwanz zusammengebunden hat. Ziemliche Oberweite. Lange Beine leider auch, aber was will man machen, niemand ist perfekt.«

Edeard seufzte. Schon wieder eins dieser Mädchen aus der Schneiderei. Macsen verbrachte seine ganze Zeit damit, um sie herumzuscharwenzeln oder sie seinen Freunden unterzuschieben. Einmal hatte er sogar versucht, Kanseen mit einem Zimmermannslehrling zu verkuppeln – das würde er nicht noch einmal tun. »Nein. Nein. Ich kann nicht«, sagte Edeard. »Ich hänge zu sehr mit den Gesetzestexten hinterher, und du hast gehört, was Solarin gesagt hat.«

»Was war das noch gleich?«

»Er will einen Test schreiben lassen«, sagte Edeard müde.

»Ach ja, richtig. Keine Sorge, es ist nur die Abschlussprüfung, die zählt. Mach dich nicht verrückt. Hör zu, ich hab einen Freund in der Advokatengilde. Ein paar Goldschillinge und er wird uns den ganzen *Sampsol* schenken.«

»Das ist Betrug«, ereiferte sich Dinlay hitzig.

Macsen tat bestürzt. »In welcher Hinsicht?«

»In jeder Hinsicht!«

»Dinlay, er zieht dich nur auf«, sagte Kanseen, während sie aufstand, um zu gehen.

»Ich mein es vollkommen ernst«, widersprach Macsen. Sein Gesicht war so unschuldig wie das eines Babys.

»Achte nicht auf ihn«, sagte sie und versetzte Dinlay einen

leichten Schubs gegen die Schulter. »Komm, lass uns zusehen, dass wir noch was zu essen auftreiben, ehe wir ausgehen.«

Dinlay bedachte Macsen mit einem letzten finsteren Blick, bevor er Kanseen hinterhereilte. Sogleich begann er, sie wegen irgendetwas zum Thema Wohnsitzrecht zu löchern.

»Wenn das nicht wahre Liebe ist«, flötete Macsen gutgelaunt, als die beiden außer Sicht verschwanden.

»Du bist gemein«, sagte Edeard. »Echt gemein.«

»Nur dank jahrelanger Übung und Hingabe.«

»Dir ist doch klar, dass er unser Truppführer werden wird, oder?«

»Ja, sicher. Er wird am selben Tag dazu ernannt, an dem die Eiformergilde verkündet, sie hätte ein fliegendes Ge-Schwein geformt.«

»Nein, im Ernst. Seine Noten werden weit besser sein als unsere, außerdem ist sein Vater – ach was, die halbe Familie – bereits Konstabler. Ranghohe noch dazu.«

»Chae ist nicht blöd. Er weiß, dass das mit Dinlay nie funktionieren würde.«

Edeard hätte Macsen nur zu gern geglaubt.

»Ähm, Edeard, bist du wirklich nicht an Clemensa interessiert?«, ließ sich nun Boyd vernehmen.

»Ha, das wird ja immer besser«, frotzelte Macsen und rieb sich die Hände. »Was fragst du? Bildest du dir etwa ein, du hättest Chancen?«

»Um ehrlich zu sein, ja«, erwiderte Boyd mit mehr Courage, als Edeard ihm zugetraut hätte.

»Schön für dich. Sie ist ein allerliebstes Mädel. Und so geil wie ein Drache im Blutrausch, wie ich rein zufällig weiß.«

Boyd runzelte die Stirn. »Und woher willst du das, bitte schön, wissen?«

»Evala hat's mir erzählt«, entgegnete Macsen leichthin. »Ihr letzter Freund wurde abserviert, weil er nicht genug Durchhaltevermögen hatte.«

Mit auffallend verzücktem Blick trat Boyd auf Macsen zu.

»Ich komme mit heute Abend. Aber du musst Evala überreden, dass sie ein gutes Wort für mich einlegt.«

»Überlass das nur mir, mein Bester. Und betrachte dich schon als so gut wie um den Verstand gepimpert.«

Edeard verdrehte die Augen und versprach der Herrin, fortan und für immer artig zu sein, wenn sie nur Macsen davon abhielt ... na ja, Macsen zu sein. »Los, gehen wir essen, bevor uns die Konstabler wieder alles wegfuttern.«

»Ja, ja«, meinte Boyd. »Unsere hilfreichen und liebenswerten Kollegen. Ich hasse es, wie sie uns behandeln.«

»Nur noch zwei Monate, dann haben wir's hinter uns«, sagte Macsen.

»Glaubst du wirklich, sie werden uns gegenüber auch nur einen Hauch von Respekt zollen, wenn unsere Ausbildung abgeschlossen ist?«

»Natürlich nicht«, meinte Macsen. »Aber wenigstens können *wir* dann Scheiße auf die neuen Anwärter schaufeln. Ich weiß, dass ich mich dann besser fühlen werde.«

»Das werden wir nicht tun«, sagte Edeard ruhig. »Wir werden mit ihnen reden, ihnen bei ihren Problemen helfen und ihnen das Gefühl geben, geachtet zu sein.«

»Wieso?«

»Weil es das ist, was ich mir für uns gewünscht hätte. So fühlen sich vielleicht mehr Menschen ermuntert, sich uns anzuschließen. Hast du dir mal die Zahlen angesehen? Ich meine nicht nur die von dieser Wache, sondern stadtweit. Es gibt nicht genug Konstabler in der Stadt. Die Leute fangen an, sich in Straßengemeinschaften zu organisieren, um es mit den Banden aufzunehmen. Das wird die Rechtsstaatlichkeit auf Dauer unterminieren.«

»Gütige Herrin, du meinst das wirklich so, stimmt's?«

»Allerdings«, erwiderte Edeard energisch und ließ sie seine mentale Anspannung spüren, damit sie erkannten, dass es ihm Ernst war. »Ich weiß, was passiert, wenn eine Staatsregierung nichts mehr wert ist. Ich hab gesehen, zu was die Barbaren imstande sind, wenn eine Gesellschaft sich für jeden Lumpenhund verwundbar macht, der weiß, wo ihre Schwachstellen sind. Und das wird hier nicht geschehen. Wir dürfen nicht zulassen, dass Makkathran sich von innen heraus zerstört.«

»An deiner Stelle würde ich mir keine Sorgen darüber machen, dass Dinlay Truppenführer wird«, sagte Macsen gleichermaßen ernst. »Du bist derjenige, Sir!«

Edeard fühlte sich immer noch ein wenig unsicher, wenn er mit seiner Uniform in der Öffentlichkeit auftrat. Lediglich die weißen Epauletten unterschieden die Anwärter von den regulären Konstablern. Alles andere war, wie Macsen es ausdrückte, *eigentlich schon waschecht*: ein schneidiger dunkelblauer Waffenrock mit silbernen Knopfreihen vorn; dazu passende Hosen mit großzügig verstellbarem Ledergurt. Dieser enthielt einen Knüppel, zwei Fläschchen Pfeffergas, ein Paar eiserne Handschellen mit einem teuflisch vertrackten Sechsfach-Schnappverschluss, der sich durch Telekinese so gut wie unmöglich knacken ließ, sowie ein kleines Erste-Hilfe-Päckchen. Unter dem Waffenrock trug man ein weißes Hemd, das Sergeant Chae jeden Morgen peinlichst genau inspizierte, um zu prüfen, ob das Weiß auch wirklich makellos war. Die Wahl der Stiefel blieb jedem selbst überlassen. Allerdings mussten die schwarz und mindestens knöchelhoch (sie durften jedoch nicht über die Knie gehen) und zudem stets blitzblank poliert sein. Der gewölbte Konstabler-Helm war aus Kunststoff-Dro-Seide-Geflecht geformt und innen ausgepolstert, um den Schädel des Trägers vor physischer Gewalt zu schützen. Wie alle anderen hatte Edeard sich seine eigene Dro-Seide-Weste gekauft, die angeblich robust genug war, um einer Kugel zu trotzen. Macsen war noch einen Schritt weiter gegangen und hatte sich zudem ein Paar Unterhosen aus Dro-Seide besorgt.

Theoretisch hielten sich die Kosten, die während der Ausbildung anfielen, im Rahmen. Praktisch jedoch benötigte jeder

Konstabler zwei Uniformen und mindestens drei Hemden. Und dann war da noch das laufende Kontingent an Seifenflocken, mit denen die Ge-Affen die Wäsche wuschen. Edeard hatte bei den anderen einiges an Ansehen gewonnen, nachdem sie gesehen hatten, wie gut er die Ge-Affen in diesem Punkt zu instruieren vermochte. Schon nach der ersten Woche hatte Chae es aufgegeben, bei Edeard nach irgendwelchen Mängeln am äußeren Erscheinungsbild zu suchen, wenn die Rekruten in ihren Uniformen zum morgendlichen Appell antraten.

Der Tagesablauf war fast immer der gleiche. Morgens absolvierten sie ihre diversen gemeinsamen körperlichen und telepathischen Trainingsprogramme, gefolgt von Vorlesungen. Am Nachmittag ging es unter den beängstigend wachsamen Augen Chaes auf Streife. Ab und an begleitete sie dabei ihr Divisionshauptmann, Ronark. Die Abende hatten sie theoretisch zu ihrer freien Verfügung, doch war es angeraten, sie zumindest unter der Woche mit Lernen zu verbringen.

Edeard hasste es, wenn Ronark mit ihnen rausging, um sich »von ihren Fortschritten zu überzeugen«. Der Mann war in seinen Achtzigern und würde niemals höher aufsteigen als bis zu seiner jetzigen Position. Seine Frau hatte ihn schon vor Jahrzehnten verlassen, seine Kinder wollten nichts mit ihm zu tun haben. Also blieben ihm nur noch die Konstabler, an die er mit nahezu religiösem Eifer glaubte. Alles hatte streng nach Vorschrift abzulaufen; Abweichungen waren strikt untersagt und Übertretungen wurden mit empfindlichen Strafen, Restriktionen und Degradierungen geahndet. Die Jeavons-Wache besaß eine der niedrigsten Rekrutierungsquoten der Stadt.

Niemand schenkte ihnen Beachtung, als Chae sie pünktlich um eins zu ihrer Streife hinausführte. Nur Ronark stand an seinem gerundeten Fischaugenfenster über dem großen Doppeltor und überwachte den Schichtwechsel, stoppte mit seiner uralten Taschenuhr das Kommen und Gehen der sich ablösenden Patrouillen. Draußen auf dem schmalen Trottoir hastete ein Trupp im Eilschritt zurück zur Wache, ihr Korporal schnaufend und mit hochrotem Gesicht, während sie versuchten, ihre Verspätung wieder aufzuholen. Drei Ge-Hunde sprangen links und rechts neben ihnen umher, froh über den willkommenen Auslauf.

Konstabler-Anwärtern war es nicht gestattet, die Hilfe von Genistars in Anspruch zu nehmen. Glücklicherweise bewahrte Chae über Edeards Ge-Adler, der nun zusammen mit zwei weiteren seiner Art in der Dachvoliere der Wache lebte, diskretes Schweigen.

Jeavons war ein recht freundlicher Distrikt. Er besaß im Zentrum sogar einen kleinen Park, der von einer Brigade stadteigener Ge-Affen in Schuss gehalten wurde. In der Mitte gab es einen großen Frischwasserteich mit exotischen Scharlachfischen, die bis zu einem halben Meter lang werden konnten. Sie waren Edeard immer ein bisschen unheimlich vorgekommen. Er hegte eine gewisse Abneigung gegen ihre Fangzähne und die Art, wie die Fische jeden, der sie vom Geländer aus beobachtete, von unten anglotzten. Aber der Park besaß auch ein abgegrenztes Fußballfeld, und hin und wieder schaute er sich am Wochenende die Spiele an, wenn die ortsansässigen Jungs eine kleine Liga veranstalteten. Eigentlich gefiel es ihm, dass in Jeavons nicht so viele Großfamilien wohnten; die meisten Gebäude waren relativ bescheiden, wenngleich die Herrenhäuser entlang dem Marble Canal durchaus stattlich zu nennen waren. Die Zimmerleute, Juwelenschleifer und Ärzte hatten ihre Gildenhauptsitze in diesem Distrikt. Außerdem war hier die Astronomische Gesellschaft zu Hause, die seit sieben Jahrhunderten um die Anerkennung ihres Gildenstatus kämpfte und immer wieder von der Pythia abgeblockt wurde, die behauptete, der Himmel sei ein Reich des Überirdischen und Astronomie grenze an Ketzerei. Boyd quoll förmlich über an Klatsch und Tratsch wie diesem, während sie durch die gewundenen Straßen marschierten. Wahrscheinlich kannte er den Grundriss des Viertels besser als Chae.

Heute führte sie Chae über den Arrival Canal und in den kleineren Silvarum-Distrikt. Die Häuser hier waren seltsam geschwungen, als wären sie früher mal ein Haufen Blasen gewesen, die irgendwie zusammengedrückt worden waren. Zusammengequetschte Insektenbauten nannte Boyd sie. Keines der Domizile war groß genug, um als Palast durchzugehen, aber sie gehörten alle wohlhabenden Familien – den kleineren Kaufleuten und Altmeistern der Berufsgilden. In den Geschäften wurden samt und sonders Waren verkauft, deren Preise weit jenseits von Edeards Möglichkeiten lagen, dessen Barschaft zudem stetig dahinschwand.

Als sie die verschnörkelte Holzbrücke überquerten, fand Edeard sich neben Kanseen schreitend wieder.

»Und du willst echt heute Abend nicht ausgehen?«, fragte sie.

»Nee. Ich hab nicht mehr so viel Geld, und außerdem sollte ich wirklich lernen.«

»Dann war es dir also ernst damit, von wegen berufliche Laufbahn und so?«

»Frag mich das in einem Jahr noch mal. Bis dahin werde ich sie mir bestimmt nicht durch eigene Dummheit vermasseln. Ich muss den Abschluss schaffen.«

»Das müssen wir alle«, erwiderte sie.

»Hm.« Edeard warf einen Blick auf Macsen, der am Ende der Brücke herumtrödelte und mit einem unter ihnen hinweggleitenden Gondoliere ein paar freundliche Worte wechselte. Die Sitzbänke der Gondel waren herausmontiert worden, um einer schlichten, aus Latten zusammengezimmerten Plattform zu weichen, auf der ein Stapel Holzkisten stand. »Für jemanden, der völlig mittellos auf die Straße geworfen wurde, scheint Macsen ja ziemlich gut bei Kasse zu sein.«

»Hast du's noch nicht gehört?«, sagte Kanseen mit einem überlegenen Lächeln.

»Was?«

»Seine Mutter ist von einem bekannten Meister in die Musikergilde aufgenommen worden. Sie lebt jetzt in einer hübschen kleinen Maisonettewohnung im Cobara-Distrikt. Angeblich ist er hundertzehn Jahre älter als sie.«

»Nein!« Edeard wusste, dass er sich eigentlich nicht für solchen Klatsch interessieren sollte, aber dergleichen Gerede war in Makkathran fast so etwas wie eine zweite Währung. Jeder hatte ständig irgendwelchen Tratsch über die Familien der Distriktmeister gehört, den er nicht abwarten konnte, mit jemandem zu teilen. Und Skandale waren die gefragteste Währung von allen.

»O ja. Er war mal in einer dieser fahrenden Musikantengruppen, die in der Iguru und den Dörfern der Donsori-Berge umherziehen.« Sie neigte sich näher zu ihm und senkte die Stimme. »Anscheinend hat er das Herumreisen aufgeben müssen, weil es in diesen Ortschaften zu viele *Produkte* von ihm gab. Jetzt gibt er im Gildenhaus nur noch Anfängern Unterricht und spielt für ihre Familien.«

Eine kleine Erinnerung drängte sich in Edeards Gedanken; ein spätabendliches Gespräch vor einigen Monaten in einem Wirtshaus, das er eigentlich nicht mit hatte anhören sollen, und sie hatte von einem *bekannten Meister* gesprochen. »Du redest nicht zufällig von Dybal?«

Kanseens Lächeln war nun fast triumphierend. »Ich will nichts gesagt haben.«

»Aber ... wurde er nicht mit zwei Novizinnen im Bett erwischt?«

»Das gehört zu seinem Mythos. Wenn er mit seinen Spottliedern nicht so erfolgreich gewesen wäre, hätte man ihn schon vor Jahrzehnten aus der Gilde geworfen. Offenbar sind sie ziemlich witzig. Die jüngeren Mitglieder der Adelsfamilien vergöttern ihn geradezu, während die älteren ihn am liebstem am Grund eines Kanals liegen sehen würden.«

»Ja, schon klar, aber... Macsens Mutter?«

»Wenn ich's dir doch sage.«

Kanseen wirkte beunruhigend zufrieden, hauptsächlich

wohl wegen seiner ungläubigen Reaktion. So war es immer mit ihr; stets gab sie den anderen das Gefühl, ihnen ein kleines bisschen überlegen zu sein. Doch er kaufte ihr diese Großtuerei nicht ab; es war nur ihre Art, mit ihrer Zeit als Anwärterin fertigzuwerden; es war nur der Versuch, eine leidliche Schutzmauer um sich zu errichten. Bestimmt war es nicht einfach für ein Mädchen bei den Konstablern; und ganz gewiss gab es nicht viele von ihnen.

Zielstrebig hielt Chae auf den Platz zu, wo die Chemikergilde ihren Gildenhauptsitz hatte. Die Bürgersteige zwischen den Häusern waren von einem rötlichen Braun, mit einer Reihe von bauchigen, hüfthohen Trichtern auf dem Mittelstreifen. Die mit Erde angefüllten Kübel waren mit großen Saff-Kirschbäumen bepflanzt, deren Blattwerk ein grünes Dach zwischen den geneigten Wänden zu jeder Seite schufen. Die bereits abgefallenen rosafarbenen und blauen Blüten bildeten einen zarten Blumenteppich. Edeard gab sich redlich Mühe, die Passanten in erster Linie auf Anzeichen für etwaige kriminelle Aktivitäten in Augenschein zu nehmen, so, wie Chae es ihnen gesagt hatte. Alles in allem keine leichte Aufgabe.

Akeems Angedenken war vor allem hinsichtlich eines Aspekts des Stadtlebens kristallklar und wahrhaftig geblieben: den Mädchen. Sie waren wunderschön. Besonders die aus den Adelsfamilien, für die Distrikte wie Silvarum nur dazu da zu sein schienen, um sich in ganzen Rudeln auf die Jagd zu begeben. Und sie verwandten große Sorgfalt darauf, sich bestmöglich in der Öffentlichkeit zu präsentieren. Hier ein Kleid mit tief ausgeschnittenem Dekolleté, dort ein Rock mit einem überraschenden Schlitz inmitten der Rüschen, da ein durchsichtiges Stück Spitze. Haare, mit Absicht ein wenig nachlässig frisiert; mit Geschick aufgetragene Schminke, die ein bezauberndes Lächeln, ein Paar hübsche Wangenknochen oder zwei große unschuldige Augen betonte; funkelndes und glitzerndes Geschmeide.

Er kam an einer Schar junger Mädchen vorbei, von denen

jede allein mit den Ringen an einer Hand ein größeres Vermögen mit sich trug, als er in einem Monat verdiente. Als sie bemerkten, dass Edeard sie anstarrte, kicherten sie geziert und fingen an, ihn zu necken:

»Können wir Euch helfen, Herr Wachtmeister?«

»Ist das wirklich Euer Polizeiknüppel?«

»Es ist ein recht großer Knüppel, nicht wahr, Gilliaen?«

»Unterwerft Ihr damit die bösen Leute?«

»Emylee ist ziemlich unartig, Herr Wachtmeister, vielleicht solltet Ihr ihn ihr einmal zu spüren geben.«

»Hanna! Sie ist ungehorsam, Herr Wachtmeister, Ihr müsst sie verhaften.«

»Ob er wohl einen Kerker hat, in den er sie werfen kann, was meint ihr?«

Edeard spürte, wie dritte Hände ihn unanständigerweise an äußerst intimen Regionen seines Körpers zwickten und pufften. Erschrocken machte er einen Satz zurück, bevor er sich, puterrot angelaufen, hastig abschirmte. Die Mädchen quiekten vor Vergnügen und Schadenfreude und trippelten davon.

»Kleine Schlampen«, brummte Kanseen.

»Äh, ja, absolut«, entgegnete Edeard. Er warf einen Blick zurück – nur, um sich davon zu überzeugen, dass die Mädchen keine Unruhe stifteten. Zwei von ihnen hatten ihn immer noch im Visier. Weiteres Gekicher schallte die Straße hinab. Schaudernd wandte Edeard den Blick wieder nach vorn und versuchte eine unbewegte Miene aufzusetzen.

»Du bist doch nicht etwa in Versuchung gekommen, oder?«, fragte Kanseen.

»Himmel, bewahre.«

»Edeard, du bist wirklich ein prima Kerl, und ich bin froh, dass ich im gleichen Trupp bin wie du. Aber da steckt noch jede Menge Landleben in dir. Was ja grundsätzlich nichts Negatives ist«, beeilte sie sich hinzuzufügen. »Doch jedes Familienmädchen hier würde dich nur zu gern zum Frühstück verputzen und die Kerne noch vor dem Mittagessen wieder ausspucken. Sie sind nicht nett, Edeard, nicht wirklich. Sie besitzen keinerlei Substanz.«

Wie kommt es dann bloß, dass sie so traumhaft schön aussehen?, dachte er wehmütig.

»Abgesehen davon«, sagte Kanseen. »Die wollen sowieso nur die ältesten Söhne von Distriktmeistern heiraten, oder Gildenmänner oder, wenn sie richtig verzweifelt sind, wenigstens einen Milizoffizier. Konstabler können da nicht mithalten, weder vom Ansehen her noch vom Geld.«

Nachdem sie den Platz hinter sich gelassen hatten, ging es weiter zu den Märkten. Davon gab es drei Stück, nur ein paar Straßen vom Great Major Canal entfernt, der Silvarum nach Norden hin begrenzte. Es waren offene Bereiche, nicht ganz so groß wie der Platz, vollgepackt mit Ständen. Auf dem ersten gab es hauptsächlich frische Lebensmittel zu kaufen. Ein dichtes Dach aus Segeltuchplanen bildete eine wogende Decke, die all die Stände überschattete und sie in ein seltsam warmes Grau tauchte. Die stehende Luft hing voller Gerüche. Ein wenig neidisch starrte Edeard auf die Auslagen, auf denen sich Berge von Obst und Gemüse türmten. Dahinter riefen die Standbesitzer die Preise aus und priesen Geschmack und Qualität ihrer Ware. Es war lange her, dass er sich zum letzten Mal zu einer wirklich anständigen Mahlzeit niedergelassen hatte – eine Mahlzeit so wie damals, daheim auf dem Gildengut in Ashwell. Im Speisesaal der Wache kam alles in Teig eingewickelt daher, und keiner der Ge-Schimpansen in der Küche war in der Kunst der Salatzubereitung geschult.

»Ziemlich trübsinnige Gedanken, die du da hast«, bemerkte Kanseen.

»Entschuldige«, sagte er und gab sich Mühe, wachsam zu sein. Chae ließ sie wissen, dass die Märkte immer voller Schleichdiebe und Langfinger waren. Vermutlich hatte er recht. Die Standbesitzer begrüßten sie, wie immer, zuvorkommend und freundlich, mit einem Lächeln hier und dem einen oder anderen kleinen Geschenk dort – Äpfel, Birnen, ein oder zwei Flaschen; vielerlei gute Dinge für ihren wohlverdienten Feierabend nach Dienstschluss. Die Marktverkäufer sahen es gern, wenn die Konstabler Präsenz zeigten. Es schreckte das Gesindel ab.

Dagegen war Edeard geradezu bestürzt von dem Empfang, der ihnen, während Chae sie quer durch die Stadt führte, in einigen Distrikten und Vierteln zuteil wurde. Finstere Mienen und bedrohliches Schweigen, unabgeschirmte Gefühle von Feindseligkeit. Menschen, die ihnen demonstrativ den Rücken zuwandten. Dritte Hände, die sie schubsten, wenn sie dicht an Kanalufern entlangschritten. Chae setzte, was auch sonst, seinen Weg unverdrossen fort, doch Edeard fühlte sich bald schon einigermaßen entmutigt. Es war ihm unbegreiflich, wieso sich ganze Gemeinden von Recht und Ordnung so abgestoßen fühlen konnten.

Sie gingen weiter zum zweiten Markt, demjenigen, der auf Tuch und Kleidung spezialisiert war. Eine beunruhigende Zahl junger Frauen flanierte zwischen den Ständen umher, begutachtete farbenfrohe Stoffe und schwatzte fröhlich miteinander. Edeard hielt eine schwache Abschirmung aufrecht und tat sein Bestes, jeden Augenkontakt zu vermeiden. Obwohl da ein paar wirklich hübsche Mädchen herumliefen, deren Anmut geradezu um einen zweiten Blick bettelte. Macsen war weit entfernt von Edeards Hemmungen. Ganz in seinem Element, sprach er jedes Mädchen an, das auch nur zufällig in seine Richtung blickte.

»Du hast nie gesagt, aus welchem Distrikt du eigentlich stammst«, sagte Edeard.

»Hab ich nicht, ganz recht«, bestätigte ihm Kanseen.

»'tschuldigung, tut mir leid.«

»Du solltest auch unbedingt aufhören, dich bei jeder Gelegenheit zu entschuldigen«, riet sie ihm lächelnd.

»Ja, ich weiß. Es ist nur so, dass ihr alle an das hier gewöhnt seid.« Er machte eine weit ausholende Geste. »Ich nicht. Allein auf diesem Markt rennen mehr Leute herum, als jemals in Ashwell gelebt haben.« Für einen winzigen Moment wurde er von einem echten Schuldgefühl übermannt. Es geschah immer seltener, dass er seines alten Zuhauses gedachte. Einige Gesichter aus seiner Heimat waren fast schon aus seinem Gedächtnis verschwunden. Nicht Akeems, das würde er nie vergessen; aber Gonats zum Beispiel – hatte er nun rote Haare gehabt oder dunkelbraune gehabt? Angestrengt legte er die Stirn in Falten in dem Versuch, sich zu erinnern, aber es wollte und wollte kein klares Bild kommen.

»Bellis«, sagte Kanseen plötzlich, »meine Familie lebt in Bellis.«

»Ah ja«, erwiderte er. Bellis befand sich auf der östlichen Seite der Stadt, in der Nähe des Hafens und von Sampalok aus gesehen direkt jenseits des Great Major Canal. Bisher waren sie in jener Gegend noch nicht auf Streife gewesen. »Du bist noch nicht dort gewesen, um sie zu besuchen.«

»Nein. Mutter kann sich nicht so ganz anfreunden mit meiner Entscheidung, Konstabler zu werden.«

»Oh. Das tut mir lei-... Mist.«

»Ich glaube, sie hätte es lieber gesehen, wenn ich das Gelübde der Herrin abgelegt hätte.«

»Daran ist doch nichts Verkehrtes.«

»Du kommst wirklich aus der hintersten Provinz, stimmt's?«

»Und? Ist das was Schlimmes?«, erwiderte er steif.

»Nein. Ich schätze, dort werden die Werte, die diese Stadt einmal hatte, noch am Leben erhalten, dort draußen, jenseits des Donsori-Gebirges. Ich war nur geschockt, jemanden mit Überzeugungen zu treffen, das ist alles. Du bist in Makkathran eine absolute Ausnahmeerscheinung, Edeard. Vor allem unter den Konstablern. Darum flößt du den Menschen auch Unbehagen ein.«

»Tu ich das?«, fragte er, aufrichtig erstaunt.

»Ja, klar.«

»Aber ... Du musst doch auch an so was wie Werte glauben. Warum sonst hast du dich uns angeschlossen?«

»Aus dem gleichen Grund, wie die Hälfte von uns. In ein paar Jahren verlege ich mich auf die Leibwächtertätigkeit für eine der Distriktmeister-Familien. Ausgebildete Konstabler mit Erfahrung werden bei denen händeringend gesucht. Besonders jemand wie ich; weibliche Konstabler sind ziemlich selten. Und die vornehmen Damen benötigen ebenso Schutz wie ihre Ehemänner und Söhne. Ich kann so ziemlich jeden Preis verlangen, den ich will.«

»Oh.« Der Gedanke überraschte Edeard. Bisher hatte er die Konstabler-Laufbahn noch nie als Sprungbrett für irgendetwas anderes, geschweige denn etwas besseres, gesehen. »Wem flöße ich Unbehagen ein?«

»Na ja, zunächst einmal Dinlay. Er glaubt genauso an Wahrheit und Schönheit wie du, nur dass er wesentlich mehr Lärm darum macht. Aber du bist stärker und klüger. Chae wird zweifellos dich zum Truppführer ernennen.«

»Das kannst du nicht wissen.«

Sie lächelte. Auf einmal wurde ihm bewusst, wie attraktiv sie eigentlich war; etwas, das er wegen der Uniform oft übersah. Aber dieses Lächeln stand dem dieser albernen Familienpüppchen, die auf dem Marktplatz umherscharwenzelten, um nichts nach.

»Wollen wir um Geld wetten?«, forderte sie ihn heraus.

»Auf keinen Fall«, entgegnete er mit gespielter Entrüstung. »Das wäre illegal.«

Beide lachten.

»Braucht ihr zwei vielleicht ein Zimmer?«, rief Macsen über seine Schulter hinweg. »Ich kenne da einen, der vermietet ziemlich günstig ...«

Kanseen bedachte ihn mit einer unfeinen Geste.

Macsen schnitt eine Grimasse. »Sieh mal an, dann stimmt's also, was man so sagt: Man kann das Mädchen zwar aus Sampalok rausholen, aber niemals Sampalok aus dem Mädchen.«

»Arschloch«, knurrte Kanseen.

»Wir befinden uns auf Streife!«, blaffte Chae. »Und was bedeutet das?«

»Allzeit Professionalität«, grummelte der Trupp unisono.

»Dann denkt freundlicherweise daran und benehmt euch entsprechend.«

Macsen, Kanseen und Edeard grinsten sich an, während sie zum dritten Markt weitergingen, der dem Kunsthandwerk gewidmet war. Hier wurden kleinere Einrichtungsgegenstände und allerlei Hauszierrat feilgeboten, ebenso billiger Schmuck und alchemistische Tränke. Es gab sogar einen Bereich, wo seltene Haustiere angeboten wurden. Die Überdachungen bestanden allesamt aus einheitlichen orange-weiß gestreiften Planen, die zu sechsseitigen Kegeln arrangiert waren, welche von großen, mit Aar-Weinreben umrankten Pfosten gestützt wurden. Es war warm unter den Schirmen, aber die volle Kraft der Sonne hielten sie ab.

Edeard streckte seine Fernsicht über den Great Major Canal aus, der auf ganzer Länge die Stadt durchschnitt, vom Hafen-Distrikt im Osten bis hin zu den Circle-Kanälen ganz im Westen, wo der Orchard-Palast stand. Im Nordwesten der Stadt lag der Ysidro-Distrikt, eingekeilt zwischen der Rückseite des Golden Park und dem Low Moat. Dort befand sich das Novisterium der Herrin.

»Hast du gerade Zeit?«, erkundigte sich Edeards Geist.

»Hallo«, erwiderte Salrana, offensichtlich allerbester Laune. »Ja, und mir geht's gut. Wir sind gerade im Garten, Sommerkräuter pflanzen. Es ist einfach herrlich hier draußen.« Zusammen mit ihrem Glücksgefühl erreichte ihn ein zartes Bild. Er sah einen von Mauern umschlossenen Garten mit sich konisch verjüngenden Eiben, die die Kieswege umsäumten. Rebstöcke und Kletterrosen tauchten die Mauern in leuchtende Farben. In der Mitte des Areals befand sich – ungewöhnlich für Makkathran – ein großzügiger Rasen; er war so sorgfältig getrimmt, dass Edeard sich unwillkürlich fragte, was für grasende Genistars sie wohl eingesetzt haben mochten. An einem Ende des

Gartens stand eine schneeweiße Statue der Herrin, beinahe so hoch wie die Mauern. Lächelnd blickte sie in ihren weißblauen Roben auf die Novizinnen herab, während diese mit Weidenkörben voller Setzlinge emsig hin und her eilten.

»Hübsch. Warum nehmt ihr keine Ge-Schimpansen fürs Anpflanzen der Kräuter?«

»Oh, Edeard, du solltest wirklich mal damit anfangen, dich mit den Lehren der Herrin auseinanderzusetzen. Der Zweck des Lebens besteht darin, eine Harmonie zwischen dir und deiner Umgebung herzustellen. Wenn du für alles immer bloß Genistars benutzt, errichtest du nur eine Barriere zwischen dir und der Welt.«

»Ah ja.« Für ihn klang das in erster Linie idiotisch, aber er hielt seine Empfindungen fest zurück, sodass Salrana sie nicht spüren konnte. Sie entwickelte in letzter Zeit erhebliche Fähigkeiten auf dem Gebiet der Empathie.

»Wo bist du gerade?«, fragte sie.

»Auf Streifengang über Silvarums Märkte.« Er ließ sie das geschäftige Treiben um ihn herum sehen, zeigte ihr die mannigfaltigen Auslagen an den Ständen.

»Schon irgendwelche Gauner verhaftet?«

»Nein. Die ergreifen alle aus lauter Angst die Flucht, wenn sie uns nur sehen.«

»Oh, Edeard, du bist traurig.«

»Tut mir leid.« Er versuchte, sich zusammenzureißen. »Nein, bin ich nicht. Es ist einfach alles nur so öde, sonst nichts. Weißt du, im Grunde genommen freue ich mich auf meine Prüfungen. Wenn ich die hinter mir habe, wird dies alles vorbei sein. Dann kann ich endlich ein richtiger Konstabler sein.«

»Ich kann's kaum erwarten, deine Abschlussfeier mitzuerleben.«

»Ich glaub nicht, dass es eine riesige Sache wird. Der Bürgermeister überreicht jedem von uns ein Paar dunkle Epauletten und das war's.«

»Ja, aber sie findet im Orchard-Palast statt, und alle Konstabler-Anwärter der Stadt werden da sein, und ihre Familien schauen zu. Es ist ein großes Ereignis, Edeard, mach es nicht kleiner als es ist.«

»Das wollte ich auch gar nicht. Meinst du, du schaffst es, zu kommen?«

»Was denkst denn du? Mother Gallian hat grundsätzlich was übrig für Veranstaltungen wie diese. Ich habe ihr von deinem bevorstehenden Abschluss schon erzählt.«

»War das nicht ein bisschen voreilig? Du weißt ja, diese Prüfungen sind nicht ohne.«

»Du machst das schon, Edeard. Ich werde die Herrin bitten, dir ganz leichte Fragen zu geben.«

»Danke! Kannst du an diesem Wochenende frei bekommen?«

»Ich weiß noch nicht. Schwierig mit dem Hochamt am –«

Aufgebrachte Schreie weiter vorn ließen Edeard aufblicken. Seine Fernsicht nahm mehrere wutentbrannte Bewusstseine wahr. Die Gedanken der Leute um sie herum waren von bitterer Entschlossenheit erfüllt, und sie begannen immer schneller zu laufen.

Rufe hallten unter den Planen wider.

»Haltet sie!«

»Diebe. Diebe!«

»Kavine ist verletzt.«

»Diebe auf dem Markt!«

Von überall her strömten die gleichen Longtalk-Schreie in den Äther. Abgehackte Bilder von Gesichtern prallten auf Edeards Bewusstsein ein. Zu viele und zu schwach, um irgendeinen Sinn zu ergeben.

Seine Fernsicht wirbelte um den wandernden Aufruhr herum und fokussierte sich dann auf das Zentrum. Dort rannten Männer davon, um sich schlagend, während die Leute ihnen nachsetzten. Hände wurden um die Hefte langer Metallklingen geschlossen und hielten jedermann, der ihnen zu nah kam, auf Abstand. Zwischentöne der Angst stiegen in dem Longtalk-Lärm auf.

»Platz für die Obrigkeit!«, brüllte Sergeant Chae. »Na los doch. Konstabler! Aus dem Weg! Lasst die Konstabler durch.« Sein Longtalk war an das Volk von ahnungslosen Marktgängern gerichtet, die, während er schrie, noch immer zwischen den Ständen umherspazierten. Chae begann zu rennen. Edeard folgte ihm auf dem Fuße, ebenso wie Macsen und Kanseen.

»Weg da! Beiseite!«

Nach einer kleinen Schrecksekunde heftete sich auch Boyd an ihre Fersen. Dinlay hingegen schien wie gelähmt, Bestürzung sickerte aus seinem Bewusstsein.

Edeard rannte nun so schnell er konnte, hielt sich immer dicht hinter Chae. Menschen sprangen erschrocken zur Seite und drückten sich an die Marktbuden, um eine Schneise zu bilden. Frauen kreischten auf. Kinder schrien, aufgeregt und ängstlich. Der Diebstahl vor ihnen sorgte noch immer für heillosen Aufruhr.

»Denkt daran: keine Alleingänge«, sagte Chae in bemerkenswert ruhigem Longtalk zu ihnen. »Immer mindestens zwei. Passt auf, dass ihr nicht getrennt werdet. Haltet eure Abschirmungen aufrecht.«

Edeard entließ seinen Ge-Adler in die Lüfte, schickte ihn hinüber zum Rand des Marktes, wo die Diebe zweifellos auftauchen mussten. Sämtliche Straßen jenseits der welligen Markisen wurden von herrlich anzuschauenden Saff-Kirschbäumen überschattet, deren mit rosa und blauen Blüten dicht durchsetzte Kronen jeden Blick auf den Gehsteig und die Menschen darunter verwehrten. Seine Fernsicht war nach wie vor auf die Räuber konzentriert, die vom Schauplatz des Verbrechens flohen. Es waren vier – drei davon schwangen ihre Schwerter, während der vierte eine Art Kiste mit sich schleppte. Soweit Edeard es wahrnehmen konnte, war sie angefüllt mit Metall. Und viele der Stände ringsum stellten Schmuckwaren aus.

Als sie durch eine Menschengruppe brachen, die sich um einige umgestoßene Stände versammelt hatte, zog Chae seinen Knüppel. Ein Mann lag auf dem Boden, stöhnend und um sich schlagend. Neben ihm bildete sich eine Lache aus Blut.

»Herrin!«, rief Chae aus. »Also gut, bleibt zurück, gebt ihm etwas Luft.« Er griff nach seinem Verbandskasten und kniete sich neben den niedergestreckten Standbesitzer.

»Ein Arzt?«, erhob sich Chaes Longtalk über den allgemeinen Tumult. »Befindet sich ein Arzt auf dem Kunsthandwerkermarkt von Silvarum? Wir haben einen Verletzten.«

Edeards Fernsicht folgte noch immer den Verbrechern. »Los, kommt«, rief er Macsen und Kanseen zu.

»Wohin?«, fragte Macsen. »Ich hab sie verloren.«

»Sie haben gerade den Marktrand erreicht. Albaric Street. Ich kann sie noch spüren.« Schon pflügte er sich weiter durch die Menge der Schaulustigen.

»Edeard, nein!«, brüllte Chae hinter ihm.

Den Sergeant zu ignorieren, verschaffte ihm das jähe Gefühl einer boshaften Freude.

Unter den anfeuernden Rufen der Standbesitzer hetzten die drei angehenden Konstabler über den Marktplatz. Edeard und Macsen setzten ihren Longtalk ein, um die Leute aus dem Weg zu scheuchen. Im Großen und Ganzen funktionierte es recht gut. Immer näher rückten sie zu den flüchtenden Dieben auf.

Edeards Ge-Adler stieß tief hinab auf die Saff-Kirschbäume der Albaric Street und rauschte mit seinen Flügeln nur Zentimeter über die wogenden Blüten hinweg. Darunter stampften die Diebe über das Pflaster und hielten auf direktem Weg auf den Great Major Canal zu. Die Schwerter hatten sie wieder weggesteckt, um keine unnötige Aufmerksamkeit auf sich zu ziehen. Dennoch pulsierten die Bewusstseine der Menschen ringsum förmlich vor Neugier und Angst.

»Wohin wollen sie?«, fragte Kanseen im Laufen.

»Ich nehme an, zum Kanal«, erwiderte Macsen. In seiner Longtalk-Stimme schwang eine unüberhörbare freudige Erregung.

Schließlich sah Edeard das Ende des Marktes vor sich auftauchen; die gestreiften Leinwanddächer machten den gedämpften Strahlen von blütengefiltertem Sonnenlicht Platz. »Kannst du in der Nähe noch andere Konstabler ausmachen?«, fragte er.

»Herrin, ich hab genug damit zu tun aufzupassen, wo ich hinlaufe«, beschwerte sich Macsen.

»Was hast du vor?«, erkundigte sich Kanseen besorgt und voller Zweifel.

»Sie aufhalten«, entgegnete Edeard. *War das nicht offensichtlich? Was für eine Frage!?*

»Sie sind in der Überzahl. Und sie haben Schwerter.«

»Die werd ich ihnen schon abnehmen«, knurrte er. Ihre Unsicherheit trieb von ihm ab, als wäre sie nur eine weitere Landmarke, die er hinter sich ließ.

Sie schlossen jetzt rasch auf. Im Vergleich zum geschäftigen Markt wirkte die Albaric Street geradezu verlassen und erlaubte es den Konstablern, im Laufschritt vorwärts zu kommen. Um den einen oder anderen störrischen Fußgänger rannten sie einfach herum.

Über den letzten Saff-Kirschbäumen blitzte das Gefieder des Ge-Adlers auf. Er wies Edeard eine Straße, die abrupt am Ufer des Great Major Canal endete. Hier erstreckte sich der große Wasserweg in beide Richtungen und teilte die Stadt in zwei Hälften. Im Westen lag der Birmingham Pool, der den Outer Circle Canal kreuzte, während nach Osten hin der High Pool eine Verbindung mit dem Flight Canal und dem Market Canal schuf. Hier gab es nur zwei Brücken, die Silvarum mit dem Padua-Distrik verbanden, und zwar je eine neben jedem Pool. Wie alle Brücken, die den Great Major Canal überspannten, waren auch diese steil und schmal; die meisten Leute zogen es vor, die Gondeln zu benutzen, um die hundertvierzig Meter breite Wasserscheide zu überqueren. Einige der Boote wippten an einer Anlegestelle auf und ab, die ans Ende der Straße grenzte.

»Ich hab sie«, rief Edeard aus. »Sie sind gerade am großen Kanal angekommen.« Seine Siegesgewissheit erfuhr jedoch einen jähen Dämpfer, als die vier Gauner die Holztreppe zum Steg hinabeilten und in eine wartende Gondel stiegen. Sie wirkte heruntergekommen und mehr schlecht als recht instand gehalten, verglichen mit den Booten, die normalerweise die Wasserstraßen der Stadt dahinglitten. Der Farbanstrich war stumpf und zerkratzt und das Sonnendach von schmutzigem Grau. Zwei Gondolieri standen am Heck, beide einen langen Staken haltend. »O Honious!«

»Was ist denn jetzt schon wieder?«, fragte Kanseen. Ihr Gesicht war rot angelaufen und sie atmete schwer, trotzdem hielt sie tapfer durch.

»Boot«, gab Edeard keuchend zurück. »Los, Tempo, wir können sie immer noch schnappen.« In diesem Moment verließ direkt vor ihm eine vornehm wirkende alte Dame in wallendem, schwarz-weißem Kleid zusammen mit ihrem Gefolge aus jüngeren Zofen eines der erstklassigen Restaurants in der Albaric Street. Seine Longtalk-Aufforderung, aus dem Weg zu gehen, schien von keiner der Frauen registriert worden zu sein. Laut fluchend wich er der alten Dame aus. Eine dritte Hand schlug nach ihm wie nach einem lästigen Insekt. Wütende Blicke trafen die ehrwürdige Matrone.

Der Ge-Adler schraubte sich wieder in den Himmel hinauf und beobachtete, wie sich die schäbige Gondel vom Anlegesteg löste und in die Parade von Booten, die auf dem großen Kanal dahinglitten, einreihte. Auch wenn die Gondolieri nicht zu den sangesfrohesten ihrer Art gehörten, so kannten sie doch ihr Wassergefährt. Mit ihren langen Riemen und in perfekter Eintracht zu Werke gehend, kamen sie schon bald schneller voran als alles andere, was sich auf dem Wasser bewegte. Die vier Diebe ließen sich auf die Sitzbänke fallen und brachen in höhnisches Gelächter aus.

Edeard, Macsen und Kanseen kamen in vollem Lauf auf das Kanalufer zugerannt und standen gefährlich kurz davor, allesamt ins Wasser hinabzustürzen, bevor sie am oberen Ende der hölzernen Liegeplatztreppe jäh stoppten.

»Mistkerle!«, schrie Macsen den entkommenen Schurken hinterher.

Einer der Gondolieri hob seinen grün-blauen Strohhut zum spöttischen Gruß. Sie befanden sich bereits gute zwanzig Meter flussabwärts. Mit trauriger Gewissheit war Edeard sich darüber im Klaren, dass sie den ganzen Weg bis hinunter nach Sampalok schippern würden, womit der verwundete Standbesitzer ruiniert wäre. »Helft uns«, rief er dem Gondoliere zu, der mit seinem Boot unten am Steg zurückgeblieben war. »Fahrt uns hinter ihnen her.« Diese Gondel war ein Luxusboot, ihr schwarzer Anstrich funkelte in der Nachmittagssonne, und das Sonnendach war mit einem scharlachroten Federbusch geschmückt. Irgendwie ahnte Edeard, dass es der alten Frau von eben gehörte.

»Keine Chance, Kumpel«, rief der Gondoliere zurück. »Das ist die Privatgondel von Mistress Florell.«

Für einen kurzen Moment überlegte Edeard, ob er den Mann einfach in den Kanal stoßen und das Boot requirieren sollte, um die Verfolgung fortzusetzen. Leider hatte er allerdings nicht die geringste Ahnung, wie er mit einem Bootsstaken umgehen sollte.

»Kann uns irgendjemand helfen?«, rief er sowohl mit Stimme wie mit Longtalk. Zwar zog er damit ein paar interessierte Blicke von den Gondolieri draußen auf dem Kanal auf sich, doch nicht einmal die fragten nach, was er denn überhaupt wollte.

Auf dem Wasser wurde Gejohle laut. Dreißig Meter entfernt lehnten sich die Banditen über den Bootsrand, winkten und machten unflätige Gesten. Mit einer Wut, die ihm das Blut in den Adern gefrieren ließ, starrte Edeard zu den Gaunern hinüber. Grimmig lächelte er zurück. Etwas von seinem Zorn musste nach außen gedrungen sein. Macsen und Kanseen schraken zurück. Das Gejohle brach ab.

Edeard streckte seine dritte Hand aus und entriss einem der Männer die Kiste. Vergeblich schnellten dessen Hände in die Höhe und griffen ins Leere, als Edeard den Kasten drei Meter über die Gondel erhob. Sofort setzten die Diebe ihre eigenen dritten Hände ein und versuchten, das Ding wieder ins Boot zu zerren. »Ist das alles, was ihr könnt?«, spottete Edeard. Sie schafften es nicht einmal, seinen Griff überhaupt nur zu lockern.

Schweigend sahen die Leute auf den Gondeln in der Nähe dabei zu, wie die Kiste langsam durch die Luft schwebte. Edeards Lächeln geriet eine Spur zu gehässig, als der Kasten schließlich sanft zu seinen Füßen landete. Er verschränkte die Arme und weidete sich an seinem Triumph. »Lasst euch bloß nicht mehr blicken in unserem Distrikt«, rief er der abfahrenden Gondel über Longtalk hinterher. »Nie wieder.«

»Du bist scheißentot, du kleiner Dreckskerl«, kam prompt die Antwort.

Edeard presste seine dritte Hand auf den Bug der Gondel und verursachte ein bedrohliches Schaukeln. Doch sie war bereits zu weit entfernt, um sie noch zum Kentern zu bringen. Zudem bauten ihre sechs Insassen nun hastig ein Schild um sie herum auf, das stark genug war, seinen Zugriff abzulenken.

Macsen fing an zu lachen. Begeistert schlug er Edeard auf die Schulter. »O Herrin, du bist der Größte, Edeard, der absolut Größte. Hast du deren dumme Gesichter gesehen?«

»Klar«, gab Edeard mit teuflischem Grinsen zu.

»Die werden den heutigen Tag nicht so bald vergessen«, sagte Kanseen »Du lieber Himmel, Edeard, du musst ihnen eine Todesangst eingejagt haben.«

»Wollen wir's hoffen.« Lächelnd blickte er auf seine Freunde, überaus zufrieden über das kleine Bisschen mehr, das dieses gemeinsame Erlebnis sie zusammengeschweißt hatte. Ein rüschengesäumter Sonnenschirm traf ihn am Arm. »Au!«

Er gehörte der alten Frau, an der sie vor wenigen Augenblicken vorbeigeprescht waren. »In Zukunft, junger Mann, werdet Ihr Euren Älteren und Besseren gegenüber die gebührende Höflichkeit zeigen«, fuhr sie Edeard an. »Um ein Haar hättet Ihr mich über den Haufen gerannt, wie Ihr da so völlig ohne Rücksicht auf irgendwen über das Trottoir gestürmt seid. Und das in meinem Alter; ich wäre nie wieder auf die Beine gekommen.«

»Äh, ja, Madam. Ich bitte um Verzeihung.«

»Mistress Florell!«, korrigierte sie ihn. Ihre zittrige Stimme wurde vor Empörung eine Oktave höher. »Wollt Ihr etwa behaupten, Ihr wisst nicht, wer ich bin?«

Hinter sich konnte Edeard Macsen glucksen hören; es klang so, als hielte er sich eine Hand vor den Mund. »Ja, Mistress Florell.«

Argwöhnisch verengten sich die Augen der Alten zu schmalen Schlitzen. Edeard fand, dass sie mindestens so alt aussah wie Meister Solarin. »Ich werde Euch meinem Neffen melden«, sagte sie. »Es gab einmal eine Zeit in dieser Stadt, da hatten die Konstabler noch Leute mit Manieren in ihren Reihen. Ganz offensichtlich gehört diese Zeit der Vergangenheit an. Und nun geht mir aus dem Weg.«

Er stand nicht wirklich *in* ihrem Weg, trat aber dennoch einen Schritt zurück. Ihr zeltartiger Rock wirbelte, dann rauschte sie an ihm vorbei, um die Stufen zum Anlegesteg hinabzusteigen. Ihr Hofstaat folgte mit mustergültig abgeschirmten Gedanken, doch ein paar der Zofen bedachten Edeard mit einem verstohlenen Grinsen. Kurz darauf saßen die Frauen in der Gondel.

»Siehst du«, sagte Macsen und legte Edeard seinen Arm um die Schulter. »Das ist unser wahrer Lohn, die Hochachtung der dankbaren Bevölkerung.«

»Wer *ist* das?«, raunzte Edeard.

Was Macsen abermals laut auflachen ließ.

»Du weißt es echt nicht, was?«, stellte Kanseen ungläubig fest.

»Nein.«

»Neben anderen verwandschaftlichen Beziehungen ist Mistress Florell die Tante des Bürgermeisters.«

»Oh. Ich vermute mal, das ist gar nicht gut, oder?«

»Nein. Sämtliche Bürgermeister des letzten Jahrhunderts sind auf die eine oder andere Weise mit ihr verwandt. Im Grunde entscheidet sie, wen der Große Rat wählt.«

Edeard schüttelte den Kopf und sah auf die Gondel zu seinen Füßen herab. Mistress Florell war bereits unter dem Sonnendach verschwunden. Der Gondoliere zwinkerte ihm noch ein letztes Mal zu und legte dann ab.

»Gehen wir«, sagte Edeard.

Bester Dinge beugte Macsen sich vor, um die Kiste aufzuheben. Als er feststellte, wie schwer sie war, richtete er verblüfft seinen Blick wieder auf Edeard. »Ich kann eine ganze Ladung Halskolliers darin ausmachen. Müssen aus massivem Gold sein.«

»Ich hoffe, er ist in Ordnung«, sagte Edeard.

»Wer? Chae?«, fragte Kanseen. Sie klang leicht nervös.

»Nein. Der Standbesitzer.«

»Ach ja. Richtig.«

Hoch über dem Grand Major Canal segelte der Ge-Adler träge auf einem thermischen Aufwind dahin und behielt die heruntergekommene Gondel im Auge, die immer schneller Richtung Sampalok davonglitt.

Als Edeard und seine Gefährten wieder am Ort des Verbrechens eintrafen, hatte sich der größte Teil der Menge bereits zerstreut. Emsig wieselten die Standbesitzer in ihren typischen dunkelgrünen Schürzen um ihre wieder aufgerichteten Marktstände herum und brachten die Auslagen in Ordnung. Boyd und Dinlay halfen dabei, die Schutzplanen wieder festzumachen, die bei dem Vorfall losgerissen worden waren.

Der verletzte Marktverkäufer lag noch immer am Boden. Eine Frau kümmerte sich um ihn, eine geöffnete Arzttasche zu ihren Füßen, während sie neben ihrem Patienten kniete. Zwei junge Lehrlinge assistierten ihr. Sie hatten dem Standbesitzer den Brustkorb verbunden. Jetzt kauerte die Ärztin völlig reglos und mit geschlossenen Augen da, die Hände sanft auf die Bandagen gepresst, während ihre telekinetischen Kräfte auf das zerfetzte Fleisch sowie Blutgefäße und Gewebe einwirkten. Ihr markantes Gesicht hatte sich vor angespannter Konzentration in Falten gelegt. Hin und wieder raunte sie ihren Lehrlingen ein paar Anweisungen zu, die sie sodann mit ihren eigenen Telekinesekräften an den angezeigten Stellen unterstützten.

Aufmerksam sah Edeard ihnen zu, versuchte mit seiner Fernsicht ebenfalls etwas zu erspüren. Die alte Doc Seneo hatte niemals ihre dritte Hand eingesetzt, um mit ihr zu operieren, obwohl Fahin immer behauptet hatte, dass diese Technik in den Lehrbüchern der Ärztegilde stand.

»Alles in Ordnung mit euch dreien?«, fragte Boyd über Longtalk.

»Klar«, gab Macsen zurück.

Boyd warf einen Blick auf Sergeant Chae, der gerade mit einer Gruppe von Markthändlern sprach. »Vorsicht«, formte er tonlos mit den Lippen.

Dann kam Chae zu ihnen herüber, das Gesicht zu einer zornigen Grimasse verzerrt. Edeard hatte fast den Eindruck, dass seine wütend aufstampfenden Stiefel Abdrücke auf dem graubraunen Marktpflaster hinterließen. Aufgrund irgendeines Vorgangs, den er nicht ganz verstand, stand er nun vor Macsen und Kanseen.

»Ich dachte, ich hätte Euch einen direkten Befehl gegeben«, sagte Chae in bedrohlich ruhigem Ton.

All die Hochstimmung darüber, die Kiste zurückerobert zu haben, war mit einem Schlag dahin. Niemals hätte Edeard gedacht, dass Chae so wütend werden konnte. Dies eine Mal machte der Sergeant keinen Versuch, seine Empfindungen abzuschirmen. »Aber, Sergeant –«

»Hab ich Euch gesagt, Ihr sollt stehenbleiben, oder nicht?«

»Na ja ... schon. Aber –«

»Demnach habt Ihr mich gehört?«

Edeard ließ den Kopf hängen. »Jawohl, Sergeant.«

»Also habt Ihr meinen Befehl missachtet. Nicht bloß, dass Ihr Euch und Eure Kameraden in Gefahr gebracht habt. Diese Männer waren Bandenmitglieder und bewaffnet. Was, wenn Sie Pistolen gehabt hätten?«

»Aber wir haben sie«, vermeldete Macsen trotzig.

»Habt was?«

»Wir haben sie den Mistkerlen wieder abgenommen«, sagte Macsen laut. Er drehte sich ein wenig zur Seite, sodass er der Schar von Standbesitzern ins Auge blickte, und hielt die Kiste in die Höhe.

Die heftige Welle des Erstaunens, die in diesem Moment vom Marktvolk ausging, überraschte Edeard. Gleichzeitig verstummte auch Sergeant Chae, obwohl er die Konstabler auch weiterhin düster anstarrte. Macsen ging hinüber zu den Leuten, die dem verwundeten Mann am nächsten standen. »Hier«, sagte er und präsentierte ihnen die Kiste. Einer der jüngeren, grün beschürzten Männer trat vor. »Ich bin Monrol; Kavine ist mein Onkel. Das da haben sie ihm gestohlen.« Mit einigen präzisen Drehungen öffnete er das Kombinationsschloss, und der Deckel sprang auf. »Es ist noch alles da«, stellte er lächelnd fest. Er präsentierte dem Markt die geöffnete Kiste. »Alles. Sie haben es wiedergebracht. Die Konstabler haben es wiedergebracht.«

Einige der Umstehenden begannen zu klatschen. Bald fielen auch die anderen Schaulustigen mit ein. Beifallspfiffe durchschnitten die Luft, dann waren die drei Konstabler plötzlich von Männern und Frauen in grünen Schürzen umringt. Hände wurden geschüttelt, Schultern geklopft. Ein freudestrahlender Monrol gab Macsen eine innige Umarmung und ging dann weiter zu Kanseen. Auch Edeard wurde kurz darauf an dessen Brust gedrückt.

»Sergeant Chae«, donnerte eine tiefe Stimme.

Die Marktverkäufer verstummten, als Setersis vortrat. Edeard hatte ihn schon ein paar Mal gesehen, üblicherweise wenn er sich bei Chae über die viel zu seltenen Konstablerstreifen auf dem Marktplatz beschwerte. Setersis war der Leiter des Standinhaberverbandes Silvarums und hatte als solcher einen Sitz im städtischen Handelsrat inne; eine Position, die ihm beinahe den politischen Einfluss eines Gildenrat-Meisters verlieh.

»Habe ich richtig gehört?«, fragte Setersis. »Sind die Konstabler endlich gekommen, um uns zur Seite zu stehen?«

Ausnahmsweise wirkte Chae leicht verunsichert. »Es war uns möglich, zu helfen.« Er riss den Blick von Edeard los und brachte ein fast sympathisches Lächeln zustande. »Gerade wollte ich die eher leichtsinnigen Mitglieder meiner Streife auffordern, mir zu berichten, was sich während der Verfolgung zugetragen hat.«

»Leichtsinnige Mitglieder, hm?« Grinsend schaute Setersis auf die drei angehenden Konstabler. »Ja, ihr seid noch sehr jung, nicht wahr? Schön für euch. Wenn wir mehr Konstabler mit Eiern in der Hose hätten, wäre die Stadt heute nicht in einem so beklagenswerten Zustand. Entschuldigung, mein Fräulein.«

»Angenommen«, entgegnete Kanseen gnädig.

»Also dann, erzählt mir, was passiert ist. Ihr habt diesen Abschaum nicht zufällig, ich meine, so ganz versehentlich, in den Kanal werfen können?«

»Leider nein, Sir«, erwiderte Edeard. »Ich fürchte, sie sind auf einer Gondel entkommen. Sie fuhren in Richtung Hafen.« Irgendetwas hielt ihn davon ab zu erwähnen, dass sein Ge-Adler ihm zeigte, dass die Diebe in diesem Moment bereits den Forest Pool durchfahren hatten und sich Sampalok näherten.

»Und keiner der Gondolieri wollte uns bei der Verfolgung helfen«, platzte Macsen heraus. »Obwohl wir sie darum gebeten haben.«

»Ha! Filzratten in Menschengestalt«, grunzte Setersis. »Trotzdem, ihr habt gute Arbeit geleistet. Ich kann mich nicht erinnern, wann die Konstabler zuletzt gestohlene Ware zurückgebracht hätten.« Er sah Chae vielsagend an. Der Sergeant presste die Lippen aufeinander. »Habt meinen Dank. Ich bin sicher, meine Standinhaberkollegen werden sich das nächste Mal, wenn Eure Streife sich auf den Markt hinauswagt, in gebührender Weise erkenntlich erweisen.«

Edeard war sich darüber im Klaren, dass er wie ein Idiot grinste. Es war ihm egal, ebenso wie Macsen und Kanseen. Dann endlich fiel sein Blick auf Dinlay, der ein Gesicht machte, als wäre soeben einer seiner engsten Familienangehörigen gestorben.

Nachdem die Ärztin sie hatte wissen lassen, dass Kavine wieder in Ordnung kommen würde, erklärte Chae die Patrouille für beendet. Ohne ein weiteres Wort führte er seine Schützlinge vom Markt fort. Edeard vermochte nicht einzuschätzen, ob sie sich mit ihrer Aktion in ernsthafte Schwierigkeiten gebracht hatten oder nicht; der Geist des Sergeanten war perfekt abgeschirmt.

Macsen wandte sich über Longtalk direkt an Boyd und ließ Edeard und Kanseen mithören: »Was hat Chae eigentlich gesagt?«

»Nicht viel«, erwiderte Boyd, gleichermaßen heimlich. »Er hat nur hinter euch her gebrüllt, dass ihr stehenbleiben sollt. Als keiner von euch auf ihn hörte, hat er sich erst mal um den Standbesitzer gekümmert. Ich hab das Fleisch zusammenhalten müssen, um die Blutung zu verlangsamen. Herrin! Ich dachte, ich kippe jeden Moment um, so viel Blut war da. Monrol sagte, die Banditen hätten einige Male mit ihren Schwertern auf ihn eingehackt, bis er die Kiste endlich losließ. Ich wünschte, ich wäre mit euch gekommen, aber ich hab wohl diese eine Sekunde zu lange gezögert. Tut mir leid.«

»Muss es nicht«, sagte Edeard. »Je mehr ich darüber nachdenke, desto idiotischer kommt mir die Sache vor. Chae hatte recht.«

»Wie bitte?!«, rief Macsen laut aus. Sogleich warf er einen ängstlichen Blick auf ihren Ausbilder, doch der Sergeant schien nichts mitbekommen zu haben.

»Sie waren zu viert, und sie hatten Schwerter; sechs, wenn du die Gondolieri dazuzählst. Wir hätten dabei draufgehen können, und ich wäre dran schuld gewesen.«

»Aber wir haben die Kiste wiederbeschafft.«

»Glück. Mehr nicht«, meinte Edeard. »Reines Glück. Heute hat die Herrin über uns gelächelt. Morgen wird sie das vielleicht schon nicht mehr tun. Wir müssen uns wie ordentliche Konstabler verhalten; zusammenbleiben, als Team arbeiten.«

Macsen schüttelte verständnislos den Kopf. Edeard sah Kanseen an und zuckte entschuldigend die Achseln.

»Ich bin mit dir losgestürmt«, sagte sie leise zu ihm. »Hab mich genauso mitreißen lassen wie du. Komm uns jetzt nicht damit, das alles wäre allein deine Schuld.«

Er nickte. Vor ihnen stapfte Chae unverdrossen weiter, weder nach links noch nach rechts blickend und mit durchgestrecktem Rücken. Neben ihm marschierte Dinlay und versuchte, jeden Gedankenaustausch mit seinen Freunden zu vermeiden. Als sie vom Great Major Canal zum Markt zurückgerannt waren, waren sie noch voll des Triumphes gewesen, doch nun hatte sich diese Stimmung auf übelste Weise ins genaue Gegenteil verkehrt. Am liebsten hätte sich Edeard auf dem Absatz umgedreht und wäre aus der Stadt geflohen. Das Schlimmste, da machte er sich keine Illusionen, stand ihnen noch bevor; später, wenn sie erst wieder auf der Wache angekommen wären.

»Einen heimkehrenden Helden hab ich mir aber irgendwie anders vorgestellt«, sagte Salrana zu ihm. In ihrem Longtalk schwang unverkennbare Sorge.

Edeard hob den Kopf und lächelte verlegen in den Himmel. »Tut mir leid. Aber immerhin haben wir ein paar Bandenstrolche verjagt.«

»Ich weiß! Ich hab dich die ganze Zeit über Fernsicht beobachtet. Du warst klasse, Edeard. Ich wünschte, ich wäre auch zu den Konstablern gegangen.«

»Unser Sergeant ist da aber leider völlig anderer Ansicht. Und das Fatalste daran ist: Er hat auch noch recht. Wir haben uns nicht korrekt verhalten.«

»Hast du das dem Standbesitzer gesagt?«

»Darum geht's doch nicht.«

»Doch, Edeard, das tut es. Du hast heute ein gutes Werk vollbracht. Wie du es vollbracht hast, spielt dabei überhaupt keine Rolle. Du hast jemandem geholfen. Die Herrin hat es gesehen, und sie wird erfreut darüber sein.«

»Manchmal muss man das Falsche tun –«, murmelte er leise. Ein bisschen von seiner Zuversicht kehrte zurück, als er sich vorzustellen versuchte, was Akeem wohl zu Chaes Vorschriften und Arbeitsweise zu sagen gehabt hätte. Es wäre ziemlich kurz und bündig ausgefallen, so viel stand fest.

»Was?«, fragte Salrana.

»Nichts. Aber danke. Ich werde jetzt zur Station zurückkehren und tun, was notwendig ist, um die Sache mit meinem Sergeanten wieder in Ordnung zu bringen.«

»Ich bin immer so stolz auf dich, Edeard. Meld dich heute Abend bei mir und sag Bescheid, wie es ausgegangen ist.«

»Das werde ich. Versprochen.«

Als sie auf der Wache eintrafen, schien Chaes Zorn irgendwie verraucht zu sein. Edeard hatte fest damit gerechnet, von ihm nach Strich und Faden zusammengestaucht zu werden, sobald sie das große Tor durchschritten hatten. Doch stattdessen stand Chae mit einem fast ermatteten Ausdruck auf seinem verhärmten Gesicht einfach nur da. Auch seine Abschirmung war nicht so hermetisch wie sonst, weshalb Edeard bemerkte, wie müde sein Geist in diesem Moment war. »Kleiner Saal«, befahl Chae dem Trupp.

Gehorsam marschierten sie auf das Gebäude zu. Edeard wartete, bis die anderen durch den Eingang verschwunden waren, dann wandte er sich an Chae.

»Es war meine Schuld«, sagte er. »Ich habe die anderen ermutigt, mir zu folgen. Ich habe mich über Eure Anweisung hinweggesetzt, hab die Verfahrensweise missachtet.«

Aufmerksam sah Chae ihn an, seine Gedanken erneut unergründlich. »Ich weiß. Und was, glaubst du, würde wohl passieren, wenn Setersis hört, dass ich euch allen einen Anschiss verpasst hab?«

»Äh, er würde für uns Partei ergreifen?«

»Ganz recht. Werd besser ganz schnell erwachsen, Bürschchen. Lerne, wie die Dinge in dieser Stadt sich das Gleichgewicht halten. Und jetzt rein mit dir, ich hab mit euch allen ein Wörtchen zu reden.«

Eilig erhoben sich die anderen Konstabler von ihren Sitzen, als Chae den kleinen Saal betrat. Dinlay salutierte zackig.

»Hört auf damit«, sagte Chae. Seine dritte Hand schloss die Saaltür. »Hinsetzen.«

Die angehenden Konstabler wechselten leicht verwunderte Blicke. Außer Dinlay natürlich, der sich nach wie vor absonderte.

»Also, wie haben wir das eurer Meinung nach heute gemacht?«

»Falsches Vorgehen«, wagte Kanseen sich hervor.

»Sehr richtig, falsches Vorgehen. Aber wir haben dem Standeigentümer das Leben gerettet und dem Bandenabschaum eine hässliche Überraschung bereitet. Und wir haben die gestohlene Ware sichergestellt. Das alles sind Pluspunkte. Für einige Wochen werden die Konstabler auf den Märkten von Silvarum ausgesprochen gern gesehen sein. Das ist gut, dagegen ist nichts einzuwenden. Ich würde sogar so weit gehen zu sagen, dass Recht und Ordnung einen Sieg davongetragen haben. Edeard?«

»Sir?«

»Hat Euer Adler sie bis zu ihrem Unterschlupf verfolgt?«

»Äh, ja, Sir. Ich habe beobachtet, wie sie nach Sampalok rein sind. Es ist ein Gebäude nicht weit vom Grand Major Canal. Bis jetzt sind sie noch nicht wieder herausgekommen.«

»Also kennen wir möglicherweise das Haus, in dem sie wohnen. Was fangen wir mit diesem Wissen an? Stellen wir eine große Einsatztruppe zusammen, stürmen den Unterschlupf und nehmen sie fest?«

»Vermutlich nicht.«

»Und warum nicht? Immerhin haben sie das Gesetz gebrochen. Sollten sie dann nicht vor ein Gericht gestellt werden?«

»Zu viel Aufwand für ein geringfügiges Verbrechen«, sagte Macsen.

»So ist es. Also holt bitte Euren Adler wieder zurück, Edeard.«

»Sir.« Er schickte einen Befehl durch den Himmel über Makkathran und nahm wahr, wie der Adler umschwenkte, die Schwingen gen Boden geneigt. Dann segelte er majestätisch zurück über den großen Kanal.

Chae sah Edeard mit einem seltsamen Lächeln an. »Ihr könnt tatsächlich über eine solche Strecke mit Longtalk kommunizieren, nicht wahr?«

»Sir?«

»Also schön. Nun denn, ich bin nicht wütend auf euch, auf keinen von euch. Also entspannt euch und versucht um der Herrin willen, gut zuzuhören, was ich euch jetzt sage. Was ihr heute gemacht habt, ist genau das, weswegen ihr bei uns eingetreten seid, nämlich kriminelle Handlungen verhindern und die Menschen dieser Stadt beschützen. Das ist gut, denn es zeigt, dass ihr ein Pflichtbewusstsein und Loyalität füreinander besitzt. Faktisch gesehen ist es meine Pflicht, euch alle durch die kommenden zwei Monate zu bringen; ab dann werdet ihr auf euch allein gestellt sein, und ich darf mich um den nächsten Haufen hoffnungsloser Jugendlicher kümmern. Meine Verantwortung für euch endet in dem Augenblick. Aber was ich euch mit auf den Weg zu geben versuche, bevor ihr auf eigene Faust dorthinausgeht, ist ein Sinn für Verhältnismäßigkeit, und vielleicht sogar ein kleines bisschen politisches Bewusstsein.

Lasst uns einmal nachdenken. Diese Bandenmitglieder werden ein wenig erschrocken sein über Edeards Stärke, und stinksauer, weil sie, nachdem sie ein so großes Risiko auf sich genommen haben, mit leeren Händen nach Hause gekommen sind. Das nächste Mal, wenn sie sich auf Raubzug begeben, werden sie also dafür sorgen, dass ihre Aktion auch von Erfolg gekrönt sein wird. Daher werden sie noch einen Schritt weitergehen. Boyd, was würdet Ihr tun, wenn Ihr an ihrer Stelle wärt?«

»Eine Pistole mitnehmen?«

»Höchstwahrscheinlich. Ergo wird jede Konstablerstreife, die künftig gegen sie vorzugehen versucht, sich damit konfrontiert sehen, von ihnen unter Beschuss genommen zu werden.«

»Wartet«, wandte Edeard ein. »Davon dürfen wir uns nicht abhalten lassen. Wenn wir's erst so weit kommen lassen, dass wir aus lauter Angst vor diesen Banden gar nichts mehr tun, haben sie gewonnen.«

»Richtig. Und?«

»Na ja, dann jagen wir sie das nächste Mal einfach davon und belassen's dabei«, sagte Macsen.

»Gute Alternative, auch wenn eure Reaktion nahezu richtig war. Ich hab mich selbst da draußen nicht allzu schön benommen – hauptsächlich deshalb, weil ich genau das befürchtet hatte, was dann auch eingetreten ist. Es gibt ein altes Naturgesetz, das besagt, dass es für jede Aktion eine entsprechende Gegenreaktion gibt. Wenn diese Strolche am helllichten Tage auf einem Markt auftauchen und mit ihren Schwertern auf einen Standbesitzer losgehen, dann müssen sie mit einer Reaktion der Konstabler rechnen. Sie sind diejenigen, die in diesem Fall die Grenze überschritten haben. Aber das heißt noch lange nicht, dass drei von euch sich an die Verfolgung von vier von ihnen machen können. Mit oder ohne Schwerter und Pistolen, ihr wart ihnen zahlenmäßig unterlegen. So etwas stinkt förmlich nach einem tragischen Ausgang. Also war das, was ihr getan habt, falsch. Und des Weiteren war es falsch, einen unserer Bürger verletzt und unversorgt zurückzulassen. Ihr seid losgerannt ohne nachzudenken – das Gefährlichste und Dümmste überhaupt, was man tun kann. Zudem habt ihr zugelassen, dass primitiver Instinkt sich über Befehle hinwegsetzte – und das ist das eigentlich größere Vergehen, ganz gleich, wie sehr ihr euch im Recht gefühlt habt. Meine Aufgabe ist es, euch zu lehren, auf bestimmte Situationen in professionellster Weise zu reagieren, doch ganz offensichtlich hab ich euch das noch nicht eindringlich genug einexerziert.

Für dies eine Mal bin ich bereit, die heutigen Fehler der Aufgeregtheit von Neulingen und der allgemeinen Verwirrung, die auf dem Markt herrschte, zuzuschreiben. Was euch fehlt, ist noch mehr praktische Erfahrung. Es wird also niemand bestraft, noch wird es irgendwelche gegenseitigen Schuldzuweisungen geben. Aber merkt euch, so etwas *darf nicht* noch einmal passieren. Das nächste Mal, wenn wir uns mit einer Straftat konfrontiert sehen, werdet ihr euch genauestens an das Verfahren halten. Hab ich mich klar ausgedrückt?«

»Ja, Sergeant«, antworteten die Rekruten im Chor.

»Dann haben wir uns ja verstanden. Also nehmt euch den Abend frei, genehmigt euch im Olovan's Eagle ein oder zehn Gläschen und seht zu, dass ihr morgen früh für ein weiteres Pensum Theorie wieder in diesem Saal seid. Und noch was, auch wenn es gegen meine Prinzipien verstößt: Vorausgesetzt, ihr setzt eure Abschlussprüfungen nicht völlig in den Sand, werdet ihr alle eure Probezeit bestehen.«

»Ich war völlig unnütz«, jammerte Dinlay. »Bin wie zur Salzsäule erstarrt. War einfach nur unnütz.« Er trank einen weiteren Schluck von seinem Bier.

Edeard schaute zu Macsen herüber, der nur die Schultern zuckte. Sie saßen nun bereits seit einer Stunde im Olovan's Eagle, und Dinlay hatte die ganze Zeit nicht viel anderes von sich gegeben. Es grenzte fast an ein Wunder, dass sie ihn überhaupt hatten überreden können, mit ihnen zu kommen. Er hatte keine zehn zusammenhängenden Worte von sich gegeben, seit Chae sie aus dem kleinen Saal entlassen hatte.

»Du bist nur für ein, zwei Sekunden erstarrt, mehr nicht«, sagte Kanseen. »Somit warst du fast direkt neben Chae, als er uns den Befehl gab, stehenzubleiben und dem Standbesitzer zu helfen. Du konntest gar nichts machen.«

»Ich hätte ihn ignorieren sollen, wie ihr. Aber das hab ich nicht. Ich habe versagt.«

»O du liebe Herrin«, schimpfte Kanseen und nahm wieder auf ihrem eigenen Stuhl Platz. Sie trug ein blau-weißes Kleid mit orangefarbenen Blumen. Es war nicht gerade das geschmackvollste Kleidungsstück, das Edeard in Makkathran zu Gesicht bekommen hatte, und auch nicht das modernste, aber es stand ihr gut. Ihre Kurzhaarfrisur hob sie nach wie vor von all den anderen Mädchen ab, die ihr Haar der Mode gemäß lang trugen. Aber auch das gefiel Edeard. Die Frisur passte zu ihr, hob ihre flache Nase heraus und unterstrich ihre schmalen, dunkelgrünen Augen. Nun, da er sie schon seit ein paar Monaten kannte, wirkte sie nicht mehr ganz so einschüchternd wie zu Anfang. Nicht, dass er in ihr etwas anderes sah als die Kollegin und Kameradin.

»Niemand hat versagt«, sagte Edeard. »Dieser ganze Nachmittag war völlig chaotisch, das ist alles. Und du hast Chae mit dem Standbesitzer geholfen.«

»Ich war wie gelähmt«, erwiderte Dinlay kläglich. »Ich hab euch alle enttäuscht. Hab meine Familie enttäuscht. Wisst ihr, die erwarten von mir, dass ich in zehn Jahren Wachhauptmann bin. So wie mein Vater einer war.«

»Trinken wir noch einen«, schlug Macsen vor.

»Klar, das löst natürlich sämtliche Probleme«, bemerkte Kanseen säuerlich.

Macsen zwinkerte ihr zu und bestellte über Longtalk bei einer der Kellnerinnen eine weitere Runde. Er musste noch irgendetwas anderes zu ihr gesagt haben, denn Edeard bekam mit, wie sie ihm ein gespielt empörtes Lächeln zuwarf.

Wie macht er das bloß? Es liegt nicht an dem, was er sagt, es ist sein gesamtes Auftreten. Und wieso kann ich das nicht? Edeard lehnte sich zurück und musterte seinen Freund mit kritischem Blick. Macsen saß in der Mitte eines schmalen Sofas, mit Evala auf der einen und Nicolar auf der anderen Seite. Beide Mädchen lehnten sich an ihn. Sie kicherten, lachten über seine Witze und hingen an seinen Lippen, als er erzählte, was sich auf dem Markt zugetragen hatte. Eine hanebüchene Räuberpistole, spannungsgeladen und strotzend vor Heldentum – eine Geschichte, die Edeard nicht mehr wiedererkannte. Er schätzte, dass Macsen ganz gut aussah mit seinen dunkelblonden Haaren und dem ebenmäßigen Kinn. Die braunen Augen funkelten immerzu vor fast schon sträflichem Vergnügen, was ihn wohl nur noch anziehender machte. Dass Macsen stets gut angezogen war, wenn sie zusammen ausgingen, spielte sicherlich auch keine unwesentliche Rolle. Heute zum Beispiel hatte er sich für hellbraune Hosen aus allerweichstem Wildleder entschieden, gegürtet von gewebten schwarzen Lederkordeln. Unter seinem dunkel-smaragdgrünen Gehrock lugte ein himmelblaues Satinhemd hervor.

Also ich hätte nie den Mut, so etwas zusammen zu tragen, aber ihm steht's gut. Die perfekte Verkörperung eines Erstgeborenen aus vornehmem Hause.

Tatsächlich sahen sie im Vergleich zu Macsen alle ein bisschen langweilig aus. Bislang war Edeard mit seiner eigenen schwarzen Jacke, den geschneiderten Hosen und den kniehohen Stiefeln immer vollends zufrieden gewesen. Doch irgendwie war er in die Rolle des armen Freundes gerutscht, der das Mitleid von Macsens Eroberungen erregte und den sie nun barmherzigerweise mit einem weiblichen Problemfall aus dem Kreise ihrer Freundinnen zu verkuppeln suchten.

Apropos ... Edeard gab sich redlich Mühe, nicht zu Boyd hinüberzusehen, der mit verzauberter Miene auf der anderen Seite des Tisches saß. Neben ihm saß Clemensa und plapperte in einem fort auf ihn ein. Gerade erzählte sie ihm von ihrem Tag. Sie war gut und gern so groß wie Boyd und musste auch annähernd so viel wiegen. Edeard konnte nicht anders, jedes Mal, wenn sie sich nach vorne beugte – was verdächtig oft geschah –, ruckte sein Blick unwillkürlich zum Dekolletee ihres tief ausgeschnittenen Kleides hinab.

Die Kellnerin brachte das Tablett mit Bier, das Macsen bestellt hatte. Sofort griff sich Dinlay einen frischen Krug. Edeard nestelte am Geldbeutel in seiner Tasche.

»Nein, nein, lass stecken, die Runde geht auf mich«, sagte Macsen. Seine dritte Hand ließ ein paar Münzen auf das leere Tablett klimpern. »Danke schön«, sagte er freundlich. Die Kellnerin lächelte. Evala und Nicolar schmiegten sich noch enger an ihn.

Edeard seufzte. *Und außerdem ist er immer so ausgesucht höflich. Ob das wohl das Geheimnis seines Erfolgs ist?*

»Boyd«, rief Macsen laut aus. »Mach den Mund zu, Mann, du sabberst ja schon.«

Boyd klappte die Kinnlade wieder zu und starrte Macsen wortlos an. Eine leuchtende Röte kroch über sein Gesicht.

»Schenk ihm einfach keine Beachtung«, sagte Clemensa. Sie legte Boyd eine Hand an die Wange, drehte seinen Kopf herum und küsste ihn. »Mädchen mögen es, wenn ein Mann ihnen aufmerksam zuhört.«

Einen Augenblick lang befürchtete Edeard, dass Boyd vor lauter Glück in Ohnmacht fallen würde.

»Ich muss mal kurz weg«, brummelte Dinlay. »Bin gleich wieder da.« Er erhob sich, schwankte unsicher, dann steuerte er auf den Durchgang im hinteren Bereich der Schankstube zu, wo sich die Toiletten befanden.

Der Umstand, dass Toiletten in einem Obergeschoss untergebracht waren, zählte zu den zahlreichen Herausforderungen in dieser Stadt, an die Edeard sich erst noch gewöhnen musste. Andererseits war ein Wirtshaus, das sich über mehrere Etagen erstreckte, für ihn an sich schon ein Novum. Ebenso wie die blass orangefarbene Beleuchtung an der Decke, die fast so hell war wie Tageslicht. An seinem ersten Abend im Olovan's Eagle hatte er sich sogar noch darüber gewundert, dass der Boden nicht mit Stroh bedeckt war. Ja, das Leben hier war *zivilisiert*. Und wie er so dasaß, gemütlich im Warmen, an einem Fenster, durch das er Makkathrans Lichter sehen konnte, die sich bis zur Lyot-See hinzogen, mit einem guten Bier und im Kreise guter Freunde, da fiel es ihm schwer, diese Herrlichkeit mit all den Verbrecherbanden in Verbindung zu bringen, die solch einen Schatten auf diese Stadt warfen.

»Was tust du da?«, zischte Kanseen zu Macsen hinüber. »Dinlay hat doch jetzt schon genug intus.«

»Ist nur zu seinem Besten. Er ist kein Kampftrinker. Noch ein paar Halbe und er schläft ein. Das Nächste, was er dann mitkriegt, ist der morgige Tag, und da werden wir so beschäftigt sein, dass er gar keine Zeit mehr zum Grübeln hat. Doch jetzt geht's erst mal darum, den Burschen durch den Abend zu bringen.«

Kanseen sah aus, als ob sie protestieren wollte, aber ihr fiel offensichtlich nichts ein. Stattdessen richtete sie ihren Blick auf Edeard.

»Klingt einleuchtend«, meinte der nickend.

Macsen gab eine weitere Bestellung bei der Kellnerin auf.

»Dass wir Dinlay durch die Prüfung kriegen, wird meine Leber teuer zu stehen kommen«, beschwerte sich Kanseen.

»Wir Konstabler müssen zusammenhalten«, sagte Edeard

und erhob seinen Krug. »Auf die Leber! Wer braucht so was schon?«

Darauf tranken sie.

»Keine Angst«, sagte Macsen. »Ich hab Vorkehrungen getroffen. Unser Bier ist mit Wasser verdünnt. Und Dinlay hat zwei Schuss Wodka in jedem Halben.«

Darüber musste sogar Kanseen lachen. Sie prostete Macsen mit ihrem Krug zu. »Du bist so ...«

»Wunderbar böse?«, schlug Edeard vor und starrte verdrießlich in sein Bier. *Mit Wasser verdünnt? Und ich hab's nicht mal gemerkt ...*

»Ganz genau«, sagte sie.

»Besten Dank.« Macsen legte seinen beiden Mädchen die Arme um die Schultern und zog sie an sich; küsste zuerst Evala, dann Nicolar.

»Es ist nicht nur der heutige Abend, um den wir uns Sorgen machen müssen«, sagte Boyd.

»Muss sich denn unser Boyd heute Abend überhaupt Sorgen machen?«, fragte Macsen mit Blick auf Clemensa.

Das Mädchen sah Boyd mit schmachtendem Blick an. »Ganz sicher nicht. Nach dem, was ihr heute vollbracht habt, seid ihr für mich alle Helden. Das schreit förmlich nach 'ner Belohnung.«

»Dinlay wird sich irgendwie zu beweisen versuchen«, prophezeite Boyd düster. »Nichts von dem, was der Sergeant gesagt hat, wird ihn davon abhalten. Ich sag euch, das nächste Mal, wenn wir auf 'ne Schlägerei oder 'nen Raubüberfall stoßen, wird sich Dinlay förmlich zerreißen, um den Übeltäter zu schnappen.«

»Das glaube ich auch«, stimmte Edeard ihm zu.

»Ja, damit müssen wir rechnen«, meinte Kanseen. »Wir können ihn zwar nicht kalt stellen – das würde es nur noch schlimmer machen –, aber wir können mit ihm zur Stelle sein.«

»Alle gemeinsam«, rief Macsen. Abermals erhob er seinen Krug. »Was es auch sei.«

»Was es auch sei«, stießen sie mit Gebrüll an.

Edeard konnte noch immer kein Wasser herausschmecken.

Langsam schlurften die Ge-Affen der Jeavons-Konstablerwache die Straße entlang. Wie vier Sargträger trugen sie den komatösen Dinlay Richtung Kaserne nach Hause.

Besorgt blickte Kanseen sich immer wieder zu ihnen um. »Meinst du, er erholt sich bald?«

»Wohl kaum«, sagte Edeard. »Wenn Macsen das mit dem Wodka ernst gemeint hat, dürfte Dinlay, wenn er morgen früh aufwacht, 'nen Honious-Katzenjammer haben.« Er warf einen Blick auf die Ge-Affen. Es war vielleicht nicht die beste Idee gewesen, sie zu diesem Einsatz heranzuziehen, doch andernfalls hätten er und Kanseen sich jetzt mit Dinlay abschleppen müssen. Boyd und Macsen waren mit den Mädchen in der Schänke geblieben. Dort gab es in der oberen Etage Séparées, von denen die beiden heute fraglos noch Gebrauch machen würden. Edeard versuchte, seinen aufkommenden Neid zu unterdrücken.

»Macsen!«, rief Kanseen verächtlich aus.

»Ach, der ist gar nicht so übel. Ehrlich gesagt hab ich ihn lieber um mich als Dinlay.«

»Na ja, wie man's nimmt.«

»Und am liebsten von allen dich.« Das viele Bier und die laue Nachtluft waren Edeard ein wenig zu Kopfe gestiegen. Warum sonst hätte er das eben wohl gesagt?

Kanseen erwiderte einen Moment lang gar nichts, während sie durch die lange, beinahe menschenleere Straße schlenderten. »Ich bin im Moment nicht auf der Suche«, sagte sie schließlich ernst. »Hab mich gerade von einem Mann getrennt. Wir waren verlobt. Es … ging nicht gut aus. Er wollte ein nettes, traditionelles Mädchen, eines, das seinen Platz kennt.«

»Das tut mir leid. Seine eigene Dummheit, würde ich sagen.«

»Danke, Edeard.«

Schweigend gingen sie eine Weile weiter. Schatten wanderten neben ihnen her, während sie unter den hellorangenen Lichtflecken an den Hauswänden vorbeigingen.

»Ich weiß nicht, was ich von dir halten soll«, sagte sie leise. »Und damit meine ich nicht nur die Sache mit deiner starken dritten Hand. Du bist irgendwie anders. So wie ich mir die Söhne der adligen Familien immer vorgestellt habe. Bevor sie so reich und fett geworden sind.«

»An mir ist nichts Adliges.«

»Eine noble Gesinnung ist keine Frage der Blutlinie, Edeard, sie kommt von innen. Wie hieß noch dein Dorf?«

»Ashwell, in der Rulan-Provinz.«

»Sagt mir gar nichts. Ich fürchte, ich kenn mich mit der Gegend jenseits der Iguru-Ebene nicht gut aus.«

»Ashwell lag ziemlich weit von hier entfernt, direkt am Rand der wilden Lande. Ich zeig's dir mal auf einer Karte, falls ich eine auftreiben kann. Wir brauchten ein ganzes Jahr, um von dort nach Makkathran zu reisen.«

»Schenk mir ein Bild.«

»Was? Ach so.« Edeard konzentrierte sich, versuchte eine Erinnerung hervorzuholen, die seiner Heimat gerecht wurde. Frühling, entschied er, die Zeit, in der die Bäume zum Leben erwachten und die Himmel hell und klar waren und die Lüfte sanft und lau. Er und ein paar andere Kinder waren hinaus zu den Befestigungsmauern gegangen, hatten dabei den weiten Weg hinauf auf den schroffen Gipfel genommen, an dessen Fuß Ashwell erbaut worden war. Von dort hatten sie schließlich hinabgeblickt auf die anheimelnden Häuser, die sich an die Felsenklippe schmiegten und unter ihren Vorsprüngen Schutz suchten.

Er hörte sich leise seufzen und bemerkte, wie sehr er in die Erinnerung hineingezogen worden war, sie mit seiner unendlichen Wehmut überzog.

»Oh, Edeard, das ist so schön. Was ist geschehen? Warum hast du deine Heimat verlassen?«

»Unser Dorf wurde überfallen«, sagte er gepresst. Während der ganzen Zeit, die er nun schon im Wohnheim der Wache lebte, hatte er seinen neuen Freunden niemals die ganze Wahrheit über Ashwell erzählt. Alles, was sie wussten, war, dass seine Familie Banditen zum Opfer gefallen war.

»Das tut mir leid«, sagte sie. Zum ersten Mal hob sie den Schleier von ihren Gedanken und gestattete ihm, das Mitgefühl, das sie empfand, zu spüren. »Was es sehr schlimm?«

»Salrana und ich haben überlebt. Und außer uns nur noch fünf andere.«

»Oh, Herrin! Edeard.« Sie ergriff seinen Arm.

»Keine Sorge. Ich hab mich damit abgefunden. Allerdings hab ich meinen Meister verloren, Akeem. Ich vermisse ihn immer noch.« Die Gefühlsströme, die in seinen Gedanken aufwallten, waren ebenso unerwartet wie beängstigend stark. Er hatte tatsächlich geglaubt, alle Rührseligkeit und Trauer hinter sich gelassen zu haben. Und jetzt, wo er doch nur ein einziges Bild von seinem einstigen Zuhause heraufbeschworen hatte, brachen die Gefühle mit gleicher Macht über ihn herein wie am Tag der Katastrophe.

»Du solltest mit einer Mutter der Herrin darüber sprechen. Sie wissen immer ausgezeichneten Rat.«

»Ja, sicher. Vielleicht.« Er erteilte seinen Beinen den Befehl, sich wieder in Bewegung zu setzen. »Komm. Ich fürchte, Chae wird morgen nicht gerade zimperlich mit uns umgehen.«

Die Ge-Affen legten Dinlay auf die Matratze und breiteten eine dünne Decke über ihn. Dabei ächzte er nur dann und wann leise und wälzte sich ein bisschen hin und her. Edeard konnte sich nicht aufraffen, seinem Freund die Stiefel auszuziehen, er fühlte sich plötzlich selbst unendlich müde. Er schaffte es gerade noch, sich seiner eigenen Stiefel und Hosen zu entledigen. Die Ge-Schimpansen des Schlafsaals eilten geschäftig hin und her, um seine Schmutzwäsche einzusammeln.

Natürlich war sein Geist, nun, da er endlich im Bett lag, viel zu rastlos, um ihm den Schlaf zu gewähren, nach dem sein Körper sich sehnte. Er sendete einen Gedankenbefehl an das leuchtende Rosettenmuster an der Decke des Hauptsaals. Die Lichtquelle dimmte sich so weit herunter, bis sie nur mehr schwach schimmerte wie ein Sternennebel. Das war so ziemlich die einzige Reaktion, welche die Stadt auf die Gedanken ihrer menschlichen Bewohner hin jemals gezeigt hatte. Die Ge-Schimpansen kamen wieder zur Ruhe. Von unten drangen gedämpfte Geräusche herauf und raunten wie ein leises Flüstern durch den großen, verlassenen Raum – das übliche Kommen und Gehen der Nachtschicht-Wachtmeister.

Edeard hatte sich nie wirklich daran gewöhnt, wie die Wände in der Stadt sich bogen und krümmten. Daheim in Ashwell hatte man sich mit geraden, rechtwinkligen Wänden begnügt; der neunseitige Innenhof seiner ehemaligen Gilde war dabei schon als ziemlich abenteuerliches Stück Architektur angesehen worden. Hier im Schlafsaal waren die ovalen Bettnischen beinahe selbst schon Zimmer für sich, mit gewölbten Eingängen zweimal so hoch wie Edeard groß war. Er stellte sich gern vor, dass der Saal in Wirklichkeit eine Art Schlafzimmer für Adlige gewesen war und dass das Volk, das Makkathran einst erschuf, aus mehr als zwei Geschlechtern bestanden hatte. Daher die sechs Betten. Das würde die Wache zu einem wichtigen Gebäude machen. Allerdings konnte er sich beim besten Willen keinen Reim auf das Honigwabengewirr aus kleinen unterirdischen Kammern machen, die nun als Gefängniszellen und Vorratsräume dienten. Was war ihr ursprünglicher Zweck gewesen?

Während er über die Frage nachgrübelte, ließ er seine Fernsicht durch das graue Panorama der Wachgebäudestruktur schweifen. Das Bild, das er empfing, schien ihn völlig zu umhüllen. Eine Schwere zog an seinem Bewusstsein, dann sank er fast geisterhaft durch den Boden des Kellers. Er sah Risse in dem Erdreich darunter – glatte Spalten, die sich schlängelten und bogen, als ob sie sich immer tiefer und tiefer hinabwänden. Einige waren nicht breiter als ein Finger, andere so groß, dass man hindurchgehen konnte. Sie verästelten und kreuzten sich, bildeten ein kompliziertes Filigran, welches in Edeards überspannter Vorstellung den Blutgefäßen in einem menschlichen Körper glich. Er fühlte Wasser durch einige dieser Adern pulsieren, während durch andere starke Winde bliesen. In mehreren der schmaleren Spalten konnte er violette Lichtfäden erkennen, die zu brennen schienen, ohne den Spaltenwänden irgendetwas anzuhaben. Er versuchte, sie mit seiner dritten Hand zu berühren, nur um durch sie hindurchzugleiten, als griffe er nach einer Luftspiegelung.

Seine Fernsicht uferte aus. Er sah, dass die uralten Spalten sich von der Wache her ausbreiteten, unter den Straßen durch die Stadt führten und sich mit weiteren hohlen Filigranstrukturen vereinigten, auf denen die Gebäude Makkathrans ruhten. Edeard keuchte erstaunt auf, als er bemerkte, dass seine Fernsicht stetig zunahm. Je mehr er sich entspannte, umso mehr konnte er erfassen. Farbige Splitter strahlten durch seinen Geist, als wäre diese Schattenwelt im Begriff, Texturen zu bilden. Er konnte nicht einmal mehr den Schlafsaal um sich herum wahrnehmen. Die Wache war nur mehr ein kleines, leuchtendes Juwel, das in einen gewaltigen Strudel aus ähnlich multichromen Funken eingefasst war.

Makkathran.

Edeard erfuhr das Wunder seiner Gedanken, tauchte ein in eine Melodie, in der ein einziger Taktschlag Jahre währte und deren Harmonie von einer solchen Erhabenheit war, dass sie den Boden zu erschüttern vermochte, würde sie jemals Substanz erhalten. Die Stadt schlief den langen Schlaf aller Giganten; unberührt vom erbärmlichen hektischen Treiben dieser Tage, unberührt vom schmarotzenden menschlichen Gewürm, das durch ihre Extremitäten kroch.

Sie war zufrieden.

Edeard badete in Makkathrans uraltem Gleichmut und sank allmählich in einen traumlosen Schlaf.

2

»Wie lange?«, fragte Corrie-Lyn.

Aaron knurrte ein weiteres Mal und ignorierte sie. Er befand sich im Innern einer Fitnesskabine, die das Raumschiff für ihn extrudiert hatte, und prüfte Flexibilität und Kraft seines wiederhergestellten Torsos. Er betätigte Seilzüge, stemmte Gewichte, verdrehte sich und spannte Muskeln an, geriet beim Ausdauertest ins Schwitzen, maß den Sauerstoffverbrauch des neuen Gewebes, den Grad der Durchblutung, die Reaktionsgeschwindigkeit seiner Nerven ...

»Sie wussten doch, dass Qatux uns helfen kann«, quengelte sie. »Also werden Sie wohl auch wissen, wie lange er braucht.«

Aaron biss die Zähne zusammen, als sich die Schwerkraft zur Seite hin verlagerte, zunahm und ihn zwang, den Griff zu ziehen, den er umfasst hielt, während er sich gleichzeitig streckte. Seine Biononics vermeldeten, dass die Sehnen kurz davor standen zu reißen.

Was in gleichem Maße für seine Geduld galt.

Seit vierzehn Stunden waren sie nun zurück auf der *Artful Dodger*, und Corrie-Lyn hatte die ganze Zeit nichts anderes getan als zu trinken und zu meckern. Mittlerweile hielt sie die Aushändigung von Inigos Memorycell für einen schrecklichen Verrat und für keine gute Idee. Für eine ziemlich schlechte Idee sogar. Eine saudumme Idee sozusagen. Jedenfalls behauptete sie das in einem fort.

»Es, dieses Alien, wird also so eine Art Mini-Inigo kriegen, der irgendwo in seinem eigenem Gehirn rumspukt?«

Aaron prüfte den Sauerstoffverbrauch seiner Schultermuskulatur. Die Werte waren nur noch wenige Punkte von denen seiner ursprünglichen Muskeln entfernt. Nicht schlecht für so wenige Tage. Medikamente und Biononics hatten getan, was sie konnten, der Rest war Sache des guten, alten Trainings. Ein passables Gymnastikprogramm sollte schon in den nächsten paar Wochen zu einer Angleichung der Niveaus führen. Er schaltete die Fitnesskabine ab.

»So etwas Ähnliches, ja«, sagte er.

Corrie-Lyn blinzelte ob der unverhofften Antwort. Sie rollte sich auf der Liege herum und griff nach dem Krug mit tasimionischer Margarita. »Also stellen Sie dem Mini-Inigo eine Frage …«

»Und Qatux antwortet für ihn. Genau.«

»Was für eine gequirlte Scheiße.«

»Wir werden sehen.« Er zog sich das T-Shirt über den Kopf und untersuchte seine Brust. Die Membrane begann bereits abzublättern. Darunter kam neue Haut zum Vorschein. Sie war noch ausgesprochen empfindlich, wechselte aber allmählich zu der gewohnt dunkleren Farbe seines Teints. »Ich geh duschen«, sagte er.

»Sie entwickeln sich prächtig«, kicherte sie. »Brauchen Sie vielleicht Hilfe da drin?«

Aaron verdrehte die Augen. »Nein, danke.« Inzwischen hatte er seine ganz eigene Theorie, warum Inigo bei Living Dream abgehauen war, und die hatte nichts mit irgendwelchen Letzten Träumen oder der großen Last, von Milliarden vergöttert zu werden, zu tun.« *Vielleicht ist sie aber auch erst so geworden, nachdem er sie verlassen hat …*

Die Fitnesskabine verschwand in der Wand, und es dauerte einen Moment, bevor aus der gleichen Sektion die Duscheinheit hervorwuchs. Er streifte seine Hosen ab und trat, als Corrie-Lyn ein Wolfsheulen ausstieß, eiligst hinein. Ganz offensichtlich befand er sich auf dem Wege der Besserung, denn sein Schwanz regte sich. Doch wenn Qatux ihnen einen Hinweis geben konnte, wo der unwillige Messias sich verborgen hielt, dann war Corrie-Lyn für ihn wichtiger denn je. Also regelte er die Sporentemperatur so weit herunter, wie es ging, und versuchte, an andere Dinge zu denken. Dummerweise gab es angesichts einer Erinnerung, die nicht weiter zurückreichte als bis zu Ethans Ernennung, nicht viel, worüber sich nachgrübeln ließ. Abgesehen von seinen merkwürdigen Träumen. Dieser Ausritt zu Pferd ... er war jung gewesen in diesem Traum. Demnach musste es sich um ein Bild seiner Kindheit handeln. Die anscheinend recht schön gewesen war.

Nachdem er geduscht hatte, setzten sie ihre Recherchen über den seltsamen Raiel fort, der sich einverstanden erklärt hatte, ihnen zu helfen. Mit dem, was er ihnen gesagt hatte, als Anhaltspunkt schickten sie ihre U-Shadows in die Unisphäre hinaus, um nach Geschichtsdaten über Far Away während des Starflyer-Krieges zu suchen. Die erste Überraschung war, dass es mehr als eine Million Files über diesen Zeitabschnitt gab. Es dauerte acht Stunden, bis sie die brauchbaren Informationen herausgefiltert hatten. Und selbst danach hatten sie noch keinen konkreten Hinweis darauf, dass Qatux wirklich dort gewesen war.

Es fanden sich endlose Dokumente über Bradley Johanssons Guardians-Team, das den Starflyer bis zu seinem Bau zurückverfolgt hatte. Es gab Berichte darüber, wie sie sich mit diesem komischen Sicherheitsteam zusammengetan hatten, das von Nigel Sheldon entsandt worden war, um sie zu unterstützen. Admiral Kime war einer von ihnen gewesen, natürlich, das war in allen Geschichtstexten nachzulesen. Wie auch Berichte über seinen waghalsigen Flug mit dem Hyperglider über den Mount Herculaneum und die nachfolgende Rettung durch Nigel höchstselbst. Anna, der Judas. Oscar, der Märtyrer. Paula Myo und die Navy-Abfangtruppe, die Cat's Claws.

»Ich wusste gar nicht, dass Cat ursprünglich von Nigel nach Far Away geschickt wurde«, rief Corrie-Lyn auf. »Was hat er sich bloß dabei gedacht?« Nach einer Mahlzeit und ein paar den Alkohol neutralisierenden Aerosolen war sie mittlerweile wieder halbwegs nüchtern. Die Ergebnisse ihrer Nachforschungen schienen sie aufrichtig zu interessieren.

»Bleiben Sie fair. Schließlich konnte er nicht in die Zukunft sehen.«

Es gab auch einige Anhänge, in denen behauptet wurde, bei der Jagd nach dem Starflyer habe ein Alien geholfen. Allerdings war der Wortlaut in dieser Hinsicht nicht ganz eindeutig. Dass das Bose-Motile zu Nigels Geheimclique gehört hatte, war zu jener Zeit zwar bekannt, doch nirgends fanden sich Hinweise auf einen Raiel. Eine Datei besagte, Johansson sei von der Barsoomianer-Gruppe unterstützt worden, weil er deren genetischen Heiligen Gral nach Far Away gebracht habe. Aber wiederum kein Hinweis darauf, was dieser Heilige Gral eigentlich war.

»Gehen wir die Sache mal anders an«, sagte Aaron. Er befahl seinem U-Shadow, nach sämtlichen Dateien zu suchen, die in irgendeinem Zusammenhang mit einer Commonwealth-Bürgerin namens Tiger Pansy zurzeit des Starflyer-Krieges standen.

Das Kabinenportal projizierte ein ziemlich überraschendes Bild.

»Im Leben nicht!«, sagte Corrie-Lyn.

Aaron starrte nicht weniger ungläubig auf die dargestellte Frau. Sie war eine einzige Katastrophe. Entsetzliche Haare; schlechtes Gesichts-Reprofiling, das die Symmetrie von Augen, Nase und Lippen ruiniert hatte, und himmelschreiende Kosmetika, die das Ganze nur noch grotesker machte; dazu lächerliche Brustvergrößerungen und enge, knappe Kleidung, mit der kein Mädchen über Zwanzig jemals ungestraft davonkommen würde. Ganz zu schweigen davon, dass dieses »Mädchen« hier kurz vor seiner nächsten Rejuvenation gestanden haben musste.

»Dateisignatur der Wayside Production Company auf Oaktier«, las Corrie-Lyn aus ihrer Exosicht ab. »Taucht auf als eines ihrer zahlreichen – hört, hört – *Produkte.* Hinterlassenschaften aus den letzten Jahren des Starflyer-Krieges. Keine weiteren Informationen. Nichts. Kein in irgendeiner planetaren

Cybersphäre geführtes Wohnsitzverzeichnis, kein Bericht über eine Rejuvenationsbehandlung, keine Körperverlustsbescheinigung. Sie ist einfach von der Bildfläche verschwunden.«

Aaron schüttelte sich und löschte die Projektion. »Kein Kunststück zu jener Zeit. Damals fand eine Massenmigration von den Lost23-Planeten statt, die von den Prime überfallen worden waren. Danach ging's dann so richtig drunter und drüber.«

»Zufall?«

»Die Raiel sind nicht dafür bekannt, dass sie lügen. Durchaus denkbar, dass Qatux sie geheiratet hat. Alles in allem wirkt sie durchaus wie ein gefühlsbetonter Typ.«

»So würde ich sie nicht unbedingt beschreiben«, murmelte Corrie-Lyn. »Und wie ist sie nach Far Away gekommen? Der Planet war Jahrzehnte lang so gut wie von der Außenwelt abgeschnitten, bevor die Starlines ihn angeflogen haben.«

»Sie muss im Johansson-Team gewesen sein. Ich glaube allerdings nicht, dass das von Belang ist.«

»Nein, aber ich finde es interessant. Warum, denken Sie, würde ein Raiel dorthin gehen?«

»Fragen Sie ihn doch.«

Sie schüttelte den Kopf. »Lieber nicht, das würde ihn wahrscheinlich nur abschrecken.«

»Dann frage ich ihn für Sie.«

»Nein. Lassen wir es einfach.«

»Wenngleich Sie recht haben. Es ist interessant. Offensichtlich waren die Informationen, die man mir gegeben hat, korrekt. Qatux hilft Menschen.«

»Jedenfalls hat er behauptet, das früher gemacht zu haben. Bevor Tiger Pansy umgebracht wurde.«

»Von niemand Geringerem als ›The Cat‹. Das sollte reichen, um jemanden wie Qatux aus seinem Suchtalltag zu reißen, ganz egal, wie stark die Abhängigkeit ist.«

»Stimmt. Na ja, am Ende hat Paula Myo, Ozzie sei Dank, Cat ja doch noch geschnappt.«

»Ja, genau. Und in ungefähr viertausend Jahren können wir alle gemeinsam mit ihr auf ihre Suspensionsentlassung anstoßen.«

»Würg! Ohne mich.«

»Qatux kannte Paula Myo«, sagte Aaron. »Ich frage mich, ob das von Bedeutung ist.«

»Inwiefern?«

Er wartete einen Augenblick, um zu sehen, ob sein Unterbewusstsein ihm irgendwelche Hinweise lieferte. Dem war nicht so. »Keine Ahnung.«

Der Smartcore der *Artful Dodger* meldete, dass der *High Angel* sie rief. »Bitte machen Sie sich für den Teleport bereit«, teilte das Alien-Raumschiff ihnen mit.

»O Scheiße«, sagte Corrie-Lyn, während sie genervt aufstand. »Wie ich das –«

Die Kabine verschwand. Schon standen sie in dem weitläufigen runden Raum Qatux gegenüber.

»– hasse.« Angewidert rümpfte sie die Nase.

Aaron verbeugte sich vor dem Raiel. »Danke, dass du uns den Gefallen erwiesen hast.«

»Nichts zu danken«, wisperte das große Alien.

»Warst du erfolgreich?«

»Ich habe Inigos frühes Leben durchlebt. Es ist nicht allzu bemerkenswert gewesen.«

Aaron hielt den Blick starr auf Qatux gerichtet und vermied es, Corrie-Lyn anzusehen. Seine Gaiamotes verrieten ihm den Unmut, den Qatux' Bemerkung bei ihr ausgelöst hatte. »Trotzdem muss es doch irgendwas gegeben haben, das sein Verhaltensmuster erklärt.«

»Es ist Schuld, die ihn antreibt.«

»Schuld?«

»Er hat sein ganzes Leben damit verbracht, vor allen anderen zu verbergen, was er war – vor seiner Familie, vor denen, die er liebte, vor seinen Feinden.«

»Sprichst du vom Protektorat?«

»Ja. Er war sich dessen permanenter Überwachung vollkommen bewusst. Gegen Ende hat er ein fast perverses Vergnügen daraus gezogen, die Illusion aufrechtzuerhalten, ein ganz gewöhnlicher Advancer zu sein. Doch eine solche Lüge lastete schwer auf ihm. Sie war einer der Hauptgründe dafür, dass er sich freiwillig für den Dienst auf Centurion Station gemeldet hat.«

»Also schön, so weit kann ich dem allen folgen. Angesichts der Umstände seines späteren Lebens, was denkst du, wohin er gegangen sein könnte?«

»Hanko.«

Das war nicht die Antwort, auf die Aaron vorbereitet gewesen war. Nicht einmal annähernd. »Die Second47-Welt?«

»Ja.«

»Ich weiß, dass die Bevölkerung Anagaskas ursprünglich von dort stammt, aber sie wurde zwangsumgesiedelt, weil der Planet nach dem Angriff der Prime unbewohnbar geworden war. Es gibt dort nichts, nicht mehr.«

»Inigo war von jeher fasziniert von dem, was er für seine wahre, angestammte Heimat hielt«, sagte Qatux. »Vergiss nicht, dass er nicht zu Anagaskas Advancer-Kultur gehörte. Auf Hanko bot sich ihm eine Art psychologischer Erdungspunkt, verstärkt durch eine Besessenheit für seine Vorfahren. Eine Besessenheit, die aufgrund des frühen Verlusts seines Vaters kurz nach seiner Geburt fest in seiner Psyche verankert war. So ein Trauma wirkt sich auf jedes Kind aus, auf Higher ebenso wie auf Advancer, besonders wenn das Ereignis von der Mutter mit einer solchen Bitterkeit betrachtet wird.«

»Eine Wunde, die sie offengehalten hat, unbeabsichtigt oder nicht.«

»Richtig. Hanko bietet für einen Heimatlosen wie Inigo die perfekte Lösung. Ein realer Ort, und zugleich unerreichbar. Die Illusion, die nicht zerstört werden kann. Er hat viel an Wohltätigkeitsorganisationen gespendet, die die offiziellen Wiederherstellungsteams der Regierung unterstützten. Das sagt einiges aus. Schließlich war er auf Anagaska zu keiner Zeit ein wohlhabender Mann.«

»Und du glaubst, dass er dorthin zurückgekehrt ist?«

»Falls er Living Dream nicht verlassen hat, weil er sich der Richtung, welche die ganze Sache nahm, nicht mehr sicher war, dann würde ich sagen, es ist eine äußerst wahrscheinliche Möglichkeit. Er ist ein Higher, die Strahlung und das Klima dürften ihm nicht viel anhaben.«

»Es existieren eine Menge Unbekannte in dieser Rechnung.«

»Wenn du Gewissheit hättest, wärst du nicht hier.«

»Ich bitte um Entschuldigung. Ich hatte damit gerechnet, zu erfahren, er wäre aus dem Commonwelth geflohen, oder dass es da irgendeine geheime Intrige gibt mit dem Ziel, ihm zu helfen. Aber Hanko ... Das würde erklären, warum noch niemand ihn gefunden hat.«

»Wirst du dich dorthin begeben?«

Aaron schaute zu Corrie-Lyn hinüber, die ausgesprochen verwirrt aussah. »Ja«, sagte er.

»Ehrgeiz und beste Vorsätze sind immer eine gute Ausgangsbasis«, sagte Likan. »Aber dann, ehe man sich's versieht, versetzt einem die Wirklichkeit einen Schlag ins Gesicht. Dann heißt's: Entweder anpassen, auf den Boden der Tatsachen zurückkommen und mit gleicher Münze heimzahlen, oder sich abmühen und abstrampeln, bis man irgendwann unter dem Gewicht der eigenen Kapitulation zusammenbricht.

Nun weiß ich, dass unter Ihnen, die Sie sich in diesem Auditorium befinden, niemand sitzt, der so leicht aufgibt. Zur Hölle, so jemand hätte sich die Teilnahmegebühr gar nicht erst leisten können.« Grinsend schaute er beim Einsetzen des höflichen Gelächters in die Runde. »Im Leben wird man entweder unter Druck gesetzt oder wendet selbst Druck an. Dasselbe gilt für die Geschäftswelt –«

Drei Reihen von dem kleinen Podium entfernt sah sich Araminta unter ihren Mit-Existenzgründern um. Das Ganze hatte was von einer Klon-Armee-Versammlung. Wohin man sah: eifrige junge Geschäftsleute, tadellos gekleidet und durchgestylt. Gierig hingen sie an den Lippen des Redners, saugten jedes seiner Worte förmlich in sich auf, verfolgten gebannt den Vortrag, den ihnen der reichste Mann des Planeten darüber hielt, wie man zu gleichem Wohlstand gelangen konnte. Dabei hoffte ein jeder auf einen winzigen Fingerzeig dahingehend, welche Richtung der Markt nehmen würde, auf eine geistreiche Bemerkung über kommende Finanztrends, auf einen Hinweis darauf, welches neue Gesetz es zu berücksichtigen galt oder bei welchem Staatsprojekt sich eine Beteiligung auszahlte.

Doch wenn auch nur einer von ihnen glaubte, Sheldonite würde ihnen all das mitteilen, stand ihm eine herbe Enttäuschung bevor. Grundlagenrecherche: Firmenchef Likan war ein skrupelloser Mann. Er weilte in Colwyn City, um aus Publicity- und Prestigegründen einen weiteren seiner »Wie-ich-es-geschafft-habe«-Vorträge zu halten, und nicht, um frischgebackenen Konkurrenten zu helfen. Ein hoher Bekanntheitsgrad war seinem Geschäft zuträglich, außerdem verschafften ihm solche Veranstaltungen einen Kick fürs eigene Ego. Kurz: Dieser ganze Abend war ein Paradebeispiel für seine Lieblingsphrase: Gewinnen oder gewinnen.

Bovey würde das alles hier hassen. Araminta lächelte bei diesem Gedanken still in sich hinein, fast ein Sakrileg inmitten all dieser Getreuen. Aber andererseits hatte Bovey fast so was wie einen Komplex, wenn es um die wirklich Reichen und Mächtigen ging. In seinen Augen waren alle Politiker nichtsnutzige, inkompetente Idioten, alle Milliardäre korrupte Verbrecher. Einer seiner Spleens, die sie an ihm so sehr mochte. Es war nicht unwitzig, seinem jüngsten Ich – dem biologisch Vierzehnjährigen – dabei zuzuhören, wie es sich über den Minister für Soziales echauffierte. Mr Bovey nährte den Hass eines jeden Selbständigen auf die Bürokratie und auf die Steuern, die nötig waren, um sie am Laufen zu halten und, schlimmer noch, aufzublasen; in Aramintas Augen keinesfalls Probleme, die einen Vierzehnjährigen umtrieben. Dieses Alter wurde bestimmt von mehr oder weniger banalen Teenager-Ängsten und unerfüllbaren Sehnsüchten. Sie konnte sich noch sehr gut erinnern.

Sie seufzte wehmütig. Lauter, als sie beabsichtigt hatte. Sie sah Likans Blick, der in ihre Richtung schnellte, obwohl seine Rede nicht einen Moment lang ins Stocken geriet. Sich selbst tadelnd, presste Araminta die Lippen zusammen.

Der Vortrag war genau so, wie sie erwartet hatte. Jede Menge Motivationsgeschwätz, ein paar Anekdoten, eine geballte Ladung Product Placement aus dem Finanzdienstleistungsbereich und dann und wann ein Lächeln mit gebleckten Zähnen in den Pausen, die zum Applaudieren und Lachen aufforderten. Araminta klatschte sogar fleißig mit. Es war der übliche Standardkram, den sie im Großen und Ganzen zu hören bekam, doch fand sich in all dem Geschwafel auch das eine oder andere Nugget. Besonders interessant waren dabei Sheldonites Anfangsjahre und die Frage, wie man den Sprung geschafft hatte von einem kleinen Betrieb wie dem ihrem hin zu einem großen Konzern. Likan zufolge war das Vorankommen eine Frage des Risikos, und in welchem Maße man ein solches einzugehen bereit war. Er sprach viel von Selbstvertrauen, einhergehend mit Zielstrebigkeit und harter Arbeit. Araminta fragte sich, ob er wohl jemals ihrem Ex Laril begegnet war. Na, *das* wäre mal eine spannende Unterhaltung.

Likan kam zum Ende und erhielt stehende Ovationen. Wie alle anderen erhob sich auch Araminta und applaudierte halbherzig mit. Sie hätte sich gewünscht, er wäre ein bisschen konkreter geworden, hätte vielleicht das eine oder andere Fallbeispiel gegeben. Der Vorsitzende des Kleinunternehmerverbandes von Colwyn dankte ihrem namhaften Gast und gab bekannt, dass im Veranstaltungsraum draußen Erfrischungen bereitstanden.

Als Araminta es endlich aus dem Auditorium hinaus geschafft hatte, hatten sich ihre Mit-Kleinunternehmer bereits zu kleinen Grüppchen formiert, um aufeinander einzureden und sich dabei an den Freigetränken und Appetithäppchen gütlich zu tun. Den Gesprächsfetzen nach zu urteilen, die sie auf dem Weg zur Bar aufschnappte, leitete die Mehrzahl der Teilnehmer tatsächlich Unternehmen. Es wurde über Expansionskurven und produktübergreifende Marktdurchdringung geredet, und über Aktienoptionen und wann es an der Zeit war, zu fusionieren. Männerblicke folgten ihr, während sie vorbeiging. Sie schaute in lächelnde Mienen, und ein paar ihrer aufstrebenden Berufskollegen pingten sie sogar zwecks Komplimenten und Einladungen an. Ihr U-Shadow reagierte nicht darauf – Pings waren *so* pubertär. *Wenn ihr mit mir Essen gehen wollt, habt gefälligst die Courage, mich direkt danach zu fragen.* Sie hatte sich für ein dunkeltürkisfarbenes Kleid entschieden, das zu ihrer Haarfarbe passte. Genau genommen war das Dekolleté für einen geschäftlichen Anlass vielleicht ein wenig zu tief und der Saum ein bisschen zu kurz; aber inzwischen besaß sie genügend Selbstbewusstsein, um auf Konventionen zu pfeifen – zumindest, was die kleineren Dinge des Alltags betraf. Das war ihrer Selbständigkeit und dem Umgang mit Cressida zuzuschreiben.

»Birnensaft«, sagte sie zu dem Barmann.

»Interessante Wahl.«

Sie drehte sich um, und ihr Blick fiel auf Likan, der direkt hinter ihr stand. Für jemanden, der so viel Geld besaß, warf seine äußere Erscheinung einige Fragen auf. Das Gesicht wirkte leicht aufgedunsen und die Wangen gerötet, als wäre er permanent außer Atem. Sein biologisches Alter war höher als üblich – eher auf Ende Dreißig fixiert als auf Mitte zwanzig, was allgemein bevorzugt wurde. Die Kleidung, die er trug, war grundsätzlich teuer, doch fügte sie sich nur schwer zu einem harmonischen Ganzen, so als basiere sein Modegespür allein auf dem, was man in der Werbung zu sehen bekam. Das Jackett mit Haihaut-Schimmer war schick, doch nicht in Kombination mit dem rotblauen Hemd und dem grünen Binder. Und die braunen Schuhe konnte man bestenfalls zur Gartenarbeit tragen.

»Ich muss heute Abend noch arbeiten«, sagte sie. »Ich kann mir eine Beeinträchtigung des Urteilsvermögens durch Alkohol nicht leisten.«

»Gute Selbstdisziplin. Das gefällt mir.«

»Danke«, erwiderte sie ruhig.

»Ich habe den Eindruck, Sie waren nicht sonderlich beeindruckt heute Abend.«

Einige Leute in ihrer Nähe schauten diskret in ihre Richtung. Likans Stimme war auch hier so kraftvoll, wie sie es auf dem Podium gewesen war. Zumindest das verlieh ihm etwas von einer großen Persönlichkeit.

Araminta nippte an ihrem Birnensaft und fragte sich, was sie mit dieser Situation anfangen sollte. »Ich hatte auf mehr Einzelheiten gehofft«, sagte sie schließlich.

»Welche Art von Einzelheiten? Kommen Sie schon, Sie haben für diesen Abend bezahlt, Sie haben einen Anspruch darauf.«

»Na schön: kleiner Betrieb, läuft ganz passabel. Müsste aber dringend mal eine Stufe aufsteigen. Frage: Legt man nun die erzielten Profite wieder an und expandiert Schritt um Schritt, indem jedes neue Projekt etwas größer ist als das letzte, oder nimmt man einen Bankkredit auf und überspringt einfach zehn Level?«

»Wie klein ist das Unternehmen?«

»Eine Ein-Mann-Band, oder besser gesagt eine Frau, unterstützt von einer Hand voll Bots.«

»Firmenprodukt?«

»Immobilienausbau.«

»Eine gute Wahl für ein neugegründetes Unternehmen. Verhältnismäßig hohe Rentabilität im Vergleich zu anderen Sparten. Wenngleich es eine gewisse Obergrenze gibt, insbesondere bei nur einer Person. Nach den ersten drei Objekten sollte genügend Gewinn erzielt worden sein, um weitere Mitarbeiter einstellen zu können. Damit hätten Sie die Möglichkeit, nicht mehr nur jeweils ein Projekt, sondern gleich mehrere auf einmal in Angriff zu nehmen. Die Zeiten waren nie besser dafür. Dank Living Dream sind Immobilien heutzutage *der* Renner.«

»Alles ist relativ. Bei der Nachfrage sieht sich dieser Unternehmer leider auch gezwungen, teuer einzukaufen.«

»Dann sollte dieser Unternehmer eine ganze Straße kaufen, die im Niedergang ist. Das vervielfacht den Profit, die Preise pro Objekt steigen, weil Sie die gesamte Straße aufgewertet und damit für Immobilienkäufer interessant gemacht haben.«

»Das ist ein großer Schritt.«

»Die Höhe des Risikos, das Sie einzugehen bereit sind, steht in proportionalem Verhältnis zu Ihrem Wachstumspotenzial. Sind Sie jedoch nicht willens, dieses Risiko einzugehen, heißt das: Bis hierher und nicht weiter. Das wird Ihr Leben bestimmen. Und ich glaube nicht, dass dies das ist, was Sie wollen.«

»Frage: Würden Sie dazu raten, die Mitarbeiterzahl dadurch zu erhöhen, dass man ein Multiple wird?«

»Nein.«

»Und warum nicht?«

»Ein Multiple zu werden, ist für einen Alleinunternehmer nur auf den ersten Blick eine Lösung. Letzten Endes ist es eher eine persönliche Entscheidung denn eine geschäftliche Alternative. Stellen Sie sich mal die Frage, was Sie als Multiple zustande bringen würden, das sich nicht auch mit einem guten aggressiven Management machen ließe. Allein die Tatsache, dass Sie heute Abend hierhergekommen sind, um sich meinen Vortrag anzuhören, zeigt, dass sie bereits nach vorne schauen, in größeren Maßstäben denken. Immobilien sind ein Grundstein für ein Firmenimperium. Ein ziemlich guter sogar – ich verfügte selbst noch über einen recht ansehnlichen Bestand –, aber um den Markt wirklich zu beherrschen, muss man seine Interessen ausweiten und ineinandergreifen lassen. Also genau das, was Sheldon getan hat. Er hat mit dem Geld aus seinem interstellaren Transportmonopol in Industrie-, Handels- und Finanzunternehmen auf Hunderten von Welten investiert. Zur Zeit des Starflyer-Krieges war er praktisch der Herrscher des Commonwelth.«

»Und jetzt wären Sie wohl gern unser Herrscher?«

»Ja.«

Araminta war leicht fassungslos angesichts seiner Unverblümtheit. Ob er sie vielleicht nur auf irgendeine Weise bloßzustellen versuchte? »Weshalb?«

»Weil es eine Position ist, in der man tun und lassen kann, was man will. Die ultimative Freiheit. Ist es nicht das, wonach wir alle streben?«

»Mit der Macht kommt die Verantwortung.«

»Ja, das erzählen Ihnen die Politiker, wenn sie Ihre Stimme haben wollen. Es gibt einen Unterschied zwischen politischer und wirtschaftlicher Macht, vor allem hier draußen auf den Externen Welten. Ich würde Ihnen das gern einmal demonstrieren.«

»Und wie?«

»Kommen Sie mit mir und seien Sie für ein Wochenende mein Gast. Schauen Sie sich mit eigenen Augen an, was ich erreicht habe. Und dann entscheiden Sie, ob es das ist, was Sie sich für sich wünschen würden.«

»Und was ist mit Ihren Frauen?« Es war allgemein bekannt, mit welch unerschütterlicher Hingabe Likan die Weltanschauung und den Lebensstil seines Idols übernommen hatte; das betraf auch (oder vielleicht vor allem) seinen Harem.

»Was soll mit ihnen sein?«

»Hätten die denn keine Einwände gegen meinen Besuch?«

»Nein. Sie werden sich im Bett zu uns gesellen.«

Das soll mir eine Lehre sein; noch direkter kann ein Mann ja wohl kaum werden. Zu ihrer Zufriedenheit verlor sie nicht einen Moment lang die Kontrolle – kein entgeisterter Gesichtsausdruck, keine verräterische Körpersprache –, stattdessen straffte sie die Schultern und drückte leicht den Rücken durch, vermittelte ihm vielmehr, dass sie sich jederzeit gegen ihn zu behaupten wusste. »Ich bin einverstanden«, sagte sie, als hätte er Einsicht in ihre Jahresbilanz gefordert.

»Ich wusste, dass ich Sie richtig eingeschätzt habe«, entgegnete er.

»Inwiefern?«

»Sie kennen sich, Sie wissen, was Sie wollen. Das ist immer gefährlich.«

»Für wen?«

»Für alle anderen. Und das macht Sie so begehrenswert.«

»Tja«, erwiderte sie spöttisch. »Gewinnen oder gewinnen.«

Sicher glitt die *Alexis Denken* in die große Luftschleuse an der Basis des Raielkuppel-Trägers.

Hinter ihr verschwanden die Sterne, als die Wände wieder materialisierten. Paula erhob sich, zog sich verlegen die Kostümjacke glatt und straffte den Rücken. Der *High Angel* teleportierte sie direkt in Qatux' Privatgemach. Das Heim eines Raiel war traditionsgemäß in drei Bereiche aufgeteilt: einen öffentlichen, einen zum eigentlichen Wohnen und einen privaten. Man musste schon ein wirklich guter Freund sein, um weiter als bis in den öffentlichen eingeladen zu werden. Das runde Zimmer besaß einen blassblauen Boden, während, ebenfalls der Tradition folgend, die Decke sich irgendwo hoch oben befand, dem Auge verborgen. Die silbern-grauen Wände um sie herum kräuselten sich, als würde Wasser an ihnen hinabfließen – geräuschlos und ohne den Hauch von Feuchtigkeit in der Luft. Hinter der tanzenden Oberfläche verzerrten sich Bilder von Planetenlandschaften und fremden Galaxien zu unwirklichen Phantasmagorien. Eines der Bilder hingegen blieb deutlich und fest, ein menschliches Gesicht, das Paula nur allzu gut kannte.

Sie neigte den Kopf in Richtung des großen Aliens, das die Mitte des Raumes ausfüllte.

»Paula, ich bin glücklich, dich hier zu sehen.«

»Es ist lange her, Qatux. Wie geht's dir?«

»Es geht mir gut. Wäre ich ein Mensch, würde ich sagen, ich bin fit.«

»Das freut mich zu hören.«

»Ich bin zur fünften Befehlsebene des *High Angel* aufgestiegen.«

»Wie viele gibt es denn?«

»Fünf.«

Paula lachte. Fast hatte sie Qatux' schalkhaften Humor vergessen. »Demnach bist du also der Captain.«

»Ich habe die Ehre.«

»Herzlichen Glückwunsch.«

»Und du, Paula, bist du immer noch erfolgreich?«

»Ich hab immer noch sehr viel zu tun, insofern ist die Antwort: ja.«

»Das dachte ich mir. Es gibt nicht viele deiner Art, die so lange in ihren Körpern bleiben, wie du es getan hast.«

»Und das ist auch der Grund für mein Hiersein. Ich brauche Informationen.«

»Ganz wie in der guten alten Zeit. Wie faszinierend.«

Paula legte ihren Kopf schief, als würde sie das große Alien betrachten. Irgendetwas an dieser letzten Bemerkung war ein kleines bisschen ... nicht in Ordnung. Qatux' Augencluster blieben unverwandt auf sie gerichtet. Damals, vor langer Zeit, hätte er es nicht gewagt, sie auf den Arm nehmen zu wollen. Aber andererseits war er damals auch so etwas wie ein totales Wrack gewesen, bis er sich der Far-Away-Mission angeschlossen hatte. Natürlich war auch sie zu jener Zeit eine völlig andere gewesen. »Vor kurzem hat das Raumschiff *Alini* die Raiel-Kuppel besucht. Kannst du mir sagen, ob diese Personen an Bord gewesen sind?« Ihr U-Shadow rief Bilddateien von Aaron und Corrie-Lyn auf.

»Das waren sie«, wisperte Qatux.

»Was haben sie gewollt?«

»Ich glaube, ihre Mission war geheim.«

Paula sah ihren alten Freund mit scharfem Blick an. Die Schlüsse, die sie zog, gefielen ihr gar nicht. »Sie wollten zu dir, stimmt's?«

»Ja.« Der untere Satz von Tentakelgliedern erzitterte leicht, das Raiel-Äquivalent eines Errötens.

»Qatux, hast du Inigos Erinnerungen durchlebt?«

»Das habe ich.«

»Warum?«, fragte sie, aufrichtig besorgt. »Ich dachte, das hätte schon vor Jahrhunderten aufgehört. Tiger …« Sie war nicht imstande, den Satz zu beenden. Ihr Blick wurde auf das Gesicht gelenkt, das hinter der Wand zu sehen war. Quälend war der Anblick von Tiger Pansys einfältigem, unbekümmertem Grinsen – offensichtlich eingefangen in einem Moment, da sie vollkommen glücklich gewesen war.

»Ich weiß«, flüsterte der Raiel. »Es ist gewiss kein Rückfall in meine Abhängigkeit. Es gäbe allerdings nur wenige Raiel, die angesichts der Gelegenheit, Inigos Erinnerung zu erfahren, nein sagen könnten. Er hat die Leere geträumt, Paula. Die Leere! Dieses abgrundtief böse Mysterium, welches uns in einem Maße peinigt, das ein Mensch niemals zu ermessen vermag.«

»Na schön.« Paula strich sich mit der Hand durch das Haar, bemüht, die unangenehmen persönlichen Nebenwirkungen, die der Fall hervorrief, zu ignorieren. »Inigos Memorycell wurde aus einer Klinik auf Anagaska gestohlen. Wieso hast du Aaron geholfen?«

»Ich wusste nicht, dass die Erinnerungen gestohlen waren. Er kam in einem Ultra-Antriebsschiff hier an. Das ließ darauf schließen, dass er ein Repräsentant von ANA:Regierung war. Allerdings hat er das in der Tat mit keinem Wort bestätigt. Es tut mir leid. Ich glaube, ich bin *übers Ohr gehauen* worden. Wie töricht, ausgerechnet ich von allen Raiel. Dabei war es ein ziemlich simpler Trick.«

»Jetzt gräm dich nicht. So was passiert den Besten von uns. Also, was wollte er wissen?«

»Er bat mich um einen Tipp, wo Inigo sich aufhalten könnte.«

»Cleveres Kerlchen. Und doch ist diese Sache merkwürdig. Es gibt nicht viele Menschen, die von deinem kleinen Problem wissen. Einer von ihnen muss sich einer der Fraktionen angeschlossen haben. Und? Was hast du ihm erzählt?«

»Ich äußerte die Vermutung, dass sich Inigo möglicherweise auf Hanko befindet.«

»Hanko? Aber das ist doch nur noch eine radioaktiv verseuchte Ruine.« Sie hielt einen Moment inne, dachte darüber nach. »Allerdings, die Erde einmal außen vor gelassen, ist es seine ethnische Geburtswelt. Trotzdem ... eine eigenartige Wahl.«

»Wusstest du, dass er als Higher geboren wurde?«

»Nein, wusste ich nicht! Das taucht in keiner Akte auf. Bist du dir da sicher?«

Qatux' größter Tentakel schwang aufgeregt hin und her. »Ich habe vier Dekaden seines frühen Lebens verinnerlicht, Paula. Durch mich sprichst du mit dem jungen Inigo.«

»Wenn ANA:Regierung und mir schon nichts darüber bekannt war, dann dürfte wohl ziemlich außer Frage stehen, dass auch nur sehr wenige andere davon wussten. Das ändert sein gesamtes Psychogramm. Kein Wunder, dass kein Mensch ihn aufstöbern konnte. Als Higher verfügt er über weitaus größere persönliche Mittel.«

»Wirst du Aaron und Corrie-Lyn verfolgen?«

»Ich weiß es noch nicht. Ich hätte nie gedacht, dass Aaron so dicht davor steht, Inigo zu finden. Aber selbst wenn er sich auf Hanko aufhält, wird Aaron auf jeden Fall eine Weile brauchen, um ihn aufzuspüren. Ich muss mich mit ANA:Regierung darüber beraten. Danke für deine Hilfe, Qatux.«

»Gern geschehen, Paula. Jederzeit.«

Sie wollte ihn schon bitten, sie wieder auf ihr Schiff zurückzuteleportieren, als sie plötzlich zögerte. »Was denken eigentlich die Raiel über die Pilgerfahrt?«

»Dass sie eine unglaubliche Dummheit ist. Die Dyson-Alpha-Barriere zu öffnen war eine Sache, aber das hier hebt eure Halsstarrigkeit auf ein neues Niveau. Wieso lässt ANA:Regierung das zu?«

Paula seufzte. »Ich hab keine Ahnung. Menschen wollen immer ihre Grenzen austesten, das ist eine instinktive Sache.«

»Es ist eine unvernünftige Sache.«

»Wir sind nicht so alt wie ihr. Wir besitzen keine speziesweite Weisheit, von Verantwortung gar nicht zu reden.«

»Higher-Menschen schon.«

»Das Dogma universeller Verantwortung ist die Wurzel ihrer Kultur, aber als Einzelindividuen haben sie noch einen weiten Weg vor sich. Und was ANA betrifft, so stellt sie so was wie das geistige Äquivalent des Urschlamms dar; wer weiß schon, was sich am Ende triumphierend daraus hervorwinden wird. Allmählich zweifle ich an der Fähigkeit von ANA:Regierung, Ordnung zu halten.«

»Meinst du das im Ernst?«

»Ich weiß nicht«, gab sie zu. »Diese ganze Sache hat für mich etwas äußerst Beunruhigendes. Es gibt dabei zu viele Leute, die mit verhängnisvollen Unbekannten jonglieren. Ein Teil von mir, der alte Teil, der die Ordnung hochschätzt, würde dieses ganze Pilgerschaftsprojekt lieber heute als morgen einstellen. Es ist ganz offensichtlich totaler Unsinn. Doch die liberale Seite in mir gesteht diesen Menschen das Recht zu, nach Glück zu streben, insbesondere da nichts im Commonwelth ihre Vorstellungen zu erfüllen scheint. Es ist bezeichnend für unser kulturelles Erbe, dass wir nicht jedem eine Heimat bieten können.«

»Aber Paula, das ›Recht‹ dieser Leute darauf, ihre Vervollkommnung in der Leere zu suchen, bringt die ganze restliche Galaxis in Gefahr. Dieses Recht kann ihnen nicht gewährt werden.«

»Ganz richtig. Und dennoch, wir haben keinen schlagkräftigen Beweis dafür, dass die Leere tatsächlich in der Form reagieren wird wie von euch behauptet.«

Qatux schwieg, als hätten ihn ihre Worte getroffen. »Ihr misstraut uns, Paula?«

»Wir Menschen müssen immer erst alles selbst erfahren, Qatux. Das ist unsere Natur.«

»Ich verstehe. Das tut mir leid für euch.«

»Lass uns nicht zu schwermütig werden. Ich gebe dir mein Wort, dass ich nichts unversucht lassen werde, um Licht in dieses heillose Chaos zu bringen.«

»Wie immer sind deine Absichten ehrenhaft. Ich hoffe, du hast Erfolg. Ich möchte unsere beiden Spezies ungern in einen Konflikt geraten sehen.«

»Das werden wir nicht.«

Der *High Angel* teleportierte Paula zurück in die Kabine auf der *Alexis Denken.* Wie bei allen modernen Raumschiffen war auch diese Kabine in der Lage, sie mit allem leiblich Notwendigen zu versorgen; wie ein Hotelzimmer mit besonders schlechter Aussicht.

Sie forderte einen einfachen Stuhl an und holte ihre Gitarre aus dem Aufbewahrungsschrank. Musik war etwas, das sie erst spät in ihrem Leben für sich entdeckt hatte. Während ihre genetisch bestimmten Zwänge nach und nach beseitigt worden waren, hatte sie sich einer zunehmenden Erweiterung ihres kulturellen Horizonts gegenübergesehen. Sie hatte den ganzen Bereich der darstellenden Kunst nie so recht zu würdigen gewusst, hatte in jedem Werk stets nach rationalen Erklärungen gesucht. Literatur war da schon um einiges befriedigender; Geschichten hatten eine Pointe, eine Auflösung zum Schluss. Nicht, dass dieser Tage viele Bücher in der Unisphäre veröffentlicht wurden, die Autoren heutzutage hielten sich mehr an Produktionsskizzen und Drehbücher für Senso-Dramen. Doch die Klassiker waren unterhaltsam genug und reichten ihr völlig; die einzigen Genres, vor denen sie gewöhnlich zurückschreckte, waren Krimis und Thriller. Poesie klammerte sie als lächerliche Belanglosigkeit von vornherein aus. Musik dagegen bot für jede Gemütslage etwas, und für jedweden Ort. Sie hatte große Freude daran und hörte alles, von orchestralen Arrangements bis hin zu Singer-Songwritern, von Jazz bis hin zu gaianatürlicher Tonalität, von Chorälen bis hin zu Starsphere Dance. Nicht selten jagte die *Alexis Denken* unter den Klängen von Rachmaninow, Pink Floyd oder Deeley KTC zwischen den Sternensystemen dahin.

Paula lehnte sich zurück und zupfte ein paar zufällige Akkorde, bevor sie nach und nach in Johnny Cashs »The Wanderer« verfiel. Sie versuchte erst gar nicht mitzusingen; es gab ein paar Grenzen im Leben, die musste man einfach akzeptieren. Stattdessen projizierte der Smartcore den »Man in Black« in die Kabine, der zu ihrer Begleitung den Text nölte.

Der Song half ihr beim Nachdenken.

Ihr war klar, dass sie eigentlich direkten Kurs auf Orakum oder sogar Hanko hätte nehmen müssen, aber Qatux' letzte Bemerkung hatte sie mehr beunruhigt, als sie es können sollte. Fast schien es, als diene dieses ganze Pilgerschaftsdilemma nur dazu, ihre Objektivität und ihr Urteilsvermögen auf die Probe zu stellen.

Oder aber ich werde auf meine alten Tage einfach nur einsam und wankelmütig.

Paula hörte auf zu klimpern. Verloren schaute der »Man in Black« sie an. Sie vollführte eine knappe Geste; der Smartcore beendete die Projektion.

Ihr U-Shadow öffnete einen Link zu Kazimir – jemand, der sich in ihre Lage hineinversetzen konnte.

»Was kann ich für Sie tun?«, fragte er.

»Ich bin hier am *High Angel.* Aaron hat Qatux Inigos Memorycell gegeben. Demnach wusste jemand von der Vorliebe unseres Freundes.«

»Und? Hat Qatux sie sich angesehen?«

»O ja. Qatux hat Aaron gesagt, dass Inigo sich wahrscheinlich auf Hanko versteckt.«

»Interessant. Vermutlich ist die *Artful Dodger* alias *Alini* bereits nach dorthin unterwegs?«

»Ja.«

»Kurz bevor die *Artful Dodger* abgeflogen ist, kam ein weiteres Ultra-Antriebsschiff in dem System an. Der Navy-Kommandant sagt, es sei im Kometengürtel auf Stand-by gegangen und dann zu einer heißen Verfolgungsjagd wieder gestartet.«

»Verfügt denn inzwischen jede Fraktion über Ultra-Antriebsschiffe?«, fragte Paula empört. »Kürzlich ist Justine dahintergekommen, dass der Delivery Man auf Arevalo einen Hawking m-Sink benutzte.«

»Das hat sie mir erzählt. Ich halte es für sehr bezeichnend, dass die Fraktionen derartige Technologien inzwischen ganz offen einsetzen. Diese ganze Pilgerfahrtsveranstaltung könnte einen irreversiblen Bruch innerhalb der menschlichen Spezies herbeiführen.«

»Auf welcher Seite werden Sie stehen?«

»Die Navy wurde von ANA ins Leben gerufen, damit sie die Menschheit vor stärkeren, feindlichen Aliens schützt. Und das wird sie auch weiterhin tun, solange mich niemand meines Postens enthebt. Wenn ANA es vorzieht, das physische Universum zu verlassen, werde ich zurückbleiben und dafür sorgen, dass, wer auch immer von uns dann noch da sein wird, auch künftig diesen Schutz erhält. Stehe ich damit auf irgendeiner Seite, was denken Sie?«

»Nein. Aber es ist auf jeden Fall ein Plan.«

»Werden Sie Aarons Verfolgung aufnehmen?«

»Nicht sofort. Können Sie für ein bisschen Rückendeckung für Hanko und Inigo sorgen, für den Fall, dass er sich tatsächlich dort verbirgt?«

»Ich werde die Sache im Auge behalten und Sie über alle Entwicklungen informieren. Aber Sie wissen ja, dass sich die Navy nicht direkt in die internen Angelegenheiten von Commonwealth-Bürgern einmischen kann. Trotz der Größenordnung, die das Problem hat; so sieht's nun mal aus.«

Paula war wie vor den Kopf geschlagen. Sie hatte sich von Kazimir wesentlich mehr Hilfe erhofft. »Vor tausend Jahren hab ich mich ebenfalls an Vorschriften festgehalten. Es ist nichts Gutes dabei rausgekommen. Sie sollten ein bisschen flexibler werden, Kazimir.«

»Wir haben Sie und andere Repräsentanten, also muss ich das nicht. Ihr kümmert euch um die Grauzonen, und ich mache in Schwarz-Weiß.«

»Es gibt hier kein Schwarz oder Weiß.«

»Trotzdem, ich operiere innerhalb eines Gefüges aus Regeln, die ich auf gar keinen Fall zu brechen gedenke.«

»Ich verstehe. Dann tun Sie bitte einfach nur, was Sie können.«

»Selbstverständlich.«

Fünfhundert Kilometer über Hankos Äquator fiel die *Artful Dodger* wieder zurück in den Normalraum. Sensoren überprüften die nähere Umgebung und ließen mehrere gelbe und auch einige rote Warnsymbole aufblinken. Der lokale Stern wies eine abnorm hohe Zahl von Sonnenflecken auf, die über seine Oberfläche jagten und beängstigend starke Solarwinde erzeugten. Unter der metallisch purpurnen Hülle des Raumschiffs warf eine weitumspannende Wolkendecke das heftige weiße Glühen des Sterns zurück in den Raum, sein anhaltend greller Schein nur von gewaltigen pulsierenden Strömen unterbrochen, die durch die Stratosphäre peitschten. Oberhalb der Atmosphäre stiegen monströse Bögen aus violetter Fluoreszenz weit über das geosynchrone Orbit hinaus und schwollen zu Van-Allen-Strahlungsgürteln an, die den Planeten unter einem Orkan aus hochenergetischen Partikeln erstickten. Der Rumpf der *Artful Dodger* flammte in einer Entladung von Elmsfeuern auf, als sie in eine hohe Neigungsumlaufbahn glitt.

»Willkommen in der Hölle«, murmelte Aaron, während er die Außenmonitore im Auge behielt. Das Schiff begann mit hochauflösenden Hysradarpeilungen, normalem Radar, Magnoscans, Quantensignatur-Rezeptoren und elektromagnetischen Sensoren die Wolken zu erforschen; enthüllte die Lage des gefrorenen Landes unter ihnen. Auf der entstehenden Karte erschienen einige Com-Signalstationen, die einzigen Anzeichen für Aktivität auf dieser untergegangenen Welt. Sie übertrugen die offiziellen Kanäle des Wiederherstellungsteams, forderten jedes ankommende Schiff auf, mit ihnen Kontakt aufzunehmen.

Mit düsterer Miene betrachtete Corrie-Lyn die Bilder in dem Portal, während das Schiff wieder und wieder den Planeten umrundete und sich einen detaillierten Überblick über die Oberfläche verschaffte. Zwölfhundert Jahre nach dem Prime-Angriff schoben sich noch immer Gletscher aus den Polarregionen landeinwärts. »Ich kann einfach nicht glauben, dass Inigo sich jemals zu diesem Ort hingezogen gefühlt hat«, meinte sie.

»Sie haben Qatux gehört; es war die *Vorstellung* von einer angestammten Heimatwelt, die ihm gefiel.«

»Selbst wenn er tatsächlich hierhergekommen wäre, hätte er sich nur mal kurz umgeschaut und wäre sofort wieder verschwunden. Hier gibt's doch absolut nichts.«

»Es befinden sich Wiederherstellungsteams da unten, sogar heute noch«, erwiderte Aaron. Er wies auf die vereinzelten kleinen dunkelroten Lichter auf der Karte. Die Signalstationen dienten als primitive interkontinentale Relais, das einzige Kommunikationsnetz auf dem Planeten.

»Das dürfte das so ziemlich aussichtsloseste Unternehmen in der Galaxis darstellen«, konstatierte sie.

»Da könnten Sie recht haben. Offiziell haben bereits siebzehn der Second47-Welten ihre Wiederherstellungsprojekte eingestellt, und die übrigen werden mehr und mehr zurückgefahren. Die Budgets schrumpfen von Jahr zu Jahr. Kein Mensch macht noch viel Wirbel darum, so wie in den ersten paar Jahrhunderten nach dem Krieg.«

Nach zehn Planetenumläufen hatte der Smartcore alle offenen Landmassen, die sich unter der immerwährenden Wolkendecke verbargen, kartographiert, und die Sensoren hatten dreiundzwanzig Quellen hoher elektromagnetischer Aktivität lokalisiert. Die größte von ihnen war eine Kraftfeldkuppel im Zentrum von Kajaani, der einstigen Hauptstadt. Alle anderen waren kaum mehr als über die tote Tundra dreier Kontinente verstreute Ansammlungen von Gebäuden und Maschinen. Kein Wärmesensor war imstande, die Wolken zu durchdringen, sodass sich nicht feststellen ließ, ob die Außenposten besetzt waren. Flugkapseln waren hier allem Anschein nach keine unterwegs. Allerdings war die elektrische Aktivität in der Luft stark und wirkte sich störend auf einige Sensorfelder aus.

»Lässt sich nicht sagen, ob er da unten ist«, sagte Aaron. »Nicht von hier oben. Ich kann nicht mal erkennen, was für Schiffe unterhalb des Kraftfelds abgestellt sind.«

»Was hatten Sie erwartet?«

»Eigentlich genau das. Ich erkunde bloß das Gelände, bevor wir runtergehen, um sicherzustellen, dass wir keine böse Überraschung erleben.«

Corrie-Lyn rieb sich die Arme, als würde die Kälte des Planeten bis in die Kabine vordringen. »Und was für eine Tarnung denken wir uns diesmal aus?«

»Das bringt uns hier nicht weiter. Außerdem ist's ja nicht so, als wären die Teams schwer bewaffnet.«

»Also knallen Sie einfach eins nach dem anderen über den Haufen, bis man ihn uns übergibt?«

Er sah sie gereizt an. »Nein, wir erzählen denen, dass Sie auf der Suche nach einem ehemaligen Lover sind. Er hat sich einen anderen Namen und eine neue Biographie zugelegt, um Sie zu vergessen, aber Sie haben seine Spur bis hierher verfolgt. Alles sehr romantisch.«

»Ja, und ich stehe da wie 'ne Vollversagerin.«

»Ach herrje«, erwiderte er spöttisch, dann befahl er dem Smartcore, die Signalstation in Kajaani zu rufen.

Es dauerte einige Minuten, bis sie aus der geschützten Basis eine Antwort erhielten. Schließlich meldete sich ein überaus verwunderter Projektleiter namens Ansan Purillar und erteilte ihnen Landeerlaubnis.

Rasch sank die *Artful Dodger* durch die drei Kilometer dicke obere Wolkenschicht. Winde von bis zu zweihundert Stundenkilometern prügelten im Verein mit beinahe festen grauen Nebelklumpen auf den Rumpf ein, während Blitze wütend über das Kraftfeld zuckten. Endlich stürzten sie in eine Lage aus superklarer Luft, und die Außentemperatur fiel rapide ab. Unter ihnen offenbarte sich ihren Blicken ein düsteres Panorama. Dunkles, unter einer Eisdecke daliegendes Land mit ausgedehnten Schneedünen. Aller Vegetation beraubt, war jegliche geographische Besonderheit überdeckt von eintönigem Schwarzweiß. Lange, schmutzige Wolkenbänder jagten über die tote Landschaft dahin.

»Es muss schrecklich gewesen sein«, sagte Corrie-Lyn traurig.

»Die Prime haben zwei Eruptionsbomben in Hankos Sonne abgeworfen«, erklärte ihr Aaron. »Die einzige Möglichkeit für die Navy, sie zu neutralisieren, bestand darin, Quantenzerstörer auf die Korona zum Einsatz zu bringen. Beides zusammen hat genug Strahlung erzeugt, um jede lebende Zelle millionenfach auszulöschen. Hankos Atmosphäre hat die Energie absorbiert, bis ein Sättigungsgrad erreicht war, der einen Supersturm auslöste. Der wiederum hat eine Masse an Wolken aufgewirbelt, die ausreichte, den ganzen Planeten zu umhüllen und eine Eiszeit heraufzubeschwören. Der Stern hat sich noch immer nicht stabilisiert. Und selbst wenn, es wäre ohne Bedeutung; die Strahlung hat die Biosphäre völlig zerstört. Den Berichten zufolge gibt's in den tiefsten Tiefen der Ozeane zwar noch vereinzelt Meeresflora und -fauna, das war's aber auch schon. Das Festland ist so steril wie ein Operationssaal. Sehen Sie sich nur diese Strahlungsbelastungen an – und dabei befinden wir uns noch in fünf Kilometern Höhe.«

»Ich war mir der Dimensionen dieses Kriegs gar nicht richtig bewusst.«

»Die Prime standen im Begriff, Genozid an unserer Spezies zu begehen.« Die Worte auszusprechen bereitete ihm fast Schmerzen. Es war eine entsetzliche Zeit gewesen. Aaron erschauderte. *Woher weiß ich das?* Irgendein unbestimmter Instinkt versicherte ihm, dass er so alt noch nicht war.

Im solaren Feuer lodernd, setzte die *Artful Dodger* ihren Abstieg durch die tobenden unteren Wolken fort, während sie geißelähnliche Ranken aus elektrischer Energie von sich abschüttelte. In dieser Höhe betrug die Windgeschwindigkeit zwar nur noch hundertfünfzig Stundenkilometer, doch die Ingrav-Einheiten, die das Schiff in stabiler Fluglage halten sollten, wurden durch die immense Luftdichte über die Maßen strapaziert.

Corrie-Lyn versuchte sich ihre Angst nicht anmerken zu lassen, als das Schiff erzitterte. Eiskristalle prasselten mit hoher Geschwindigkeit gegen das Kraftfeld, als ein Amok laufendes Wolkenband sie erfasste. Das Knirschen von zerbröckelndem Eis war bis in die Kabine hinein zu hören.

»Okay, deshalb treiben sich hier also keine Kapseln rum«, murmelte Aaron. Seine Exosicht zeigte ihm die Kraftfeldkuppel unter ihnen, die ihren Permeabilitätswert veränderte, um ihnen den Durchflug zu ermöglichen. Die Windgeschwindigkeit betrug jetzt weniger als hundert Stundenkilometer.

Außerhalb der Kuppel deutete nur noch wenig auf die ehemalige Stadt hin. Einst hatte Kajaani drei Millionen Menschen beherbergt. Das Kraftfeld der Metropole hatte in den Tagen nach dem Prime-Angriff die Stürme abgewehrt und die Wurmlochstation geschützt, sodass die Planetenbevölkerung nach Anagaska evakuiert werden konnte. Die Aktion hatte über einen Monat gedauert, indem Regierungsfahrzeuge die Flüchtlinge von den entlegensten Gebieten auf jedem der Kontinente abgeholt hatten, während die Stürme immer schlimmer wurden und die Vegetation um sie herum verdorrte und starb. Sieben Wochen und drei Tage, nachdem der Premier Speaker des Planeten allen voran durch das Gate geschritten war, hatte CST das Hanko-Wurmloch schließlich geschlossen. Falls noch irgendjemand auf dem Planeten zurückgeblieben war, so war er nun vollkommen abgeschnitten vom Rest des Commonwelth. Natürlich waren alle Anstrengungen unternommen worden, jede bekannte Behausung und abgeschiedene Farm sorgfältig abzusuchen.

Nachdem die Menschen fort waren, waren die Kraftfelder, die die Städte und Ortschaften schützten, eines nach dem anderen zusammengebrochen und hatten den Stürmen Tür und Tor geöffnet, die sodann auf die Bauten einhämmerten, während hereinbrechende Flutwasser den Boden ringsum unterspülten. Selbst modernstes, stabilstes Material konnte solcher Gewalt auf Dauer nicht trotzen. Die Gebäude begannen zu zerfallen und einzustürzen. Schließlich, während das Klima auf Eiszeitniveau sank, kühlte der Regen ab und wurde zu Schnee, dann zu Eis. Matsch und Geröll türmten sich an den frosterstarrten Ruinen auf und tilgten nach und nach auch die letzten Spuren von Zivilisation.

Die *Artful Dodger* drang durch das Kraftfeld und in die windstille, warme Luftblase ein, die den Hauptstützpunkt des Wiederherstellungsteams umgab. Der befand sich im Zentrum eines von Kajaanis ehemaligen Parks. Unter dem schützenden Schirm des Kraftfelds war der Boden dekontaminiert und neu bepflanzt worden. Jetzt wuchsen dort wieder Gras und die Bäume einer bescheidenen Allee. Schwärme von luftgetragenen Polyphotosphären verströmten ein künstliches Sonnenlicht über das sprießende Grün; Berieselungsanlagen sorgten für das notwendige saubere Wasser; sogar einheimische Vögel und umhersummende Insekten gab es hier, blind für den schwarzen Himmel dort draußen mit seinen unter Null tobenden Stürmen.

Sie landeten auf einem schmalen Betonfeld am Parksaum, auf dem nur ein einziges weiteres Schiff stand, ein dreißig

Jahre alter, handelsüblicher Kombifrachter mit kontinuierlichem Wurmloch-Antrieb, geeignet zum Transport von Lasten und Passagieren. Der Unterschied zwischen den beiden Schiffen war augenfällig. Mit ihrer glatten chromvioletten Außenhülle wirkte die *Artful Dodger* schon fast organisch im Vergleich zu dem Arbeitstier des Wiederherstellungsteams, dessen Lackierung auf dem carbongebundenen Titaniumrumpf bereits verblasste.

Sanft schwebten Aaron und Corrie-Lyn aus der Luftschleuse nach unten und setzten zwischen den fünf knollenförmigen Landestützen auf. Sage und schreibe zehn Leute waren zu ihrem Empfang angetreten – was für eine solche Basis vermutlich eine ganze Menge war –, und alle warteten gespannt darauf, die außerplanmäßigen Ankömmlinge zu sehen. Ansan Purillar bildete die Spitze der Delegation, ein rundlicher Mann mit blondem, kurzgeschnittenem Haar. Er trug eine schlichte schwarz-blaue Tunika mit dem Projektlogo auf dem Ärmel.

»Ich grüße Sie«, sagte er. »Dürfte ich erfahren, was Sie zu uns führt? Bitte verstehen Sie mich nicht falsch, wir freuen uns natürlich, Sie zu sehen. Aber wir bekommen so selten Besuch, genau genommen nie.« Purillars Auftreten war freundlich, aber bestimmt.

Aarons Biononics führten einen raschen Low-Level-Feldscan durch. Der Projektleiter war ein gewöhnlicher Advancer; ebenso wie seine Mitarbeiter, niemand von ihnen wies Merkmale eines Higher auf. »Das ist etwas peinlich«, begann er mit einem schiefen Lächeln. »Äh, Corrie ...«

»Ich bin auf der Suche nach jemandem«, sagte sie geradeheraus.

Sie sprach leise, in ihren Worten schwang eine ergreifende Traurigkeit mit. Aaron war ziemlich beeindruckt. Zudem entsandte sie einen zarten Schmerz ins kleine Gaiafield der Basis. Mit einem Mal war das ganze Team andächtig und erfüllt von Anteilnahme.

»Es geht um einen Mann«, fuhr sie fort. »Yigo. Wir waren so

verliebt ... Doch dann lief alles schief. Meine Schuld. Ich war so dumm. Ich hätte nicht ... Ich möchte eigentlich nicht darüber sprechen ...«

Tröstend legte Aaron ihr seinen Arm um die Schulter, während sie, den Kopf gesenkt, in höchst überzeugender Weise schluchzte. »Na, na«, beschwichtigte er sie. »Man interessiert sich hier gewiss nicht für die Einzelheiten.«

Corrie-Lyn nickte tapfer und fuhr fort. »Er hat mich verlassen. Ich brauchte lange, bis ich merkte, was für einen Fehler ich gemacht hatte. Aber ich hatte ihn verletzt, wirklich sehr. Drei Jahre hab ich nach ihm gesucht. Er hat sich einen neuen Namen und eine neue Identität zugelegt, aber seiner Schwester ist entschlüpft, dass er sich hierher begeben haben soll.«

»Wer ist es?«, fragte Purillar.

»Wenn ich das wüsste. Ich weiß nur, was seine Schwester gesagt hat, nämlich dass er sich dem Wiederherstellungsprojekt angeschlossen hat. Ich musste einfach herkommen. Falls noch *irgendeine* Chance besteht ...«

»Ähm, ja, sicher.« Purillar schaute sich zu seinen Mitarbeitern um, die sich ihrerseits prüfend ansahen, wie um zu sehen, ob sich nicht einer von ihnen als der Eine entpuppte. Er machte eine ausholende Geste. »Kommt Ihnen hier irgendjemand bekannt vor?«

Mutlos schüttelte Corrie-Lyn den Kopf. »Nein. Wahrscheinlich würde ich ihn nicht mal erkennen.« Sie sah ihre kleine Zuhörerschaft eindringlich an. »Yigo, bitte, wenn du hier bist, zeige dich. Ich möchte nur reden, mehr nicht. Bitte ...«

Jetzt erwiderte niemand mehr ihren Blick.

»Du musst es ja nicht hier vor deinen Freunden tun«, sagte sie. »Komm später zu mir. Ich vermisse dich wirklich, *wirklich.*« Die letzten Worte wurden im Gaiafield von einem Ausbruch reinster Verzweiflung begleitet.

»Also gut«, wandte sich ein inzwischen ganz und gar peinlich berührter Purillar an sein Team. »Ich nehm das hier vorerst in die Hand. Wir können uns dann alle beim Essen wiedertreffen.«

Seine Leute machten sich über die offene Grasfläche auf den Rückweg, wobei sie sich alle Mühe gaben, ein Grinsen zu unterdrücken. Doch kaum waren sie ein paar Schritte entfernt, steckten sie die Köpfe zusammen und begannen angeregt miteinander zu tuscheln.

Aaron sah ihnen mit ausdrucksloser Miene hinterher. Vermutlich war diese Sache die nächsten zwanzig Jahre *das* Gesprächsthema im Stützpunkt.

Allein vor seinen beiden ungeladenen Gästen stehend, kratzte sich Ansan Purillar einigermaßen ratlos den Kopf. Seinen Gaiamotes entströmte ein gleiches Maß an Unbehagen. »Sie können gern von den hiesigen Unterkünften Gebrauch machen. Wir haben mehr als genügend freie Zimmer. Eine Hinterlassenschaft aus der Zeit, als das Projekt noch in größerem Umfang betrieben wurde. Allerdings dürfte, offen gestanden, Ihr eigenes Schiff um einiges komfortabler sein.« Neidisch betrachtete er die *Artful Dodger.* »Unsere Wohnquartiere wurden seit Jahrhunderten nicht mehr modernisiert.«

»Das ist sehr freundlich von Ihnen, und natürlich benutzen wir das Schiff«, entgegnete Aaron. »Wir möchten Ihnen keinesfalls Umstände machen oder uns aufdrängen.«

»Ganz im Gegenteil«, entgegnete Purillar verlegen. »Ihre Anwesenheit wird sich hervorragend auf die Moral auswirken. Die einzige Zerstreuung, die wir hier haben, sind Senso-Dramen, und die tendieren dazu, nach einer Weile zu verblassen. Eine Suche wie diese hingegen ... Man stelle sich vor, einer von uns alten Langeweilern mit einer romantischen Vergangenheit. Mein Gott!«

»Wie lange sind Sie schon hier?«, fragte Aaron.

»Ich selbst? Ich hab's auf fünfundzwanzig Jahre gebracht in den letzten einhundertdreißig.«

Aaron stieß einen Pfiff aus. »Das nenne ich Hingabe. Darf ich fragen, wieso?«

Purillar bedeutete ihnen, ihm zu folgen, und setzte sich über das Gras hinweg in Bewegung. »Ich bin jetzt fast dreihundert Jahre alt, also ist's im Grunde nur ein kleiner Teil meines Lebens. Es macht mir nichts aus, meine Zeit dafür zu geben. Ich kann ja mein Leben so lange verlängern, wie ich will, um sie mir wiederzuholen.«

»Das klingt fast nach Higher-Philosophie.«

»Ja, wahrscheinlich. Gut möglich, dass ich, wenn das Wiederherstellungsprojekt erst mal abgeschlossen ist, migriere. Die Higher-Kultur gefällt mir nicht schlecht.«

»Aber was hat den Ausschlag geben, sich so aufopferungsvoll diesem Projekt zu verschreiben?«

»Ganz einfach, ich traf eine der Wiederhergestellten. Sie starb direkt nach dem Angriff der Prime, wurde außerhalb eines Kraftfelds erwischt, als der Sturm zuschlug. Siebenhundert Jahre danach fand einer aus unserem Team ihre Leiche und extrahierte ihre Memorycell. Sie wurde in einem Klon relifed und lebte glücklich auf Anagaska. Ihre Zufriedenheit rührte mich; sie führte ein so erfülltes und aktives Leben, hatte eine riesige Familie und engagierte sich stark in der örtlichen Gemeinde. Schlagartig wurde mir klar, um wie viel ärmer die Welt, meine Welt, ohne sie wäre. Also heuerte ich für eine Arbeitsschicht an. Und dann ist man hier und findet diese Menschen, begleitet sie von ihrer Bergung über die Identifizierung, DNA-Extraktion und Wiederherstellung ihrer Memorycell bis hin zum Relifen. Verstehen Sie? Ich lerne die lebenden Individuen kennen, nachdem ich ihre Leichen ausgebuddelt habe. Unschuldige Menschen, die niedergestreckt wurden, Menschen, die es nicht verdient hatten, zu sterben; Opfer eines fürchterlichen Krieges. Vielleicht ist es bloß Egoismus, aber haben Sie eine Ahnung, wie *gut* ich mich bei meiner Arbeit fühle?«

»Ich kann's mir nur schwer vorstellen. Allerdings denke ich, dass ich einen kleinen finanziellen Beitrag werde leisten müssen, sobald ich wieder zurück auf Anagaska bin.«

Sie überquerten die große Rasenfläche auf dem Weg zu den niedrigen Gebäuden auf der anderen Seite. Die Unterkünfte für die Teammitglieder bestanden aus kleinen einzelnen Hütten. Es waren fünf kreisförmig errichtete kleine Siedlungen, jede mit einer Gruppe von Gemeinschaftsgebäuden in ihrem Zentrum. Als sie näherkamen, konnte Aaron einen Außenswimmingpool und einige Grillplätze erkennen, sogar ein Sportfeld war markiert. Nur zwei der ringförmig angelegten Siedlungen waren derzeit bewohnt. Allerdings war es unmöglich zu erkennen, aus welchem Material die Hütten erbaut worden waren; sie waren ausnahmslos von dicken Kletterpflanzen mit langen braunen Blättern überwuchert, von deren Spitzen goldene Blüten herabbaumelten. Der üppige Bewuchs stellte einen angenehmen Kontrast zu der eisigen Trostlosigkeit dar, die außerhalb des Kraftfeldes herrschte. Was wohl auch beabsichtigt war, wie Aaron annahm; die Ranken waren ziemlich struppig und wirr, doch so beschnitten, dass sie keines der Fenster versperrten.

Hinter den Hütten standen zwei moderne, funktionale Gebäudeblöcke. Einer von ihnen enthielt die Projektlabore, erklärte Purillar, während in dem anderen die Werkstätten und das Equipment untergebracht waren.

»Wir sind in hohem Maße kybernetisiert«, ließ er seine Gäste wissen. »Aber selbst wir brauchen ein paar Techniker, um ab und an die Bots zu reparieren.«

»Könnte es sein, dass er als Techniker gearbeitet hat?«, fragte Aaron Corrie-Lyn.

»Wer weiß«, erwiderte sie leichthin. »Ich weiß nur, dass er hier ist. Wahrscheinlich. Schließlich ist es bloß eine Vermutung.«

Aaron vermied es, sie anzusehen. *Diese Frau und ihre gottverdammte Klappe!* Er drang ins Programm der Kücheneinheit des Raumschiffs ein und änderte es so ab, dass die Drinks, die Corrie-Lyn fortan orderte, nur noch halb so viel Alkohol enthielten. Ihr Verhalten hatte keineswegs eine wundersame

Wandlung erfahren. »Können wir alle kennenlernen?«, fragte Aaron.

»Sicher«, erwiderte Purillar, »nehme ich jedenfalls an. Letzten Endes ist das ein ziviler Außenposten hier. Andererseits bin ich kein Police Commissioner, wissen Sie. Ich kann also niemanden dazu zwingen, sich Ihnen vorstellen zu lassen, wenn er das nicht will.« Er warf einen Blick auf Corrie-Lyn und zuckte entschuldigend die Schultern.

»Na ja, jeder, der ablehnt, könnte es mit hoher Wahrscheinlichkeit sein, meinen Sie nicht?«, gab Aaron zu bedenken.

»Klingt einleuchtend«, sagte der Projektleiter. »Ihnen sollte klar sein, dass jeder auf dem Planeten jetzt weiß, dass Sie hier sind, und vor allem, warum. Dies hier ist ein kleines Unternehmen.«

»Wie viele Leute genau?«

»Alles in allem sind wir vierhundertsiebenundzwanzig; hundertachtzig davon allein in dieser Basis. Vor fünfhundert Jahren waren noch sechstausend Mann an dem Projekt beteiligt.«

»Und wie viele Menschen haben Sie bislang wiederhergestellt?«

»Insgesamt zwei Komma eins Millionen«, erwiderte Purillar stolz.

Abermals stieß Aaron einen anerkennenden Pfiff aus. »Alle Achtung. Ich hatte ja keine Ahnung.«

»Das Gros natürlich in den ersten Jahren. Aber seitdem haben sich unsere technischen Möglichkeiten extrem verbessert. Gott sei Dank, denn trotz der hier herrschenden Kälte, die bei der Konservierung hilft, ist die Entropie unser wahrer Feind. Kommen Sie herein, ich zeig's Ihnen.« Er trat durch die Tür des Laborblocks.

Die erste Abteilung, in die sie hineinblickten, war der Aufnahmebereich. Ein großer, sauberer Raum mit zehn medizinischen Untersuchungstischen, umgeben mit vor Instrumenten und Sensoren strotzenden Plyplastik-Armen. Auf einem der Tische lag ein vor kurzem gefundener Leichnam. Aaron rümpfte bei dem Anblick die Nase. Schwer vorstellbar, dass das Ding – ein unförmiger dreckverschmierter Klumpen in Kleiderfetzen – mal ein Mensch gewesen sein sollte. So etwas wie Gliedmaßen ließ sich nur schwer ausmachen, sämtliche Extremitäten waren nur mehr längliche Wülste. Allein anhand einzelner Haarsträhnen an einem Ende der Leiche ließ sich erkennen, wo sich mal der Kopf befunden haben musste. Es dauerte einen Moment, bis Aaron begriff, dass der Tote in Fötalstellung dalag.

Neben dem Tisch schauten zwei Mitglieder des Wiederherstellungsteams in abgedichteten Ganzkörperanzügen und Kugelhelmen auf den Leichnam herab, während sie mit ihren stabförmigen Sensoren über die Furchen und Falten der Körperoberfläche glitten. Dabei lösten sich kleine Schneeklumpen, die von der Tischplatte sogleich aufgesaugt wurden.

»Wir halten die Temperatur da drin auf demselben Niveau wie draußen«, erklärte Purillar. »Jede plötzliche Veränderung des Umfelds könnte katastrophale Folgen haben. Und unter den gegebenen Umständen müssen wir den Aufnahmeraum außerdem steril halten.«

»Wieso?«, wollte Corrie-Lyn wissen.

»Die Strahlung hat sämtliches mikrobielle Leben auf Hanko zerstört. Ein weiterer Umstand, der dem Konservierungsprozess förderlich ist. Wenn irgendwelche Keime in die Leichen gelangen, dürfte das für die der reinste Festtagsschmaus werden, und uns bleibt nur noch ein Haufen Matsch.«

»Die Leichen müssten ohnehin in einem ziemlich schlechten Zustand sein«, bemerkte Aaron.

»Allerdings. Aber der hier ist noch verhältnismäßig intakt. Normalerweise haben wir's eher mit einzelnen, ramponierten Körperteilen zu tun.«

»Benutzen Sie kein Stabilisierungsfeld?«

»Nicht, wenn es sich vermeiden lässt. Wir haben festgestellt, dass das Feld einen nachteiligen Effekt auf ihre Memorycells hat. Sie dürfen nicht vergessen, dass das Commonwelth damals noch Kristallmatrizes eingesetzt hat. In einigen frühen Fällen haben wir bis zu zehn Prozent der Informationen zerhackt.«

»Demnach ist es gar nicht so einfach, die Memorycell herauszubekommen.«

»Wir versuchen's erst gar nicht. Sobald wir genügend DNA-Proben haben, um ein vollständiges Genom zu sequenzieren, schleusen wir Infiltratorfilamente in den Kristall. Aber selbst das ist unter Umständen riskant. Nach so langer Zeit eine Memorycell zu aktivieren, ist verheerend. Sie muss kalt ausgelesen werden, also immer eine Molekularschicht nach der anderen. Das Verfahren nimmt ungefähr neun Monate in Anspruch.«

»Ich hätte gedacht, dass Memorycells etwas länger halten.«

»Man hat sie ziemlich robust gebaut, selbst damals schon. Aber man muss bedenken, was sie zwölfhundert Jahre lang haben aushalten müssen. Das ist ihrem Zustand nicht gerade zuträglich.«

»Wer ist er?«, fragte Corrie-Lyn und deutete auf die Leiche.

»Sie, richtigerweise. Wir glauben, dass es sich um Aeva Sondlin handelt. Sicher werden wir's erst wissen, wenn ihr Genom eingelesen ist, aber der Ort stimmte.«

»Der Ort?«

»Der Fundort. Sie wurde vier Kilometer von ihrem Wagen entfernt geborgen. Allein den zu finden war schon nicht leicht. Wurde durch eine Blitzflut stromabwärts gespült. Den Unterlagen entnahmen wir, dass sie in dem Haus oberhalb des Hochwasserpegels in dem Tal gelebt hat. Wir nehmen an, sie hat versucht, während einer Sturmpause die nächstgelegene Stadt zu erreichen. Dort gab's eine Evakuierungsstelle und sie hatte die Behörden von ihrem Kommen unterrichtet. Doch sie traf niemals dort ein. Muss wohl vom Sturm erwischt worden sein, oder vom Wasser. Vielleicht kann sie uns später ja erzählen, was geschah.«

»Sie wussten, dass sie vermisst wurde?«

»Sicher. Zwar sind die Unterlagen aus dieser Zeit nicht gerade perfekt – natürlich nicht, angesichts der Umstände –, aber wir können auf lückenlose demografische Daten zurückgreifen, und selbstverständlich wurde jeder, der auf Anagaska ankam, sorgfältig dokumentiert. Unser Job ist es, zu versuchen festzustellen, was mit denen geschehen ist, die verloren gingen. Jeder Fall muss mit größter Sorgfalt behandelt werden. In Aevas Fall haben wir siebzig Jahre lang alle in Frage kommenden Orte abgesucht.«

»Sie wollen mich verscheißern«, sagte Aaron.

»Aber nein, ganz und gar nicht.«

»Sorry, aber *siebzig* Jahre?«

»Zunächst fangen wir mit der Route an, die sie genommen haben muss, picken uns die offensichtlichen Gefahrenpunkte heraus und setzen dort Sensorbots aus. Die schwärmen dann aus und versuchen, irgendeine Spur zu entdecken. Wie unsere gesamte Ausrüstung sind auch die Bots in den Jahrhunderten, die wir hier sind, erheblich besser geworden. Die meisten von ihnen sind Tunneller, die sich durch den Schnee und die oberen Bodenschichten graben können. Während der Stürme wurde so viel Obererde bewegt, dass sich die ganze Topographie des Kontinents veränderte, und jetzt ist alles durch den Permafrost an Ort und Stelle fixiert. Neunzig Prozent der Opfer, die wir dieser Tage bergen, sind verschüttet. Das bedeutet, die Bots arbeiten unter äußerst ungünstigen Bedingungen, selbst für diese Welt. Insgesamt sind bei dem Wiederherstellungsprojekt vierhundertfünfzig Millionen von ihnen eingesetzt worden. Elf Millionen sind immer noch auf der Suche. Sie kommen wahrhaftig nicht schnell voran, aber dafür sind sie ausgesprochen gründlich.«

»Nach wie vielen Vermissten suchen Sie noch?«

»Etwa dreihundertfünfzigtausend. Allerdings mache ich mir nicht sehr viel Hoffnung. Die meisten von ihnen werden ins Meer gespült worden sein.« Er wies auf den verrunzelten Klumpen auf dem Tisch. »Der Wagen der lieben Aeva fand sich siebenundvierzig Kilometer von der Straße entfernt, die sie benutzte, und das war noch einer der leichteren Funde; sie selbst lag tief begraben unter Sediment. Doch Hartnäckigkeit zahlt sich aus. Noch immer finden wir jedes Jahr um die zwanzig Opfer, selbst heute.«

Sie gingen weiter zur DNA-Sequenzierung. Für Aaron sah die Abteilung aus wie ein ganz gewöhnliches Büro mit fünf großen Smartcores. Selbst unter normalen Umständen zerfiel menschliche DNA relativ schnell; nach zwölfhundert Jahren auf Hanko blieben von ihr nur mehr winzigste Überreste. Doch in jedem Körper gab es eine Menge Zellen, eine jede mit ihren eigenen Fragmenten an Erbinformationen. Mithilfe der richtigen Technik und jeder Menge Computerpower war es möglich, sie wieder abzurufen. Waren die Hauptsequenzen erst einmal ermittelt, konnte sich das Projekt familiärer Daten bedienen, um die Lücken zu füllen. In zahlreichen Fällen standen komplette DNA-Unterlagen von Kliniken zur Verfügung. Und sobald der Leichnam korrekt identifiziert war, wurde ein Klon für das Relifen gezüchtet.

»Das geschieht aber nicht hier«, führte Purillar aus. »Diesen Teil übernehmen die Kliniken auf Anagaska. Wer möchte schon an einem Ort wie diesem aufwachen? Die Betreffenden haben schon genug Probleme damit, sich an die Gegenwart – ihre Zukunft – anzupassen. Die Mehrzahl von ihnen benötigt professionelle Hilfe bei der Wiedereingliederung.«

»Hat sich das Leben denn so sehr verändert?«

»Im Grunde genommen nicht, und die meisten sterben ja in der Hoffnung, irgendwann relifed und damit gerettet zu werden. Es ist die lange, seither vergangene Zeit, die sie erschreckt. Keiner ihrer nahen Verwandten oder Freunde ist ihnen geblieben. Im Moment ihres Erwachens sind sie endlos allein.«

Nach der DNA-Sektion folgte die Abteilung für Gedächtniswiederherstellung, wo versucht wurde, die aus den Memorycells ausgelesenen Informationen zusammenzusetzen. Ein

Prozess, der noch weit komplexer und auch schwerwiegender war als die DNA-Sequenzierung.

Dann das Geschichtsarchiv: Es bestand für geborgene Opfer, die nicht identifiziert werden konnten. Sämtliche Bürgerdaten Hankos und Angaben von Familien mit vermissten Verwandten, die Protokolle und Erinnerungen der Evakuierungsteams wurden hier aufbewahrt. Dazu Listen von Menschen, die Hanko möglicherweise gerade besucht hatten, als der Angriff begann, und die intersolare Vermisstenliste aus dieser Zeit.

Dann kamen die Labore, die sich auf die Analyse von Molekularstrukturen spezialisiert hatten. Hier wurden selbst winzigste Funde untersucht, welche die Bots auf ihrem Weg durch Hankos Permafrostboden entdeckt hatten. Farbreste zum Beispiel, die den einzelnen Fahrzeugtypen zugeordnet wurden. Oder ein Stofffetzen, der Aufschluss gab über das betreffende Kleidungsstück und dessen Hersteller, somit in der Folge auch darüber, an welchen Laden es geliefert und von wem es schließlich gekauft worden war. Schmuckstücke wurden hier untersucht und sogar Haustiere. Ein langes Register unbekannter Fundstücke, von denen jedes möglicherweise zu einem Verschollenen führen konnte.

Im Fallarchiv lagerten die Daten über alle Personen, von denen bekannt war, dass sie nach wie vor vermisst wurden.

Die Einsatzzentrale schließlich überwachte die Sensorbots und die Außenteams, die unter mörderischen Bedingungen das Gelände durchpflügten.

Nach ihrem zweistündigen Rundgang hatten sie wirklich jeden in diesem Stützpunkt kennengelernt. Keiner der Mitarbeiter reagierte auf Corrie-Lyn, keiner versuchte, die Begegnung mit ihr zu vermeiden. Und niemand von ihnen war mit Biononics ausgestattet.

»Es gibt noch ein paar weitere Leute hier«, sagte Purillar. »Wahrscheinlich treffen Sie sie heute Abend in der Kantine. Wir essen immer gemeinsam.«

»Und wenn er nicht dabei ist?«, fragte Aaron.

»Dann kann ich, so leid es mir tut, nicht mehr viel für Sie tun«, erwiderte der Leiter. Mit unbehaglichem Blick schaute er zu Corrie-Lyn hinüber.

»Können wir auch die Außenposten besuchen?«, fragte sie.

»Wenn er dort wäre, wüsste er mittlerweile längst von Ihnen und hätte das Signalstationnetz benutzt, um sich zu melden. Ich schätze mal, er legt nicht sonderlich viel Wert darauf, Sie zurückzubekommen.«

»Aber wenn er mich erst mal *wiedersieht*, ändert er vielleicht seine Meinung. Möglicherweise ist eine persönliche Begegnung das Einzige, was ihn umstimmen kann«, sagte Corrie-Lyn eindringlich. »Bitte.« Der Kummer und die Verzweiflung, die sie ins Gaiafield ergoss, waren bestürzend.

Der Projektleiter blickte zutiefst unglücklich drein. »Wenn Sie sich wirklich da hinauswagen wollen, kann ich Sie nicht davon abhalten, de facto sind wir hier auf einer freien Commonwelth-Welt. Sie können gehen, wohin Sie wollen. Obwohl ich Ihnen davon abraten würde.«

»Warum?«, fragte Aaron.

»Sie haben ein hervorragendes Schiff, aber selbst das dürfte in Bodennähe nur schwer manövrierbar sein. Leider können wir hier keine Kapseln benutzen. Die Winde sind zu stark und der atmosphärische Energiegehalt zu hoch. Die beiden Male, in denen wir versucht haben, unser Schiff für eine Notfallrettung einzusetzen, endeten fast in einer Katastrophe. Wir mussten beide Aktionen abbrechen und sahen uns später gezwungen, die Teammitglieder zu relifen.«

»Mein Schiff verfügt über ein ausgezeichnetes Kraftfeld.«

»Das will ich gern glauben. Aber es bringt nichts, das Kraftfeld auszuweiten, Sie verschaffen dem Wind damit nur eine größere Angriffsfläche. Hier unten macht es sie sogar noch anfälliger gegen den Sturm. Die einzige Stabilität, die Sie in der Luft haben, ist die, die Ihnen Ihre Antriebseinheiten bieten können.«

Das gefiel Aaron ganz und gar nicht; immerhin bot die *Artful Dodger* so ziemlich den besten Schutz überhaupt – *unter normalen Umständen.* Er konnte sich noch lebhaft daran erinnern, wie die Regrav-Einheiten auf ihrem Weg zur Kraftfeldkuppel der Basis an ihre Grenzen gelangt waren, und das war ein großes Anflugsziel gewesen. »Wie kommen denn Ihre Teams von A nach B?«

»Ground Crawler. Die wiegen jeweils drei Tonnen und bewegen sich auf Ketten. Sind nicht gerade schnell, aber zuverlässig.«

»Können wir uns nicht einen ausborgen? Ich meine, hier steht doch bestimmt noch einer rum, der nicht gebraucht wird. Sie sagten, diese Station hätte früher viel mehr Personal gehabt. Irgendein alter würde uns schon reichen.«

»Hören Sie. Wirklich. Er ist nicht hier.«

»Was auch immer wir dafür unterschreiben müssen, wir tun's«, sagte Corrie-Lyn. »Bitte. Geben Sie mir diese allerletzte Chance.«

»Ich hab über zwanzig Teams da draußen. Die Hälfte davon nicht mal auf diesem Kontinent. Wir benutzen die Polarkappen als Brücken, um auf die anderen Landmassen zu gelangen. Sie würden ein Jahr brauchen, um sie alle aufzusuchen.«

»Aber wir könnten doch wenigstens einen Anfang machen. Wenn Yigo erfährt, dass wir vorhaben, sämtliche Außenposten abzuklappern, dürfte ihm klar sein, dass er mir schließlich irgendwann gegenübertreten muss. Möglicherweise entschließt er sich dann, von selbst Kontakt aufzunehmen.«

Purillar rieb sich nervös die Stirn. »Also gut, Sie müssten mir in diesem Fall aber die Mutter aller Nutzungsverträge unterschreiben. Ich kann mir keine zeitraubenden juristischen Bugschüsse gegen das Projekt leisten.«

»Ich verstehe. Und vielen Dank.«

Nach dem Essen begaben sich Aaron und Corrie-Lyn zum zweiten Gebäudetrakt, um den Crawler in Augenschein zu nehmen, den Purillar ihnen ach so schweren Herzens überlassen hatte. Über ihnen verdunkelte sich der Himmel zu einem sanften Zwielicht. Doch das beständige Aufflackern von Blitzen außerhalb des Kraftfelds zerstörte die Wirkung.

»Also war er auch nicht in der Kantine?«, fragte Corrie-Lyn.

»Nein. Ich hab jetzt wirklich jeden hier in der Basis gescannt. Nicht einer von ihnen besitzt Biononics. Obwohl einige über ein paar interessante Enrichments verfügen. Es kann hier also nicht ganz so zahm zugehen, wie unser guter Projektleiter behauptet.«

»Sie müssen die Menschen grundsätzlich verurteilen, hab ich recht?«

»Ganz im Gegenteil. Mir ist's völlig schnuppe, was sie sich gegenseitig in der Zurückgezogenheit ihrer eigenen Hütten antun. Mir geht's einzig und allein um die Einschätzung von Gefahren.«

Das Malmetal-Tor von Garage elf rollte zur Seite und gab den Blick auf den Ground Crawler frei. Ein schlichtes keilförmiges Metallgefährt auf vier tief sitzenden Gleisketten. Die Karosserie war leuchtend orange gestrichen, die geschlitzten Fenster an den Seiten bildeten leere, schwarze Scharten. An der Oberseite befanden sich, klumpigen Knollen gleich, die Kraftfeldprojektoren und die krabbenartigen Wartungsbots, die sich wie Beuteltierbabys an die Außenfläche klammerten. Als Aaron das Netz des Fahrzeugs abfragte, stellte er fest, dass es über ein umfangreiches Selbstreparatur-Programm verfügte. Ein Drittel des Frachtraums war mit Ersatzteilen gefüllt.

»Wir sollten gut mit dem Ding zurechtkommen«, teilte er Corrie-Lyn mit. »Die Steuerung wird vom Netz übernommen. Wir müssen ihm nur sagen, wohin wir wollen.«

»Und wohin wäre das genau? Ihnen ist doch klar, dass Purillar recht hatte. Falls Inigo hier ist, weiß er auch, dass ich gekommen bin, um ihn zu suchen. In diesem Fall hätte er längst mit uns Verbindung aufgenommen. Zumindest mit mir.«

»Hätte er das?«

»Lassen Sie das«, erwiderte sie und verzog angewidert das Gesicht. »Lassen Sie's einfach bleiben.«

»Offensichtlich vermisst er Sie nicht halb so sehr wie Sie ihn. Er hat sich aus dem Staub gemacht, schon vergessen?«

»Leck mich!«, schrie sie ihn an.

»Hören Sie endlich auf, den Kopf in den Sand zu stecken. Nicht jetzt. Ich brauche Sie funktionstüchtig.«

»Funktionstüchtig«, schnaubte sie verächtlich. »Besonders gut geht's mir jedenfalls nicht. Und falls wir ihn finden, werde ich ihm auf der Stelle stecken, dass er Ihnen auf keinen Fall helfen soll, Sie Scheißkerl von einem Psycho.«

»Ich hatte nichts anderes von Ihnen erwartet.«

Sie starrte ihn finster an, blieb jedoch an Ort und Stelle stehen. Aaron grinste in sich hinein.

»Falls er hier ist, ist die Pilgerfahrt längst gelaufen, bevor wir ihn finden«, sagte sie trotzig.

»Nicht unbedingt. Denken Sie daran, wir haben einen Vorteil, der es uns gestattet, unseren Suchradius um einiges einzugrenzen. Wir wissen, dass er ein Higher ist.«

»Und wie soll uns das helfen?« In ihrer Stimme schwang immer noch Verachtung, die jetzt jedoch mit Neugierde rang.

»Inigos Feldscan-Effekt wäre da draußen überaus nützlich, insbesondere beim Aufspüren verschütteter Leichen. Man kann damit Anomalien auf mehrere hundert Meter Entfernung ausmachen. Durch feste Masse ist's ein bisschen schwieriger, aber die pervasiven Funktionen arbeiten immer noch über eine ganz ordentliche Distanz.«

»Verstehe, wenn er also tatsächlich hier ist, dürfte er eine deutlich höhere Erfolgsquote haben als die anderen«, sagte sie.

»Es gibt noch andere Faktoren, wie beispielsweise den Ort,

an dem sich eine verschollene Person aufhält, mit ziemlicher Genauigkeit zu lokalisieren. Was allerdings auch immer davon abhängt, wie gründlich die Nachforschungen im Einzelfall waren. Aber ja. Es ist durchaus begründet anzunehmen, dass das Team mit der besten Erfolgsquote das Team von Inigo ist.«

»Und? Gibt es da eins?«

»Yep. Mein U-Shadow hat sich dafür nicht mal in irgendwelche Dateien hacken müssen. Sie sind alle frei einsehbar. Das Team mit der derzeit höchsten Rettungsquote arbeitet oben in der Provinz Olhava. Das ist auf diesem Kontinent, neunhundert Kilometer südwestlich. Wenn wir gleich morgen Früh aufbrechen, sind wir in achtundvierzig Stunden da.«

Oscar Monroe hatte sich auf Anhieb in das Haus verliebt. Es war kreisrund, mit einer hohen Glaswand, die den Boden von der Decke trennte, und thronte fünf Meter über der Erde auf einem Pfeiler, in dem sich eine Wendeltreppe befand. Unterbau und Dach bestanden aus einem glatten, künstlichen Stein, der weißem Granit ähnelte und unter dem bläulichen Licht der Sonne Orakums wie Schnee auf einem Berggipfel schimmerte.

Das sich weithin erstreckende Grundstück erinnerte an eine große, sich selbst überlassene, historische Parklandschaft, mit von Gras überwachsenen Wegen, langen Zierbaumreihen und einigen Seen mit einem Wasserfall in ihrer Mitte. In den verschwiegeneren Ecken des Parks standen sogar ein paar hellenistisch anmutende Ziegelbauten, von Moos und blühenden Kletterpflanzen überwuchert, die den Anschein hohen Alters noch unterstrichen. Ein Anschein, der von etlichen Dutzend schwer ackernder Gartenbots aufrechterhalten wurde.

Neunzehn Jahre lebte er nun schon hier. Ein wundervolles Zuhause, zu dem er, wenn seine Schicht vorbei war, immer wieder gern zurückkehrte – fernab aller Hektik und der schwachsinnigen Politik, die mit jedem Firmenauftrag ins Spiel kam.

Oscar flog Handelsschiffe für Orakums florierende nationale Spaceline, die Verbindungsrouten zu über zwanzig Externen Planeten betrieb. Die Arbeit als Pilot war die einzige, die er, seit er relifed worden war, für sich gewollt hatte.

Das Erwachen in der Klinik war eine Mordsüberraschung gewesen. Das Letzte, woran er sich erinnerte, war, wie er seinen Hyperglider in den von Anna Kime hineinkrachen ließ. Er hatte das Commonwelth gerettet – feine Sache. Er hatte die Frau seines besten Freundes getötet – nicht ganz so prickelnd. Nachdem Anna ausgeschaltet worden war und den Einsatz nicht mehr gefährden konnte, soll Kime in der Lage gewesen sein, ungehindert auf eine Mission zu fliegen, die im Starflyer-Krieg entscheidend gewesen war.

Oscar konnte sich an den Augenblick vor dem Zusammenprall entsinnen, ein Augenblick völliger Gelassenheit. Er hatte nicht damit gerechnet, dass jemand seine Memorycell barg. Nicht nach seinem Geständnis, dass er in jungen Jahren an einem Akt von politisch motiviertem Terrorismus beteiligt gewesen war. Einem Akt, dem vierhundertacht Menschen zum Opfer gefallen waren, ein Drittel davon ohne Memorycells, größtenteils Kinder, die zu jung gewesen waren für Inserts. Die Tatsache, dass er das niemals gewollt hatte, dass die Menschen irrtümlich getötet worden waren, weil sie ihr eigentliches Zielobjekt verfehlt hatten – nichts davon hätte zu seinen Gunsten ins Gewicht fallen sollen. Und doch schien es, als hätten seine Verdienste für das Commonwelth sowie schließlich sein persönliches Opfer seinen Richtern etwas bedeutet. Er wollte glauben, dass Wilson möglicherweise für einen anständigen Anwalt bezahlt hatte. Immerhin waren sie gute Freunde gewesen.

»Ich schätze, das bedeutet, wir haben gewonnen«, waren seine ersten Worte gewesen. Es klang sogar nach seiner eigenen Stimme.

Über ihm lächelte das Gesicht eines jungen Arztes. »Willkommen zurück, Mr Yaohui«, sagte er.

»Nennen Sie mich Oscar. Der bin ich länger gewesen, als ich Yaohui jemals war.« Seine neue Identität, als er sich vor über vierzig Jahren auf die Flucht begab.

»Wie Sie möchten.«

Oscar gelang es, sich auf die Ellbogen zu stützen. Ein Vorgang, der ihn überraschte. Er hatte schon häufiger Relife-Klone gesehen, erbarmungswürdige Geschöpfe, deren kümmerliches Fleisch sich über Knochen und Organe spannte. Körper, die auf Jugendalter herangezüchtet worden waren, über Monate hinweg bewegungsunfähig, während sie schmerzvoll die Muskelmasse heranbildeten. Dieser Körper jedoch schien beinahe vollendet. Was hieß, dass die Technik Fortschritte gemacht haben musste. Es hatte im Krieg viele Körperverluste gegeben – wenigstens zehn Millionen. Wahrscheinlich hatte er auf der Liste ganz weit unten gestanden. »Wie lange?«, fragte er.

»Bitte verstehen Sie, äh, Oscar, es ist Ihnen der Prozess gemacht worden wegen Ihrer, äh, früheren Verbrechen. Die Sache hat eine ganze Reihe gerichtlicher Präzedenzfälle geschaffen angesichts Ihres, äh, damaligen Zustands.«

»Was für ein Prozess? Und was soll das heißen, *Zustand?* Ich war tot.«

»Sie haben einen Körperverlust erlitten. Ihre Memorycell hatte den Absturz allerdings unversehrt überstanden – rechtlich wird diese vom Commonwelth als ihr wirkliches Selbst angesehen. Sie wurde von einer Paula Myo geborgen.«

»Wie bitte -?« Plötzlich wurde Oscar ziemlich mulmig bei der Sache. »Paula hat mich geborgen?«

»Ja. Sie und Anna Kime. Sie hat Sie beide zurück zur Erde gebracht.«

»Aber Anna war ein Starflyer-Agent.«

»Richtig. Doch aufgrund der Doi-Amnestie wurde die Starflyer-Konditionierung aus ihrem Gedächtnis editiert, und sie wurde als normaler Mensch wieder relifed. Wie es scheint, führt sie ein erfülltes, langes Leben und eine erfolgreiche Ehe mit Wilson Kime. Bestimmt ist sie mit ihm auf der *Discovery* gewesen, als diese die Galaxis umrundet hat.«

Letzten Endes erwiesen sich Oscars Schultern als doch nicht so kräftig wie angenommen; er sackte zurück auf die Matratze. »Wie lange«, fragte er noch einmal mit drängendem Unterton.

»Sie wurden in dem Prozess für schuldig befunden. Natürlich wirkte sich Ihre Navy-Dienstakte strafmildernd aus, aber die vielen Menschen, die auf Abadan Station getötet wurden, konnte auch sie nicht wettmachen. Der Richter verurteilte Sie zur Suspension. Da jedoch die Commonwelth-Kliniken damals mit der schieren Menge an, äh, Nicht-Kriminellen, die ein Relifing brauchten, restlos überfordert waren, hat er Ihnen gestattet, als gespeicherte Erinnerung fortzubestehen, anstatt vor Strafantritt relifed zu werden.«

»Wie lange?«, flüsterte Oscar.

»Sie wurden zu tausendeinhundert Jahren verurteilt.«

»Leck mich am Arsch!«

Er war wieder hier, und er war ganz allein. Eine weitaus schlimmere Strafe als jede Suspension. Schließlich war er sich der Zeit, die während dieses Jahrtausends vergangen war, nicht bewusst, hatte über sein Vergehen weder nachdenken noch es bereuen können. Doch in dieser Gegenwart war das Leben anders. Alle, die er einst gekannt hatte, waren entweder tot oder *geistig migriert* – ein lächerlicher Ausdruck, die politisch korrekte Bezeichnung für »Euthanasie mit Rückfahrschein«. Und vielleicht war das ja der eigentliche Zweck einer Suspension. Es tat jedenfalls zweifellos weh.

Und so hatte Oscar, ohne Freunde, ohne Familie, dafür mit Kenntnissen und Fähigkeiten, für die sich nicht einmal Museen interessierten, ganz von vorn anfangen müssen.

Die Navy wollte ihn nicht, was ziemlich verständlich war. Er machte ihnen klar, dass er gar nicht erwarte hatte, zur Abschreckungsflotte zu kommen, bot ihnen an, sich zum Piloten für ihre Erkundungsteams umschulen zu lassen. Doch auch das lehnten sie ab.

Damals, vor dem Starflyer-Krieg, hatte er in der Explorationsabteilung bei CTS gearbeitet. Neue Planeten zu öffnen, Menschen die Möglichkeit zu einem Neubeginn zu geben, das war für ihn gewissermaßen eine Art selbst auferlegter Buße gewesen. Davon abgesehen hatte er wirklich Gefallen daran gefunden.

Also hatte er nach seinem Relifing eine Ausbildung als Raumschiffpilot absolviert. Glücklicherweise beruhten die modernen kontinuierlichen Wurmloch-Antriebe auf Prinzipien und Theorien, die bereits während seines ersten Lebens entwickelt worden waren, und so gelang es ihm, sich relativ rasch auf den neusten Stand der gegenwärtigen Technologieanwendungen zu bringen.

Orakum SolarStar war die dritte Firma, für die er seit seinem Relifing tätig war. Sie unterschied sich kaum von den anderen Raumfahrtgesellschaften der Externen Welten. Tatsächlich war sie sogar kleiner als die meisten. Orakum befand sich am Rand des Commonwelth, besiedelt vor gerade mal zweihundert Jahren. Doch seine Lage erwies sich als geradezu ideal dafür, neue Explorationsflüge ins All zu unternehmen, um weitere Welten zu öffnen.

Was eher selten geschah. Die Navy hatte inzwischen jedes Sternensystem direkt außerhalb der Externen Welten kartographiert. Zudem befand sich die Expansion auf neue Welten auf einem historischen Tiefstand. Die Grenzen zwischen den Zentralen und den Externen Welten hatten sich seit Jahrhunderten kaum verändert. Die alte Annahme, dass die Higher-Kultur sich stets nach außen hin ausbreitete und gewöhnliche Menschen ihr im Zuge der Expansion wie eine Bugwelle vorauseilen würden, hatte sich als Trugschluss erwiesen. Aufgrund der geistigen Migration war die Anzahl von Higher-Menschen in etwa konstant geblieben, und die Externen Welten hatten Gesellschaftsformen für so ziemlich jeden Geschmack zu bieten, sei es nun in Bezug auf Ethik, Weltanschauung, Technologie oder Religion. Sollte sich also ein Bürger auf seinem Planeten in irgendeiner Form entrechtet fühlen, brauchte er bloß in einen Verkehrsraumer zu steigen und seine Zelte woanders aufschlagen. Somit bestand dieser Tage wenig Grund dazu, eine neue Welt zu begründen.

In den neunzehn Jahren, die Oscar nun auf Orakum lebte, hatte SolarStar gerade mal drei Planetenerkundungsflüge gestartet. Zwei davon waren sogar kürzer gewesen als die Langstrecken-Verkehrsflüge, die das Unternehmen anbot, und somit schwerlich geeignet, neue Grenzen zu durchstoßen. Aber er bekleidete inzwischen eine höhere Position, und falls ein weiteres Erkundungsprojekt zustande kam, wäre er aller Wahrscheinlichkeit nach dabei. Wie alle Piloten, war auch Oscar ein unverbesserlicher Optimist.

Doch als er in den Büros der Gesellschaft seinen Flugbericht archivierte, fand sich keinerlei Hinweis auf eine solche Mission. Er war gerade von einem Langstreckenflug nach Troyan zurückgekehrt, siebzig Lichtjahre entfernt. Ein Fünfzehn-Stunden-Trip, auf dem es nichts anderes zu tun gab, als sich mit dem Smartcore zu unterhalten und die Unisphäre nach etwas Interessantem zu durchforsten. Eines nicht mehr fernen Tages würde man darauf verzichten, dort oben einen Mitmenschen als verantwortlichen Diensthabenden einzusetzen. Er hockte lediglich aus Image-Gründen noch im vorderen Teil des Raumschiffs. Vermutlich saßen in der Passagierkabine ein paar Experten, die wesentlich qualifizierter waren als er. Nicht, dass dieser Fall jemals eintrat.

Zumindest jedoch war es ihm möglich, andere Planeten zu besuchen. Immerzu die gleichen. Wieder und wieder.

Oscars Regravkapsel sank aus den dünnen Wolken und beschrieb gemächlich eine Kurve um das Haus und die Wiese neben dem Gehölz aus zwanzig Meter aufragenden Rancatabäumen mit ihren rötlichen, sich in der sanften Brise wiegenden Blattgerten.

Nach der Landung kletterte er heraus und atmete tief die warme, nach Prärie duftende Luft ein. Bis weit über den Horizont hinaus bedeckten dornige Wildblumen Orakums ungebändigte Landschaft, die fast das ganze Jahr über blühten. Ein weiterer Pluspunkt Orakums war sein mildes Klima.

Jesaral trat unter dem Haus hervor. Der stattliche, wohlgestaltete Jüngling lächelte unmerklich zur Begrüßung, dennoch war er definitiv erleichtert, Oscar zu sehen. Er trug nichts bis auf eine weiße, knielange Hose und stellte einen sonnengebräunten Körper zur Schau, der Oscars Herz jedes Mal ein bisschen höher schlagen ließ. Jesaral war der jüngste seiner drei Lebensgefährten, gerade mal zwanzig. Was ihn selbst, wie Oscar befürchtete, zum wohl schlimmsten Kinderschänder in der Galaxis qualifizierte. Mehr als tausend Jahre Altersunterschied: Wie herrlich unanständig das war.

Der Junge machte eine ausladende Geste und umarmte Oscar fest, begleitet von einem langen, heißblütigen Kuss. Leidenschaft sprühte unbedacht in das Gaiafield hinaus.

»Was ist denn los?«

»Sie«, sagte Jesaral und wies verächtlich mit dem Daumen auf das Haus.

Oscar verkniff sich ein Seufzen. Er und seine anderen Partner Dushiku und Anja waren ein festes Trio seit mehr als einem Jahrzehnt. Dushiku und Anja waren über hundert und kamen gut miteinander zurecht. In ihrem Alter waren sie sich der kleinen Kompromisse, die notwendig waren, damit eine Beziehung funktionierte, vollkommen bewusst. Dennoch hatten sie länger gebraucht als erwartet, um sich an ihren Neuzugang zu gewöhnen und sich auf ihn einzustellen – ein Neuzugang, der bei weitem nicht ihre Kultiviertheit und Erfahrung besaß. Was, im Grunde genommen, genau das war, was ihn im und außerhalb des Bettes so aufregend machte.

»Was haben sie denn jetzt wieder angestellt?«

»Es soll eine Überraschung für dich sein. Und ich weiß doch, wie sehr du Überraschungen hasst.«

»Nicht prinzipiell«, versicherte ihm Oscar. »Kommt drauf an, ob es eine schöne oder nicht so schöne Überraschung ist. Was für eine ist's denn diesmal?«

»O nein. Ich sag nur, dass sie eine Überraschung für dich haben. Ich will nicht, dass du dich zu sehr aufregst, das ist alles.«

Oscar stellte mit einem makrozellularen Cluster eine Verbindung zum Hausnetz her. Doch was auch immer dort auf ihn wartete, es war fachmännisch abgeschirmt worden. Was wohl Anjas Werk gewesen sein dürfte. Sie war Entwicklerin von kommerziellen neuralen Routinen und war eine der Besten auf dem Planeten.

»Du hast die merkwürdigste Logik, die mir je untergekommen ist«, sagte Oscar.

Jesaral grinste breit. »Los jetzt, komm! Ich kann's kaum erwarten.« Er zog Oscar am Arm. Die Begeisterung, die er verströmte, strahlte wie ein Sonnenaufgang.

Sie eilten zum Sockel des Pfeilers und stiegen die breite Wendeltreppe hinauf. Sie mündete in einer kleinen Diele, die mit farbenfrohen Sträuchern verschiedener Welten bepflanzt war, deren Blüten sich emporreckten, als wollten sie nach dem freien Himmel über ihnen greifen.

Zehn Türen gingen von hier ab. Jesaral übernahm die Führung und steuerte auf die Hauptlounge zu. Im Gegensatz zum Außenbereich war die Lounge mit Caranholz verkleidet, einem lokalen Gehölz in sattem Goldbraun. Die Maserungen auf den Bohlen gingen so kunstvoll ineinander über, dass der Eindruck entstand, man befände sich im Innern eines gigantischen ausgehöhlten Baumstamms. Das Mobiliar war in Scharlachrot und Gold gehalten, was nicht unwesentlich zum luxuriösen Ambiente beitrug.

In der Mitte des großen Raums wartete Dushiku auf sie, ein Glas Malt-Whisky – drei Eiswürfel – für den Heimkehrer in der Hand. Auf seinem breiten Gesicht lag ein spitzbübisches Lächeln. »Willkommen zu Haus.«

»Danke.« Erschöpft nahm Oscar den Drink entgegen.

»Wie ich sehe, ist Jesaral so beherrscht wie eh und je.«

»Ich hab ihm nichts verraten«, protestierte Jesaral.

»So?«, fragte Oscar nach.

Dushiku hob eine Augenbraue und deutete, sich halb zur Seite wendend, auf den Balkon am anderen Ende der Lounge, der durch eine Glaswand vom Wohnbereich getrennt war. Dort draußen stand Anja, auf das Geländer gestützt, während sie mit irgendjemandem über die Gartenanlage sprach. Ihre von Lachen erfüllte Stimme war durch die offene Tür nur schwach zu hören. Oscar kannte diesen Ton nur zu gut, sie spielte die perfekte Gastgeberin, markierte ihr Revier. Anja war bewundernswert schön, eine Schönheit, die zu erhalten ein gutes Drittel ihres Gehalts kostete. Zwei Klinikbesuche pro Jahr waren dabei das absolute Minimum, denn Schönheit war vergänglich, und Modetrends auch auf Orakum eine unbeständige Sache. Erst vor drei Wochen war sie von ihrer letzten Behandlung zurückgekehrt, hatte ihnen stolz ihre reduziertere Körpergröße und die dunkle, satinartige Haut präsentiert. Anjas Gesicht wies ausnahmslos sanft geschwungene Züge auf, halb versteckt hinter einer Mähne aus vollem, kastanienfarbenem Haar, das sich bis über ihre Schultern ergoss. Riesige, rehbraune Augen vermittelten eine mädchenhafte Naivität, die durch ein beständiges unschuldiges Sprudeln ins Gaiafield vervollkommnet wurde. Ihre Kleidung war irreführend schlicht, doch das rote T-Shirt und der dunkelblaue schwingende Rock unterstrichen die teuer erkaufte Weiblichkeit ihres schlanken Körpers.

Ausnahmsweise machte Anja jedoch keinen großen Eindruck auf die Person, mit der sie sprach. Oscar sah hinüber zu der anderen Frau, die ans Geländer gelehnt dastand. Gut einen halben Kopf kleiner als Anja, trug sie ein modisches weißes Kleid mit leichtem Oberflächenschimmer und eine rostrote, kurzärmelige Jacke. Geschmackvoll, doch weit entfernt von Anjas etwas aufdringlicher Femininität. Auch ließ sie es an der typischen Aufmerksamkeit fehlen, die Anja ihren Mitmenschen für gewöhnlich abrang. Oscar wusste ein Lied davon zu singen. Nach zehn Jahren waren Anjas Körpersprache und die Modulation ihrer Stimme für ihn wie ein offenes Buch. Und je weniger Eindruck sie machte, umso verärgerter wurde sie deswegen. Oscar ließ es zu, dass ein wenig von seiner Belustigung ins Gaiafield sickerte.

Anja musste es gespürt haben. Ihre vollen Lippen verzogen sich vorwurfsvoll, als er zum Balkon hinüberschlenderte. »Oscar, Darling, ich unterhalte mich gerade mit einer alten Freundin von dir.«

Die andere Frau auf dem Balkon drehte sich um. Lächelte durchtrieben.

Oscar ließ das Whiskyglas fallen, als seine Hände samt allen anderen Teilen seines Körpers vor Schreck gefühllos wurden. Das Glas zerschellte, Eiswürfel schlitterten über das polierte Holz.

»Hallo, Oscar«, sagte Paula Myo.

»Heilige Scheiße!«

»Lange nicht gesehen.«

Oscar war nicht mal imstande zu grunzen.

Sorge strömte ins Gaiafield, als seine Lebensgefährten die Situation erfassten.

»Ihr beide ...«, begann Jesaral. Mit dem Finger zeigte er anklagend auf Paula. »Ich dachte –«

»Ist schon in Ordnung«, brachte Oscar krächzend zustande.

»Was geht hier ab?«, verlangte Jesaral von Paula zu erfahren. »Sie haben gesagt, Sie wären Freunde.«

»Das waren wir auch mal. Vor langer Zeit.«

»Es ist doch immer das gleiche! Immer ist alles passiert, bevor ich geboren wurde.«

»Ja, so ist es«, sagte Oscar. Sein U-Shadow rief einen Maidbot, damit dieser die Glasscherben forträumte. Erst danach gelang es ihm, ein schwaches Lächeln zustandezubringen. »Wie geht's Ihnen denn so, Paula?«

»So wie immer.«

»Ja, klar.« Sie hatte sich überhaupt nicht verändert. Nicht physisch. Nichts an ihr war anders, abgesehen vielleicht davon, dass ihr glattes dunkles Haar ein paar Zentimeter länger war als früher. Ganz im Gegensatz zu ihm, der einen prächtigen neuen Advancer-Körper bekommen hatte, welcher auf seiner eigenen DNA basierte und außerdem mit makrozellularen Clustern, stabileren Knochen, leistungsfähigeren Organen und einer größeren Langlebigkeit ausgestattet war. Nach achtundsechzig Jahren bestand immer noch keine Notwendigkeit für eine Rejuvenation, auch wenn sein Gesicht allmählich die ersten Spuren seiner jüngst gelebten Jahre zeigte – wie Anja nicht müde wurde, zu betonen. Paula hingegen ... Er nahm an, dass sie inzwischen eine Higher sein musste. Irgendwie konnte er nicht glauben, dass sie aus reiner Eitelkeit eine Klinik aufsuchte.

»Demnach kennt ihr euch also?«, fragte Dushiku verunsichert.

»Ja.« Oscar räusperte sich. »Könntet ihr uns bitte einen Augenblick allein lassen?«

Seine Lebenspartner tauschten beunruhigte Blicke, überfluteten das Gaiafield mit Besorgnis und unverhohlener Verärgerung. »Wir sind draußen«, sagte Anja. Im Vorbeigehen tätschelte sie seinen Arm. »Ruf uns einfach.«

Der Maidbot kam in die Lounge gewatschelt und machte sich daran, den Malt aufzusaugen. Oscar ging rückwärts zu einem Sofa und setzte sich schwer hin. Seine Verwirrung wich allmählich einem wachsendem Zorn. Wütend starrte er Paula an. »Eintausendundeinhundert Jahre. Vielen Dank dafür.«

»Ich hab Ihre Memorycell geborgen.«

»Sie haben sie vor Gericht gestellt.«

»Was wollen Sie? Sie sind doch heute genauso lebendig wie an dem Tag, an dem Sie den Hyperglider flogen. Das ist mehr, als man von Ihren Opfern bei Abadan behaupten kann.«

»Verdammt nochmal! Wollen Sie endlich aufhören, mich damit zu quälen?«

»Ich kann Ihnen kein schlechtes Gewissen machen. Dafür sorgen Sie schon selbst.«

»Ja, ja.« Er sank noch tiefer in die Polster. »Was zur Hölle machen Sie hier?«

»Ganz nett haben Sie's hier.« Sie ließ den Blick umherwandern und musterte die Lobby. »Anja war ziemlich stolz auf das Haus. Ich kann verstehen, warum.«

»Meine CST-Pensionsversicherung ist am gleichen Tag, an dem der Prozess endete, auf einem Treuhandkonto hinterlegt worden, dank Wilson. Wollen Sie wissen, wie hoch der Zinsertrag nach tausendeinhundert Jahren ist? Tja, Sie stehen gerade mitten drin. Scheißinflation! Eigentlich hätte ich nach all der Zeit in der Lage sein sollen, mir 'nen ganzen Planeten zu kaufen.«

»Und ihre Lebensgefährten; sehr nette Leute. Jesaral ist noch ziemlich jung, hab ich recht?«

»Ja«, knurrte Oscar. »Und außerdem hat er 'nen verdammt großen Schwanz.«

Paula lächelte. »Haben Sie seit Ihrem Relifing jemals wieder Kontakt zu Wilson aufgenommen?«

»Er hat eine Nachricht hinterlassen. Ebenso wie Anna. Sie haben sich beide schon vor langer Zeit in ANA downgeloaded. Wofür ich, offen gestanden, wenig Bewunderung aufbringen kann. Hören Sie, was soll der Blödsinn? Warum, verdammt nochmal, sind Sie hier?«

»Ich brauche Sie, damit Sie einen Job für mich erledigen.«

Oscar hätte niemals geglaubt, dass so etwas möglich war: Er befand sich in einem Raum mit Paula Myo und lachte sie aus. »Sagen Sie mal, sind Sie vielleicht über die Jahrhunderte ein bisschen wirr im Kopf geworden? Sie wollen, dass *ich* für *Sie* einen Job erledige? Soll das ein Witz sein?«

Paulas Lächeln wurde leicht diabolisch. »Keineswegs.«

Augenblicklich war Oscars Spötterlaune verflogen und wich

einem äußerst flauen Gefühl in der Magengegend. »Scheiße, Sie machen keine Witze.«

»Natürlich nicht. Es ist ein perfektes Arrangement, das so niemand vermuten würde.«

»Nein. Keine Chance. Hauen Sie ab und erpressen Sie jemand anders. Lieber gehe ich wieder zurück in die Suspension.«

»Kommen Sie, Oscar, Sie sind nicht Jesaral, also benehmen Sie sich wie ein erwachsener Mensch. Ich bin nicht hier, um Ihnen zu drohen; ich bin hier, um Sie zu bitten, weil ich Sie kenne und weil ich weiß, was Sie wollen.«

»Sie kennen mich nicht, Lady!«

Paula beugte sich zu ihm herab, ihre Augen funkelten. »O doch, das tue ich, Oscar. Wir haben die letzten paar Tage Ihres Lebens zusammen verbracht. Ich wäre fast gestorben, und Sie sind es tatsächlich. Erzählen Sie mir also nicht, wir würden einander nicht kennen. Sie haben sich geopfert, damit die Menschheit überleben konnte. Sie sind ein ehrenhafter Mann, Oscar. Von Schuldgefühlen zerfressen, aber ehrenhaft.«

Oscar versuchte, sich nicht von ihrem Gerede irre machen zu lassen. »Das war eine verrückte Situation damals. Zu so einer wird es nie wieder kommen.«

»Ach wirklich? Was denken Sie, für wen ich heute arbeite?«

»So aus der Hüfte heraus geschossen würde ich sagen: für ANA. Sie ändern sich nie.«

»Mit ANA haben Sie recht, aber hinsichtlich des Änderns liegen Sie falsch. Ich bin nicht mehr die Gleiche.«

»Ja, klar, sieht auch ganz danach aus. Derselbe Job seit tausenddreihundert Jahren. Man erkennt Sie wirklich kaum wieder ... Aber im Ernst: Sie sind gar nicht imstande, sich zu ändern. Sie sind, wer Sie sind.«

»Far Away hat mich geändert. Es hätte mich beinahe umgebracht, aber ich begriff, dass ich mich anpassen musste. Also hab ich meine DNA resequenziert und die zwanghaften Verhaltensmerkmale herauseditieren lassen.«

»Ja, das merkt man ...«

»Selbstbestimmung kann einen künstlichen Charakter überwinden.«

»Sicher wären die alten Natur-kontra-Erziehung-Philosophen wären ganz entzückt. Warum rufen Sie sie nicht an und erzählen es ihnen? Ach ja, die sind ja alle seit zweitausend Jahren *tot.*«

»Sie weichen meiner Frage aus. Versuchen, vor sich selbst ihre Angst zu rechtfertigen.«

»Falsch, meine Gute. Absolut falsch. Die Antwort ist nein. Nein, ich werde Ihnen nicht helfen. Noch einmal zum Mitschreiben im Klartext? Nein!«

»Was glauben Sie, muss passiert sein, damit ich hierherkomme, um Sie zu bitten?«

»Mir egal. Ich werde Ihnen nicht helfen.«

»Es geht um die Pilgerfahrt. Oscar, ich bin besorgt deswegen. Wirklich besorgt.«

Er starrte zu ihr auf, nicht sicher, ob er in der Lage war, noch mehr Schocks zu verkraften. »Hören Sie, ich hab die ganze Geschichte lang genug verfolgt, wer hat das nicht? Die Navy wird die Flotte des Ocisen-Empires aufhalten. Und ANA wird die Pilgerschiffe stoppen. Sie ist nicht blöd. Die Leere wird die halbe Galaxis vernaschen, falls Inigos dämliche Schafherde es jemals hineinschaffen sollte.«

»Und Sie glauben, das ist alles, worum es geht? Oscar, Sie und ich sind mit Nigel Sheldon dort gewesen, bevor wir nach Far Away gereist sind. Sie wissen, wie kompliziert die Situation war, wie viele Faktoren mit im Spiel gewesen sind. Nun, das hier ist schlimmer, viel schlimmer. Die Leere ist bloß ein Nebenschauplatz, und ein willkommener noch dazu. Nein, hier geht es darum, dass letztendlich die Fraktionen einander bekriegen werden. Es wird eine Schlacht werden, in der es um das Schicksal der Menschheit geht. Eine Schlacht, deren Ausgang über unsere *Seelen* entscheidet.«

»Ich kann Ihnen nicht helfen«, sagte er, beschämt, wie jämmerlich er sich dabei anhörte. »Ich bin Pilot, um Himmels willen.«

»Oh, Oscar.« Ihre Stimme war voller Mitgefühl. Jetzt kniete sie sich vor ihn und ergriff seine Hand. Ihre Finger fühlten sich warm an. »Genug der Bescheidenheit. Es ist Ihr Charakter, dessen Hilfe ich dringend bedarf. Ich weiß, dass ich mir, wenn Sie erst mal eingewilligt haben, um das Problem keine Sorgen mehr zu machen brauche. Sie würden mich niemals hängenlassen, und das ist entscheidend.«

»Kommen Sie wieder runter von Ihrem Nostalgietrip. Ich bin bloß ein Pilot.«

»Ja, und damals waren Sie bloß ein Navy-Captain, und doch haben Sie uns alle vor dem Starflyer gerettet. Ich werde Ihnen sagen, um was ich Sie bitten möchte. Und anschließend werde ich Ihnen sagen, warum ausgerechnet Sie meine erste Wahl sind. Und wenn Sie mich dann dafür hassen, dass ich Sie zwinge, den Tatsachen ins Auge zu sehen, dann soll's mir recht sein.«

Er schüttelte ihre Hand ab. »Sagen Sie Ihr Sprüchlein auf und dann machen Sie, dass Sie wegkommen.«

»Die Fraktionen kennen mich. Sie beobachten mich, während ich ihre Agenten beobachte. Es geht also darum, sie nicht wissen zu lassen, dass ich verzweifelt versuche, den Zweiten Träumer zu finden.«

Oscars erste Reaktion war lauthalses Gelächter. Es erstarb allmählich zu einem Winseln. »Den Zweiten Träumer suchen? Ich?«

»Ja. Und wissen Sie, wieso es funktionieren wird?«

»Weil kein Mensch damit rechnet.« Er klang wie ein Schulkind, das einen müßigen Sachverhalt herunterleierte.

»Richtig. Und wissen Sie auch, warum ausgerechnet Sie das für mich tun sollen – und schießen Sie jetzt bitte nicht auf den Boten.«

Er merkte, wie er sich verspannte. Gab's da eventuell noch

was anderes in seinem Leben, womit sie ihn unter Druck setzen konnte? *Wurde mir womöglich eine Erinnerung gelöscht? Mein Gott, gibt's da am Ende noch ein Abadan?* »Warum?«

»Weil sie unendlich gelangweilt sind von diesem eintönigen, stumpfsinnigen Leben, durch das Sie wie schlafwandelnd taumeln.«

Oscar öffnete den Mund, um sie anzubrüllen. Ihr zu sagen, dass sie jetzt vollkommen übergeschnappt war. Dass sie unbeschreiblich daneben lag. Dass er ein erfülltes Leben führte. Dass es in diesem Leben Menschen gab, die ihn liebten. Dass jeder Tag eine Freude war. Dass er der verrückten Zeit des Starflyer-Kriegs ganz bestimmt nicht nachtrauerte. Dass er sämtliche Schrecken und Hochgefühle, die ein Leben enthalten konnte, bereits erfahren hatte. Dass man solche Dinge besser der neuen Generation überließ. Doch aus irgendeinem Grund sank sein Kopf in seine Hände, und er seufzte schwer. Er brachte es nicht über sich, sie anzusehen. Und schon gar nicht war er dazu imstande, seinen Lebensgefährten gegenüberzutreten. »Wie soll ich's ihnen nur beibringen?«, flüsterte er gequält. »Wie? Sie werden denken, dass es ihre Schuld ist.«

Paula erhob sich. Mitfühlend legte sie eine Hand auf seine Schulter. »Soll ich's für Sie tun?«

»Nein.« Er schüttelte den Kopf, wischte sich mit dem Handrücken über die Augen, um die lästigen feuchten Schlieren zu entfernen. »Nein. So ein Feigling bin ich nun auch wieder nicht.«

»Was für eine Coverstory Sie auch immer brauchen werden, Sie kriegen sie. Ich kann ... im Grunde genommen alles arrangieren.«

»Hm-hm.«

»Auf dem örtlichen Raumhafen steht ein Schiff für Sie bereit.« Sie grinste verschmitzt. »Ein Ultra-Antriebsschiff.«

Oscar lächelte schwach, spürte Freude, die sich tief in ihm regte. »Ultra-Antrieb? Na ja, wenigstens speisen sie mich nicht ab wie 'ne Nutte von der billigen Sorte.«

So hatte sich Araminta ihre Rückkehr auf den Suvorov-Kontinent nicht vorgestellt: in einer altersschwachen Lastkapsel sitzend, die tiefer und langsamer über den Great Cloud Ocean flog als jede andere Kapsel auf dem Planeten. Das hatte einfach keinen Stil. Stets hatte sie sich geschworen, ihren Geburtskontinent erst dann wieder zu betreten, wenn sie in der Lage war, einer Luxuskapsel zu entsteigen und Langham und ihrer Familie mit einem süffisanten Lächeln ihre Aufwartung zu machen.

Hat ja super geklappt.

Blöderweise befand sich Likans Anwesen aber nun mal auf Suvorov. Was verständlich war, nachdem sich hier Viotias Hauptstadt, Ludor, befand. Likan war alles andere als ein Provinzmensch, er musste immer dort sein, wo das pralle Leben tobte. Also wieder zurück übers Meer und in die alte Heimat, mit ihren besten Klamotten im Gepäckraum und einem immer stärker werdenden beklemmenden Gefühl.

Sie war wirklich neugierig auf diese ganze Sheldonite-Erfolgsstory. Es in weniger als hundertfünfzig Jahren auf ein solches Level zu schaffen, das war schon eine phänomenale Leistung. Es gab eine Menge, was sie von Likan lernen konnte, vorausgesetzt, sie schaffte es, ihn zum Reden zu bringen.

Dann war da noch die Sache mit dem Sheldonite-Fandom. Tausende von Menschen auf Hunderten Externer Welten versuchten ihrem alten hyperkapitalistischen Idol nachzueifern. Ein Nacheifern, das gefährlich nah an blinde Verehrung herankam, wie sie fand. Doch sie war geneigt, sich mit einem Urteil zurückzuhalten, bis sie ihre eigenen Erfahrungen gemacht haben würde. Und vielleicht war das alles ja genau das Richtige für sie. Selbst Bovey konnte nicht leugnen, dass Sheldonite nun mal der Inbegriff von Unternehmenskultur war. Erfolgreicher Sheldonismus, genauer gesagt, denn auf den Externen Welten gab es mehr als genug gescheiterte Anhänger.

Und schließlich der Harem. Die typische Männerphantasie;

ein reicher Mann verwirklicht seine Träume. Heutzutage sogar noch verbreiteter als zu Sheldons Zeiten; Gruppen-Partnerschaftsbeziehungen erfreuten sich auf den Externen Welten einer wachsenden Beliebtheit. Und sie war nun wahrhaftig nicht in der Position, dies zu kritisieren. Was sie mit Bovey trieb, war im Grunde genommen doch nichts anderes. Da war sie nun also, praktisch ledig und frei, und nach wie vor an sexuellen Experimenten interessiert, um herauszufinden, worauf sie stand. Niemals hätte sie dergleichen von sich gedacht, hatte sich aber in diesem Punkt sogar schon vor der Sache mit Bovey selbst überrascht.

Also eine letzte stürmische Affäre. Und zu welchen Erkenntnissen ich dabei auch gelange, dieses Wochenende steht unter dem Motto: gewinnen oder gewinnen.

Und während sie dieser anstößige, nichtsdestoweniger wärmende Gedanke erfüllte, kam schließlich wieder Land in Sicht. Kurz darauf flog die Kapsel über Likans Anwesen hinweg. Ihr Gastgeber besaß ein hunderttausend Quadratmeilen großes Grundstück, das einen langen Küstenstreifen mit einschloss – darauf etliche Erholungskomplexe. Auf großen Flächen Ackerlandes wuchsen alle nur erdenklichen Luxusfeldfrüchte, Früchte von der Art, wie sie niemand in einer Kücheneinheit erzeugte, gehegt und gepflegt von mehr als einer Million Agribots. Die Erzeugnisse wurden sodann in hygienisch mustergültigen kybernetischen Fabriken weiterverarbeitet und unter Likans eigener Handelsmarke verkauft.

Dann tauchte Albany auf, sein Industriekomplex. Auf dem flachen Land erbaut, nahm er ein quadratisches Areal von acht mal acht Meilen ein. Hohe, kastenförmige Gebäude waren in einem perfekten Gitternetz errichtet, jedes von ihnen eine Weiterverarbeitungsanlage oder eine Fabrik.

An einer Seite lag ein Raumhafen, lange Reihen mit Landefeldern, die sich über die grüne Wiese bis zu einem nahegelegenen Fluss erstreckten. Auf dem Wasser drängten sich Ozeanlastkähne, während sich am Himmel dickbauchige

Frachtraumer zu beinahe festen Linien formiert hatten. Tatsächlich wohnte in Albany kein einziger Mensch; die Techniker, die den Komplex in Gang hielten, waren allesamt in zwanzig Meilen entfernten Schlafstädten untergebracht. Gerade eben überflog sie eine von diesen Ansiedlungen und staunte, wie attraktiv sie aussah mit ihren großzügigen Häusern, zahlreichen Grünflächen und hübsch anzusehenden Gemeinschaftsgebäuden, die jede Annehmlichkeit boten.

Und das alles gehört ihm. Und mehr noch: Er hat das alles hier geschaffen. Das nenn ich mal 'ne echte Vision.

Bei ihrem Kapselnetz ging eine Anfrage der örtlichen Verkehrskontrolle ein. Araminta stellte ihren Identitätsnachweis bereit und bekam kurz darauf einen Anflugvektor zugeteilt.

Likans Domizil bestand eigentlich aus drei separaten Gebäuden. Zwei davon lagen am Ufer eines zehn Meilen langen Sees. Eines war ein riesiges, aus Stein errichtetes Chateau, das mindestens fünfhundert Zimmer beherbergen musste. Araminta hatte schon Dörfer gesehen, die kleiner gewesen waren. Das zweite stellte rein äußerlich das krasse Gegenteil des ersten dar: ein ultramoderner Ovoid von schimmernder Opaleszenz, der zu einer der Längsseiten abfiel und bis zum Wasser reichte. Das dritte Haus war vergleichsweise klein, nicht mehr als eine Holzhütte auf den Klippen einer felsigen Insel.

Die Kapsel landete draußen vor dem Ovoid. Was Araminta nur recht war. Sie war neugierig, wie es in seinem Innern aussah. Vielleicht gab es da ja irgendwelche Design-Ideen, die sie abkupfern konnte.

Zwei Haremsmitglieder erwarteten sie, um sie, als sie ausstieg, zu begrüßen. Clemance, ein schlanker Teenie, in ein schlichtes weißes Hemd und blaue Baumwollhosen gekleidet. Sie hatte ein kesses Gesicht, mit Sommersprossen auf Nase und Stirn, ein beflissenes Lächeln und hellblondes Haar, das so gut wie gar nicht gestylt war. Nicht ganz das, was Araminta erwartet hatte. Die andere Frau dagegen, Marakata, war hochgewachsen und von klassischer Schönheit, mit einer ebenholzfarbenen Haut, die im Sonnenlicht glänzte. Ihr scharlachrotes Kleid hatte vermutlich mehr gekostet als sämtliche Klamotten, die Araminta im Gepäck hatte, zusammen. *Und das ist das, was sie am Nachmittag trägt!* Raffinierte Kosmetik-Scales unterstrichen ein Paar jadegrüner Augen und einen sinnlichen Mund. Sie lächelte nicht, ihre ganze Haltung drückte reservierte Belustigung aus.

Clemance verbeugte sich. Ihr Lächeln wurde noch etwas breiter. Dann warf sie ihre Arme um Araminta. »Likan hat uns schon alles von dir erzählt. Ich freu mich so, dass wir uns endlich kennenlernen.«

Leicht perplex erwiderte Araminta die Umarmung des Mädchens. »Was genau hat er denn so gesagt?«

»Dass wir uns vorsehen sollen«, sagte Marakata. Sie hob eine gepflegte Augenbraue und beobachtete Aramintas Reaktion.

»Er meinte, du wärst ziemlich ehrgeizig. Und klug. Und attraktiv. Und dein eigener Chef –«, Clemance schien die Luft auszugehen. »Einfach rundherum phantastisch.«

Endlich schaffte es Araminta, sich von dem Mädchen zu befreien. »Mir war gar nicht bewusst, dass ich so einen Eindruck auf ihn gemacht hab.«

»Likan ist mit seinen Schlussfolgerungen schnell bei der Hand«, sagte Marakata.

»Und du?«, fragte Araminta so cool, wie sie konnte.

Tatsächlich erntete sie ein kleines Lächeln von der bemerkenswerten Frau. »Ich lasse mir Zeit, bis ich mir ein abschließendes Urteil bilde.«

»Gut zu wissen.«

Clemance kicherte. »Komm, wir zeigen dir dein Zimmer.« Sie packte Aramintas Hand und zog sie mit sich wie eine Fünfjährige, die ihre Eltern zum Weihnachtsbaum zerrt.

»Das Personal wird sich um dein Gepäck kümmern«, sagte Marakata unbekümmert.

Araminta runzelte die Stirn, doch dann sah sie, dass sie keineswegs scherzte. Ein paar Frauen in gleichermaßen modischen Togaanzügen steuerten auf ihre Kapsel zu, von einem Regrav-Schlitten gefolgt. »Ihr habt hier menschliches Personal?«

»Natürlich.«

»Demnach muss Nigel Sheldon also auch welches gehabt haben.«

»Hm, du bist von der ganz fixen Sorte, was?«

Clemance lachte und zog noch etwas fester an ihr. »Jetzt komm endlich! Ich hab's extra für dich ausgesucht.«

Sie standen direkt vor der glitzernden Außenfläche. Araminta hatte gar nicht realisiert, wie riesig groß der Ovoid war. Jetzt, da sie an ihm hinaufsah, erkannte sie, dass er mindestens zehn Stockwerke hoch hinaufragte, obwohl sich das wegen der Krümmung schwer sagen ließ. Es gab keinerlei erkennbare Besonderheiten, und mit Sicherheit nirgendwo eine Tür. Die gesamte Basis war von einem breiten Marmorweg umgeben, so als würde sie auf einem Sockel ruhen. Auf dem Boden waren dünne goldene Linien erschienen, denen Clemance gefolgt war. Dann schlüpfte sie durch die Flut aus vielfarbigem Licht. Araminta tat es ihr gleich. Es war so ähnlich, als würde man duch ein Druck-Kraftfeld gehen oder unter einer Sporendusche hindurch. Ein leichtes Prickeln auf der Haut, ein greller Lichtblitz in den Augen, und schon befand sie sich in einer Zimmerblase mit durchsichtigen Möbeln, deren gebogene und geschwungene Umrisse von smaragdgrünen Linien nachgezeichnet wurden, die wie Laserstrahlen leuchteten. Die Schränke und Schubladen waren allesamt leer. Sessel wie Sofas gaben aus dem Inneren ihrer Polster ein diffuses Licht ab und glichen unvollkommenen Portalprojektionen. Der Fußboden und die gewölbten Wände stellten eine matte Variante der Außenhaut dar. Einzig die cremefarbenen und goldenen Laken auf dem Bett wollten Araminta wirklich materiell und mit Händen greifbar erscheinen.

»Das Haus bietet uns ein Funktionsprogramm an«, teilte ihr U-Shadow ihr mit.

»Akzeptieren.« Ihre Exosicht zeigte ihr das File, das sich in einer Speicherlakune öffnete.

Clemance saß bereits auf der Bettkante und wippte auf und nieder. »Gefällt's dir?«

»Der Haupteingang des Hauses führt in ein Gästeschlafzimmer?«

»Nur wenn man es so möchte«, erwiderte das Mädchen munter. »Sag deinem Kontrollprogramm, dass du rausgucken können willst.«

Araminta tat, wie ihr geheißen. Schon verloren die Wände an einer Seite ihren Glanz und gaben den Blick frei auf den Garten und ihre Kapsel mit dem Regrav-Schlitten, auf den gerade ihre Koffer aufgeladen wurden.

»Also, wenn du das Badezimmer brauchst ...«, sagte Clemance. Das ganze Zimmer begann sich der Krümmung der Außenwand folgend nach oben zu schieben. Irgendwo unter dem Boden mussten sich ausgezeichnete Schwerkraftkompensatoren befinden, denn Araminta spürte nicht die geringste Bewegung. Dann glitt der ganze Raum horizontal ins Zentrum des Ovoids. Weitere Zimmerblasen flossen an ihnen vorbei.

Araminta nahm an, dass dies in etwa die Perspektive war, die ein durch eine Ader jagendes Blutkörperchen hatte. Sie lächelte verzückt. »Wie genial. Das ganze Ding ist variabel.«

Ihr Schlafzimmer gelangte an ein Badezimmer; schon rollte eine Wand zur Seite, um den Durchgang freizugeben. Der Raum hinter der neuen Tür war schon deutlich konventioneller, mit einer riesigen Pool-Badewanne, Duschen und Trocknerkabinen. Er war größer als die Wohnzimmer der Apartments, die sie sanierte.

»Wenn du jemanden besuchen oder zum Dinner ins Esszimmer oder einfach nur mal was anderes sehen willst – sag's einfach dem Haus«, sagte Marakata.

»Mach ich«, versprach Araminta.

Auf der gegenüberliegenden Seite des Bades öffnete sich eine Tür und Marakata trat hindurch. Araminta konnte einen flüchtigen Blick auf einen vollkommen in Weiß gehaltenen Raum mit einem langen Schreibtisch und Fitnessgeräten erhaschen. »Wir sehen uns dann später«, sagte Marakata und die Tür schwang hinter ihr zu.

»War das eine Drohung?«, murmelte Araminta.

»Ach, beachte sie am besten gar nicht«, sagte Clemance. »Sie benimmt sich neuen Leuten gegenüber immer so komisch. Im Bett ist sie viel, viel amüsanter, ehrlich.«

»Da bin ich mir sicher.« Araminta drehte sich um und unterzog das Zimmer einer eingehenderen Inspektion. Die Schubladen begannen, sich mit ihren Sachen zu füllen. Es war, als würde man aufsteigende Wasserblasen in einem Glas beobachten. »Bring mich zu Likan«, befahl sie ihrem U-Shadow.

Das Zimmer schloss die Tür zum Bad. Gewölbte Wände glitten vorbei, sich erst horizontal und dann vertikal krümmend. »Und mach die Wände blickdicht.« Die Schwerkraft mochte vielleicht absolut stabil sein, aber der Anblick war seltsam verwirrend.

Likans Zimmer war von gewaltigem Ausmaß. Wahrscheinlich wurde es nicht oft bewegt, wie Araminta annahm, weil sich sonst auch alles andere im Haus mitverschieben würde. Es war kreisrund und hatte einen polierten Eichenfußboden, der aus nur einem einzigen, gigantischen Segment zu bestehen schien. Vermutlich künstlich herangezüchtet; sie hatte ein File über das Verfahren in einem ihrer Raumgestaltungskurse gelesen. Die Wände waren matt rosa und blau, mit einer lichtdurchlässigen Eierschalenstruktur. Zum oberen Drittel hin wurden sie nach und nach transparent und ermöglichten so den Blick auf den See.

Likan kam erfreut auf sie zu. Er trug ein einfaches malvenfarbiges Sweatshirt und lange grüne Hosen. Kleine farbige Symbole schrumpften um ihn herum zusammen und verschwanden. Die Wände mussten Portale sein, dachte Araminta, womit sie eine enorme Projektionskapazität besitzen mussten. Dies hier war vermutlich sein Büro. Er lächelte herzlich, blieb vor ihr stehen und gab ihr einen Kuss. Die Art von Kuss, die ihr klarmachte, was er später von ihr erwartete.

»Tolles Haus«, sagte sie.

»Ich wusste, es würde Ihnen gefallen. Das Konzept ist relativ alt, aber wir haben den Fertigungsprozess auf ein relativ kostengünstiges Level gedrückt. Gar nicht so einfach ohne Higher-Replikatoren.«

»Ich hätte gerne die Colwyn-City-Lizenz.«

Er schenkte ihr ein warmes, bewunderndes Lächeln. »Sehen Sie, die meisten Unternehmer hätten jetzt irgendeinen fiesen Witz über mich und wie ich sie aus dem Geschäft dränge gemacht. Sie jedoch ... Sie verstehen es, sich anzupassen und nach vorn zu schauen. Das hebt Sie von den anderen ab.«

»Vielen Dank.«

Clemance huschte an ihnen vorbei zu einer neuen Tür. »Bis später dann.«

Likan winkte ihr mit knapper Geste nach, ohne sie anzusehen, während er Araminta zu der transparenten Wand hinüberführte. »Einen Drink? Etwas zu essen?«, fragte er.

»Nein, danke. Vielleicht in ein paar Stunden.«

»Gut. Die Premierministerin und zwei Kabinettsmitglieder kommen nämlich heute Abend zum Dinner.«

»Versuchen Sie etwa, mich zu beeindrucken?«

»Die wären so oder so gekommen. Aber ich hoffe, dass Sie dadurch eine Vorstellung von dem Leben bekommen, das ich führe. Um so groß zu werden, bedarf es einer eingehenden Beschäftigung mit Politik.«

»Die City Hall von Colwyn kann ziemlich schikanös sein, wenn's um die Ausstellung von Bewilligungen geht.«

»Laden Sie den Sachbearbeiter zum Abendessen ein. Stellen Sie Ihrem örtlichen Regierungsrat mal eine Luxuskapsel zu Verfügung. Die sehen doch auch alle nur zu, dass sie ihre Schäfchen ins Trockene bringen. Wozu sonst gibt es öffentliche Gelder?«

»Ja, bis einer kommt, um mit der Korruption aufzuräumen.«

»Genau. Und die Sorte ist wirklich lästig. Glücklicherweise neigen solche Typen nicht dazu, sich lange zu halten.«

»Sie sind ein Zyniker.«

»Pragmatiker, wenn Sie erlauben. Ich bin auf jedem Feld auch weitaus erfahrener als Sie. Also glauben Sie mir ruhig, wenn ich sage, dass alle Politiker ihre Schwächen haben.«

»Welches ist Ihre?«, stichelte sie.

»Erstens, ich bin leicht zu haben. Aber das wissen Sie ja schon. Zweitens Risiko. Risiko ist meine Schwäche. Das Gefühl, wenn ein Risiko sich am Ende auszahlt, ist einfach unvergleichlich. Ich gehe fast jedes Risiko ein. Weil ich den Lohn dafür einfach zu sehr genieße.«

»Und welches Risiko gehen Sie im Augenblick ein?«

»Sie sind geschäftstüchtig, Sie haben über mich recherchiert. Zumindest was meine Finanzakten betrifft. Nur heraus damit.«

»Ich hab auf dem Weg hierher ein paar Hintergrundinformationen abgerufen. Es herrscht die allgemeine Meinung, dass Sie sich finanziell ernsthaft übernommen haben.«

»Und diese Kredite sind in den letzten paar Jahren in signifikanter Weise gewachsen. Also, was denken Sie, warum gehe ich dieses Risiko dennoch ein?«

»Sie sind dabei, Immobiliengesellschaften mit Häusern wie diesem hier plattzumachen? Den Markt zu überfluten?«

Er grinste. »Zu kleiner Maßstab. Ich denke in anderen Größenordnungen. Abgesehen davon würde es mindestens eine Dekade dauern, bis so was wie dies hier zunächst hip und später dann allgemein akzeptiert wird. Überlegen Sie mal, was ist das dringlichste Problem, das Viotia heutzutage hat?«

»Living Dream?«

»Gewissermaßen. Immer schwebt drohend Ellezelin über uns. Zu Recht. Die Freihandelszone ist ein mächtiger Markt; er zeigt keinerlei Schwäche und wächst beständig. Jeder, der bereits auf ihm operiert, besitzt einen enormen finanzwirtschaftlichen und die Produktionskapazitäten betreffenden

Vorteil gegenüber irgendeinem armseligen kleinen Viotia-Unternehmen. Es steht zu befürchten, dass, wenn sie schließlich ein Wurmloch hier öffen, alle unsere Firmen von Billigimporten verdrängt werden. Der Handel wird nur in eine Richtung gehen.«

Sie musste plötzlich an Albany denken, an die schiere Größe dieser Anlage. »Sie werden sie unterbieten.«

»Albany ist so automatisiert, wie es ohne Replikatoren nur möglich ist. Zehn Jahre lang hab ich in die modernsten kybernetisierten Systeme, die wir bekommen konnten, investiert, um die Produktionskosten zu dämpfen. Und um das zu tun, um die Stückkosten so weit herunterzudrücken, wie es technisch machbar ist, brauchen Sie eine gewaltige Massenproduktion. Das ist's, was mich im Augenblick beschäftigt. Die Fabriken arbeiten so eben noch profitabel. Aber wenn dieses Wurmloch geöffnet wird ...«

»Wird es nicht zu dem finanziellen Massaker kommen, das man erwartet.«

»Die importieren. Ich exportiere. Nur wird das Exportvolumen zehn Mal größer sein, als man vermutet.«

»Sie würden ein Vertriebsnetz benötigen.«

Er lächelte triumphierend, während er sich herumdrehte, um auf den See hinaus zu blicken. »Ganz ohne Frage.«

»Wow«, sagte sie. Und meinte es auch so. Likans Ambitionen waren so groß, dass ihre eigenen im Vergleich dazu nicht mehr existent wären. »Aber warum erzählen Sie mir das alles? Um bei mir Eindruck zu schinden, damit Sie mich in die Kiste kriegen? Wohl kaum. Das haben Sie ja bereits geschafft.«

»Wenngleich ich eine sehr hohe Meinung von meinen Fähigkeiten habe, kann ich nicht jeden Aspekt eines solchen Projekts allein managen, große Visionen hin oder her. Zu viele Details. Für eine Expansionsphase auf diesem Level brauche ich Leute in leitenden Positionen, auf die ich mich verlassen kann; vor allem außerhalb des Planeten.«

»Das ist sehr schmeichelhaft.«

»Jein. Sie wären in der Lage, ein Unternehmen zu leiten, denke ich; Sie verfügen über die richtige Tatkraft und Einstellung. Sie haben zwar keine Erfahrung in Spitzenpositionen, aber das kommt.«

Sie runzelte die Stirn. »Wieso ich?«

»Wie viele Nachforschungen haben Sie wirklich betrieben? Auch über Sheldon selbst? Was wissen Sie über ihn?«

»Nichts«, gab sie zu. »Nur, was ich in der Schule aufgeschnappt hab.«

»Die alten Dynastien waren Familienunternehmen im buchstäblichen Sinne. Die sicherste von Menschen ausgedachte Methode, sich der Loyalität seiner Mitarbeiter zu versichern und die Kontrolle zu behalten. Nigel verließ sich dabei auf sein eigen Fleisch und Blut.«

»Ah.« Es war, als würde sich plötzlich das Zimmer bewegen: abwärts.

»Sämtliche Führungspositionen wurden von seinen eigenen Kindern besetzt«, sagte Likan. »Nichts anderes tue ich auch.«

Eine Erinnerung drängte sich in Aramintas Bewusstsein. »Debbina?«, sagte sie, bevor sie es verhindern konnte.

Likan zuckte förmlich zusammen. »Was hab ich Ihnen bloß getan? Aber nein, nicht mein heißgeliebtes kleines Mädchen. Doch viele meiner anderen Kinder leiten Abteilungen meines Unternehmens.«

»Und wie passe ich in das Ganze hinein?«

»Was denken Sie?«

»Erklären Sie's mir.«

»Sie werden eine meiner Frauen. Sie bekommen meine Kinder. Und die werden ihren Platz in meiner Firma einnehmen.«

»Sie verstehen es wirklich, ein Mädchen zum Schwärmen zu bringen.«

Er bedachte sie mit einem säuerlichen Lächeln. »Ach kommen Sie, wir sind doch beide erwachsen. Jede Eheschließung ist heutzutage zur Hälfte auch Geschäft. Wir werden jede Menge Spaß im Bett miteinander haben. Ich kann Ihnen alles bieten, was Sie sich wünschen. Ihre Kinder werden als Zugehörige des dynamischsten Unternehmens in diesem Teil der Galaxis aufwachsen. Es wird ihnen niemals an irgendetwas mangeln, und sie werden vor wirklich unbegrenzte Herausforderungen gestellt. Ich kenne Sie gut genug, um zu wissen, dass Ihnen das gefiele. Ich meine, wer will schon Bälger, die sich auf ihrem Treuhandfonds ausruhen, richtig? Und dasselbe gilt für Sie. Bleiben Sie für zehn, fünfzehn Jahre bei mir, danach können Sie entweder auf einem Posten in der Firma weitermachen, oder aber Sie gehen mit einem riesigen Batzen Geld und genug Insiderwissen ihrer Wege und müssen sich um nichts und niemanden mehr graue Haare wachsen lassen.«

»Bei Ozzies Mutter! Ist das Ihr Ernst?«

»Vollauf.«

»Das ist sehr schmeichelhaft, aber kommt das alles nicht ein bisschen plötzlich?«

»Glauben Sie, Sheldon hat lange gefackelt, wenn er etwas sah, das er wollte? Im Leben nicht. Er ging und holte es sich. Und davon abgesehen kommt das hier nicht wirklich so plötzlich, oder? Schließlich nahm das Ganze damals auf meinem Symposion bereits seinen Lauf; das wollen Sie doch jetzt nicht etwa bestreiten, oder?«

»Nein«, gestand sie.

»Na also. Es besteht eine körperliche Anziehungskraft. Bleibt nur noch die Frage nach Ihren Fähigkeiten. Ich habe einige Recherchen angestellt.«

»Der Kaffee-Laufbursche Ihrer fünften Sekretärin hat einige Recherchen angestellt.«

»Stimmt«, gab er grinsend zu. »Sie sind das typische Kind aus dem Nichts und verweigerten sich der bequemen Laufbahn im Familienbetrieb. Eine gescheiterte Ehe. Gerade im Begriff, wieder auf die Beine zu kommen. Sie sind hungrig. Und tüchtig. Mit der Erfahrung, die meine Organistation mitbringt, werden Sie geradezu aufblühen.« Er trat noch näher an sie heran, legte seinen Arm um sie und küsste sie erneut, zärtlicher dieses Mal. »Ich verlange nicht auf der Stelle eine Antwort. Aber das ist der Grund, warum du hier bist. Lerne alles, was für dich relevant ist, erst mal kennen, dann nimm dir Zeit und triff in Ruhe deine Entscheidung.«

Wow, der zweite Heiratsantrag in einem Monat.

»Okay«, sagte sie mit zittriger Stimme. »Das werde ich.«

»Ist es dir wirklich ernst damit? Du sagst das nicht einfach bloß so?«

»Nein. Ich meine es ernst.«

Zum Abendessen trug Araminta nicht ihre eigenen Kleider. Ein erster Vorgeschmack auf das Leben in einem Harem. Eine Stylistin namens Helenna erwartete sie bereits, nachdem sie von ihrem eigenen Schlafzimmer wieder aus Likans luftigem Büro abgeholt worden war. Helenna war eine gemütlich-heitere Frau, nicht weit entfernt von der Rejuvenation, die im Alter offenbar einige Pfunde zugelegt hatte. In ihrer offenherzigen Art war sie geradezu versessen darauf, sämtlichen mehr oder weniger vertraulichen häuslichen Klatsch an die Frau zu bringen. Dem meisten vermochte Araminta jedoch nicht zu folgen. Helenna war seit fünfzig Jahren mit Likan zusammen. »Ich weiß also Bescheid, Liebchen, hab so einiges hier miterlebt. Ich verurteile niemanden. Und nichts, was du hier tust, könnte mich noch groß überraschen. Wenn du also was *Spezielles* für heute Abend möchtest, frag mich einfach.« Araminta war sich nicht ganz sicher, was alles zu diesem *Speziellen* zählte. Zu gern hätte sie gewusst, worum die anderen Mädchen diese Frau gebeten hatten. Eine Sache, die Helenna mit Sicherheit wusste, war, dass Likan seine Frauen elegant mochte. »Also müssen wir dafür sorgen, dass du ordentlich was hermachst und gerüstet bist, um dich gegenüber den anderen zu behaupten.«

Und das dauerte. In den folgenden Stunden sprang Araramintas Schlafzimmer im Ovoidhaus von hierhin nach dorthin, um sich an diverse Spezialräume anzukoppeln. Zunächst an die Sauna, um die Poren zu reinigen. Dann folgte eine Massage von einem Mann namens Nifran, der ebenso brutal wie geschickt zu Werke ging. Nach der Behandlung floss Araminta förmlich von der Liege herunter. Es folgte der Anprobenraum – *ein Haus mit einem eigenen Anprobenraum?* –, wo Maß genommen wurde für ihre Abendgarderobe.

Alsdann ging es über spiralförmige Windungen hinunter in den Salon, wo Helenna sich als wahre Zauberin entpuppte. Schichten von Kosmetikmembranen wurden aufgetragen, doch als Araminta in den Spiegel schaute, war nichts davon zu sehen. Stattdessen erblickte sie das Gesicht ihres neunzehnjährigen Selbst. Eine Neunzehnjährige, die sie nie gekannt hatte, aber immer hatte sein wollen – ein Gesicht mit hohen Wangenknochen, ohne ein überflüssiges Gramm Fett, mit zarten, langen Wimpern, absolut reiner Haut und funklenden Augen. Eine weitere Stunde nahm es in Anspruch, ihr Haar zu *reparieren*, wie Helenna diese erste Prozedur nicht ohne Missbilligung nannte. Danach wurde verlängert, aufgefüllt, geschmeidig gemacht, onduliert und frisiert.

Während all dies geschah, saß Clemance auf dem Stuhl neben ihr. Ein weiteres Mitglied des Harems, Alsena, hatte auf der anderen Seite Platz genommen. Ihr ungezwungenes Geplauder vermittelte ihr einen guten Eindruck vom fast schwesterlichen Zusammengehörigkeitsgefühl, das unter den Frauen herrschte. So erhielt Araminta eine komplette Zusammenfassung von Likans Stammbaum unter besonderer Berücksichtigung seiner ungeratenen Sprösslinge – eine Saga, für die sie, um nicht den Überblick zu verlieren, in einer Speicherlakune ein neues File anlegen musste.

Doch bei all ihrer Freundlichkeit schienen diese Mädchen am wahren Leben so gut wie keinen Anteil zu haben. Eine ziemlich boshafte Feststellung, doch nichtsdestotrotz eine, die

Araminta zu denken gab. Wenn Likan sich ehrgeizige Frauen wie sie wünschte, was wollte er dann mit diesen hier? Deren Streben und Trachten mochte allem Möglichen gelten, ganz gewiss aber nicht der Leitung von Abteilungen in seinem Firmenimperium.

»Er liebt die Abwechslung«, ließ Helenna sie wissen, während der Salon sich wieder an den Anprobenraum ankoppelte.

Das klassische *kleine Schwarze* war niemals ganz aus der Mode gekommen. Und als Araminta das Kleid betrachtete, das der Hexenmeisterlehrling im Anprobenraum für sie herbeigezaubert hatte, wusste sie auch, warum. Allein das Hineinschlüpfen machte sie schon scharf – Ozzie allein wusste, welche Wirkung es auf jeden Mann, der ihren Weg kreuzte, haben würde. Es war sündhaft eng, und dabei doch elastisch genug, um ihren Brüsten vollste Bewegungsfreiheit zu gewähren. Als sie die ersten Schritte darin tat, stieg ihr die Schamesröte ins Gesicht. Auf irgendeine Weise ließen der kurze Saum und die Seidenglanz-Mikrofaser, die auf ihre Beine aufgesprüht war, Waden und Schenkel schlanker erscheinen, sodass nun auch ihre Beine dem Ideal einer Neunzehnjährigen entsprachen, mit dem Helennas Zauberei schon ihr Antlitz für den Abend gesegnet hatte.

Die Aperitifs für die Hausangehörigen und Likans Gäste wurden im Musikzimmer gereicht, das an die Stelle seines Büros gerückt war und damit eine grandiose Aussicht auf den See bot. Hocherhobenen Hauptes trat Araminta ein, wohl wissend, wie phantastisch sie aussah. Likans Blicke, der zweimal hinschauen musste, die lächelnden Gesichter des Harems und Clemances kleiner Freudenhüpfer, während sie aufgeregt in die Hände klatschte, waren ausnahmslos Zeichen einer Anerkennung, die ihr, wie Araminta fand, auch zustand. Eine Anerkennung, die ihrem Selbstvertrauen einen Auftrieb gab, der fast an Arroganz grenzte. Und so kam es, dass, als Likan sie der Premierministerin und ihrem Gatten vorstellte, sie sich mit ausgesuchter Höflichkeit gebärdete und den anderen fast schon auf Augenhöhe entgegentrat.

Alldieweil sie Smalltalk betrieb und eigenartig schmeckende Canapés probierte, fragte sie sich mehr als einmal, wie Bovey sich wohl verhalten würde, wenn er hier wäre. Er liebte seinen Lebensstil und konnte in kulinarischer Hinsicht ein ausgemachter Snob sein. Doch die Gesellschaft, in der sie sich gerade bewegte; die Reichen und Mächtigen dieser Welt und ein paar, die einfach nur berühmt waren – irgendwie wurde Araminta die Vorstellung nicht los, dass er über sie die Nase gerümpft hätte.

Da bin ich also nun und schlage mich wacker.

Eine Schattenseite immerhin hatte der Abend: Der Mann der Premierministerin, neben den sie am Esstisch platziert worden war, stellte sich als unglaublicher Langweiler heraus. Zum Glück saß Eridal, einer von Likans älteren Söhnen, zu ihrer anderen Seite. Nicht weniger smart und charmant als Likan, leitete er eine Finanzierungsgesellschaft in Ludor; allerdings mangelte es ihm an der unerschütterlichen Zielstrebigkeit, die seinen Vater antrieb. Pflichtschuldig gab sie sich Mühe, sich nicht den ganzen Abend nur mit ihm zu unterhalten.

Als der Abend vorbei war und nachdem der Speisesaal sich zum Erdgeschoss hinabgesenkt hatte, sodass die Gäste sich zu ihren Kapseln begeben konnten, blieben nur noch Likan und acht seiner Haremsfrauen zurück. Die Tür schloss sich, und die Wände begannen wie vordem zu funkeln. Alle lachten vor Erleichterung auf, und Araminta fiel aus vollem Herzen mit ein.

Likan gab ihr einen anerkennenden Kuss. »Verdammt, ich hatte ganz vergessen, wie schrecklich dieser Schwachkopf ist«, sagte er zu ihr. »Ich war drauf und dran, ihm eine reinzuhauen, und dabei musste ich ihn nicht mal ertragen. Danke, dass du ihn erduldet hast.«

Rund um den Speisesaal öffneten sich die Türen zu verschiedenen Schlafzimmern. Der Harem zog sich zurück und entschwand. Von allen Frauen beim Dinner waren sie zweifellos die schönsten gewesen, und dies zumeist in frappierender Weise. Trotz aller Bemühungen Helennas fühlte sich Araminta in ihrer Gegenwart wie die arme, bedauernswerte Verwandte.

»Geh und mach dich fertig«, sagte Likan. »Ich werde warten.«

Er wandte sich um und trat durch eine Tür in einen kleinen, verdunkelten Raum. Einen Moment lang starrte Araminta ihm hinterher, dann ließ sie ihr eigenes Schlafzimmer kommen. Dieses ganze Alphamännchen-Gehabe mit Sex auf Abruf passte ihr nicht. Zunächst einmal besaß er dafür einfach nicht das nötige Charisma, nicht bei seinem Modeverständnis und seiner reizlosen Erscheinung. Andererseits verlieh ihm die Tatsache, dass er so viel erreicht hatte, eine seltsame Unwiderstehlichkeit. Sie musste über sich selbst grinsen. *Zum Teufel, was soll's, zumindest mit Clemance wird's bestimmt interessant.*

»Zieh mich so an, wie er's mag«, sagte sie der wartenden Helenna. Ein Unterfangen, das sich als weitaus langwieriger herausstellte, als sie gedacht hatte. Als Erstes wurde abermals Nifran hinzugezogen, der Araminta wegen ihres Mangels an körperlicher Bewegung tadelte, weshalb es ihm fast unmöglich sei, ihre Verspannungen zu lösen. Was er dann mit ihren Beinen veranstaltete, war für sich gesehen im Grunde schon Sex.

Helenna ihrerseits brachte irgendein märchenhaft riechendes Duftöl zum Einsatz, das in Verbindung mit Nifrans marterndem Kneten und Klopfen ihr Fleisch zum Glühen brachte.

»Er steht doch nicht auf Sadomaso oder so was?«, erkundigte sich Araminta argwöhnisch angesichts dieser ausgiebigen Vorbehandlung. Ihre persönliche Vorstellung davon, sich für eine heiße Nacht zurechtzumachen, bestand darin, etwas anzuziehen, was ein Mann schnell wieder ausziehen konnte.

»Keine Bange, Liebchen, er mag den Sex genau so, wie er seine Frauen mag – ästhetisch.«

Darüber nachgrübelnd, ließ sich Araminta von Helenna ankleiden. Das weiße Negligé bestand im Wesentlichen aus Stoffstreifen, die jedoch perverserweise so angeordnet waren, dass sie mehr von ihrem Körper verdeckten als das kleine Schwarze. Sie inspizierte sich im Spiegel. *So entspricht seine Vorstellung von Ästhetik also dem Typ Flittchenprinzessin? Männer ...*

Ihr Schlafzimmer düste mit ihr zu Likans Boudoir – anders konnte man es nicht nennen. Ein riesengroßes Bett im Zentrum, neckisch verspieltes Mobiliar, matte rosé-goldene Beleuchtung. Der Harem war in Bereitschaft und samt und sonders, ja, *elegant* in Satin und Seide gehüllt. Die Damen fläzten sich auf den Diwans und nippten an Champagnerflöten, während sie einem Paar dabei zusahen, wie es sich auf dem Bett verlustierte.

Araminta schlenderte herein, versuchte, keinen allzu beklommenen Eindruck zu machen. Likan nahm sie in Empfang. Er trug einen schwarzen Morgenrock. »Champagner?«, bot er ihr an.

»Danke.« Sie ergriff das langstielige Glas, das Marakata ihr mit prüfendem Blick hinhielt. Die Art, wie die reservierte Frau direkt durch ihr Negligé hindurchzusehen schien, hatte etwas alarmierend Erotisches.

»Ihr beiden solltet euch küssen«, sagte Likan.

Araminta drückte sich gegen die statueske Frau, genoss die sinnliche Berührung. Marakata wusste, wie man küsste, so viel stand fest.

Nachdem sie sich wieder voneinander gelöst hatten, trank Araminta einen Schluck von dem Champagner, indessen Likan ihre Hand ergriff und sie langsam zu der Couch hinüberführte, wo Alsena wartete. Araminta kniete sich hin und küsste auch sie.

Wie sie, während Likan weitere Anweisungen gab, damit fortfuhr, auch all die anderen Frauen zu küssen, befand sie, dass diese Erfahrung weniger ästhetisch war, als vielmehr einem speziellen Schema F folgte. Likan hatte sein Liebesleben durch und durch ritualisiert. Zum Abschluss küsste sie ihn. Danach zog er sie sanft hinüber zum Bett. Dann wünschte er, dass sie eine ganz bestimmte kniende Position einnahm, absolut sexpüppchenhaft. Eine der Haremsfrauen half ihm dabei, ihre Haare dekorativ über die Schultern zu legen.

Clemance streifte Likan den Morgenrock ab. Araminta starrte auf seine riesige Erektion.

»Ich hab ein Geschenk für dich.«

»Ja«, erwiderte sie. »Das sehe ich.«

»Ein Programm.«

»Häh?«

»Eine Melange, die ich über die Jahre hinweg selbst komponiert habe. Es erlaubt dir tiefere Einblicke in dein eigenes Bewusstsein, eröffnet Ebenen, die in ähnlicher Weise ans Unterbewusste grenzen, wie es die alten Yogis einst durch Meditation erreicht haben.«

»Aha«, erwiderte sie. Na, wenn das kein Stimmungstöter war.

Er lächelte sie zärtlich an und strich ihr über die Wange. »Ich verwende es selbst zur Konzentration. Es hilft, die Gedanken von allem Belanglosen zu befreien. Lässt dich zum Kreatürlich-Wesentlichen zurückkehren, das das Innerste unserer Persönlichkeit ausmacht.« Sein Gesicht näherte sich ihrem. »Es gibt keine Hemmungen, die man in so einem Zustand haben müsste, nichts, wofür man sich schämen müsste. Alles, was man tut, ist aufrichtig und rein.«

»Keine Hemmungen?«

»Klarheit ist nicht nur im Geschäftsleben nützlich, sondern auch in der Liebe. Indem man alles andere ausblendet, kann man sich vollkommen auf seine körperlichen Empfindungen konzentrieren. Selbst der allerkleinste Nervenimpuls wird so noch verstärkt.«

»Du meinst, man kann seinen Orgasmus damit steigern?« Das Ganze klang verdächtig nach einer elektronischen Version der Sex-Aerosole, die sie und Bovey benutzten.

»Genau. Außerdem sind angepasste Biofeedback-Routinen implementiert, die auf dein physisches Selbst einwirken können. Sobald du den Ausgangspunkt deiner körperlichen Lust bestimmt hast, kannst du es wiederholen.« Seine Stimme wurde sanfter, verführerisch. »So oft, wie deine Kräfte es zulassen.«

Ihr U-Shadow teilte ihr mit, dass er ihr das Programm anbot. Plötzlich wurde Araminta in ihrem Negligé ausgesprochen heiß. »Scan es nach Infiltratoren und Trojanern«, wies sie ihren U-Shadow an, während sie Likan mit ruhigem Blick ansah.

»Es ist sauber.«

»Laden und ausführen.« Über ihre Exosicht sah sie, wie sich das Programm in einer ihrer Lakunen extrahierte. Es hatte große Ähnlichkeit mit einem Lernprogramm, dem sie gestattete, sich in ihren grauen Zellen auszubreiten. Instinkthaftes Wissen brodelte in ihrem Geist auf.

»Hab keine Angst«, sagte Likan leise. »Ich benutze es mit dir. Damit wird unser erstes Mal spektakulär.«

Sie nickte wortlos, wagte nicht zu sprechen. Dann stellte sie fest, dass die Gedankenklärung ein völlig simpler Vorgang zu sein schien; nicht unähnlich der dahinwogenden Einschlafphase, ohne sich jedoch darauf einzulassen. Ihr Atem wurde ruhiger und mehr und mehr wurde sie sich ihrer Körperrhythmen bewusst, dem Fluss nervöser Energie sowie ihres Herzschlags. Nebensächliche Gedanken fielen ab von ihr, bis sie sich ganz auf sich selbst konzentrierte, in dem Boudoir, auf dem Bett. Schließlich registrierte sie sogar die leichte Berührung des Stoffs auf ihrer Haut. Winzige Schweißperlen klebten an ihr. Sie vernahm das Geräusch von Kohlensäurebläschen, die in den Kristallflöten zischten. Likans Atmen. Sie sah, wie sich sein Arm um sie legte, sah seinen Fingerwink.

Marakata gehorchte der Aufforderung und glitt schlangengleich über die Matratze. Ihre Finger streichelten Aramintas Haut. Die Eindrücke, die ihre Nerven erhielten, brandeten wie eine Flutwelle in ihr Gehirn. Sie keuchte auf bei dem Anprall, fokussierte ihre Aufmerksamkeit auf die Empfindungen, die am lustbringendsten waren. Suhlte sich in ihnen.

Auf Likans Anweisung hin zupfte Marakata die Negligé-Träger von Aramintas Schultern. Luft strömte über ihre nackten Brüste, gefolgt von warmen Fingern. Araminta erbebte heftig unter der Berührung, lächelte, als sie ihr Bewusstsein ganz auf das Gefühl konzentrierte. Laut und heiß rauschte das Blut durch ihre Adern, in ihre Brüste, ließ die Nippel anschwellen.

»Hier«, sagte sie zu dem Besitzer der Finger.

Die Liebkosung wurde wiederholt, der Sinnestaumel erneuert. Dann glitten tausend Hände über ihren Körper. Warme, gierige Münder küssten sie. Wimmernd vor hilfloser Wollust gab sie sich der Sinfonie von Gefühlen hin, die der Harem entfachte. Das Negligé war nun gänzlich heruntergestreift. Instinktiv hob sie das Becken. Likans Schwanz drang in sie ein. Die Erfahrung war nahezu unerträglich und alles, was es für sie in diesem Augenblick noch gab. Immer noch blieb ihr Bewusstsein standhaft gegenüber den Qualen der körperlichen Lust. Araminta schwor sich, ganz gleich, was geschah, nicht in Ohnmacht zu fallen, wie sie es bei Bovey getan hatte. Diesmal umnebelten keine Chemikalien ihren Geist, diesmal war es ihr vergönnt, das unbeschreibliche Ende zu erleben. Sie lachte und weinte gleichzeitig, als Likan begann, sich in einem kraftvollen Rhythmus in ihr zu bewegen. Dann vollführte der Harem erneut sein virtuoses Handwerk.

Unaufhaltsam glitt der Skylord durch die äußere Atmosphäre des festen Planeten, die Vakuumschwingen längst eingezogen. Dichte, aufgewühlte Ionosphärenströme fegten über seine Vorderseite hinweg und sandten lang anhaltende Vibrationen durch seine gigantische Masse. Energie erwachte in spezifischen Mustern in ihm zum Leben, Gedanken verbanden sich mit der elementaren Kraft seines Körpers, veränderten das Gefüge des Universums dort draußen. Er wurde langsamer, während er der Wirklichkeit seine Wünsche aufzwang, dann senkte er sich hinab in die Atmosphäre. Tief unter ihm sangen die Seelen der empfindungsfähigen Wesen ein lautes Willkommen.

»Jetzt!«, befahl Kleriker-Konservator Ethan den gehorsam wartenden Bewusstseinen der Traummeister.

Wie ein einziger Strom brandeten ihre Gedanken in das Gaiafield, zerrten an dem Traumgefüge, suchten nach Zugang. Tentakel aus rohem Willen stießen und stocherten auf das sich beharrlich widersetzende Bild ein, das von dem Zweiten Träumer ausging.

Als der Skylord begann, seine Aufmerksamkeit auf die alte Küstenstadt unter ihm zu fokussieren, fühlten sie, wie seine Wahrnehmung sich nach außen wandte – auf sie. Er spürte sie! Wusste, dass sie da waren!

»Mein Gebieter«, rief Ethan in tiefer Ehrfurcht. »Wir bedürfen deiner Hilfe.«

Der Abstieg des Skylords kam zum Stillstand. Die, welche ihn träumten, fühlten mit ihm die Masse des Planeten, die gegen die Wahrnehmung des majestätischen Geschöpfes drückte. Auf diese Weise *erlebten* sie die Winde, die über die Iguru-Ebene wehten. Erfuhren die Wellen, die träge über die Lyot-See der Küste entgegenrollten. Und dort, direkt unter ihnen, so quälend nah, stießen die physikalischen Formen von Makkathrans Gebäuden an ihre Bewusstseine. Und jedes von ihnen war exakt so wie in Inigos Träumen.

Verehrung und Dankbarkeit quollen ins Gaiafield, gleichsam Ethan in seiner Absicht anspornend. »Wir versuchen, dich zu erreichen. Zeige uns den Weg zu dir, mein Gebieter. Nimm uns bei dir auf.«

Der Traum zerbarst in einer prächtigen Wolke aus Agonie.

Die gebieterischen Gedanken des Skylords wurden von einer ungeheuren Macht hinfortgerissen.

»NEIN!«, befahl inmitten vernichteter Glückseligkeit der Zweite Träumer. »Ich bin ich.«

Eine grenzenlose schwarze Fläche aus boshaftem Zorn verschloss die Kluft zwischen dem Gaiafield und dem Skylord.

Greller, blendender Schmerz brannte sich in Ethans Bewusstsein, als die Dunkelheit nach ihm griff.

Er schrie, jeder seiner Muskeln zog sich zusammen, um ihn aus seinem Sessel zu schleudern und in eine gnädige Ohnmacht stürzen zu lassen.

Keuchend erwachte Araminta, fuhr hoch in ihrem Bett; ihr Herz raste, und ihr Atem ging stoßweise. Instinktiv setzte sie das Programm ein weiteres Mal ein; beruhigte ihre jagenden Gedanken und unterdrückte den körperlichen Schmerz. Es funktionierte prima.

Was zum Teufel ist das bloß mit diesem Traum?

Und dabei hatte er so angenehm begonnen, damit, wie sie sanft über einem fremden Planeten geschwebt hatte; die warme Sonne auf ihrem Rücken, geheimnisvolle Kontinente, die unter ihr dahinzogen. Doch dann war irgendetwas passiert, ein erdrückendes Ereignis, das einen Adrenalinstoß ausgelöst hatte, und sie hatte um sich geschlagen in dem Bemühen, sich selbst wachzurütteln, sich mit aller Gewalt von der beklemmenden Beengtheit zu befreien. Es war, als hätte jemand versucht, ihre Seele zu stehlen. Trotzig hatte sie der dunklen Macht ins Gesicht gebrüllt und es endlich geschafft zu erwachen.

Sich windend, um sich tretend und schreiend.

Sicher? Eigentlich hatte sie, so schien es ihr jetzt, nicht mehr getan, als sich ein bisschen hin und her zu wälzen und im Bett aufzusetzen.

Verstört schaute sie sich um. Likans Boudoir war nach wie

vor in das gleiche warme Licht getaucht. Alle außer ihr schliefen. Neben ihr lag zusammengerollt Clemance, einen Arm über ihre Beine gelegt. Als Araminta sich bewegte, wurde sie wach und blinzelte verwirrt. Araminta streichelte ihr über das zerzauste Haar und die Wange, wie sie es bei einem unruhigen Kind tun würde. Das Mädchen schenkte ihr ein zugleich schlaftrunkenes wie schwärmerisches Lächeln, dann schloss es wieder die Augen.

Missmutig stieß Araminta die Luft aus und sackte langsam wieder nach hinten. Trotz der nachgiebigen Matratze fühlte sich ihr Körper irgendwie verspannt an – was Nifran ohne Frage fuchsen würde. Während sie steif dalag, konnte sie zwei der Haremsfrauen leise im Schlaf sprechen hören. Demnach war sie nicht die Einzige, die von schlechten Träumen gequält wurde. Ob sie durchs Zimmer zu ihnen hinüberkriechen sollte, um sie zu wecken? Doch dann sanken die beiden in einen tieferen Schlaf und verstummten. Araminta hingegen konnte sich immer noch nicht entspannen. Irgendetwas krabbelte und scharrte in ihrem Unterbewusstsein herum, etwas, das sie keine Ruhe finden ließ, eine flüchtige Erinnerung, die sie in einen Zusammenhang zu bringen versuchte. Nicht der Traum, sondern etwas davor …

Ein weiteres Mal kam ihr das Programm zu Hilfe. Sie klärte ihre Gedanken und konzentrierte sich ganz auf die Erinnerung an die Orgie. Körperlich war das Ganze ungemein befriedigend gewesen – das ließ sich nicht bestreiten. Und der Harem hatte sie hingebungsvoll eine ganze Palette an lustvollen Spielarten gelehrt, die sie und Likan genossen hatten. Was sie irritierte, war wiederum dieses Ritualhafte, das dem Ganzen anhaftete; es fehlte an wahrer Leidenschaft, an dem Feuer, in dem sie sich verzehrte, wenn sie sich völlig und bedingungslos hingab – so wie sie es tat, wenn sie mit Bovey zusammen war. Likans Liebesspiel war ihr eine Winzigkeit zu mechanisch; eine Spur zu emsig und rührig waren seine Kurtisanen gewesen, während er die Anweisungen gab.

Abermals setzte sich Araminta im Bett auf. Plötzlich wurde ihr eiskalt. Die Erinnerung an Likan und Marakata war noch absolut klar, dank seines eigenen, grandiosen Programms. *Was für eine Ironie.* Sie ließ das Ganze nochmals Revue passieren, klopfte es sodann auf ein paar weitere suspekte Erinnerungen ab. Dann erstarrte sie, ließ den Kopf in die Hände sinken und stöhnte vor Entsetzen auf. »Oh, Scheiße.«

Getreu ihrem Wort enthielt sich die loyale Helenna jeglichen Urteils. Kein Kommentar kam über ihre Lippen, als das Haus die Schubladen und Schränke leerte und die Kleider durch die Hohlräume zwischen den Zimmern schlitterten, um in der Bedienstetenloge Aramintas Koffer zu füllen. Fast hätte Araminta sie gefragt, wie viele andere sie schon nach einer Nacht mit Likan Hals über Kopf hatte abreisen sehen. Doch das wäre beiden gegenüber nicht in Ordnung gewesen.

Ihr Schlafzimmer schlängelte sich durch das ovoidförmige Haus und öffnete eine Tür auf den Weg, der sich um das Gebäude herumwand. Das Morgenlicht warf ein düsteres Grau auf den ruhig daliegenden See. Zwei adrett gekleidete Hausangestellte waren dabei, ihre Koffer wieder in ihrer Lastkapsel zu verstauen.

»Wirklich ein Jammer, Liebchen«, sagte Helenna. »Ich dachte, du würdest dich mühelos hier einpassen.«

»Ich auch«, erwiderte Araminta. Gab der Kammerfrau eine rasche Umarmung. »Danke für alles.«

»Hey, schön, dich kennengelernt zu haben.«

Araminta wandte sich um und verließ das Schlafzimmer. Die Tür hinter ihr entrollte sich wieder.

»Warte!«, rief Clemance. »Du kannst nicht einfach so abhauen!« Mit diesen Worten stürmte sie aus einer anderen, einige Meter entfernten Tür und versuchte, sich im Laufen eine durchsichtige Stola überzuziehen.

Hinter ihr schritt Likan, sichtlich gefasster und in einen

dicken dunkelvioletten Morgenrock gehüllt, auf Araminta zu. »Du sagst nicht mal auf Wiedersehen?«, fragte er. Ein hässliches Stirnrunzeln erschien auf seinem mopsartigen Gesicht.

»Das Hausnetz ist aktiv. Du wusstest längst, dass ich abreise. Wenn du mir vorher noch was zu sagen gehabt hättest, hättest du's doch gekonnt«, sagte Araminta zu ihm. »Und da bist du ja auch.«

»Ja, da bin ich. Und ich würde gern wissen, wieso du uns verlässt. Ich denke, ich habe ein Recht darauf nach dem Angebot, das ich dir gemacht hab. Ich weiß, dass dir die letzte Nacht gefallen hat. Also, was soll das?«

Araminta blickte auf das aufgelöste Mädchen, das zwischen ihnen hin und her schwankte, unschlüssig, zu wem sie sich wenden sollte. »Hier? Bist du sicher?«

Likan trat einen Schritt nach vorn und legte Clemance seinen Arm um die Schulter, half ihr, ihre Stola überzuziehen. »Ich habe vor meinen Frauen nichts zu verbergen.«

»Auch nicht die Tatsache, dass sie psychoneural-profiled sind?«

Likans Miene blieb gelassen. »Es war anfangs ganz nützlich.«

»*Nützlich?*«, schrie sie ihn an. »Du hast sie dir zurechtgezüchtet, um sie dir zu Sklavinnen zu machen! Ein Profiling dieser Art ist illegal, ist es immer gewesen. Es ist abscheulich, so was zu tun. Sie haben überhaupt keine Wahl. Überhaupt keinen freien Willen. Es ist obszön! Warum nur, um Ozzies willen, warum? Du hast es doch gar nicht nötig, Leute in dein Bett zu zwingen. Vielleicht wäre sogar ich bei dir geblieben. Und ich weiß, dass es Tausende andere gibt, die auf so eine Chance nur warten. Also warum hast du das getan?«

Mit beinahe väterlichem Blick schaute Likan auf Clemance herab. »Sie waren die ersten«, sagte er nur.

»Die ersten?«

»Von meinem Harem. Ich musste doch irgendwo anfangen. Es war das Bootstrap-System.«

»Wovon zur Hölle redest du?«

»Zunächst mal beginnt man, wenn man gar nichts hat, sich an seinem Vorbild zu orientieren. Ich musste er sein, musste Nigel Sheldon werden. Er hatte einen Harem, also hab ich auch einen. Du machst dir keinen Begriff davon, was dieser Mann war. Er *regierte* Hunderte von Welten, Milliarden von Menschen. Ich hab keineswegs gescherzt, als ich ihn einen Imperator nannte. Er war der größte Mensch, der jemals gelebt hat. Ich musste wissen, wie man denkt, musste lernen zu denken, wie er gedacht hat.« Fast presste er die Worte hervor.

»Also hast du dir ein paar Sklaven erschaffen, um das zu erreichen.«

»Sie sind keine Sklaven. Wir alle sind durch persönliche Charakterzüge prädisponiert. Die Art, wie sie zusammenwirken: das ist es, was uns zu Individuen macht. Ich hab bei den Mädchen bloß ein paar Verhaltensattribute verstärkt.«

»Ja, genau: Willfährigkeit! Ich hab sie letzte Nacht beobachtet, Likan. Sie gehorchen dir wie Roboter.«

»Die Beziehung ist weitaus komplexer.«

»Aber darauf läuft's doch hinaus. Wieso hast du dich nicht selber profiled, um so wie Sheldon zu denken? Wenn du schon jemanden zugrunde richten musst, warum nicht dich selbst?«

»Ich hab seine bekannten neuralen Charakteristika in meine DNA integriert. Aber eine neurale Struktur ist nur ein Gefäß für die Persönlichkeit. Ebenso braucht man das entsprechende Umfeld. Und zwar so vollständig, wie es nur eben geht.«

»Um Ozzies willen! Das sind mutwillig und vorsätzlich geschaffene Sklaven, die du da hast. Und du hältst das allen Ernstes für eine vertretbare Methode, der zu werden, der du zu sein wünschst? Das macht mich krank. Ich möchte weder zu dir noch zu deiner abartigen Familie gehören. Du würdest sie nicht mal ziehen lassen, wenn sie's wollten! Warum löscht du ihr Profiling nicht einfach, sobald ihre Rejuvenationsbehandlung ansteht?«

»Ich hab sie aufgrund meiner Überzeugungen geschaffen – falscher Überzeugungen, deiner Meinung nach –, und jetzt meinst du, sie sollten aufgrund *deiner* Überzeugungen wieder umgemodelt werden. Findest du das nicht ein bisschen paradox? Es gibt ein altes Sprichwort, das besagt, dass ein Unrecht das andere nicht aufhebt. Ich übernehme die Verantwortung für meine Frauen, insbesondere für die, die profiled worden sind – genau wie es Sheldon getan haben würde.«

Araminta sah ihn finster an. Dann wandte sie sich Clemance zu, versuchte ein Lächeln, um an ihre Vernunft zu appellieren. »Komm mit mir. Komm mit fort von hier. Es lässt sich wieder rückgängig machen. Ich zeige dir, wie es ist, frei zu sein, ein richtiger Mensch. Ich weiß, dass du mir nicht glaubst, aber bitte versuch's einfach. Versuch es, Clemance.«

»Du bist so ein Dummkopf«, sagte das Mädchen. Sie drückte sich enger an Likan. »Ich bin nicht profiled. Mir gefällt es hier. Mir gefällt es, in dem Harem zu sein. Mir gefällt das Geld. Mir gefällt das Leben. Mir gefällt, dass meine Kinder ganze Planeten beherrschen werden. Sag, was werden deine Kinder, ohne Likan, denn irgendwann mal sein?«

»Sie selbst«, antwortete Araminta schwach.

Clemance schaute sie mit unverhohlenem Mitleid an. »Das ist mir nicht gut genug.«

Verunsichert hob Araminta die Hand. »Ist sie …?«

»Es waren immer nur drei«, sagte Likan. »Und Clemance gehört nicht dazu. Möchtest du noch mal raten?«

Araminta schüttelte den Kopf, wagte es nicht mehr, irgendwelche Vermutungenn anzustellen. Marakata. *Marakata ist eine von ihnen, das weiß ich genau. Was, wenn ich einfach …*

»Leb wohl«, sagte Likan.

Araminta kletterte in die Lastkapsel und befahl ihr, sie nach Hause zu bringen.

Niemals hätte Oscar gedacht, dass er noch einmal an den Ort zurückkehren würde, an dem er gestorben war. Genausowenig, wie er damit gerechnet hatte, eines Tages Paula Myo wiederzusehen.

Zu allem Überfluss musste er erfahren, dass Far Aways geschäftstüchtige Einheimische seinen verzweifelten Hyperglide-Flug zu einer Touristenattraktion gemacht hatten. Und, schlimmer noch, zu einer Touristenattraktion, die sich nur mäßiger Beliebtheit erfreute.

Wie dem auch sei, Oscar musste dem funkelnagelneuen Raumschiff, das ANA ihm nach Orakum geliefert hatte, einen Namen geben. Ohne groß darüber nachzudenken entschied er sich für *Elvin's Payback*. Im Smartcore des Schiffes lag eine ausführliche Briefing-Datei bereit, die er rasch überflog. Anschließend sendete er ein paar Anfragen an Paula, die sich inzwischen wieder auf ihrem eigenen Schiff befand, unterwegs nach irgendwo. Sie hatte nicht damit rausrücken wollen, wohin.

Nachdem er die Datei vollständig durchgesehen hatte, war ihm eines klar geworden: Paula überschätzte seine Fähigkeiten gründlich. Es gab eine Reihe äußerst einflussreicher, äußerst entschlossener Gruppen, die nach dem Zweiten Träumer suchten. Nun mochte das vielleicht Paula nicht weiter beunruhigt haben, aber ... »Ich bin nur ein Pilot«, sagte er ihr noch einmal, als sie sich über einen sicheren TD-Kanal bei ihm meldete und wissen wollte, aus welchem Grund er nach Far Away flog. Mit keiner Silbe hatte sie erwähnt, dass sie imstande war, den Kurs der *Elvin's Payback* zu verfolgen, aber irgendwie wunderte ihn das nicht.

»Ich werde Hilfe benötigen«, sagte er. »Und so, wie Sie mir vertrauen, vertraue ich meinerseits jemand anderem.« Er empfand ein kleines teuflisches Vergnügen dabei, ihr nicht zu verraten, wem. Obwohl es nicht ausgeschlossen war, dass sie's herauskriegen würde – so schwierig wie Hyperraumwissenschaft war das nun auch wieder nicht.

Er landete auf dem Raumhafen von Armstrong City, einem riesigen Feld nordöstlich der Stadt mit vier großen Terminalgebäuden, in denen die Passagierflüge abgefertigt wurden, und einem Gitternetz aus Lagerhallen, wo die Frachter ein- und ausgeladen wurden. Er suchte sich ein Lande-Pad etwas abseits und in der Nähe des Absperrungszauns, fernab des eigentlichen Betriebes. Als das Raumschiff runterging, erfassten die visuellen Sensoren die uralte Stadt, die sich von den Gestaden der North Sea landeinwärts erstreckte. Wie nicht anders zu erwarten, türmte sich eine dichte Ansammlung hoher Türme und Pyramiden über der Küste auf, während ausgedehnte Grundstücke großer Handelsfirmen das Land dahinter überschwemmten. Und doch war hier alles deutlich chaotischer als der Aufbau der meisten Commonwealth-Städte, was ihm nicht schlecht gefiel. Er erhaschte einen flüchtigen Blick auf den Highway One, jener geschichtsträchtigen Überlandstraße, auf der seine Freunde den Starflyer bis zu dessen Untergang verfolgt hatten. Alles, was von ihm geblieben war, war ein langer, breiter urbaner Streifen, der sich, der alten Route folgend, meilenweit durch die Great-Iril-Steppen erstreckte, so als versuchten die Gebäude der Stadt, ihrem historischen Anker im Zentrum zu entfliehen. Wie auf allen Commonwealth-Welten ging auch auf Far Away der Bodenverkehr drastisch zurück. Der Himmel über der Stadt wimmelte von Regravkapseln.

Oscar schwebte aus der Luftschleuse unterhalb der *Elvin's Payback* und fühlte einmal mehr Far Aways Boden unter sich. Aus irgendeinem lächerlichen Grund erschauerte er. Er nahm sich einen Moment Zeit, atmete einige Male tief ein und aus und setzte sich dann in Bewegung, fort von dem Schiff. Sanft stießen sich seine Füße in der geringen Schwerkraft von dem kurzen Gras ab und ließen ihn in federleichten Sätzen vorangleiten. Fast hatte er ihn vergessen, jenen wunderbaren Aspekt dieser Welt, dieses Gefühl, sich schwingenden, federnden Schrittes fortzubewegen. Ein Gefühl von Freiheit, so als hätte man wieder Teenagerhormone im Körper.

Als er sich weit genug vom Schiff entfernt hatte, blieb er stehen und drehte sich langsam um die eigene Achse. An einer Seite war die Skyline der Stadt zu sehen, auf der anderen ein paar entfernte Berge. Nichts, das er wiedererkannte. Abgesehen von dem prachtvollen saphirblauen Himmel. Zum Glück war wenigstens er derselbe geblieben, während sich mittels neuer Pflanzen und Kreaturen, die die Menschen auf diese Welt gebracht hatten, die Biosphäre des Planeten allmählich regenerierte.

Aus Richtung der ankommenden und abgehenden Schiffe, die die Terminals benutzten, blies warme Meeresluft in beständigen Böen herüber und zauste sein Haar. Der Unterschied zwischen dieser Anlage und dem Haupt-Raumhafen Orakums, von dem er losgeflogen war, war enorm. Die maximale Auslastung hier lag bei vielleicht gerade mal fünfzig Flügen pro Tag. Andererseits war Far Away die selbsternannte Hauptwelt der Externen Welten; der Planet, der die politische und wirtschaftliche Eingliederung in das Greater Commonwealth verweigert hatte. Selbst heute noch war Far Away genau genommen bloß ein angeschlossenes Mitglied und hatte in seiner standhaften Unabhängigkeit nach dem Starflyer-Krieg eine ganze Generation von neu besiedelten Welten inspiriert. Der politische Wille, gepaart mit dem Ende des CST-Verkehrsmonopols, das die Raumschiffe mit sich brachten, führte zur ersten kulturellen Spaltung innerhalb der Commonwelth-Gesellschaft als Ganzes.

Als die Sheldon-Dynastie Biononics verfügbar gemacht und damit den Startschuss für die Higher-Kultur gegeben hatte, führten Far Aways Barsoomianer genetische Verbesserungen ein, die den menschlichen Körper weit über seinen natürlichen Gipfelpunkt hinaus brachten und in der Advancer-Bewegung mündeten. Schließlich hatte sich Far Away ganz in der Tradition seines leidenschaftlichen Libertarismus zum ideologischen Gegengewicht zur Erde und zu ANA erklärt. Die Commonwelth-Senatoren mochten diese Idee mit ihrer sattsam bekannten Geringschätzung betrachten, doch Far Aways Bürger *glaubten* an ihre eigene Bestimmung.

Lächelnd blickte Oscar auf die geschäftige Stadt, als er den emotionalen Strom des örtlichen Gaiafields wahrnahm. Selbst ihm wohnte eine laute Grellheit inne, die den Eigensinn der Einwohnerschaft zu preisen schien. Sein U-Shadow öffnete einen Kanal zur Planetencybersphäre und rief einen Einmal-Adressencode auf, den er vor sechsundachtzig Jahren erhalten hatte – und zwar an dem Tag, an dem er aus der Relife-Klinik entlassen worden war. Zu seiner Überraschung kam sofort eine Antwort.

»Ja?«

»Ich muss Sie sehen«, sagte Oscar. »Ich habe ein Problem und brauche Hilfe.«

»Wer zum Teufel sind Sie, und woher haben Sie diesen Code?«

»Mein Name ist Oscar Monroe, und dieser Code wurde mir gegeben. Vor geraumer Zeit.«

Es folgte eine lange Pause, doch der Kanal blieb offen.

»Falls Sie ein Schwindler sind, haben Sie genau eine Chance, die Kurve zu kratzen, und diese Chance ist jetzt.«

»Ich weiß, wer ich bin«, sagte Oscar.

»Wir werden sehen.«

»Gut.«

»Also schön. Seien Sie in einer Stunde am Kime Sanctuary auf dem Gipfel des Mount Herculaneum. Einer von uns wird dort sein, um Sie zu treffen.«

Der Kanal wurde geschlossen. Oscar grinste. Er sollte sich von dem Ganzen hier nicht so mitreißen lassen, nein, wirklich, das sollte er nicht.

Sein U-Shadow kontaktierte einen lokalen Fahrzeugverleih, bei dem er eine Hochleistungs-Ingravkapsel mietete. Angesichts dessen, wen er im Begriff war zu treffen, wollte er nicht riskieren, dass man Wind von seinem Ultra-Antriebsschiff bekam.

Die Kapsel katapultierte ihn in einem semiballistischen Lüpfer zum Mount Herculaneum, der achtundzwanzig Minuten dauerte. Das letzte Mal, dass er den kolossalen Vulkan gesehen hatte, war an dem Tag gewesen, an dem er in dessen Abhänge gekracht und dabei umgekommen war. Im Vergleich dazu war seine Ankunft heute weit angenehmer. Die Kapsel schoss aus der oberen Atmosphäre und folgte dem Verlauf der Planetenoberfläche Richtung Südwest. Über die Sensoren sah er, wie sich die Große Triade am Horizont erhob, nach wie vor die höchsten Berge, die man bisher auf H-kongruenten Welten entdeckt hatte. Auf einem Planeten mit Standardatmosphäre wären sie unter ihrem eigenen Gewicht zusammengestürzt, doch hier waren sie immer weiter gewachsen, während das Magma sich höher und höher aufgetürmt hatte. Der Mount Herculaneum, der größte, war zweiunddreißig Kilometer hoch, sein Gipfelplateau ragte bis weit über Far Aways Troposphäre hinaus. Etwas nördlich brachte es der Mount Zeus auf immerhin siebzehn Kilometer. Der Mount Titan erreichte eine Höhe von dreiundzwanzig Kilometern; er war der einzige noch aktive Vulkan der Triade.

Oscars Kapsel flog eine Kurve über dem ozeangleichen Grasland der Aldrin Plains, bevor diese sich wieder absenkten. Der Anblick des gewaltigen Kegels des Herculaneum, der sich unter ihm erstreckte, war gigantisch. Das Gipfelplateau aus schmutzigbraunem Regolith war von zwei Kratern durchbrochen. Rundherum erstreckte sich nackter Fels bis zu dem Gletscherring weit in der Tiefe; die unteren Hänge waren mit Kiefernwäldern und Wiesland bedeckt. Zu seinem Glück war Titan dieser Tage nur mehr halbaktiv. Fast senkrecht blickte Oscar in den rotglühenden Krater hinab und sah das zähflüssige Kräuseln der Wellen auf dem riesigen Lavasee. Leuchtend weiße Brocken schossen aus dem Inferno empor, träge Fontänen durch das Vakuum speiend, die von grell orangenen Funken sprühten. Einige von ihnen wurden bis über den Kraterrand geschleudert, wo sie ihren langen Sturz in die Vergessenheit antraten.

Unweigerlich ging sein Blick zu dem langen Trichtercanyon zwischen Zeus und Titan, der am Fuß des Herculaneum mündete: der Stakeout Canyon. Hier bündelten sich die Stürme, die vom Hondu-Ozean herüberzogen, zu mörderischen Windstößen. Böen, welche die verrückten Kick-Sucher des frühen Commonwelth für ihre Hyperglider-Höllenritte genutzt hatten, um auf Winden zu segeln, die so stark waren, dass sie sie aus der Atmosphäre hinaus und über den Herculaneum hinwegfegten. Diesen letzten Teil der Kür hatte er nie versucht, da er seinen Hyperglider in den von Anna hatte krachen lassen, damit Wilson möglicherweise eine Chance hatte, den Gipfel zu erreichen.

Obwohl er auf einen gewissen emotionalen Schock beim Anblick seines Todesortes gefasst gewesen war, empfand Oscar doch nicht mehr als eine milde Neugier. *Das bedeutet wohl, dass ich vollkommenen im Reinen bin mit diesem neuen Leben. Richtig?*

Während sein Blick dem langen, felsigen Einschnitt im Boden folgte, rief seine Exosicht meteorologische Daten sowie ein File auf, welches ihm verriet, dass die Stürme inzwischen keinesfalls mehr so stark waren wie noch vor eintausend Jahren. Mittels Terraforming war Far Aways Atmosphäre erfolgreich besänftigt worden; Hypergliding war heutzutage nicht mehr als eine Legende.

Die Kapsel brachte ihn hinunter zu einer großen Kuppel direkt an der Ostkante des Mount-Herculaneum-Plateaus, wo die schroffen Abhänge von Aphrodite's Seat zu ihrem Acht-Kilometer-Gefälle ansetzten. Unter einem Druckfeld befand sich der Eingang zur Landehalle der Kuppel, einer großen Metallkaverne, die ausreichend Platz bot für zwanzig Passagierkapseln. Im Moment parkten dort aber lediglich zwei, zudem fünf gewöhnliche Kapseln, die in der Nähe abgestellt waren.

Oscar trat durch die Luftschleusen-Druckvorhänge in die Hauptarena der Kuppel und entrichtete mit einem Credit-Jeton, den Paula ihm gegeben hatte, seine 20 FA$ Eintritt. Drinnen, direkt hinter Aphrodite's Seat, standen nebeneinander drei flache Gebäude. Er ging zum ersten hinüber, welches das Kuppelnetz als »Absturzstelle« auswies. Ein Pulk von Touristen kam heraus und steuerte, aufgeregt schnatternd, auf das Café nebenan zu. Nicht einer von ihnen erkannte ihn, was Oscar einigermaßen lustig fand. Schließlich hatte sich sein Gesicht nicht groß verändert.

Es war düster im Innern; eine der Wände fehlte, sodass der interessierte Besucher bis an den Felsabhang unter der Kuppel herantreten konnte. Etwa drei Meter über dem Boden befand sich ein schmaler, gewundener Laufsteg, darunter ein Druckfeld, das ein Vakuum über dem eigentlichen Regolith aufrechterhielt. Außerdem war ein Stabilisierungsfeldgenerator in Betrieb, um das Wrack des Hypergliders vor dem Verfall zu bewahren. Der einstmals so schnittige Rumpf war beim Aufprall auf den Felsvorsprung brutal zusammengedrückt worden, die Plyplastik-Flügel verbogen und abgeknickt. Oscar musste daran denken, wie elegant diese Flügel in voller Länge ausgesehen hatten, und seufzte.

Langsam ging er den Laufsteg entlang, bis er direkt über dem Exponat stand. Sein Herzschlag wurde wieder ruhiger, während er sich seine Freunde vorstellte, entsetzt und verzweifelt, als das Flugzeug außer Kontrolle geriet und über das staubige Plateau geschlittert, geschleudert und geschlingert war. Das Schicksal einer ganzen Spezies hatte in diesem Moment von ihm abgehangen, das hatte Oscar gewusst, als die Felsabhänge auf ihn zugerast waren.

Er runzelte die Stirn, als er nach unten blickte. Der Hyperglider stand tatsächlich auf dem Kopf, was bedeutete, dass er an irgendeinem Punkt einen kompletten Salto geschlagen haben musste. Sein Blick wanderte am Boden entlang zur Kante von Aphrodite's Seat, wo jemand in einem altertümlichen Druckanzug hockte.

Es war eine Solido-Projektion, wie Oscar, als er am Ende des Laufstegs anlangte, erkannte. Wilson Kime, dessen Kopf in einem alles andere als authentischen Astronautenhelm steckte.

Die Risse im Druckanzug mit einer Art Epoxidharz geflickt; Blut war zu sehen, das ins Regolith sickerte. Der Wilson-Solido starrte hinaus auf die Dessault Mountain Range im Osten, wo die schneebedeckten Gipfel im hellen Dunst des sich krümmenden Horizonts verschwanden. Es war exakt das, was der wirkliche Wilson gesehen hatte; das, wofür so viele Menschen ihr Leben gelassen hatten, damit er es sah. Jene, die in den Geschichtsbüchern auftauchten, und noch viel mehr, deren Namen nie jemand erfuhr. Vor zwölfhundert Jahren hatte dieses herrliche Panorama die Daten geliefert, um einen gigantischen Sturm auf das Starflyer-Schiff zu lenken, der das Scheusal zur Strecke brachte und das Commonwelth befreite.

Und heute konnte er an der gleichen Stelle ins Café Saviour View nebenan gehen und nach ihm selbst benannte Doughnuts kaufen.

»Ohne Sie wären wir nicht hier.«

Oscar zuckte zusammen. Hinter ihm stand ein Mann auf dem Laufsteg. Er trug einen extrem dunklen Togaanzug.

Einen tollen Geheimagenten gebe ich ab; jeder Idiot kann sich an mich heranschleichen.

»Verzeihung?«, sagte Oscar.

Der Mann lächelte. Er war sehr gutaussehend, mit kantigem Unterkiefer, Grübchen im Kinn und einer ziemlich flachen Nase. Die braunen Augen waren von Lachfalten umgeben. Wenn er seinen breiten Mund öffnete, wurden erstaunlich weiße Zähne sichtbar. »Der Ausbruch deprimierter Enttäuschung, den Sie ins Gaiafield abgeben haben, hätte mich fast umgehauen«, sagte er. »Nur allzu verständlich.« Er machte eine Geste, die den ganzen düsteren Raum einschloss. »Diese Farce hier ist alles, was zur Ehrung dessen, was Sie und Wilson erreicht haben, existiert. Aber ich versichere Ihnen, wir wissen und würdigen, was Sie getan haben. Wir lehren es all unsere Kinder.«

»Wir?«

Der Mann neigte förmlich den Kopf. »Die Knight Guardians. Willkommen zurück auf Far Away, Oscar Monroe. Wie können wir Ihnen helfen?«

Sein Name war Tomansio, wie er, während sie zurück zu Oscars Kapsel gingen, erzählte. »Um genau zu sein Tomansio McFoster Stewart. Es war mein Vater, der Ihnen vor sechsundachtzig Jahren unseren Code übergab.«

»Ich hab ihn damals kaum gesehen. Die Regierung hatte einen engen kleinen Kordon um mein Zimmer gezogen. Man war sehr bemüht um meine Privatsphäre. Trotzdem spazierte er einfach so herein. Und auch wieder heraus.«

»Wir hatten schon befürchtet, Sie hätten uns vergessen«, sagte Tomansio. »Oder Schlimmeres.«

»Ich bin nicht mehr derselbe wie früher«, erwiderte Oscar. »Dachte ich zumindest.«

»Und doch sind Sie hier. Ein interessanter Zeitpunkt, um an uns heranzutreten, sowohl im Hinblick auf das Commonwelth als auch auf die Galaxis im Ganzen. Nicht unbedingt der richtige Zeitpunkt jedenfalls, um in nostalgischen Erinnerungen zu schwelgen.«

»Nein. Das hier hat mit Nostalgie nichts zu tun.«

Sie nahmen in der Kapsel Platz. »Macht es Ihnen etwas aus, wenn ich steuere?«, fragte Tomansio. »Es dürfte Ihnen schwer fallen, unsere Territorien ohne Hilfe zu finden.«

»Natürlich nicht«, entgegnete Oscar. Seine Neugier wuchs, als die Kapsel aus der Landehalle glitt. »Wo liegen Ihre Territorien?«

»Dort, wo sie immer lagen; vom Nordostzipfel der Dessault Mountains bis hin zur Oak Sea.« Die Kapsel begann zu beschleunigen, jagte, während sie an Höhe gewann, nordwärts über die Berge. Zum ersten Mal erblickte Oscar die High Desert, um die herum sich die erhabenen Gipfel schützend zusammenkauerten.

»Und ich könnte Sie nicht finden? Ich glaube, der Berg dort ist der Mount St Omer, hab ich recht? Ganz in der Nähe ist die *Marie Celeste* abgestürzt.«

»Wissen und Erreichen sind zwei verschiedene Dinge.«

»Ich wusste nicht, dass ihr alle zu Buddhisten geworden seid und in Glückskeksen sprecht.«

Mit vogelgleicher Päzision neigte Tomansio den Kopf. Sein anziehendes Lächeln blieb unbewegt. »Ah, ich verstehe. Es war nicht meine Absicht, mich mysteriös zu geben. Obwohl ich einen Hang zum Drama habe, wie ich gestehen muss. Aber Sie sind äußerst wertvoll für uns, Oscar. Ich hoffe, ich beeindrucke Sie.«

Einen Moment lang hatte Oscar das Gefühl, als hätte er jedes einzelne dieser elfhundert Jahre durchlebt. *Er muss in den Geschichtsbüchern gegraben haben, um alles über mich zu erfahren. Heilige Scheiße.* Er hatte sich mit seinen Lebenspartnern wohl viel zu sehr abgeschottet. Kein Wunder, dass es ihm immer so vorkam, als wäre sein Haus eine Art Schutzwall zwischen seiner kleinen Familie und der Welt.

»Wir sichern unsere Territorien mit einer T-Sphäre«, sagte Tomansio.

»Wirklich? Ich dachte, so eine hätte nur die Erde.«

»Na ja, wir machen keine Werbung dafür. Aber das Ding ist wirklich eine nette, kleine Verteidigungseinrichtung, auf vielerlei Ebenen, obwohl es eine Unmenge an Energie kostet, sie aufrechtzuerhalten. Sollten Sie auf uns zu laufen, fahren oder fliegen, werden Sie in dem Moment, wo Sie sich unserer Grenze nähern, auch schon auf die andere Seite teleportiert. An eine Tür, die man nicht sieht, kann man nicht anklopfen. Man muss schon eine Einladung haben.«

»Cool.«

Das Gebiet, auf das sie herabfielen, wirkte vornehmlich üppig. Dichtes Grün wurde von mäandernden Flüssen durchteilt, Forst und Wiesenland stritten um die Herrschaft über Täler und Hügel. Im Osten war in der Ferne die Oak Sea zu sehen. Sie traten wieder in die Atmosphäre ein. Wolkenfetzen stürzten an der transparenten Kapselhülle vorbei, verdichteten sich rasch. Dann waren sie durch die Wolkendecke hindurch und das Dach eines Waldes breitete sich unter ihnen aus, mit Blättern jeder erdenklichen Farbe und Bäumen von beeindruckender Größe. Seit jeher hatte Far Away seine erbbiologische Mannigfaltigkeit zelebriert. Beginnend mit einer nahezu unfruchtbaren Landschaft, hatten die Terraforming-Teams die Samen von Hunderten von Planeten herbeigeschafft, um diesen beispiellos kontrastierenden Pflanzengarten zu schaffen.

»Los geht's«, sagte Tomansio, als sie eine Höhe von drei Meilen erreicht hatten.

Das Bild draußen änderte sich so plötzlich, als hätte jemand einen Schalter umgelegt. Oscar schnellte in seinem Sitz nach vorn. Jetzt glitten sie knapp hundert Meter über dem Boden an der Spitze eines sich weit erstreckenden Tals. Blaugrünes Gras erstreckte sich über Meilen hinweg zu beiden Seiten dahin und leckte an den Waldungen, die aus den Vertiefungen in den Talgrenzen schwappten. Überall ringsum standen Häuser, erbaut aus Holz und Stein und so idyllisch mit der Umgebung verschmelzend, wie ein mittelalterliches Dorf daheim auf der Erde. Nur dass dieses hier in eine etwas andere Größenordnung vorstieß.

»Und hier leben Sie?«, fragte Oscar.

»Ja.«

»Ich beneide Sie.«

»Der Schein kann manchmal trügen.«

Die Kapsel setzte neben einem der Steinhäuser auf, einem länglichen Gebäude mit altersgeschwärzten Holzbalken, die unter einem Schieferdach hervorragten. An einer Seite verlief ein Balkon. Die großen Fenster waren weit geöffnet und ließen ein äußerst modernes Inneres erkennen. Das Gras wucherte bis ans Gemäuer und unterstrich den Eindruck harmonischen Einsseins mit der Natur.

Erschöpft stieg Oscar aus. Das Gaiafield hallte von einer warmen, unaufdringlichen Freude wider, die ihn in einen Tagtraum hüllte von einem Kind, das in die Arme seiner Mutter zurückkehrte; das tröstliche Gefühl, in Sicherheit und *zu Hause* zu sein.

Eine warme Herzlichkeit ging von den Menschen aus, die quer über das Land herbeieilten, um ihn zu begrüßen. Sie kamen aus den nahe gelegenen Häusern oder teleportierten einfach in die sich stetig vergrößernde Menge. Dann erschien die Kavallerie; eine ganze Division kam über eine nahe gelegene Brücke herangaloppiert. Die Reiter waren in dunkle Uniformen gekleidet, trugen wehende gold-rote Wappenbänder an den Schultern. Die Rosse selbst trugen einen metallenen Kettenüberwurf, dessen mit Goldquasten besetzter Saum über die Grasspitzen strich. Verblüfft starrte Oscar die riesigen, Furcht erregenden Tiere an, die mit ihren metallbeschlagenen Hörnern und scharfen Hauern Erinnerungen weckten.

»So einen hab ich schon mal gesehen«, rief er aufgeregt. »Damals, auf unserer Fahrt zu den Bergen. Ein Charlemagne. Jemand hat uns geführt.«

»Ja«, sagte Tomansio. »Wir trainieren noch immer, auf ihnen zu kämpfen. Aber eigentlich sind wir seit der Rache des Planeten nie wieder wirklich mit ihnen in die Schlacht geritten. Heute dient das alles eher einem zeremoniellen Zweck und der Demonstration unseres Könnens. Die Reiter sind Ihnen zu Ehren hier. Genau wie die Königsadler.« Er deutete nach oben.

Oscar schaffte es gerade noch, nicht zusammenzuzucken; obschon er nach Luft schnappen musste. Ein Schwarm gigantischer Vogelkreaturen wirbelte über ihren Köpfen. Dem Pterosaurus aus dem Dinosaurierzeitalter der Erde nicht unähnlich, waren sie von den Barsoomianern im Zuge ihres Trachtens nach genetischer Erweiterung erschaffen worden. Auf jedem von ihnen saß ein Reiter, in lange, fließende Roben gehüllt, die im Wind flatterten. Die Adlerreiter winkten, während sie über ihnen hinwegzogen, dabei mit einer Gewandtheit Wenden und Drehungen vollführend, als hätten sie ihr Leben lang nichts anderes getan. Oscar grinste schamlos angesichts ihrer akrobatischen Kapriolen. Die waren doch hoffentlich angeschnallt?

Tomansio räusperte sich diskret. »Vielleicht ein paar Worte?«, flüsterte er Oscar ins Ohr.

Oscar war so verzückt von den Königsadlern gewesen, dass er gar nicht gemerkt hatte, wie viele Menschen sich inzwischen vor ihm versammelt hatten. Perplex und ein wenig verunsichert starrte er die Menge an. Es war, als hätte man eine Athletenriege aus ihren Häusern gescheucht. Sie waren ausnahmslos groß gewachsen – die Männer gutaussehend, die Frauen wunderschön – und durch und durch fit. Auch die erwartungsvoll lächelnden Kinder waren äußerst gesunde Exemplare. Oscar konnte sich nicht helfen, aber er musste unwillkürlich an H. G. Wells' Zukunftsvision in *Die Zeitmaschine* denken. Hier in ihrem behüteten elysischen Garten lebten die Knight Guardians wie die Eloi – indes wie Eloi mit Muckis und *Standpunkt.* Wehe dem Morlock, der sich in dieses Tal verirren sollte.

Oscar holte tief Luft und versuchte *wirklich,* sich nicht der Presseerklärungen zu erinnern, die er während seiner Zeit bei der Navy hatte abhalten müssen. »Ich bin sehr lange nicht auf Far Away gewesen. Zu lange, um ehrlich zu sein. Sie alle haben eine aufregende und einzigartige Welt daraus gemacht, eine Welt, die sich des Respekts des gesamten Commonwelth rühmen kann. Dafür danke ich Ihnen, ebenso wie für diesen wunderbaren Empfang.«

Herzlicher Applaus brandete auf. Oscar bewegte ruckartig den Kopf hin und her und blickte lächelnd in die ernsten Gesichter. Er empfand eine ungeheure Erleichterung, als Tomansio ihn endlich ins Haus geleitete.

Das Empfangszimmer war mit etwas ausgekleidet, das wie durchscheinender weißer Stoff aussah, von dem ein sanftes Schimmern ausging. In den Wänden befanden sich merkwürdige tiefe Falten, die auf Parallelbereiche hindeuteten. Ein Aspekt der T-Sphäre, wie Oscar annahm. Das Mobiliar wirkte relativ robust, ebenso wie der kleine Schrein, der auf einem großen Holztisch am anderen Zimmerende ruhte. Oscar blieb stehen, den Blick starr auf das schwarz umschleierte holographische Porträt gerichtet, unter dem eine einzelne Kerze brannte. Das affektierte Konterfei von »The Cat« lächelte ihn hintergründig an.

»Für jedes Yin ein Yang«, murmelte Oscar grimmig. Er hätte es ahnen müssen. Das Tal war wahrhaftig zu idyllisch gewesen.

Tomansio schloss zu ihm auf und blieb neben ihm stehen. »Sie kennen sie, nicht wahr? Sie haben sogar mit ihr gesprochen, als Sie nach Far Away reisten.«

»Wir haben einen Tag zusammen in der Carbon Goose verbracht, während des Flugs über Half Way. Ich würde nicht behaupten, sie gut zu kennen.«

»Wie ich Sie um diesen Tag beneide. Hat sie Ihnen Angst gemacht?«

»Ich war ihrer überdrüssig. Das waren wir alle. Vielleicht solltet ihr das auch sein?«

»Ich hätte keine Angst vor ihr. Ich wäre geehrt.«

»Sie ist der Teufel.«

»Natürlich ist sie das. Aber sie ist auch erhaben. Sie hat uns den Weg gezeigt, sie hat den Guardians of Selfhood wieder ein Ziel gegeben. Sie war es, die uns mit den Barsoomianern zusammengebracht hat. Nachdem der Starflyer vernichtet war, nachdem Sie, Oscar, geholfen haben, ihn zu töten, gab es für unsere Vorfahren nichts mehr zu tun. Dereinst hat Bradley Johansson unsere Gemeinschaft aus den Trümmern der Unterjochung aufgebaut. Er schmiedete uns zu Kriegerstämmen zusammen, um die größte Schlacht zu schlagen, die die Menschheit je gesehen hat. Um unsere gesamte Spezies zu retten. Und als sie vorüber war, war er tot, und wir waren verloren, verdammt zu verkümmern, zu einer dahinschwindenden Schar alter Soldaten ohne Befehl. Eine anachronistische Peinlichkeit, nachdem Far Away durch das Commonwealth *zivilisiert* wurde.«

»Soldaten müssen seit jeher ihre Waffen an den Nagel hängen, wenn es vorbei ist.«

»Sie verstehen nicht. Es war unser Ethos, das Cat gerettet hat. Sie zeigte uns, dass Stärke eine Tugend ist, ein Segen. Es ist unsere Art von Evolution und sollte nicht in der Art und Weise abgelehnt werden, wie es die Liberalen des Commonwelth tun, als etwas Verwerfliches, das um seiner selbst willen schon abzulehnen ist. Wären wir nicht stark gewesen, wäre Bradley nicht standhaft geblieben, Oscar, dann wäre das Commonwelth am gleichen Tage gestorben wie Sie. Hätten sich die Barsoomianer nicht ihre Klarsicht erhalten, wären die Menschen heute ausgezehrte, kurzlebige Kreaturen.« Er sah das Porträt an und lächelte. »Der eine von uns besaß Stärke, der andere ein Ziel. Sie hat beides erkannt und zu einem kühnen Prinzip vereint, sie gab uns eine Vision, der wir für immer treu bleiben können. Es ist nichts Schändliches an Stärke, Oscar.«

»Ich weiß«, erwiderte Oscar widerstrebend. »Deshalb bin ich hier.«

»Das hatte ich gehofft. Sie sagten, Sie benötigten Hilfe?«

»So ist es.« Er machte eine Pause. »Was, wenn mein Ansinnen eurer Ideologie zuwiderläuft?«

Tomansio lachte. »Wir haben keine, Oscar. Das macht die Knight-Guardians-Bewegung ja aus. Wir folgen nur einem Kredo: Stärke. Nichts anderes wollen wir an die Menschheit weitergeben, während sie wächst und expandiert. Es ist der fundamentalste evolutionäre Grundsatz. Die Menschen, die das begreifen, werden überleben, so einfach ist das. Unsere Natur ist so unverdorben, wie sie nur sein kann. Die Tatsache, dass alle Welt nur Söldner in uns sieht, ist nicht unser Problem. Wenn man uns für einen Job anheuert, machen wir ihn gründlich.«

»Nun ja, für diesen ist diskretes Vorgehen erforderlich. Zumindest am Anfang.«

»Oh, wir können äußerst diskret sein, Oscar. Verdeckte Operationen sind eine unserer Spezialitäten. Wenn's sein muss, machen wir uns so ziemlich alle Formen menschlicher

Bemühungen zu eigen, abgesehen von den offensichtlich niederträchtigen oder dummen. Zum Beispiel würden wir für Sie keinen Raubüberfall begehen. Die Knight Guardians nehmen ihren Ehrenkodex sehr ernst.«

Fast hätte Oscar auf Cat verwiesen und darauf, was sie so trieb, doch dann entschied er sich dagegen. »Ich muss jemanden finden, und ihm dann ein Schutzangebot unterbreiten.«

»Das klingt recht ehrenwert. Um wen handelt es sich?«

»Um den Zweiten Träumer.«

Zum ersten Mal, seit sie sich getroffen hatten, erlebte Oscar, wie Tomansio seine Contenance verlor. »Was? Wirklich?« Der Knight Guardian lachte. »Zwölfhundert Jahre ohne Sie, und jetzt kommen Sie uns damit. Oscar, Sie waren das Warten wirklich wert. Der Zweite Träumer höchstselbst!« Plötzlich wurde er wieder ernst. »Ich werde Sie nicht fragen, warum. Aber aus tiefstem Herzen Danke, dass Sie zu uns gekommen sind.«

»Das Warum ist eigentlich ganz einfach. Es gibt zu viele Leute, die Einfluss auf ihn nehmen möchten. Wenn er irgendwann beschließt, aus der Versenkung aufzutauchen, sollte er in der Lage sein, seine eigene freie Entscheidung zu treffen.«

»Zur Leere zu fliegen oder nicht. Bei der Suche nach dem Schicksal unser Rasse möglicherweise das Ende der Galaxis heraufzubeschwören – oder nicht. Welch ein Gral, den es da zu bewachen gilt, Oscar. Welch eine Herausforderung.«

»Darf ich das als ein Ja auffassen?«

»Meine Leute sind in weniger als einer Stunde aufbruchbereit.«

»Werden Sie sie anführen?«

»Was denken Sie denn?«

»Ich war *so* sicher!«, rief Araminta aus. »Sie war dieses typische, leicht verrückte kleine Ding. Sie hat alles getan, was er gesagt hat, und ich meine alles.«

»Seien wir mal ehrlich, Schätzchen, du warst doch zu diesem Zeitpunkt gar nicht in der Lage, zweifelsfreie Schlüsse zu ziehen«, meinte Cressida neckisch.

»Aber es war die Art, wie sie es tat. Du verstehst nicht, was ich meine. Sie war so willig. So devot. Genau wie die anderen. Denke ich jedenfalls. Scheiße. Glaubst du, Likan hat mich verarscht? Vielleicht ist sie ja doch profiled und er hat ihr gesagt, was sie zu antworten hat.« Araminta versuchte, sich wieder abzuregen. Alkohol war ein gutes Beruhigungsmittel. Sie nahm die Weinflasche, wollte sich nachschenken, doch die Flasche war leer. »Mist!«

Cressida gab dem elegant gekleideten Ober ein Zeichen. »Trotzdem, was für ein Angebot.«

»Ja, klar. Aber was ist bloß mit den Männern los? Warum sind sie einer wie der andere total Scheiße? Ich meine, wie muss man drauf sein, um so was zu tun? Diese Frauen sind nichts anderes als Sklaven.«

»Ich weiß.«

Der Ober brachte eine neue Flasche und öffnete sie. »Der Herr dort drüben lässt fragen, ob er sie auf seine Rechnung nehmen darf.«

Araminta und Cressida schauten hinüber zu dem riesigen, vom Boden zur Decke reichenden Fenster, das einen überwältigenden Ausblick über die funkelnden nächtlichen Großstadtlichter bot. Die Bar befand sich im fünfunddreißigsten Stock des Salamartin-Hotel-Turms und zog eine Menge Touristen an, die sich nichts dabei dachten, die völlig absurden Nachtlokalpreise zu zahlen. An diesem Tag waren sämtliche Hotelzimmer von Living-Dream-Anhängern besetzt, was auch der Grund dafür war, dass die Lobby von Demonstranten belagert wurde.

Araminta hatte sich erst einen Weg durch den wütend skandierenden Mob kämpfen und beim Portier all ihre Überzeugungskraft einsetzen müssen, bevor er sie endlich hereingelassen hatte. Es war beängstigend gewesen; draußen auf der

Straße baute sich ein bedrohliches Gewaltpotenzial auf. Cressida besaß natürlich den Berechtigungscode, um mit ihrer Kapsel direkt auf dem Dachfeld fürs Hotelmanagement zu landen.

Der Mann, der sie von einem der Fenstertische aus anlächelte, war ganz in Naturstoffe gekleidet – Kleider also, die bestens zu einem Bürger aus Makkathran gepasst hätten.

»Nein«, sagten Araminta und Cressida wie aus einem Munde.

Der Ober lächelte verständnisvoll und begann ihnen einzuschenken.

Missmutig sah Araminta zu, wie ihr Glas gefüllt wurde. »Meinst du, ich sollte zur Polizei gehen?«

»Nein«, erwiderte Cressida energisch. »Das lässt du schön bleiben. Himmelherrgottnochmal, er hat dich beim Abendessen neben den Göttergatten der Premierministerin gesetzt. Dir dürfte doch wohl klar sein, wie einflussreich er ist. Abgesehen davon würde kein Polizeiapparat auf dem Planeten gegen ihn ermitteln, und selbst wenn, könnten sie ihm überhaupt nichts beweisen. Diese Mädchen – falls du recht hast, und damit will ich nicht sagen, dass das nicht so ist – würden niemals gefunden, und schon gar nicht daraufhin untersucht, ob ihr Gehirn auf illegale Weise verschaltet wurde. Vergiss es.«

»Was ist mit der Commonwelth-Regierung? Haben die nicht so eine Art Kriminalbehörde?«

»Das Intersolar Serious Crimes Directorate. Du machst also einen kleinen Ausflug zu ihrem örtlichen Büro, das sich wahrscheinlich auf Ellezelin befindet, spazierst dort herein und äußerst denen gegenüber den Verdacht, ein paar von Likans Frauen könnten möglicherweise psychoneural-profiled sein. Weil sie dir nämlich irgendwie komisch vorgekommen sind, als ihr alle miteinander in den Glockenblumen wart, zu einer Orgie, während der, nebenbei bemerkt, deine makrozellularen Cluster ein Sexualrauschmittel-Programm ausgeführt haben.«

»Es war kein Rauschmittel«, sagte Araminta mechanisch.

»Na, wenn das so ist, spricht das natürlich zu deinen Gunsten. Das wird sie bestimmt überzeugen ...«

»Ist ja gut! Und was, wenn ich ihnen von seinen Geschäftsplänen erzähle? Darüber, wie er Albanys Kapazitäten ausgebaut hat?«

»Wem erzählen?«

Araminta zog eine Schnute. Für eine Freundin war Cressida nicht gerade hilfreich. »Ich weiß nicht genau. Dem Industrieverband von Ellezelin, oder wie immer das heißt.«

»Glaubst du etwa, die wüssten das nicht? Albany ist nichts, das sich verheimlichen lässt. Und was genau hat das jetzt mit psychoneuralem Profiling zu tun?«

»Keine Ahnung.«

»Für mich hört sich das mehr nach Rache als nach Gerechtigkeit an.«

»Er ist ein Arschloch. Er hat es verdient.«

»War er gut im Bett?«

Araminta hoffte, dass sie nicht rot wurde, während sie versuchte, sich Wein nachzuschenken. »Ausreichend, würde ich sagen.«

»Hör zu, Schätzchen, ich fürchte, das ist eine von diesen hässlichen Situationen, wo du jemanden einfach vergessen und deines Weges ziehen solltest. Du hast eine wertvolle Lektion gelernt: wie skrupellos man eben sein muss, um in unserem traurigen alten Universum weiterzukommen.«

Wie ein Stein sank Aramintas Kopf in ihre Hände, ihr Haar floss um ihr Glas herum. »Oh, gütiger Ozzie, und ich hab's mit ihm getrieben! Wie demütigend das ist.« Sie wünschte, sie könnte die Erinnerung an jene Nacht einfach abschütteln, zumindest den Teil, in dem es darum ging, wie prächtig sie sich amüsiert hatte. Tatsächlich gab's im Handel diverse legale Routinen und Medikamente zu kaufen, mit denen sich eine nette kleine Gedächtniseditierung vornehmen ließ. *Oh, hör auf, Mädel, Selbstmitleid hilft dir jetzt auch nicht weiter.*

»Na, na.« Cressida langte über den Tisch und tätschelte Aramintas Hand. »Inzwischen hat er bestimmt schon ein halbes Dutzend andere Tussis im Bett und weiß wahrscheinlich nicht mal mehr deinen Namen. Für ihn hat es nicht einen Moment lang so viel bedeutet wie für dich.«

»Und das soll mir jetzt bessere Laune machen?«

»So lautete doch seine Abmachung, oder nicht? Du wärst am zweiten Freitag in Monaten mit R drangewesen?«

»Ja, ich weiß. Zur Hölle, ich bin ein großes Mädchen, ich weiß, was ich tu.«

»Ja, hinterher ist man immer schlauer.«

Araminta hob den Kopf und grinste. »Danke, dass du mir keine Moralpredigten hältst.«

»Du bist immer noch entwicklungsfähig. Und ich denke, dass du unter meiner Obhut ganz gute Fortschritte machst. Jedenfalls war das hier schon ein viel kleinerer Fehler als die Sache mit Laril.«

»Wenn du jemanden aufmuntern willst, gibst du wirklich alles, was?«

Cressida schob ihr Glas über den Tisch und ließ es gegen das von Araminta klirren. »Du begreifst allmählich, wie's im Leben so läuft. Das ist gut. Also, wie soll's jetzt mit Mr Bovey weitergehen?«

Araminta verzog das Gesicht. »Mit Mr Boveys Heiratsantrag, genauer gesagt.«

»Ach was! Er hat dir nicht wirklich einen Antrag gemacht?«

»Doch, hat er. Hochzeit mit allem, was dazugehört, wenn ich erst mal ein Multiple bin.«

»Und dabei behauptest du immer, ich wäre die zielstrebigere von uns beiden ... Moment mal, hat er dich gefragt, *bevor* du Likan deinen kleinen Besuch abgestattet hast?«

»Ähm. Ja.«

»Also wirklich, Mädchen. Wozu dann dieses ganze Theater mit Likan?«

»Um meine Möglichkeiten auszutesten und mir dann zu überlegen, was ich tue.«

»Wow.«

»Hast du jemals daran gedacht, zu einem Multiple zu werden? Likan meint, das wäre eine rein persönliche, keine geschäftliche Entscheidung. Ich bin mir da nicht so sicher. Zehn Paar Extrahände wären in meiner Branche schon recht nützlich.«

»Nein, darüber hab ich mir noch nie Gedanken gemacht. Alles, was man als Juristin braucht, ist nach wie vor ein einzelner, funktionierender Verstand. Aber wenn es dir ernst ist mit der Grundstücks- und Wohnraumerschließung, dann sehe ich die praktischen Vorteile natürlich ein.«

»Obwohl man sich damit auch irgendwie selbst ins Knie schießt, oder? Man schränkt sich ein, wäre immer nur jemand, der irgendwelche manuellen Tätigkeiten verrichtet.«

»Mit deinem Stolz scheint mir das so eine Sache zu sein.«

»Ich will einfach nur –« Sie hatte keine Ahnung, wie sie den Satz beenden sollte. »Ach, ich weiß auch nicht. Das, was an diesem Wochenende passiert ist, hat mich irgendwie total durcheinandergebracht. Und dann hatte ich auch noch diesen wirklich entsetzlichen Traum. Ich war wieder diese echt große Kreatur, die über einem Planeten flog, bevor jemand versucht hat, mich zu ersticken. Hab in letzter Zeit ein paar von denen gehabt. Glaubst du, das liegt am Stress?«

Entgeistert schaute Cressida sie an. »Herzchen, diesen Traum hatten alle. Das war der Traum des Zweiten Träumers, vom Skylord über Querencia. Und es hat dich auch niemand zu ersticken versucht, das war Ethan, der versucht hat, direkt mit dem Skylord zu sprechen. Es heißt, er liegt immer noch im Krankenhaus im Koma und seine Ergebenen tun ihr Möglichstes, sein ausgebranntes Gehirn wieder in Ordnung zu bringen.«

»Das kann nicht sein.«

»Warum nicht?«

»Ich hab keine Gaiamotes. Es kam mir immer ein bisschen albern vor, so wie ein mickriger Unisphärenabklatsch.«

Plötzlich wurde Cressida sehr still. Sie schob ihr Glas beiseite und nahm Aramintas Hand. »Du machst keine Witze?«

»Witze worüber?«

»Hat es dir deine Mutter nicht erzählt?«

»Was erzählt?« Araminta spürte, wie eine leichte Panik in ihr aufstieg. Sie wollte noch einen Schluck trinken, doch Cressidas Griff war überraschend fest.

»Das über unsere Ururgroßmutter.«

»Was ist mit ihr?«

»Es war Mellanie Rescorai.«

Nachdem Cressida die Spannung so in die Höhe getrieben hatte, fühlte sich Araminta zutiefst enttäuscht. Sie hatte mindestens mit einem Dynastie-Erben gerechnet – vielleicht dem Mitglied eines alten Königshauses von der Erde.

»Eine Freundin der Silfen. Sie nannte sich ihr Freund. Du weißt, was das heißt?«

»Nicht wirklich, nein.« Aramintas Kenntnisse über die Silfen waren einigermaßen vage. Eine verschrobene humanoide Rasse, die jedermann als Elfen bezeichnete. Sie sprachen ein singsangartiges Kauderwelsch und hatten ein bizarres Wurmlochnetzwerk, das sich über die halbe Galaxis erstreckte und es ihnen erlaubte, buchstäblich zwischen Welten zu wandern. Eine Fähigkeit, die eine erschütternd hohe Zahl von Menschen ungeheuer romantisch fand und daher zum Anlass nahm, ihnen auf ihren verschlungenen interstellaren Pfaden zu folgen. Nur wenige kehrten zurück. Doch die, die es taten, wussten phantastische Geschichten von Abenteuern auf unbekannten Welten und von fremdartigen Geschöpfen zu berichten.

»Okay«, sagte Cressida. »Dann hör mir zu. Die Silfen nannten auch Ozzie ihren Freund. Sie gaben ihm ein magisches Amulett, das es ihm ermöglichte, ihre Pfade zu erkennen und sich sogar mit ihrem gemeinsamen Bewusstsein, ihrem Mutterholm, zu verbinden.«

»Ozzie? Du meinst ... unser Ozzie? Der, den wir –«

»Genau. Tja, und unser Ozzie wäre nicht unser Ozzie gewesen, wenn er das Amulett nicht aufgebrochen und herausgefunden hätte, wie die Magie in dem Ding funktioniert. Dass es nämlich keine Magie, sondern eine Quantenverflechtung war. Also haben die Menschen angefangen, Gaiamotes zu produzieren. Unser Gaiafield ist im Prinzip nichts anderes als eine armselige Kopie des gemeinschaftlichen Bewusstseins der Silfen.«

»Gut. Und wo kommt jetzt unsere Vorfahrin ins Spiel?«

»Mellanie war ebenfalls ein Freund der Silfen. Was de facto natürlich ein bisschen mehr bedeutet, als dass sie einem bloß ein Amulett in die Hand drücken. Ihr Mutterholm akzeptiert in diesem Fall dein Bewusstsein und lässt dich an seiner Weisheit teilhaben. Das Amulett initiiert nur den Kontakt. Nach einer Weile wird diese Fähigkeit dann ganz natürlich – na ja, relativ gesprochen. Und wie aller Magie wird auch ihr nachgesagt, dass sie sich vererbt.«

»Du hast doch gerade gesagt, es war keine Magie.«

»Natürlich nicht. Aber bedenke, dass Mellanie und ihr Ehemann, Orion, zurückgekehrt sind. Sie bekamen, während sie dort draußen waren und durch die Galaxis spazierten, ein kleines Baby, Sophie. Einer der ganz wenigen Menschen, die jemals auf den Pfaden geboren wurden, und ganz gewiss der erste, dessen Eltern beide Silfen-Freunde waren. Sophie war von Anfang an auf den Mutterholm abgestimmt und hat die Magie an ihre Kinder weitergegeben. Dank ihr können die meisten aus unserer Familie das Gaiafield wahrnehmen, auch wenn es in unserer Generation schon schwächer geworden ist. Aber in einer guten Nacht kann man manchmal den Mutterholm selber spüren. Als ich noch jünger war, hab ich mich sogar selbst mal auf einen der Silfen-Pfade gewagt; er liegt gleich außerhalb von Colwyn City, im Francola-Wald. Ich war dreizehn, wollte was erleben. Völlig beknackt, aber ...«

»Es gibt einen Silfen-Pfad auf Viotia?«

»Ja. Sie benutzen ihn nicht oft. Sie mögen Planeten mit Zivilisationen wie der unsrigen nicht sehr.

»Wohin führt er?«, fragte Araminta atemlos.

»Zu keinem einzelnen bestimmten Ort, sie laufen zusammen, verflechten sich miteinander. Selbst die Zeit verläuft anders auf ihnen. Deshalb verirren sich Menschen, die nicht Freunde der Silfen sind, auf ihnen. Ich hatte Glück, ich schaffte es nach einigen Tagen, wieder nach Hause zu kommen. Mutter war stinkwütend auf mich.«

»Also sind ... meine Träume in Wirklichkeit gar nicht meine?«

»Dieser eine mit dem Skylord jedenfalls war es nicht, nein.«

»Aber er hat sich so echt angefühlt.«

»Tja.« Demonstrativ ließ Cressida ihren Blick durch die mit Living-Dream-Anhängern vollgestopfte Bar schweifen. »Jetzt weißt du auch, wieso die so fromm sind. Wenn du jedes Mal, wenn du schlafen gehst, solche Verlockungen geboten bekommst, na ja, wer würde da schon aufwachen wollen? Das ist es, was die Leere in ihren Augen für sie bereithält. Ihre Träume, für immer und ewig.«

»Ich kapier das nicht. Und wenn sie nun real sind? Diese Stadt, über die sie andauernd reden: Makkathran, die ist doch tiefstes Mittelalter, oder? Und ihr Waterwalker ist die ganze Zeit immer nur in Kämpfe verwickelt. Das ist doch schrecklich. Und selbst wenn man dort über telepathische Kräfte verfügt, so außergewöhnlich ist das nun auch wieder nicht. Unsere Technologie ist mindestens ebenso gut. Wer will denn schon so leben?«

»Du solltest dir wirklich noch mal Inigos Träume ansehen, bevor du so ein Urteil fällst. Der Waterwalker ist im Begriff, eine ganze menschliche Gesellschaft zu verändern.«

»Dann ist er also ein fähiger Politiker?«

»Oh, nein, Herzchen, er ist viel mehr als das. Er hat uns die wahre Natur der Leere offenbart. Er hat uns gezeigt, wozu sie imstande ist. Und diese Macht jagt mir eine Heidenangst ein.

Was offenbar eine Menge Leute ungeheuer interessant finden.« Cressida wedelte mit ihrer gepflegten Hand in die Runde und wies auf die Living-Dream-Jüngerschaft um sie herum. »Ozzie bewahre, dass diese Schwachköpfe dort jemals die gleichen Kräfte erlangen, wie sie der Waterwalker entdeckte. Ich sag dir, dass irgendwas die Galaxis verschlingen könnte, wäre dann unsere geringste Sorge.«

Inigos sechster Traum

An die achtzig Konstabler-Anwärter saßen auf den Stühlen versammelt, die auf dem tiefschwarzen Fußboden des Malfit-Saals ein Karree bildeten, während über ihnen die riesige gewölbte Decke Bilder von flockigen, an einem herrlichen, gold- und roséfarbenem Morgenhimmel dahinziehenden Schäfchenwolken schuf. Edeard auf seinem Platz in der zweiten Reihe hatte den Kopf in den Nacken gelegt und betrachtete staunend die gigantische Decke. Ganz sicher, so dachte er, war sie das größte Wunder der Welt. Seine Kameraden amüsierten sich köstlich über seine Reaktion. Nicht, dass einer von ihnen vorher schon mal im Orchard-Palast gewesen wäre – abgesehen von Dinlay. Allerdings hatten sie alle von den bewegten Bildern gewusst. Und nicht im Traum daran gedacht, es ihm gegenüber zu erwähnen.

Edeard schnappte nach Luft, als Nikran am nachgebildeten Himmelsgewölbe aufstieg. Der rötlich-braune Planet war hier viel größer, als er jemals über Querencia erschienen war. Edeard konnte sogar die winzigen Oberflächenmerkmale erkennen, die sich in Nikrans ewige Wüsten hineingeätzt hatten. Aus irgendeinem Grund hatte der Planet plötzlich etwas von einem realen Ort, war nicht länger nur irgendein Objekt am Himmelspanorama.

»Lebt dort irgendjemand?«, fragte er flüsternd Kanseen, die auf dem Platz neben ihm saß.

Sie schaute erst ihn an, stirnrunzelnd, dann zu dem Bild von Nikran hinauf und kicherte.

»Was ist los?«, zischte Macsen.

»Edeard möchte wissen, ob auf Nikran irgendjemand lebt«, gab Kanseen feierlich bekannt.

Der ganze Streifentrupp fing an zu wiehern. Andere ringsum fielen mit ein. Edeard spürte, wie sein Gesicht heiß wurde. »Wieso denn nicht?«, protestierte er. »Rahs Schiff ist auf diese Welt gestürzt, wieso dann nicht ein anderes auf Nikran?«

»Ja, genau«, spottete Macsen. »Absolut berechtigte Frage. Bestimmt gibt's da oben ein komplettes zweites Makkathran.«

Edeard ignorierte sie, schaute einfach würdevoll geradeaus. Gleichzeitig beschloss er, seinen Freunden niemals von seinen Träumen zu erzählen, und davon, was diese ihm gezeigt hatten.

Die Versammlung angehender Konstabler beruhigte sich wieder, und Edeard versuchte, sich auf das zu konzentrieren, was er sah. Sie saßen gegenüber des großen Treppenaufgangs, der die eine Seite der Halle dominierte. Owein, der Bürgermeister von Makkathran, war dort oben erschienen, gefolgt von den Gilden- und Distriktmeistern, die den Obersten Rat bildeten. Sie alle waren in zeremonielle Gewänder gekleidet – eine prunkvolle Farbenpracht, die der Reihe nach in die Halle hinabschritt.

»Oh, Herrin«, stöhnte Dinlay.

Edeard empfing ein Gefühl von Übelkeit, das von seinem Freund ausging. »Zehn Sekunden höchstens«, sagte er über einen winzigen, nur an ihn gerichteten Longtalk zu Dinlay. »Dann ist alles vorbei. Halt einfach nur zehn Sekunden durch. Du schaffst das.«

Dinlay nickte, obschon er alles andere als überzeugt zu sein schien.

Edeard widerstand dem Drang, sich zu dem großen Block hinter ihnen umzusehen, wo die Familien und Freunde der Konstabler-Kandidaten saßen und darauf warteten, dass sie ihre Bronze-Epauletten in Empfang nahmen. Es schien, als gehöre mindestens die Hälfte von ihnen zu Dinlays Familie. Sie waren ausnahmslos in Uniform hier erschienen.

»Ich wette, die Verbrechensstatistik in sämtlichen Distrikten schnellt heute in ungeahnte Höhen«, hatte Macsen gebrummelt, als sie zuvor ihre Plätze eingenommen hatten. »Ist ja niemand mehr in der Stadt, der Streife gehen könnte.«

Owein erreichte das Podium, das am Fuß der Treppe aufgebaut worden war. Lächelnd ließ er den Blick über die andächtige Zuhörerschaft schweifen. »Es ist stets eine Ehre und ein Privileg, diesen Festakt zu vollziehen«, begann er. »Ich höre in meiner Position so viele Menschen nicht nur über den Zustand, in dem sich unsere Stadt befindet, klagen, sondern auch über das Chaos, das angeblich in den Landstrichen außerhalb unserer kristallenen Stadtmauern regiert. Ich wünschte, sie stünden jetzt hier, um die vielen jungen Menschen zu sehen, die angetreten sind, um ihrer Stadt zu dienen. Das Pflichtbewusstsein, das ihr durch euer Gelöbnis beweist, macht mir Mut. Ihr gebt mir Zuversicht für die Zukunft.«

Na, so kann auch nur ein Politiker reden, dachte Edeard bitter. Dem Bürgermeister und allen anderen musste klar sein, wie unzureichend die Zahl der Konstabler war. Er musste doch wissen, dass die achtzig mehr, die sich hier heute eingefunden hatten, bei weitem nicht reichten; dass mindestens die gleiche Zahl an Konstablern in den letzten Monaten ihren Dienst quittiert hatte, um private Leibwächter zu werden oder in irgendeinem Provinznest einen besser bezahlten und angeseheneren Posten als Sheriff anzunehmen. *Warum unternimmt er nichts dagegen?*

Der Bürgermeister beendete seine begeisternde Rede. Wie ein Mann erhoben sich die Anwärter von ihren Plätzen, und die erste Reihe begab sich geschlossen aufs Podium, um vom Bürgermeister empfangen zu werden. Laut verlas der Hauptkonstabler den Namen des Kandidaten, während ein Assistent dem Bürgermeister ein Paar Epauletten aushändigte, die dieser mit einem Händedruck und einem Lächeln dem frischgebackenen Konstabler überreichte.

Edeards Reihe setzte sich in Bewegung. Er hatte gedacht, dass diese Zeremonie eher langweilig werden würde, dass das Ganze albern war, eine lästige Pflicht, auf die er gut und gerne hätte verzichten können. Insbesondere da die einzige Person unter den Zuschauern, die für ihn klatschen würde, Salrana sein würde, die heute eigens zu diesem Anlass von ihren Pflichten befreit worden war. Doch jetzt, wo er hier stand, nun, da er zum Bürgermeister der Stadt emporschritt, da keimte tatsächlich so etwas wie ein Gefühl für das große Ereignis in ihm auf, während das Publikum im Saal von Stolz erfüllt war. Die Menschen glaubten an sie.

Vorne war der Oberste Rat dabei, ihre Zulassungen zu registrieren. Keines der Ratsmitglieder hätte hier erscheinen müssen, es war eine Zeremonie, die sich dreimal jährlich wiederholte, Jahr für Jahr. Dutzenden dieser Veranstaltungen hatten sie bereits beigewohnt, und das würden sie auch in Zukunft tun. Hätten sie absagen wollen, so hätten sie das gekonnt. Doch nein, das Ereignis war ihnen wichtig genug, ein jedes Mal aufs Neue daran teilzunehmen – so wie heute.

Und hier war er selbst, um vor den Bürgern Makkathrans öffentlich und feierlich zu geloben, sie nach bestem Vermögen zu schützen und Recht und Gesetz in die Tat umzusetzen. Und das war auch der Grund, warum Rah und jene, die ihm in sein Amt gefolgt waren, Zeremonien wie diese geschaffen hatten: um den Einsatz der Konstabler für die Stadt und ihre Bewohner zu würdigen und zu ehren. Das war weder albern noch Zeitverschwendung, es war eine Demonstration von Respekt.

Schließlich stand Edeard vor dem Bürgermeister, der ihn freundlich anlächelte und ihm die Hand schüttelte, während der Hauptkonstabler seinen Namen verlas. Dann wurden ihm ein Paar bronzene Epauletten in die Hand gedrückt. »Vielen Dank, Sir«, sagte Edeard. Plötzlich hatte er einen Kloß im Hals. »Ich werde Euch nicht enttäuschen.« *Ein zweites Ashwell wird es hier niemals geben.*

Falls der Bürgermeister überrascht war, so zeigte er es nicht. Edeard erkannte Finitan, der auf der großen Treppe stand. Der Meister der Eiformergilde sah ziemlich stattlich aus in seiner goldenen und purpurfarbenen, mit kunstvollen scharlachroten Symbolen bestickten Robe, den silberbesetzten Talarüberwurf sorgfältig über die linke Schulter drapiert. Er bemerkte Edeards Blick und zwinkerte. »Gut gemacht, Junge«, flüsterte sein Longtalk ihm zu.

Edeard verließ das Podium. Ein Sturm von Beifall brandete auf. Fast hätte er gelacht; es war, als würde sich das Publikum darüber freuen, dass er endlich aus dem Weg war. Tatsächlich jedoch war es Dinlays gewaltige Familie, die stürmisch applaudierte, als ihr Sprössling seine Epauletten erhielt. Dinlay schaffte es, nicht zu stolpern, oder sich zu übergeben, oder vor Angst zusammenzubrechen. Mit glühendem Gesicht folgte er Edeard wieder zurück zu ihren Plätzen, verlegen zu seiner Verwandtschaft hinübergrinsend.

Anschließend fand ein offizieller Empfang statt, bei dem sich der Bürgermeister und der Oberste Rat unter die frischgebackenen Konstabler und ihre Familien mischten, während Ge-Affen mit Getränketabletts durch die Malfit-Halle huschten. Das Ganze sollte eine Stunde dauern. Edeard mochte sich am Ende zwar für die Abschlusszeremonie erwärmt haben, doch was diese Party betraf, so war er wild entschlossen, sich nach spätestens zehn Minuten diskret zu verdrücken.

»Das wirst du nicht tun«, verfügte Salrana. »Sieh doch nur, wer alles da ist.«

Stirnrunzelnd musterte er die schwatzenden Menschen um sich herum; die Familien im Festtagsstaat, die prächtig herausgeputzten Ratsmitglieder. »Wer?«

Sie warf ihm einen vernichtenden Blick zu. »Die Pythia zum Beispiel. Und sie hat mich beobachtet. Ich hab während der Zeremonie ihren Fernblick auf mir gespürt.«

Edeard schaute sich abermals um. »Verständlich, du bist ja auch die einzige Novizin hier. Wahrscheinlich denkt sie, du hast dich vor deinen Pflichten gedrückt, um dir das Gratisbesäufnis nicht entgehen zu lassen.«

Salrana straffte sich. Bei der Bewegung spannte sich der Stoff ihrer weißblauen Robe in einer Art und Weise um ihren

Körper, die Edeard unmöglich nicht zur Kenntnis nehmen konnte. Wenn das so weiterging, wenn er auch weiterhin nicht ohne Hintergedanken beobachten konnte, wie sie allmählich zur Frau heranwuchs, dachte Edeard, dann würde ihn die Herrin eines Tages wirklich noch mit einem großen Knall aus dem Dasein pusten.

»Edeard, manchmal kannst du immer noch entsetzlich kindisch sein. Wir sind jetzt beide Bürger Makkathrans; du heute besonders. Jetzt reiß dich ein Mal zusammen und versuch dich zu benehmen.«

Edeard öffnete den Mund und schwieg.

»Wir beide gehen jetzt rüber zu Großmeister Finitan und bedanken uns dafür, dass er ein gutes Wort für dich eingelegt hat, so wie's sich gehört, wenn man jemandem gegenüber Dankbarkeit empfindet, was du zweifellos *tust.* Und dann schauen wir mal, ob sich nicht eine Gelegenheit findet, sich auch noch anderen Ratsmitgliedern vorstellen zu lassen. Wenn du vorhast, Hauptkonstabler zu werden, solltest du allmählich anfangen, dem politischen Kräftespiel in dieser Stadt ein wenig mehr Aufmerksamkeit zu widmen.«

»Äh. Ja«, räumte Edeard ein. »Hauptkonstabler?«

»Das ist dein Weg in den Obersten Rat, jetzt, wo du dich für die Konstabler anstatt für eine Gilde entschieden hast.«

»Ich hab gerade mal acht Minuten meinen Abschluss.«

»Die, welche da zaudern, werden verlieren. Buch der Herrin, fünftes Kapitel.«

Seine Mundwinkel zuckten. »Ja, das war mir bekannt.«

»Ach, war es das?« Salrana hob eine Augenbraue. »Vielleicht sollte ich dein Wissen später mal auf die Probe stellen.«

»Ich hatte genug Prüfungen in den letzten paar Wochen, vielen Dank.«

»Armer Edeard. Los jetzt, komm.« Ungeduldig zerrte sie an seiner Hand, wieder ganz das kleine Mädchen.

Großmeister Finitan befand sich gerade im Gespräch mit ein paar Kollegen aus dem Obersten Rat, als Edeard und Salrana sich ihm näherten. Lächelnd wandte er sich zu ihnen um. »Herzlichen Glückwunsch, mein Junge. Ein großer Tag für dich.«

»Ja, Sir. Nochmals vielen Dank für Eure Unterstützung.«

»Na ja, scheint so, als hätte der Hauptkonstabler was bei mir gut. Du hast als Drittbester in deiner Klasse abgeschlossen. Ein erstaunliches Ergebnis für jemanden, der so unvertraut mit unserer Stadt ist wie du.«

»Danke, Sir.«

»Erlaube mir, dich Meister Graley von der Geographengilde und Imilan von der Chemikergilde vorzustellen. Das hier ist Konstabler Edeard aus der Rulan-Provinz; ein Freund meines früheren Meisters.«

»Meister.« Edeard verbeugte sich förmlich. Dann wurde er Zeuge, wie Salrana ihren Rock anmutig ein winziges Stück anhob, während sie eine eigentümliche kleine Verbeugung vollführte, die ein leichtes Einknicken der Knie bei gleichzeitig mustergültig durchgestrecktem Rücken mit einschloss.

»Und Novizin Salrana«, sagte Finitan sanft. »Ebenfalls aus Rulan.«

»Es ist mir ein Vergnügen«, sagte Imilan.

Edeard kümmerte es nicht, in welcher Art und Weise die Blicke des Meisters auf Salrana verweilten.

»Ihr seid weit fort von zu Hause, Novizin«, sagte der Meister.

»Nein, Sir«, erwiderte sie höflich. »Makkathran ist jetzt mein Zuhause.«

»Gut gesagt, Novizin«, sagte Finitan. »Ich wünschte, alle unsere Bürger würden ihre Stadt so hochschätzen wie Ihr.«

»Bitte, Finitan«, tadelte ihn Graley. »Dafür ist heute nicht der Tag.«

»Entschuldige vielmals.« Er wandte sich wieder den Jugendlichen zu. »Und, Edeard, hattest du schon einen Zusammenstoß mit kriminellen Elementen?«

»Mit ein paar, Sir, ja.«

»Er ist viel zu bescheiden, Sir«, sagte Salrana. »Er hat seinen Trupp angeführt, als sie ein paar Diebe auf dem Silvarum-Markt verfolgten. Und die gestohlenen Sachen hat er auch wiederbeschafft.«

Linkisch verlagerte Edeard unter den prüfenden Blicken aller drei Meister sein Gewicht.

»Und schuften diese Missetäter jetzt in der Trampello-Mine, um für ihr Vergehen zu büßen?«, fragte Imilan.

»Nein, Sir«, musste Edeard gestehen. »Sie sind entkommen. Diesmal. Aber das wird ihnen nicht noch mal gelingen.«

»Das denke ich mir«, sagte Finitan leicht belustigt. »Komm mit, Edeard, ich möchte dich dem Bürgermeister vorstellen. Höchste Zeit, dass er mal wieder einen ehrenhaften Mann zu sehen bekommt.«

»Sir?«

»Ein alter Witz. Wir geraten im Rat oft aneinander.« Er bedeutete ihnen, ihm zu folgen. »Nicht wegen irgendwelcher für das reale Leben wichtiger Dinge natürlich.«

Der Bürgermeister stand neben dem Podium, auf dem er die Epauletten überreicht hatte, und unterhielt sich gerade mit der Pythia. Falls er nicht daran interessiert war oder es ihm sogar ungelegen kam, einem noch taufrischen Konstabler vorgestellt zu werden, so ließ er sich das jedenfalls nicht anmerken. Nie zuvor war Edeard einem so perfekt abgeschirmten Verstand begegnet. Nicht dass ihn der Mann im Augenblick groß interessiert hätte, er war ganz und gar von der Pythia bezaubert. Edeard hatte eine uralte Frau erwartet, voll großmütterlicher Wärme. Stattdessen hatte die Pythia sich zu seiner Verblüffung die Schönheit einer Frau bewahrt, die nach wie vor ihrer zweiten Jahrhunderthälfte entgegenblickt. Eine Schönheit, die nur noch verstärkt wurde durch die goldgesäumte Robe und die fließende Kapuze, die ihr Gesicht schwach überschattete.

Abermals vollführte Salrana ihre merkwürdige Verbeugung.

»Die Gnade der Herrin sei mit dir, mein Kind«, sagte die Pythia. Sie klang gelangweilt, so, wie die Aristokratie Makkathrans immer klang, wenn sie nicht umhin kam, sich mit denen zu befassen, die sie für nicht ebenbürtig hielt. Was Edeard von der Pythia allerdings nicht erwartet hätte. Dann wandte sie ihre Aufmerksamkeit ihm zu. Beängstigend hellblaue Augen fixierten ihn, umwallt von kräftigem, bronzefarbenem Haar, in das goldene und silberne Blätter eingeflochten waren. Sie verengte die Augen, musterte ihn abschätzend, ein Blick, der Edeard fast das Herz brach. Es war, als hätte er sie irgendwie enttäuscht, ein entsetzlicher Gedanke. Doch dann lächelte sie, vertrieb seine Sorge. »Tasächlich, Ihr scheint mir ein interessanter junger Bursche zu sein, Konstabler«, sagte sie.

»Meine Herrin?«, stammelte er. Irgendwie konnte er die Fernsicht der Pythia auf sich spüren, als würde sie in seinem Geist umhertasten. Es war etwas beunruhigend Intimes an dem Kontakt. Und sie war so unglaublich schön. Bloß einen Meter entfernt. Ihr angedeutetes Lächeln offen und verlockend.

Salrana neben ihm ächzte auf.

»Ganz so erhaben bin ich nicht«, sagte die Pythia leichthin. »Es gibt nur eine wahre Herrin. Die gebräuchliche Anrede für mich lautet Ehrenwerte Mutter.«

»Ich bitte um Verzeihung, Ehrenwerte Mutter.«

»Macht Euch nichts draus. Bis hierher war's ein weiter Weg für Euch, und Ihr habt immer noch einen langen Weg vor Euch.«

»Hab ich?«

Doch die Pythia hatte sich schon Finitan zugewandt. »Was für einen faszinierenden jungen Freund Ihr da habt, Großmeister.«

»Es freut mich, dass Ihr so denkt, Pythia.«

»So jung, und doch schon so stark.«

Die Art, wie sie es sagte, jagte Edeard einen Schauer verwerflicher Freude über den Rücken. Er wagte nicht, in ihre Richtung zu sehen; stattdessen richtete er seinen Blick auf den Bürgermeister, der soeben die Stirn runzelte.

»Sagt Ihr ihm etwa große Dinge voraus?«, fragte Finitan heiter.

Die Pythia drehte sich ein wenig herum, um direkt auf Edeard zu blicken, ein Vorgang, den er unmöglich ignorieren konnte, schon gar nicht in einer Gesellschaft wie dieser. Er versuchte, ihren Blick zu erwidern, doch es fiel ihm unsagbar schwer.

»Euer Potenzial ist sehr stark«, sagte sie. In ihrer Stimme schwang ein fast neckischer Ton. »Folgt Ihr auch stets den Lehren der Herrin, Konstabler Edeard?«

»Ich tue mein Bestes, Ehrenwerte Mutter.«

»Davon bin ich überzeugt. Möge Sie Eure Bemühungen im Hinblick auf die Aufgaben, die Euch erwarten, segnen ...«

Doch Edeard hörte sie fast nicht mehr. Eine Bewegung hinter Finitan hatte seine Aufmerksamkeit auf sich gezogen. Voller Entsetzen sah er, wie Mistress Florell genau auf sie zusteuerte. Sie war ganz in schwarzen Chiffon gekleidet und trug einen weiten Schleier, der von ihrem mächtigen Hut herunterhing. Seine Bestürzung musste irgendwie nach außen gedrungen sein. Wie auf Kommando drehten Finitan, der Bürgermeister und die Pythia sich herum, um die Ankunft der »erlauchten Dame« zu würdigen.

»Tante!«, rief der Bürgemeister freudig aus. »Wie schön, dass du gekommen bist.«

»Der da! Das ist er«, verkündete Mistress Florell mit krächzender Stimme. »Der junge Rüpel, der mich um ein Haar umgeworfen hätte.«

»Tante, ich bitte dich.«

»Nimm ihm die Epauletten weg«, blaffte sie herrisch. »Er taugt nicht dazu, dieser Stadt zu dienen. Es gab mal eine Zeit, da hatten wir unter den Konstablern noch Kerle mit Anstand, die Söhne von Edelmännern.«

Mit halb entschuldigendem Blick sah der Bürgermeister Edeard an. »Was ist passiert, Konstabler?«

»Ich war dabei, ein paar Diebe zu verfolgen, Sir. Mistress Florell kam aus einem Gebäude. Ich hab versucht, ihr auszuweichen ...«

»Ha! Versucht, mich umzurennen, wohl eher.«

»Aber, aber, Tante. Der junge Mann hat offensichtlich nur seinen Job getan, so pflichtbewusste Burschen wie er sind genau das, was wir brauchen. Angenommen, der Dieb hätte dir deine Handtasche gestohlen, würdest du nicht wollen, dass man ihn verfolgt?«

»Niemand würde jemals *meine* Handtasche stehlen«, schnappte sie.

»Es tut mir *wirklich* leid, wenn ich Euch irgendwelchen Kummer bereitet habe«, sagte Edeard verzweifelt, doch die schreckliche Alte hörte ihm nicht mal zu.

Der Bürgermeister machte ein paar Schritte, um dann zwischen Mistress Florell und Edeard stehenzubleiben. Dann schnippte er mit den Fingern, als wollte er sagen: *Geh weg.* Edeard machte so etwas wie eine flüchtige Verbeugung und zog sich, begleitet von Finitan und Salrana, zurück.

»Tante, du weißt doch, dass es dir nicht gut bekommt, wenn du dich wegen jeder Kleinigkeit so aufregst. Übrigens, ein paar dieser angereicherten Weine vom Mindalla-Gut sind wirklich ganz köstlich, du musst sie unbedingt probieren –« Ein Anflug müder Verzweiflung lag in des Bürgermeisters Stimme.

Finitan grinste breit, während sie das Weite suchten. »Danke, Edeard: Diese Empfangspartys sind normalerweise ziemlich ermüdend.«

»Äh ... Ja, Sir.«

»Und nun komm, das hier ist der Tag deiner Abschlussfeier. Lass ihn dir nicht von dieser verrückten alten Furie verderben. Sie hat verteufelt gute Beziehungen, genauso wie du sie hättest, wenn du dich so lange wie sie ans Leben geklammerst hättest. Würde mich nicht wundern, wenn sie das Blut von Jungfrauen tränke. Ich bitte um Verzeihung, Novizin.«

»Ich hab schon von Mistress Florell gehört, Sir«, sagte Salrana.

»Jeder in der Stadt hat das«, erwiderte Finitan. »Genau deshalb glaubt sie ja, sie wäre wichtig. Dabei ist sie nur alt und widerwärtig.« Er legte eine Hand auf Edeards Schulter. »Und das sage ich als ihr Großgroßneffe persönlich. Um zwei Ecken herum, glücklicherweise.«

»Danke, Sir«, sagte Edeard.

»Und jetzt geh endlich und amüsier dich. Und, Edeard, wenn die Zeit gekommen ist, wegen einer Beförderung in den Offiziersrang anzufragen, komm mich wieder besuchen. Ich werde mit Freuden den Brief unterschreiben.«

»Sir?«, fragte Edeard ungläubig.

»Du hast mich verstanden. Und nun schert euch davon, ihr beiden. Die Stadt da draußen ist ein hübscher Sündenpfuhl. Viel Spaß!«

Das ließ sich Edeard nicht zweimal sagen. Gemeinsam hielten er und Salrana auf den großen Torbogen der Halle zu, der hinaus in die Vorzimmer führte.

»Hey, Edeard«, rief Macsen. Schon kam er angerannt. »Wo wollt ihr hin?«

»Einfach bloß raus«, sagte Edeard. Er wollte nicht mal mehr einen Blick über die Schulter werfen, für den Fall, dass Mistress Florell in seine Richtung sah.

Macsen erreichte sie und kam schlitternd vor ihnen zum Stehen. »Mutter und Dybal gehen mit mir ins Restaurant Rakas, um noch zu feiern. Die Einladung gilt auch für alle meine Streifenkollegen.« Macsen hielt inne und lächelte Salrana an. »Novizin, ich hatte ja keine Ahnung, dass Edeard sich in so reizender Gesellschaft befindet.« Sprach's und schaute Edeard sodann halb erwartungsvoll, halb vorwurfsvoll an.

»Das ist Novizin Salrana, aus meinem Heimatdorf«, erwiderte Edeard genervt.

»Ein Dorf, das ich definitiv mal besuchen muss.« Macsen machte eine tiefe Verbeugung.

»Und warum, Konstabler?«, fragte sie.

»Um zu sehen, ob dort alle Mädchen so schön sind wie Ihr.«

Sie lachte. Edeard ächzte und warf Macsen einen warnenden Blick zu.

»Die Einladung ins Rakas schließt natürlich auch die Freunde meiner Streifenkollegen mit ein, Novizin.«

»Die Freunde nehmen dankend an«, entgegnete sie förmlich. »Aber nur, wenn du endlich aufhörst, mich Novizin zu nennen.«

»Es wird mir ein Vergnügen sein, Salrana. Und ich würde auch gern die Bitte äußern, dass du uns etwas über Edeards früheres Leben erzählst. Es scheint ganz so, als hätte er da ein paar Geheimnisse vor uns. Vor uns, die wir ihm nichts Geringeres als unser Leben anvertrauen.«

»Unerhört«, pflichtete sie ihm bei. »Ich werde die Erfüllung einer solchen Bitte, so sie denn wohlanständig vorgetragen ist, in Erwägung ziehen.«

»Salrana!«, rief Edeard entsetzt aus.

»Ausgezeichnet«, sagte Macsen. »Ich organisiere noch eine weitere Gondel. Hey, Edeard, wo ist Kanseen?«

Edeard starrte seine sogenannte Freundin mit finsterem Blick an.

»Edeard?«, riss Salrana ihn mit einem Knuff in die Rippen aus seinen Gedanken.

»Da drüben«, sagte Edeard, ohne sich groß konzentrieren zu müssen; über seine Fernsicht war er sich automatisch all seiner Truppkameraden gewärtig – eine Eigenschaft, die Chae stets besonders hervorzuheben suchte. Er deutete in die Richtung, wo sich Kanseen mit einer hochschwangeren Frau und einem Mann in einer adretten Jacke mit dem Wappen der Schiffsbauergilde unterhielt. »Ihre Schwester ist zur Feier gekommen. Sie haben sich wohl viel zu erzählen.«

»Also nirgendwo eine Spur von ihrer Mutter, armes Ding«,

sagte Macsen traurig. »Na ja, was soll's, ich geh mal rüber und frag sie.«

»Boyds Familie ist komplett da«, bemerkte Edeard.

»Und unter dem Gewicht von Dinlays versammelter Verwandtschaft werden wir sogar buchstäblich absaufen«, konstatierte Macsen. »Damit blieben also nur wir Hübschen. Seht zu, dass ihr in zehn Minuten an der Anlegestelle am Outer Circle Canal seid.«

»Warum hast du das gesagt?«, fragte Edeard, nachdem Macsen in Richtung Kanseen davongestürmt war.

Salrana neigte den Kopf und sah ihn ausnehmend hochnäsig an. »Es war eine Geste aufrichtiger Freundschaft. Warum hätte ich nicht annehmen sollen?«

»Er hat mit dir geflirtet.«

Sie grinste. »Was du nicht sagst.«

»Du bist Novizin!«

»Wir sind keine berufsmäßigen Jungfrauen, Edeard. Mich deucht, ich erinnere mich, wie wir uns mal geküsst haben. Und mehr noch, gab's da nicht mal eine Diskussion über mein Alter und darüber, wann du bereit sein würdest, es mit mir zu treiben?«

Edeard wurde knallrot. Seine Fernsicht versuchte irgendein aufflammendes Interesse bei den Umstehenden zu erspüren – entweder sie verstanden sich zu gut abzuschirmen, oder sie hatten nichts mitbekommen. Doch wie auch immer, eins stand jedenfalls fest: Sie würde nicht klein beigeben. *Das tat sie nie.* Ihre Stimme würde nur noch lauter und lauter werden, wenn er auf seinem Standpunkt beharrte. »Ich möchte mich lieber nicht zu genau an diesen Tag erinnern, wenn es dir nichts ausmacht. Aber wie auch immer, falls ich dich gekränkt haben sollte, so entschuldige ich mich. Ich betrachte dich immer noch als meinen Schützling, besonders nach allem, was wir durchgemacht haben. Wahrscheinlich habe ich deshalb mit Macsen überreagiert. Ehrlich, Salrana, er hatte mehr Mädchen, als ich Socken besitze.«

Sie lächelte versöhnlich. »Ich hab deine Garderobe gesehen. Du hast nur zwei Paar Socken.«

»Hab ich nicht!«

»Und die sind voller Löcher. Also solltest du dich wohl eher darauf konzentrieren, dich ein bisschen mehr um dich selber zu kümmern, Edeard. Ich kenne und weiß alles über Macsen und Jungs wie ihn. Darum ist er auch absolut ungefährlich.«

»Er ist absolut charmant.«

»Das ist kein Verbrechen, weißt du? Vielleicht hättest du, wenn du ein bisschen mehr Charme zeigen würdest, auch ein paar Eroberungen mehr aufzuweisen.«

»Charme, eh?« Er bot ihr seinen Arm an. »Dürfte ich Euch zur Anlegestelle begleiten, Novizin Salrana?«

»Nun, vielen Dank, Konstabler Edeard. Das dürft Ihr gewiss.« Sie hakte sich bei ihm ein und gestattete ihm, sie aus der Halle hinauszuführen.

Das Rakas-Restaurant lag im Abad-Distrikt; was eine Gondelfahrt auf dem Great Major Canal bedeutete. Es war das erste Mal, dass Edeard auf einem dieser eleganten schwarzen Boote war. Gewöhnlich fehlte ihm das nötige Kleingeld, um sich mit ihnen in der Stadt fortzubewegen. Natürlich war Geld bei Dybal kein Thema.

Und der entsprach genau dem Bild, das Edeard sich von dem fahrenden Musikanten gemacht hatte. Wilde, schwarze Haare, die ihm den halben Rücken hinabreichten, nur dürftig von roten Lederbändern zusammengehalten, was ihnen ein etwas strähniges Aussehen verlieh. Ein längliches, wettergegerbtes Gesicht mit eingefallenen Wangen über einem knochigen Kinn; doch braun-goldene Augen, die stets die lustigen Seiten des Lebens zu sehen schienen, wie sie über einer schmalen Brille mit blauen Gläsern hinweglinsten. Seine mentale Aura war ausgesprochen angenehm, eher der eines sorglosen Jugendlichen gleichend als der eines gut über hundert Jahre alten Mannes. Allein ihm zur Begrüßung die Hand zu schütteln reichte aus, Edeards Ärger über Mistress Florell zu vertreiben. Als die kleine Gruppe an der Anlegestelle ankam, vermittelte Dybal ihnen allen das Gefühl, willkommen zu sein, auch wenn sie ihm noch niemals zuvor begegnet waren. Instinktiv wusste er bei jedem von ihnen den richtigen Ton anzuschlagen.

»Also dann, auf geht's«, verkündete er laut, als alle da waren, und führte sie die Stufen hinab. Dybals Kleider waren frappierend weit, obschon er ungewöhnlich schlank war für sein Alter. Edeard nahm an, dass sie so groß sein mussten, um seinen Überschwang zu fassen, jedenfalls wurde er seinem überlebensgroßen Image durchaus gerecht: schneidende Stimme, theatralische Gesten, fellbesetzte Samtjacke, bunt gemustertes Hemd und Lederhosen, die sich farblich an die Beinkleider der Musikergilde anlehnten – oder, wahrscheinlicher, eine bewusste Verspottung derselben waren. Edeard war allerdings ein kleines bisschen enttäuscht, dass der Musiker nicht seine Gitarre dabeihatte; zu gern hätte er die Rebellionslieder gehört, die die Jugend Makkathrans so sehr mitrissen.

Dybal nahm zusammen mit Macsen und Bijulee, Macsens Mutter, die erste Gondel. Edeard sah, wie er mit dem Gondoliere sprach, die Hand des Mannes zwischen seine eigenen nahm und herzlich drückte. Die beiden Männer lachten, jenes Lachen, das normalerweise auf einen schmutzigen Witz folgt. Dann setzte sich Dybal auf seinen Platz neben Bijulee, während der noch immer grinsende Gondoliere die Barke abstieß.

»*Das* ist Macsens Mutter?«, fragte Kanseen, während sie auf der Mittelbank ihrer eigenen Gondel Platz nahmen.

»Yep«, sagte Edeard. Und dabei hatte er erst vor wenigen Minuten noch gedacht, die Pythia wäre eine attraktive ältere Frau. »Macsen hat mich ihr vorgestellt kurz bevor ihr gekommen seid.« Was erheblich dazu beigetragen hatte, seine Welt zu einem schöneren Ort zu machen.

»Kann nicht sein«, erklärte Kanseen, während ihre Gondel

auf den Great Major Canal hinausglitt. »Das würde ja bedeuten, dass sie ihn gekriegt hat, als sie gerade mal wie alt ... zehn gewesen ist? Zur Herrin nochmal, sie sieht aus, als wäre sie in meinem Alter.«

Lächelnd lehnte sich Edeard auf der Sitzbank zurück, zufrieden darüber, dass er *so* nah neben Salrana zu sitzen gekommen war, dass er den Arm um sie legen konnte. »Vernehme ich da etwa die kleine Stimme des Neids, Konstablerin?«

»Du vernimmst die kleine Stimme des Zweifels«, brummte Kanseen.

»Möglicherweise ist sie auch seine Schwester und ich hab mich verhört.«

»Wie schafft sie's bloß, ihre Haut so jung zu erhalten? Muss wohl irgendeine Creme sein, die sich nur Reiche leisten können.«

»Vielleicht importiert sie sie direkt von Nikran.«

Kanseen zog eine Grimasse.

»Ihr beide«, lachte Salrana. »Ihr seid wie ein altes Ehepaar.«

Edeard und Kanseen vermieden es geflissentlich, einander anzusehen. Inzwischen hatte die Gondel bereits den Birmingham Pool erreicht, die große Verbindung am oberen Ende des Grand Central Canal. Von Edeards Position aus sah es so aus, als wäre der ganze Wasserring voller Gondeln, die wild umeinander herumschifften, während sie aus den vielen Kanälen, die in den Pool mündeten, heraus- oder in sie hineinglitten. Er tat sein Bestes, nicht bei jeder Beinahekollision zusammenzuzucken. Nicht einer der Gondolieri drosselte das Tempo, ein jeder schien seinen Weg im Schlaf zu kennen. Andere Boote rauschten an ihnen vorbei, nah genug, um sie zu berühren, wenn er sich nur getraut hätte, den Arm auszustrecken. Endlich erreichten sie den Grand Central Canal, und ihr Gondoliere manövrierte sie mit einem heftigen Stoß seines Stakens hinein.

Das Erste, worauf Edeards Blick fiel, war die Anlegestelle zu seiner Rechten, wo damals die Diebe entkommen waren. Er ertappte Kanseen dabei, wie sie auch dorthin starrte. Kaum merklich zuckte sie die Schultern. Dann vergaß auch er die leidige Sache und genoss einfach nur die Aussicht.

Am oberen Ende der Stadt, entlang der Distrikte Silvarum, Haxpen und Padua, wurde der Kanal von einigen der prächtigsten Gebäude Makkathrans gesäumt; Paläste, bis zu zehn Stockwerke hoch, mit riesigen Fenstern, die Fassaden ein Wirbel aus Farben und verrücktesten Mustern. Türmchen, Zinnen und Spitzdächer bildeten eine gezackte Silhouette vor dem Himmel über der Stadt. Ge-Adler, größer, als Edeard sie je geformt hatte, schwebten träge um die Turmspitzen herum, nach allem Ausschau haltend, was versuchte, sich den prunkvollen Familiensitzen zu nähern. Kanseen machte sie auf einige besonders eindrucksvolle Gebäude aufmerksam: den Palast, in dem die Familie des Bürgermeisters zu Hause war, die Zikkurat, in der Rah und die Herrin gelebt haben sollten – nun das Heim des Culverit-Geschlechts, das Anspruch auf direkte Abstammung erhob. Flüsternd deutete sie auf eine rot getönte Fassade, wo Macsens Vater gewohnt hatte. Als Edeard einen Blick auf die Gondel vor ihnen warf, schauten sowohl Macsen wie auch Bijulee in die entgegengesetzte Richtung.

Alle herrschaftlichen Gebäude besaßen in Höhe des Wasserspiegels niedrige Bogengänge, die in das Gewirr von Kellern unter ihnen führten; durch starke Eisentore verschlossen, die die Familien hervorragend in Schuss hielten. Die Mauern des Palasts der Purdard-Familie waren stark verwinkelt, ragten hoch über das Wasser. Als Edeard hinaufschaute, erblickte er einen verglasten Erker, der sich entlang des unteren Stockwerks zog und auf dem mehrere Kinder standen, die sich die Gondeln ansahen. Eine sagenhaft reiche Handelsfamilie, erklärte Kanseen, mit einer Flotte von dreißig Schiffen.

Sie passierten den High Pool, der eine Verbindung zwischen dem Flight Canal und dem Market Canal schuf. An jedem Ende des Pools gab es eine Brücke. Die erste war Eigentum der

Stadt, ein schlichter, hoher weißer Bogen, an dem Zimmermänner zu beiden Seiten ein robustes Geländer angebracht hatten. Sie war berühmt für ihren zehn Meter langen Scheitel aus Kristall, durch den man dreißig Meter tief hinab aufs Wasser und auf die Gondeln schaute. Nicht jeder konnte sie überschreiten, so manchem war der Anblick zu viel; mindesten einem von zwanzig, wollte man der Arztgilde glauben. Auf Chaes Drängen hin hatten Edeard und die anderen des Trupps sie etliche Male auf ihren Streifen benutzt. Edeard hatte sich angurten müssen, um den gläsernen Scheitelpunkt der Brücke zu überqueren; das Schwindelgefühl war zwar nicht stark genug, um ihn aufzuhalten, aber nichtsdestoweniger unangenehm. Überraschenderweise hatten sich alle in seinem Trupp mehr oder weniger stark überwinden müssen; am wenigsten jedoch Dinlay. Die Brücke auf der anderen Seite des High Pool war aus Eisen und Holz, im Vergleich zu ihrem Vetter ein ungeschlachtes, knarzendes Ding, dafür wurde sie weit häufiger frequentiert. Hinter dem Pool ragten die Türme von Eyrie in den klaren, azurblauen Himmel, als stünden sie bereit, jeden vorbeifliegenden Skylord zu pfählen. Die Frontseite des Fiacre-Distrikts wimmelte von Klettergewächsen, mit langen Blütenranken, die aus den smaragdgrünen und rostbraunen Blättern hervorsprudelten. Einzig die Fenster waren frei von Bewuchs – schwarze tiefliegende Löcher inmitten des üppigen lebenden Teppichs.

An einer Anlegestelle kurz hinter dem Forest Pool hielten die Gondeln an, und alle stiegen aus. Dybal bezahlte die Gondolieri, dann brachen sie gemeinsam auf zu dem Rundturm, der in seinem dritten Stock das Rakas-Restaurant beherbergte. Hansalt, seines Zeichens Besitzer und Chefkoch, hatte für sie einen Tisch an einem langen Fenster reserviert, von dem aus man eine der farbenfrohen Plazas des Distrikts überblickte.

»Ein glücklicher Tag für uns«, verkündete Dybal, als die Kellnerin ein Tablett mit gekühltem Weißwein brachte. »Zuallererst mal einen Toast auf deinen Trupp, Macsen. Auf dass ihr die Stadt von Verbrechen befreit.«

Darauf tranken sie. Edeard schaute argwöhnisch in sein Glas, er hatte noch nie zuvor Wein mit Blubberbläschen gesehen, doch als er daran nippte, war der Geschmack überraschend fruchtig und mild. Er sagte ihm zu.

»Zweitens«, sagte Dybal. »Auf Edeard und darauf, dass er zum Truppführer ernannt worden ist.«

Edeard errötete.

»Eine Rede!«, tönte Macsen.

»Keine Chance«, grunzte Edeard.

Alle am Tisch lachten, dann tranken sie auch darauf.

»Drittens«, Dybals Stimme wurde sanfter, und er senkte den Blick hinab auf Bijulee, »bin ich stolz, bekanntgeben zu dürfen, dass meine Liebste eingewilligt hat, mit mir in den Bund der Ehe zu treten.«

Bei dem Jubel, der nun losbrach, sahen die anderen Gäste zu ihnen hinüber. Als sie sahen, dass Dybal an ihrem Tisch saß, lächelten sie wissend. Macsen umarmte seine Mutter. Edeard und Salrana waren einigermaßen überrascht, stießen jedoch gleichwohl mit an und stürzten noch mehr von dem sprudelnden Wein hinunter. Zwei weitere gekühlte Flaschen trafen ein und wurden alsbald geleert.

Später dachte Edeard an dieses Essen stets als das erste Mal zurück, dass er seit Ashwell wirklich glücklich gewesen war. Die Speisen waren wie nichts, das er jemals vorher gegessen hatte. Sie kamen auf großen, weißen Tellern und waren mit solcher Kunstfertigkeit arrangiert worden, dass er sie beinahe nicht anrühren mochte, doch als er endlich zulangte, war die Kombination von Geschmacksrichtungen einfach unglaublich. Und dann gab Dybal Klatschgeschichten über die Stadtelite zum Besten, die einfach absolut skandalös waren. Seinen Anfang hatte das Ganze wegen Salrana genommen, nachdem Macsen sie gefragt hatte, was Novizinnen eigentlich den ganzen Tag lang so machten.

»Ich möchte ja nicht respektlos gegenüber der Herrin erscheinen«, sagte er. »Aber ist es nicht langweilig, immer nur Ihre Schriften zu lesen und in Ihrer Kirche zu singen?«

»Hey«, protestierte Dybal. »Ein bisschen mehr Respekt für die Sangeskunst, wenn's recht ist.«

»Ich wurde dem Millical-Haus zugewiesen«, sagte Salrana. »Ich mag es, auf Kinder aufzupassen. Sie sind so goldig.«

»Was ist denn das Millical-Haus?«, hakte Edeard nach. »Eine Schule?«

»Das wisst Ihr nicht?«, fragte Bijulee. Sie schien sich nicht ganz sicher, ob Edeard seine Frage ernst gemeint hatte.

»Ich hab's dir doch erzählt, Mutter«, sagte Macsen. »Er kommt wirklich aus einem Dorf am Rande der Wildnis.«

»Millical ist ein Waisenhaus«, erklärte Salrana ernst. »Ich kann nicht verstehen, wieso eine Mutter ihr Kind weggibt, vor allem nicht so prachtvolle, wie wir sie in der Säuglingsstation haben. Aber sie tun es. Also kümmert sich die Herrin um sie. Es ist eine großartige Stätte, Edeard, den Kindern mangelt es an nichts. Makkathran sorgt wahrhaftig für sie.«

Dybal gab ein *gewisses* Hüsteln von sich. »Es ist wirklich ein sehr besonderes Waisenhaus.«

»Was wollt Ihr damit sagen?«

»Bist du sicher, dass du das hören willst?«

Salrana drehte den Stiel ihres Weinglases zwischen ihren Fingern und sah Dybal ruhig an. »Wir nehmen jeden bei uns auf.«

»Ja, das will ich gerne glauben. Trotzdem ist's doch ungemein praktisch, dass ihr im Lillylight-Distrikt seid, nicht? Überleg doch mal, wer eure Nachbarn sind. Das Millical-Haus, musst du nämlich wissen, Edeard, ist der Ort, wo die noblen Adelsfamilien diese kleinen unerwünschten Peinlichkeiten abliefern, die nicht ausbleiben, wenn ihre Sprösslinge um die Häuser ziehen, um sich in den eher anrüchigen Unterhaltungstheatern, die unsere schöne Stadt zu bieten hat, mit Mädchen von niedrigerem Stande zu amüsieren.«

»Etwa die Sorte von Theatern, in denen du auftrittst?«, fragte Bijulee sanft.

»Genau die Sorte, meine Liebste.« Er musterte die drei Konstabler. »Wart ihr schon mal in einem?«

»Bis jetzt noch nicht«, erwiderte Kanseen. Macsen schwieg.

»Nur eine Frage der Zeit. Wie dem auch sei, der Grund dafür, dass das Millical finanziell so gut dasteht, ist in der Tradition zu sehen, dass ihm jedes Mal, wenn auf den Treppenstufen des mildtätigen Hauses ein Baby zurückgelassen wurde, die betreffende Familie eine Spende zukommen lässt – anonym, versteht sich.«

»Sämtliche Spenden werden unter allen Waisenhäusern der Herrin gerecht verteilt«, sagte Salrana.

»Ich bin sicher, dass ein großer Teil der Zuwendungen auch bis zu den anderen Waisenhäusern durchdringt. Und die Herrin leistet unbezahlbare Dienste dabei, sich um diese Unglücklichen zu kümmern, soweit ich weiß. Aber solltest du jemals in einem der anderen Häuser arbeiten, wirst du den Unterschied merken.«

»Und wieso weißt du so genau Bescheid?«, fragte Bijulee ihn herausfordernd.

Dybal wandte den Kopf, um sie mit traurigem Lächeln anzusehen. »Weil ich in einem aufgewachsen bin.«

»Wirklich?«, fragte Macsen.

»Ganz recht. Darum bin ich auch so von euch vieren begeistert, Kinder. Ihr seid aus dem Nichts gekommen, besonders Edeard und Salrana hier, und ihr alle habt es geschafft, euer Leben in die eigenen Hände zu nehmen. Das bewundere ich. Wirklich. Ihr seid von niemandem abhängig, schon gar nicht von irgendwelchen dekadenten Familien. Ich weiß, ich bin immer der Erste, der sich über die Hierarchie in der Stadt beschwert, darüber, wie die Demokratie von den Reichen ihrer Grundpfeiler beraubt worden ist, doch es gibt immer noch ein paar Institutionen, die der Mühe wert sind. Die Leute brauchen die Konstabler wegen der Sicherheit, für die ihr in den

Straßen und Kanälen sorgt, und die Herrin wegen der Hoffnung.«

»Ich dachte, die bringt ihnen Eure Musik«, sagte Salrana mit einem kecken Funkeln in den Augen.

»Das hängt davon ab, zu welcher Schicht du gehörst. Bist du reich, bin ich nichts weiter als ein hintergründig boshafter Rebell, triefend vor Ironie und Sarkasmus. Sie müssen mich bezahlen, damit ich für sie spiele – was ich gern für sie tue. Aber für den Rest der Stadt, für die Menschen, die ihr Leben lang schuften und sich abrackern müssen, um irgendwie über die Runden zu kommen, für die bin ich so eine Art Brennpunkt des Zorns, ich artikuliere das, was sie fühlen. Für sie singe ich umsonst, ich will ihr Geld nicht. Ich will, dass sie es für sich selbst ausgeben, damit sie nicht ihre Kinder weggeben müssen.«

»Also konkurriert Ihr mit der Herrin?«, sagte Salrana.

»Ich biete eine bescheidene Alternative, das ist alles. Hoffentlich eine unterhaltsame und nette.«

»Ich muss mir unbedingt mal einen Eurer Auftritte anschauen.«

»Es wäre mir eine Freude, dich zu begleiten«, sagte Macsen.

»Ich erinnere dich dran«, entgegnete sie, bevor Edeard intervenieren konnte. Doch er sagte nichts, nicht hier und jetzt, das würde nur den Abend verderben.

»Kennt Ihr alle vom Großen Rat?«, fragte Edeard stattdessen Dybal.

»O ja, sie bilden sich ein, dass sie durch den Umgang mit mir an Glaubwürdigkeit gewinnen. Was sie tatsächlich tun, wenn sie mich in ihre Häuser einladen, ist, mir Stoff für spöttische Verse über Scheinheiligkeit zu liefern. Warum fragst du, Edeard? Musst du irgendetwas über ihre Konkubinen wissen? Oder über ihr auffallend einmütiges Interesse daran, die Baumwollproduktion in der Fondral-Provinz zu besteuern? Oder geht's um den Skandal über Gelder für die Miliz? Um die

Geldverschwendung in behördlichen Ämtern? Um die Pest der Korruption, die unter den Angestellten des Orchard-Palasts grassiert, von denen man eigentlich meinen sollte, dass sie unparteiisch sind? Oder darum, wie unser lieber Bürgermeister, Owein, schon jetzt dabei ist, Stimmen für die nächste Wahl zu kaufen – das eine Mal, wo er der Unterstützung des Volkes bedarf?«

»Eigentlich nicht, ich hatte mich nur ein bisschen über Mistress Florell gewundert.«

»Edeard hat sie kennengelernt«, sagte Macsen glucksend.

»Wie wir alle, als wir auf Streife waren«, stellte Edeard gerade.

»Sie hat ihm eins mit ihrem Schirm übergebraten«, fügte Kanseen trocken hinzu.

Dybal und Bijulee lachten.

»Die alte Hexe hat versucht, Edeard bei den Konstablern rauswerfen zu lassen«, sagte Salrana mit heißen Wangen. »Bei der Feier heute hat sie zu dem Bürgermeister gesagt, er solle ihm seine Epauletten wieder wegnehmen.«

»Mal wieder typisch«, meinte Dybal. »Keine Sorge, Edeard; sie hat keine wirkliche Macht, nicht mehr. Sie ist nur noch die Galionsfigur für die adeligen Familien, mehr nicht. Die tun gern so, als wäre sie die über alles geliebte Großmutter der ganzen Stadt. Totaler Schwachsinn, natürlich. In jungen Jahren war sie ein intrigantes kleines Luder. Allerdings ist das für uns alle inzwischen Geschichte. Aber sie hatte vor ihrem fünfzigsten Geburtstag drei Ehemänner verschlissen, allesamt Distriktmeister-Söhne, was selbst für unsere Tage noch als ziemlich unerhört gelten darf. Jedem von ihnen schenkte sie zwei Söhne – und manche behaupten, dass Hexerei dabei im Spiel gewesen ist. Und wie der Zufall es so wollte, haben alle drei Zweitgeborenen die adeligen Töchter von Familien geheiratet, in denen die männliche Linie zugunsten der Mädchen ins Stocken geraten war. Eine Generation später hatte sie ihre Brut bereits über elf Distriktmeister-Familien verteilt. Mit einem solchen Machtblock im Obersten Rat kontrollierte sie für Jahrzehnte die Wahlen. Unser letztes sogenannte Goldene Zeitalter, in dem man den Aufstieg der Miliz zu Lasten aller anderen Regierungsorgane vorzog. Weißt du, diese Frau glaubt allen Ernstes, dass es zwischen dem Adel und jenen, die nicht über deren obszönen Wohlstand verfügen, einen physischen Unterschied gäbe. Mit anderen Worten, ihre Nachkommenschaft wurde geboren, um zu herrschen und dem unzivilisierten Pöbel, also Leuten wie dir und mir, Recht und Ordnung zu bringen. Unnötig zu erwähnen, dass sie der Meinung ist, unsereins sollte nichts mit der Regierung der Stadt zu tun haben. So etwas bleibt am besten denen überlassen, welche die Vorsehung mit gutem Blut gesegnet hat.«

»Kein Wunder, dass sie dich nicht mag, Edeard«, grinste Macsen. »Du bist nicht mal in der Stadt geboren. Wahrscheinlich hat sie förmlich gerochen, dass du vom Land bist.«

»Aber nicht jeder im Obersten Rat glaubt das, oder?«, fragte Edeard und dachte dabei an Finitan. Ein Neffe, hatte der Großmeister gesagt.

»Ich hoffe, nicht. Es gibt nach wie vor ein paar anständige Adlige dieser Tage. Zudem werden natürlich die Sitze der Distriktmeister im Obersten Rat von den Gildenmeistern kontrolliert. Und der Untere Rat selbst wird immer noch direkt gewählt; nicht, dass man das in einigen Distrikten nicht mehr wüsste. Das sorgt im Großen Rat für so manche heiße Debatte. Rah wusste schon, was er tat, als er unsere Verfassung ausarbeitete.«

»Aber Eure Lieder sind immer noch populär.«

»Das stimmt«, sagte Dyban. »Unzufriedenheit mit den Herrschenden kommt bei der Masse noch immer gut an; eine fixe Idee, welche die Menschen auf ihren Schiffen, die vom Himmel gefallen sind, mit nach Querencia gebracht haben. Uns als Spezies fällt das so leicht wie das Atmen. Und daran konnten auch alte Männer wie ich, die sich in Erinnerungen darüber ergehen, wie viel besser doch alles in unserer verlorenen Jugendzeit war, noch nie etwas ändern.«

»Du bist ein Aufwiegler, meinst du wohl«, sagte Bijulee zärtlich, während sie ihm mit der Hand durch die struppigen Haarzöpfe fuhr.

»Und stolz darauf.« Erneut erhob Dybal sein Glas. »Auf dass wir unseren Herren das Leben zur Hölle machen.«

Darauf stieß der ganze Tisch an.

»Also, was ist das für eine Geschichte mit dir und Salrana?«, fragte Kanseen. Es war spät am Abend. Das Festessen hatte den ganzen Nachmittag über gedauert. Wenn es nach Edeard gegangen wäre, hätte es niemals geendet. Er war völlig gelöst, dank dieses wunderbaren Weins voller Bläschen, der Gesellschaft von Freunden, dem köstlichen Essen und der fröhlichen, geistreichen Konversation. Nein, heute war ein Tag, der, wenn die Herrin gütig war, immer weiter fortdauern und fortdauern sollte.

Doch so wie alles im Leben, ging auch dieser Abend schließlich zuende, tranken sie die letzte Flasche Wein, aßen den letzten Bissen Käse und sagten einander Lebwohl. Dybal erschrak theatralisch, als die Rechnung gebracht wurde. Draußen war die Sonne bereits untergegangen und hatte es dem kalten, orangefarbenen Eigenlicht der Stadt überlassen, im Verein mit dem matten Dunst am Himmel die Straßen in diffuse Pastelltöne zu tauchen. Edeard hatte verkündet, Salrana zum Millical-Haus im Lillylight-Distrikt zurückzubegleiten. Und da dieser direkt zwischen Abad und Jeavons lag, hatte sich Kanseen ihnen angeschlossen.

Das Waisenhaus war freundlich und hübsch, nicht weit vom Victoria Canal gelegen, mit eigenem Garten und Spielplatz. Trotzdem kam Edeard nicht umhin zu bemerken, dass es das kleinste Gebäude in der Straße war. Salrana hatte ihm noch einen flüchtigen Schmatzer auf die Backe gegeben, bevor sie durch die imposanten Türen, die den Eingangsbogen füllten, verschwand.

Edeard und Kanseen setzten ihren Weg fort, überquerten eine Brücke über den Castoff Canal, die sie in den Drupe-Distrikt brachte, wo die Paläste es durchaus mit denen entlang des Great Major Canal aufnehmen konnten. Es war still auf den schmalen Straßen und den weitläufigen Plätzen. Achtunggebietend wachten Leibwächter vor den eisernen Toren jedes Palastes. Edeard versuchte, sie nicht anzustarren, während sie an den Gestalten in ihren dunklen Uniformen vorbeigingen, und kam zu dem Schluss, dass es wohl besser war, Konstabler zu bleiben, anstatt Nacht für Nacht einen derartig eintönigen Dienst zu tun. Sein Missfallen musste wohl durch seine Abschirmung gedrungen sein.

»Das ist nicht das, was ich machen werde«, sagte Kanseen ruhig, während ihre Schritte durch die engen Straßen hallten, deren Häuser hoch genug waren, um den gesamten Nachthimmel auszusperren, mit Ausnahme der dünnen violetten Windung von Bulukus mäanderndem Schweif. »Keiner von denen ist Exkonstabler. Das sind Gutsarbeiter oder Farmersjungen, die in der Stadt nach einem besseren Leben gesucht haben. Die bleiben höchstens ein paar Jahre, bevor sie wieder ihre Sachen zusammenpacken und sich auf die Heimreise machen. Entweder das, oder sie ziehen nach Sampalok.«

»Hätte mir wohl genauso ergehen können«, sagte Edeard.

»Irgendwie bezweifle ich das.«

Sie gingen über die dritte Brücke, die über den Marble Canal führte, zurück in das vertraute Gebiet von Jeavons. Gondeln glitten leise unter ihnen hinweg, an jeder der Bugspitzen leuchtete eine kleine weiße Laterne. Unter den Baldachinen saßen die Passagiere eng aneinandergeschmiegt und genossen den Zauber der Fahrt. Nun konnte Edeard auch den Wind wahrnehmen, der sich von seewärts erhob, und die Luftfeuchtigkeit, die er mit sich trug. Wolkenfetzen jagten über ihre Köpfe hinweg und begannen die Nebelflecke zu verhüllen. Es würde Regen geben heute Nacht. In vielleicht einer Stunde, schätzte er, als er wie witternd die Abendluft einsog.

Die Kaserne der Konstabler war zwei Straßen von der Wache entfernt, ein großes, hässliches Gebäude, um einen zentralen ovalen Innenhof herum entstanden, der jedoch ein Becken mit angenehm temperiertem Wasser besaß, groß genug, um darin zu schwimmen, und überblickt von vier Etagen von Laufgängen. Dort lagen die Maisonettewohnungen, die für die Konstabler reserviert waren. Die mit Familie hatten das eine Ende in Beschlag genommen, die Junggesellen und –gesellinnen das andere. Nicht dass es irgendeine feste Aufteilung gab. Edeard und der Rest seines Trupps waren erst vor ein paar Tagen eingezogen. Jeden Morgen wurde er von Kindern geweckt, die vor seiner Tür herumkrakeelten, während sie über den Laufgang rasten und irgendein unglaublich aufregendes Fang-mich-doch-Spiel spielten.

Jetzt, als er und Kanseen eine Treppe aus fatal abgerundeten Stufen zur dritten Etage emporstiegen, wo sie beide ihre Wohnungen hatten, lagen die Kinder längst schon in ihren Betten.

»Na ja, da gibt's eigentlich nicht viel zu erzählen«, beantwortete Edeard schließlich Kanseens Frage. »Weißt du, Salrana und ich sind gemeinsam hierher gereist. Ich bin so eine Art älterer Bruder für sie.«

»Sie ist verliebt in dich.«

»Was?«

»Ich hab sie heute Nachmittag beobachtet. Es ist ganz offensichtlich, zumindest für jemanden mit auch nur einem Funken Verstand. Selbst Macsen hat's geschnallt. Hast du nicht mitgekriegt, wie er seine Flirtversuche aufgegeben hat, als der Fischgang kam? Er wusste, es ist vollkommen zwecklos. Sie interessiert sich nur für dich.«

»Sie ist klug genug, um zu merken, wie oberflächlich Macsen ist. Das ist alles. Wenn sie ihm nicht in den ersten fünf Minuten zu Füßen liegen, geht er einfach eine Tür weiter. Du weißt doch, wie er ist.«

»Ich hätte nie gedacht, dass ich mal erleben würde, wie du deine Augen vor der Wahrheit verschließt.«

»Ich verschließe meine Augen nicht vor der Wahrheit. Du hast mich was gefragt und ich hab geantwortet.«

Sie blieben am oberen Ende der Treppe stehen und schauten hinab in den weiten Innenhof. Am Rand des Schwimmbeckens leuchtete eine dünne Linie aus blassem Orange. Sie ließ das Wasser ungeheuer einladend erscheinen. Edeard wusste, dass viele der Konstabler des Nachts gern einmal hineinsprangen. Doch sein Bauch fühlte sich immer noch entschieden zu schwer an nach dem Gelage, und so entschied er sich widerstrebend dagegen.

»Eigentlich hast du nicht geantwortet«, sagte Kanseen. »Das Einzige, was du zugegeben hast, ist, dass du sie kennst, was immer noch kein Licht auf das Verhältnis wirft, in dem du zu ihr stehst.«

»Die Herrin erlöse mich, du hast dir sämtliche Lektionen von Meister Solarin wirklich sehr zu Herzen genommen, stimmt's?«

»Meine Noten sind fast so gut wie deine, ja. Also, jetzt rück schon raus, hast du auf dieser langen Reise durch die Berge und quer durch die Moore voll von Ungeheuern irgendwann mal mit ihr geschlafen?«

»Nein!«

»Warum nicht? Sie ist doch sehr hübsch. Und schlank. Und ich sehe doch, worauf dein Blick verweilt, wenn wir auf Streife sind.«

»Sie ist viel zu jung, zum ersten. Und zum zweiten wird sie erst noch hübsch. Die Ärzte in Makkathran haben viel bessere Salben, als wir auf unserer Karawane hatten.«

»Edeard!« Kanseen lachte schockiert auf. »Ich glaube, dass ist das Gemeinste, was ich dich jemals über jemanden sagen gehört hab, ganz zu schweigen über deine kleine Schwester.«

»Herrin, du bist schrecklich. Beantworte ich eine Frage nicht zu deiner Zufriedenheit, verschließe ich meine Augen vor der Wahrheit; gebe ich dir eine ehrliche Antwort, nennst du mich gemein.«

Zerknirscht saugte sie an ihrer Unterlippe. »Tut mir leid. Aber du verstehst doch, warum.«

»Nicht wirklich.« In dem kupferfarbenen Schimmer, den die Oberfläche des Schwimmbeckens hinaufwarf, betrachtete Edeard ihr Profil. In diesem Licht wirkte sie mit ihrem ausgeprägten Kinn und der schmalen Nase fast aristokratisch, die Haut verführerisch dunkel gemalt. Sie wandte ihm ihr Gesicht zu, legte den Kopf ein wenig zur Seite, in dieser fragenden Art und Weise, die er so mochte.

Er beugte sich vor und küsste sie.

Sie presste sich an ihn. Hände glitten über seinen Rücken. Für dieses eine Mal ließ er seine mentale Deckung fallen, zeigte ihr, wie sehr er ihre Berührung genoss, die Nähe ... Nach einer Ewigkeit endete der Kuss. Ihre Nase rieb gegen seine Wange, und sie ließ ihn spüren, wie viel ihr dies alles bedeutete.

»Komm mit zu mir«, flüsterte er. Seine Zunge schnellte hervor und leckte ihr Ohrläppchen. Sie erschauderte. Heiße Lineaturen der Lust flackerten durch ihren Geist. Entzückt nahm er ihre Brüste an seinem Oberkörper wahr und umarmte sie fester. *Das wird die beste Nacht aller Zeiten.*

»Nein«, sagte sie. Ihre Schultern sanken herab, dann legte sie ihre Hände an seinen Oberkörper und drückte ihn sanft zurück, um die Umarmung zu beenden. »Es tut mir leid, Edeard. Ich empfinde viel für dich, wirklich, das weißt du. Und genau das ist das Problem.«

»Wie meinst du das?«

»Es könnte funktionieren mit uns, mit dir und mit mir. Ich glaube es wirklich. Erst Verliebte, dann Eheleute, schließlich Eltern. Das alles. Ich hätte keine Angst davor. Es ist einfach der Zeitpunkt, der nicht stimmt. Er ist falsch.«

»Der Zeitpunkt?«

»Ich glaube nicht, dass du für eine langfristige Beziehung schon bereit bist. Und wenn ich eins mit Sicherheit nicht brauchen kann, dann eine weitere von diesen flüchtigen Affären. Nicht mit jemandem, an dem mir so viel liegt.«

»Es müsste ja keine flüchtige Affäre sein. Ich bin bereit, mich an jemanden zu binden, der mir so wichtig ist wie du.«

»Oh, Herrin, du bist so süß«, seufzte sie. »Nein, Edeard. Gegen den Leitstern Salrana komm ich nicht an. Du stehst ihr näher, als du glaubst, oder zugeben willst. Und wie auch nicht, nach allem, was ihr gemeinsam habt. Ich bin nicht eifersüchtig, na ja, nicht direkt. Aber sie würde immer zwischen uns stehen, solange du dir über deine Gefühle nicht klargeworden bist.«

»Sie ist nur ein Kind, das aus dem gleichen Dorf kommt wie ich, mehr nicht.«

»Öffne deine Gefühle für mich, zeig mir deinen nackten Geist und sag, dass du nicht mit ihr ins Bett willst, dass du dir nicht ihren Körper an deinem zu spüren wünschst.«

»Ich ... Nein, das ist doch einfach nur albern. Du wirfst mir vor, dass ich ... ich weiß nicht: Träume habe. Diese Welt ist voller Gelegenheiten. Manche ergreifen wir, an anderen gehen wir vorbei. Nicht ich bin es, der vor dem, was sein könnte, Angst hat. Du solltest dir erst einmal deiner eigenen Gefühle klarwerden.«

Sie standen jetzt ein Stück weit auseinander, die Stimmen zwar nicht erhoben, aber bestimmt.

»Ich kenne meine eigenen Gefühle«, sagte sie. »Und ich will, dass deine mit ihnen übereinstimmen. Das heißt: Ich kann warten. Du bist es wert zu warten, Edeard, wie lang auch immer es dauert. Du bedeutest mir so viel.«

»Eine tolle Art, mir das zu zeigen. Die mit Abstand beste«, erwiderte er und versuchte in seiner Gekränktheit nicht allzu schnippisch zu klingen. Sein Geist verhärtete sich gegenüber jeglicher Emotion, was ihm nicht leichtfiel angesichts des Tumults, den sie entfacht hatte.

»Sag's ihr«, entgegnete Kanseen ruhig. Sie streckte die Hand aus, um ihm über die Wange zu streichen, doch er wich zurück. »Sei ehrlich zu dir selbst, Edeard. Das ist es, wie ich mir dich wünsche.«

»Gute Nacht«, sagte er förmlich.

Kanseen nickte, dann drehte sie sich um. Edeard war sicher, dass er eine Träne auf ihrer Wange gesehen hatte. Doch er weigerte sich, seine Fernsicht einzusetzen, um es zu überprüfen. Stattdessen ging er in seine eigene Wohnung und warf sich auf das viel zu hohe Bett. In seinem Verstand stritt Wut mit Enttäuschung. Er stellte sich vor, wie Salrana und Kanseen miteinander kämpften, ein Bild, das bald schon eine Eigendynamik entwickelte, die sich seiner Kontrolle entzog. Mit Wucht schlug seine Faust auf das Kissen. Er wälzte sich herum. Schickte seine wirbelnde Fernsicht hinaus über die Stadt, schaute den Wust von Seelen, die mit ihren eigenen Dämonen rangen. Es war gut, nicht der Einzige zu sein, der litt.

Er brauchte eine Weile, bis er in Schlaf fiel.

»Man munkelt, dass die Pythia ihre Verborgenheitsfähigkeiten benutzt, um ihre Runzeln und Falten zu kaschieren. Immerhin ist sie über hundertfünfzig Jahre alt; sie könnte es Mistress Florell echt schwer machen im Wettstreit um das verhutzeltste alte Weib. Es muss also irgendeine Art von Teufelei im Spiel sein, die sie so aussehen lässt, wie sie es tut.« Bei diesem letzten Satz neigte Boyd bedeutungsschwanger den Kopf.

»So was kann man?«, fragte Edeard verblüfft.

»Keine Ahnung.« Boyd senkte die Stimme. »Es heißt, die Großmeister könnten sich vollständig verbergen, sodass man sie überhaupt nicht mehr wahrnehmen kann. Ich selbst hab so was allerdings noch nie gesehen.«

Edeard zögerte einen Moment und überlegte, ob er auf den kleinen logischen Fehler hinweisen sollte, der diesem Eingeständnis zugrunde lag. »Aha.«

Sie befanden sich auf Streife in Jeavons und schritten den Brotherhood Canal entlang, der den südlichen Distriktbereich säumte. Jenseits des Wassers lag Tycho, streng genommen kein eigentlicher Distrikt, sondern ein breiter Weidelandstreifen zwischen dem Kanal und der Kristallmauer. Niedrige Holzställe, die von der Miliz benutzt wurden, kauerten sich ins Gras, die einzigen Gebäude, die auf dem Gemeindeland zugelassen waren. Er konnte Stalljungen sehen, die in kurzem Galopp auf Pferden und Ge-Pferden über sandige Laufbahnen ritten, die morgendliche Übung, die sie und ihre Vorgänger seit Jahrhunderten absolvierten. Zu Seiten mehrerer Pferde preschten Ge-Wölfe dahin.

Es war ihre sechste Streife seit ihrem Abschluss. Sechs Tage, während denen er und Kanseen kaum ein Wort miteinander gewechselt hatten. Sie begegneten einander äußerst höflich, aber das war auch schon alles. Er hatte das so nicht gewollt, er wollte ihr Verhältnis zumindest wieder so haben, wie es vor jenem verkorksten Abend gewesen war. Doch wie sie das bewerkstelligen sollten, wie sie diese angenehme Partnerschaft wieder herbeiführen konnten, das war ihm ein völliges Rätsel. Und zwar eines, bei dem er auf gar keinen Fall die anderen um Rat fragen würde. Er hatte den Eindruck, sie ahnten ohnehin schon, dass etwas vorgefallen war. So wie er sie kannte, würden sie schon bald die wildesten Spekulationen anstellen.

Aus irgendeinem Grund scheute er auch davor zurück, Salrana etwas zu sagen. Widerwillig musste er zugeben, dass Kanseen in diesem Punkt nicht ganz unrecht gehabt hatte. Er musste sich wirklich mal mit dieser »Aus-Freunden-werden-Liebende«-Sache, die sich zwischen ihnen entwickelte, ernsthaft auseinandersetzen. Es war Salrana gegenüber nicht fair. Sie war dabei, zu einer wunderschönen jungen Frau heranzuwachsen, so viel lebendiger als jedes andere Stadtmädchen, das er kennengelernt hatte. Alles, was er tun musste, war, seine Vorstellung, sie beschützen zu müssen, hinter sich zu lassen. Was außerdem Blödsinn war. Sie war alt genug, um auf sich selber aufzupassen, alt genug, ihre eigenen Entscheidungen zu treffen. Die einzige Person, die sich zu ihrem Beschützer ernannt hatte, war er selbst. Etwas, das er aus einem Pflichtgefühl heraus getan hatte, und aus Freundschaft. Sich anders zu verhalten, vor allem jetzt, könnte so aussehen, als wolle er nur die Gunst der Stunde nutzen.

Manchmal muss man das Falsche tun, um das Richtige zu tun.

Und was das Physische betraf, da war er sich sicher, würden sie phantastisch miteinander harmonieren. *Dieser Körper, und dann erst diese Beine* ... Alles in allem verwandte er neuerdings viel zu viel Zeit darauf, sich vorzustellen, wie es sich anfühlen würde, wenn sich ihre Schenkel um ihn schlangen, wenn sich lange, athletische Muskeln unerbittlich spannten. Es würde damit enden, dass sie beide vor Lust schrien. *Im ersten Jahr kämen wir wahrscheinlich überhaupt nicht mehr aus dem Bett.*

Und danach, nach dem Feuer der Leidenschaft, würden sie einfach des anderen Gesellschaft genießen. Salrana war der einzige Mensch, mit dem er jemals wirklich hatte reden können. Zwei hinterwäldlerische Kinder allein gegen die große Stadt. Der künftige Bürgermeister und die Pythia in spe.

Ein warmes Lächeln breitete sich auf seinem Gesicht aus.

»– klar, ich könnte stattdessen natürlich auch mit mir selber reden«, sagte ein verärgerter Macsen.

»Entschuldigung, was?«, fragte Edeard, das Lächeln verbannend.

Macsen blickte zu Kanseen hinüber, die neben Dinlay stand. Beide schauten auf eine Gondel voller Kisten hinunter und riefen dem Gondoliere etwas zu. »Junge, Junge, sie hat dir wirklich ordentlich einen verpasst, was?«

»Was? Oh, nein. Keine Probleme. Zwischen Kanseen und mir ist alles bestens.«

»Gut. Weil ich's nämlich hasse, dich un-bestens zu sehen.«

»Wirklich. Mir geht's gut. Was war denn?«

»Der Krämer in der Boltan Street behauptet steif und fest, bei ihm würden sich Fremde rumtreiben und die Häuser mit einer starken Fernsicht kontrollieren. Wahrscheinlich eine Bande, die die Lage peilt. Wenn wir also in Uniform dort aufkreuzen, vertreiben wir sie nur, und sie kommen einfach in 'ner Woche oder 'nem Monat wieder – immer dann, wenn wir gerade nicht da sind. Aber wenn wir in normalen Sachen dort herumschlendern, wissen sie nicht, wer wir sind, und wir könnten sie auf frischer Tat schnappen.«

»Ich weiß nicht recht. Dir ist doch bekannt, wie Ronark sich anstellt vonwegen Uniform im Dienst.« Als sie sich zu ihrer dritten Streife versammelt hatten, war der Hauptmann unerwartet aufgetaucht und hatte eine spontane Inspektion durchgeführt. Edeard wäre um ein Haar degradiert worden wegen der »skandalösen Missachtung der Norm«. Seitdem hatte er immer peinlich darauf geachtet, dass seine Truppkameraden ordnungsgemäß gekleidet waren, bevor sie die Wache verließen.

»Genau«, sagte Macsen. »Wenn du Konstabler in Jeavons bist, musst du Uniform tragen, das weiß jeder. Also werden sie nicht damit rechnen, dass wir in Zivil unterwegs sind.«

»Hm, vielleicht. Aber lass mich zuerst mit Chae reden, mal hören, was er davon hält.«

»Er wird nein sagen«, sagte Boyd. »Ihr kennt doch die Verfahrensweise. Wenn Verdacht auf eine strafbare Handlung besteht, schickt man die Ge-Adler zur Geländebeobachtung los, während der Trupp außerhalb Fernsichtweite wartet.«

»Aber wir wissen ja nicht, wie lange wir warten müssen«, wandte Macsen ein. »Und außerdem hat Edeard nur einen einzigen Ge-Adler.«

»Aber du könntest weitere formen, stimmt's?«, meinte Boyd. »Hast du uns nicht erzählt, du wärst mal Eiformer-Lehrling gewesen?«

»Er kann nicht ohne Gildenlizenz formen, nicht in Makkathran«, hielt Macsen dagegen. »So ist das Gesetz; am Ende läuft's noch darauf hinaus, dass wir ihn verhaften müssen. Ihr wisst doch, wie sehr die darauf achten, dass ihr Monopol nicht verletzt wird. Abgesehen davon: Was immer wir unternehmen, es muss bald geschehen. Wir haben keine Zeit, erst noch Ge-Adler zu formen. Und deshalb müssen wir in Verkleidung auf Streife.«

»Normale Sachen sind keine Verkleidung«, protestierte Boyd.

»Es ist vollkommen schnurz, was für Sachen wir tragen, solange es keine Uniform ist«, entgegnete Macsen, inzwischen merklich gereizt. »Zieh an, was du willst. Wie wär's mit einem Kleid – benimmst dich ja ohnehin schon wie ein altes Weib.«

»Der war gut, Klugscheißer. Wenn diese Bande wirklich so clever ist, wie du behauptest, dann kennen die doch längst unsere Gesichter.«

»Schluss damit«, sagte Edeard und hob die Hände. »Sobald wir wieder auf der Wache sind, rede ich mit Chae. Bis dahin lasse ich meinen Ge-Adler in der Nähe der Boltan Street. Mehr kann ich während einer Streife nicht tun, also hört jetzt bitte auf.«

»War ja nur 'n Vorschlag«, grummelte Macsen, während er davonging.

Edeard wandte sich an Boyd. »Ist das Absicht, dass du so an ihm herumzergst?«

Der schlaksige Junge grinste ihn an. »Darauf muss ich nicht antworten, ich stehe nicht unter Eid.«

Edeard lachte. Der Boyd von vor sechs Monaten hätte sich niemals auf Kosten eines anderen amüsiert, ganz zu schweigen von einem Freund.

Der Trupp setzte seine Streife den Kanal entlang fort und folgte dessen sanfter Biegung nach Norden. Edeard hatte vor, auf dem Seitenweg zu bleiben, bis sie die Verbindung zum Outer Circle Canal erreichten, und dann nach Jeavons zurückzukehren. Er schickte seinen Ge-Adler aus, hieß ihn, tief auf die Dächer und Türme des Distrikts herabzustoßen, und dirigierte ihn auf die Boltan Street zu. Es war ein nasser, grauer Morgen, und immer noch ballten sich die nächtlichen Regenwolken am Himmel, während sie langsam westwärts zogen. Jede Oberfläche war glitschig vom Regen. Dennoch gingen die unerschütterlichen Einwohner Makkathrans wie immer ihrem Tagewerk nach und füllten die Straßen und engen Gassen.

Still schoss Edeards Ge-Adler hoch über ihnen durch die Lüfte, von den meisten unbemerkt. Plötzlich registrierte Edeard eine verdächtige Bewegung. Auf halber Strecke die Sonral Street hinunter drehte sich ein Subjekt in Kapuzenjacke von dem Adler weg, dann schob es sich die Kapuze über den Kopf und tief ins Gesicht.

Es mochte nichts zu bedeuten haben, der Ge-Adler war immer noch an die fünfzig Meter entfernt. Und es war feucht, die Luft frisch. Absolut legitim, wenn jemand sich unter diesen Umständen eine Kapuze aufsetzte. Viele Leute in dieser, im Zickzack verlaufenden Straße trugen an diesem Morgen Kopfbedeckungen. Und der Mann war auch nicht der Einzige, der eine Kapuzenjacke trug.

Trotzdem, da stimmt was nicht, ich weiß es.

»Anhalten«, befahl er seinem Trupp. Er schickte seine Fernsicht durch die Straße, suchte nach der einen verdächtigen Gestalt. Die Gedanken des Mannes waren abgeschirmt, obwohl eine Spur von Unsicherheit durchsickerte. Doch andererseits, und ebenfalls absolut legitim, konnte es auch sein, dass er sich wegen irgendwas Sorgen machte; vielleicht ein schlimmer Streit mit seiner Frau oder Geldprobleme.

Edeard beobachtete die Richtung, die er nahm, und schickte den Ge-Adler in einem weiten Bogen herum. Auf dem Dachvorsprung eines dreistöckigen Hauses am Ende der Soral Street und außer Sicht seines Ziels ließ er sich nieder. Während er wartete, bemerkte Edeard, dass der Mann in der Kapuzenjacke nicht allein war; zwei weitere Männer waren mit ihm unterwegs. Dann konnte ihn, als er um eine der seichten Kurven kam, der Ge-Adler unten auf der Straße erspähen. Inzwischen war die Kapuze ein kleines Stückchen zurückgerutscht.

»Herrin, ich danke Dir«, sagte Edeard.

»Was ist passiert?«, wollte Dinlay wissen.

»Er ist wieder da«, knurrte Edeard. »Der Dieb vom Silvarum-Markt, der, der die Kiste getragen hat.«

»Wo!«, rief Kanseen aus.

»Sonral Street. Höhe drittes Haus.«

Im Trupp kam leichter Unmut auf. »So weit können wir mit unserer Fernsicht nicht sehen«, beschwerte sich Boyd.

»Na schön, bitte sehr«, sagte Edeard und ließ sie an der Sicht des Ge-Adlers teilhaben.

»Bist du sicher?«, fragte Macsen.

»Er hat recht«, stellte Kanseen fest. »Das ist der Schweinehund. Ich kann ihn gerade noch erkennen.«

»Er hat noch zwei andere bei sich«, teilte Edeard ihnen mit. »Und der Ge-Adler macht ihn nervös, also führen sie bestimmt nichts Gutes im Schilde. Lasst uns ausschwärmen, sie umzingeln. Haltet immer eine Straße Abstand zwischen ihnen und euch. Ich verfolge sie mit Fernsicht, ich will nicht, dass sie den Ge-Adler noch mal sehen und Verdacht schöpfen.«

Alle sahen sich grinsend an, ganz ungeduldig vor Anspannung und Aufregung.

»Los!«, rief Macsen.

Nach fünf Minuten strammen Dauerlaufs wünschte sich Edeard, er hätte sich ein bisschen mehr um seine körperliche Fitness gekümmert. Wie gehabt machten die Bürger Makkathrans jemandem, der es eilig hatte, nur widerwillig Platz – schon gar nicht irgendwelchen rotgesichtigen, schwitzenden und keuchenden jungen Konstablern. Und so drückte, schob und schlängelte er sich durch die Straßen und durch Gassen, ignorierte das Gemurre und starrte jeden, der Anstalten machte, sich zu beschweren, in Grund und Boden. Die Uniform, mit ihrem warmem, schwerem Stoff, die ihn in seiner Bewegungsfreiheit einschränkte, machte das Ganze nicht eben einfacher.

Schließlich brachte er sich in einer Straße westlich des Trios in Position. Seine Fernsicht zeigte ihm, dass die Truppkameraden überall ringsum ebenfalls Stellung bezogen. »Hab sie«, verkündete Dinlays Longtalk, als er in ein langsameres Schritttempo verfiel.

»Ich auch«, meldete Boyd.

»Was die hier wohl klauen wollen?«, fragte Macsen.

»Irgendwas Kleines, das man leicht tragen kann. Aber es muss wertvoll genug sein, damit es das Risiko lohnt«, gab Dinlay zurück.

»Noch einer, der im Unterricht gut aufgepasst hat. Aber dummerweise schließt das ungefähr neunzig Prozent der Geschäfte hier ein.«

»Könnte auch was aus den Lagerräumen sein«, schlug Boyd vor.

»Oder einem Wohnhaus«, fügte Kanseen hinzu.

»Behalten wir sie einfach im Auge«, sagte Edeard zu ihnen. »Wenn sie in irgendein Gebäude reingehen, sind wir ihnen dicht auf den Fersen. Und wartet ab, bis die Straftat begangen wurde, bevor wir sie verhaften.«

»Danke, dass du uns dran erinnerst«, sagte Macsen.

Edeard ließ seine Fernsicht durch die Gebäude ringsum schweifen und versuchte abzuschätzen, woran die Diebe interessiert sein könnten. Ein hoffnungsloses Unterfangen.

Die Verdächtigen bogen von der Sonral Street in eine Gasse ein, die so schmal war, dass gerade eine Person hindurchpasste. Edeard zögerte. Sie bewegten sich auf seine Straße zu, aber es war eine Sackgasse, versperrt von einer sechs Meter hohen Hauswand. Seine Fernsicht tastete umher, zeigte ihm eine Reihe von Kellerlagerräumen unter einem der Schmuckgeschäfte auf der Sonral Street. Ein Durchgang führte hinauf zu einer dicken Metalltür in der Gasse.

»Jedenfalls scheinen sie sehr zielstrebig zu sein«, bemerkte er. »Darüber liegt ein Schmuckgeschäft.«

»Worüber?«, fragte Boyd.

»Da geht eine Art Durchgang von der Gasse ab«, erklärte Kanseen. »Er führt irgendwo nach unten. Edeard, kannst du konkret erkennen, was da ist?«

»Vage«, gab er widerstrebend zu. »Nur so eine Art offene Kammer. Glaube ich.« In diesem Moment wünschte er, jeder besäße seine Fähigkeiten – das Leben wäre um so vieles einfacher.

»Gut, was machen wir jetzt?«, fragte Macsen. »Wir können ja schlecht zu ihnen vorstürmen, nicht in den engen Gassen.«

»Wir warten am Ende«, sagte Dinlay. »Entkommen können sie so nicht.«

Edeards Fernsicht zeigte ihm jetzt ein ganzes Netzwerk von miteinander verbundenen Gängen und Räumen unter der Geschäftszeile. Die Durchgänge hatten alle verschlossene Türen, doch wenn die Diebe erst mal drin waren, war es nicht ausgeschlossen, dass sie seinem Trupp in dem unterirdischen Labyrinth durch die Lappen gingen.

»Ihr anderen kommt in die Sonral Street«, befahl er. »Ich gehe hinten rum und sehe nach, ob ich an der Rückseite einen anderen Weg nach unten finde.«

»Du willst doch wohl nicht alleine da rein?«, fragte Kanseen. »Edeard, die sind zu dritt, und wir wissen, dass sie Messer haben.«

»Ich will nur sicherstellen, dass sie dort keinen Fluchtweg haben, mehr nicht. Los jetzt, bewegt euch.«

Schwach nahm er wahr, wie seine Truppkameraden die breite Straße jenseits der Gasse entlangeilten. Inzwischen hatte einer der Diebe sich neben der kleinen Tür gebückt und machte sich am ersten der fünf Schlösser zu schaffen. Nach dem, was er von den Schlössern erspüren konnte, ging Edeard davon aus, dass der Mann gar nicht erst versuchen würde, sie mit Gewalt aufzubrechen. Edeard konzentrierte sich, durchstieß mit seiner Fernsicht die Substanz der Stadt, um sich einen Überblick über das verborgene Labyrinth aus Räumen und Passagen zu verschaffen. Tatsächlich gab es außer dem einen, an dem das Diebestrio durchzubrechen versuchte, nur noch drei Ausgänge.

Auch ertastete Edeard unterhalb dieser Ebene das Netz aus Rissen, das die Strukturen der Stadt miteinander verwob. Etliche schraubten sich hinter den Lagerräumen in die Höhe, verzweigten sich in schmalere Spalten, die sich mit den Wänden der Gebäude darüber verflochten. Er verfolgte sie zurück und entdeckte einen komplizierten gewundenen Weg, der zu der Straße führte, in der er stand. Seine dritte Hand prüfte die Beschaffenheit der Wand an der Rückseite einer sich verjüngenden Nische zwischen zwei Läden. Fehlanzeige, sie war so fest wie Granit.

Bitte, wisperte sein Longtalk zu dem Bewusstsein der schlummernden Stadt. *Lass mich herein.*

Etwas nicht Greifbares erwachte unter ihm. Ein Schwarm Ruumöwen flog von einem Dach über ihm auf.

Hier, sein Geist presste sich in die Rückseite der Nische. Etwas schob sich zurück. Bunt schillernde Formen stiegen in seinen Gedanken auf, so viel geschwinder umherwirbelnd als die Vögel hoch droben. In seinem betäubten Zustand erinnerten sie ihn an Ziffern und mathematische Symbole, jedoch um ein Vielfaches größer und komplexer als alle Arithmetik, die Akeem ihn jemals gelehrt hatte. Mit diesen Gleichungen ließ sich zweifellos das Universum erklären. Sie tanzten wie Kobolde, formierten sich zu einer neuen Anordnung und stoben dann davon.

Edeard keuchte und stand mühsam auf, während seine Beine schwach zu zittern begannen. Sein Herz schlug noch heftiger als bei seinem Lauf durch die Straßen. Er fühlte, wie sich die Struktur der Mauer veränderte. Als er nach vorn schaute, sah sie noch genauso aus wie zuvor, eine dunkelpurpurne Fläche mit grauen Flecken, die sich bis nach oben erstreckten, wo die geschwungenen Dächer drei Stockwerke teilten. Aber die Mauer *gab nach*, als seine dritte Hand sich gegen sie drückte.

Um ihn herum eilten Mensche die Straße auf und ab. Edeard passte einen einigermaßen sicheren Moment ab, dann trat er in die kleine Nische. Jetzt konnte ihn niemand mehr sehen. Seine Hand berührte den Mauerabschnitt an der Rückseite und glitt geradewegs hindurch. Die Haut an seinen Fingern prickelte, so als ob er sie in feinen Sand tauchen würde. Dann ging er in die Mauer hinein. Ein Gefühl, das sein Gehirn als eine Welle von trockenem Wasser, das über ihn hinwegspülte, interpretierte. Jetzt war er drinnen. Er öffnete die Augen. Um ihn herum herrschte völlige Dunkelheit. Suchend tastete seine Fernsicht umher und offenbarte ihm, dass er sich im Innern eines vertikalen Tunnels befand. Auch ohne visuelle Sicht blickte Edeard instinktiv nach unten. Seine Fernsicht bestätigte ihm, dass er in dem Tunnel *schwebte.*

»O Herrin.«

Er begann nach unten zu sinken. Es war, als ob eine extrem starke dritte Hand ihn sanft zum Boden der Spalte, die sich horizontal unter den Gebäuden hinwegschlängelte, herabließ. Dennoch war er überzeugt, dass es kein telekinetischer Griff war. Er konnte nichts dieser Art wahrnehmen; irgendeine andere Kraft manipulierte ihn. Seltsamerweise hatte er im Magen ein Gefühl, als würde er fallen, obwohl er sich relativ langsam bewegte.

Seine Füße berührten den Boden. Das war der Moment, in dem die Macht, welche auch immer ihn festgehalten hatte, ihn jäh wieder freigab und in die Hocke sacken ließ. Als seine Finger gegen die Wand der Spalte stießen, spürte er Wasser. Ein kleiner Bach rann über seine Schuhspitzen – er konnte ihn leise dahinplätschern hören.

»Ein Abfluss«, sagte er laut, darüber erstaunt, dass so etwas Phantastisches tatsächlich existierte, um einem solch profanem Zweck zu dienen.

Trotz vollkommen klarer Fernsicht tastete er mit seinen Händen umher. Die Abflussspalte war ein wenig zu niedrig, um aufrecht darin zu gehen. Der Abstand der Seitenwände betrug etwa eineinhalb Meter. Er holte tief Luft, nicht allzu glücklich über das klaustrophobische Gefühl, das im Hinterstübchen seines Verstandes nörgelte, und setzte sich in gebückter Haltung in Bewegung.

Mittlerweile hatten die Diebe es durch die verschlossene Tür am oberen Ende des Durchgangs geschafft; eine beeindruckende Leistung in so kurzer Zeit. Zwei von ihnen gingen die geschwungene Treppe zu der Tür hinunter, die das untere Ende abriegelte, während der dritte draußen Schmiere stand. Edeard beschleunigte seine Schritte, navigierte mehrere Abzweigungen nehmend die Abflussspalte entlang. Er beobachtete, wie sich die Diebe an den Schlössern der zweiten Tür zu schaffen machten und hindurchgingen. Dann befand er sich direkt unter dem Lagerraum, den sie gerade durchsuchten. Die räumliche Ausstattung war überschaubar; mehrere Holzregale standen nebeneinander, in den Fächern stapelten sich kleine Kisten. In einer Ecke stand ein großer Eisentresor mit einem äußerst komplizierten Schließmechanismus. Die beiden Männer beachteten ihn nicht.

Edeard hielt den Blick nach oben gerichtet, während seine Fernsicht die Stadtsubstanz durchdrang, eine solide Masse aus felsartigem, etwa fünf Meter dickem Material. Er konzentrierte sich. Schloss die Augen – albern, aber na ja ... Dann setzte er seinen Geist ein. Abermals stiegen wie aus dem Nichts die Gleichungen auf, um in seinem Verstand Pirouetten zu drehen. Er bewegte sich aufwärts, flutschte durch die vormals solide Materie wie ein Korken, der zur Meeresoberfläche emporschnellte. Wieder war sein Magen der Meinung, er würde fallen, und dies in einem Maße, das extreme Übelkeit erzeugte. Er hatte schon fast den Fußboden erreicht, als ihm einfiel, dass die Diebe ihn in der gleichen Sekunde, in der er auftauchte, wahrnehmen würden. Rasch hüllte er sich in eine Tarnung. Dann kam er in dem Lagerraum heraus, umgeben von mattem, orangenem Licht. Der Boden unter seinen Füßen verfestigte sich.

»Was war das?«, fragte eine Stimme.

Edeard stand hinter einem Regal an der hinteren Seite der Kammer. Er hielt den Atem an.

»Nichts. Dreh jetzt verdammt nochmal nicht durch. Es gibt nur zwei Türen, und die andere ist verschlossen. Und jetzt hilf mir, den Scheißdreck zu finden, bevor uns noch jemand hier unten entdeckt.«

Langsam ging Edeard um das Regalende herum. Er konnte

die beiden sehen, wie sie sich an einem der Regale entlang bewegten, Kisten aus den Fächern nahmen und sie mit irgendeiner Art von Werkzeug aufstemmten. Ein rascher Blick hinein und die Kiste wurde achtlos beiseite geworfen. Die meisten schienen kleine Fläschchen zu enthalten. Zu Dutzenden rollten sie auf dem Boden umher und prallten klimpernd zusammen.

»Na also, wer sagt's denn«, verkündete der Gauner in der Kapuzenjacke, nachdem er gerade eine Kiste aufgebrochen hatte, die voller kleiner Päckchen war. Eines war geöffnet und brachte eine Rolle Metallfaden zum Vorschein. Edeard konnte in dem schwachen orangenen Licht des Lagerraums nicht sagen, ob es sich dabei womöglich um Gold handelte.

»Ich nehm mir mal die Restlichen vor«, sagte der andere.

Der mit der Kapuze machte sich daran, die Päckchen in die Innentasche seiner Jacke zu stopfen.

Edeard ließ seine Tarnung fallen.

»Was zum Teufel –« Beide Einbrecher wirbelten herum und starrten ihn an.

»Hallo wieder mal«, sagte Edeard. »Kennt ihr mich noch?«

»Edeard!«, hallte Kanseens angsterfüllte Stimme in seinem Schädel. »Gütige Herrin, wo hast du gesteckt? Wir haben uns schon fürchterliche Sorgen gemacht. Wie bist du da reingekommen?«

»Der kleine Scheißer vom Marktplatz!« Der Dieb in der Kapuzenjacke spie die Worte förmlich aus. »Ich hab doch verdammt nochmal gewusst, dass dieser Ge-Adler auf Beute aus war.« Er griff in seine Tasche und zückte ein langes Messer. Gleichzeitig versuchte seine dritte Hand, in Edeards Brust hineinzustoßen und zu einer Herzquetsche anzusetzen.

Edeard lachte, als er den Angriff ablenkte. Dann schnellte seine eigene dritte Hand hervor und zermalmte das Messer, das der Dieb hielt. Das Metall kräuselte sich, verdrehte sich dann zu einem dünnen, krummen Dorn. Zum Abschluss bog Edeard die Spitze u-förmig nach unten. »Ich verhafte Euch wegen Diebstahls und versuchten tätlichen Angriffs auf einen Konstabler.«

»Scheiße!«, brüllte der andere und rannte zur Tür.

»Einer kommt raus«, teilte Edeards Longtalk seinen Truppkameraden mit.

»Alles in Ordnung mit dir?«, fragte Dinlay.

»Ging mir nie besser.« Währenddessen hatte er den Dieb mit der Kapuze nicht aus den Augen gelassen. Der Mann hielt sein ruiniertes Messer in die Höhe und grinste anerkennend. »Ein hartes Bürschchen bist du, das muss man dir lassen. Aber bist du auch schlau? Hier unten liegt genug Edelmetall rum, um uns alle glücklich zu machen.«

»Wollt Ihr Euren Anklagepunkten noch Bestechung hinzufügen?«

»Idiot.« Der Dieb kehrte Edeard den Rücken und ging lässig auf die Tür zu, die auf den Durchgang hinausführte.

»Stehengeblieben, sofort«, befahl Edeard.

Der Mann drehte sich nicht mal um, stattdessen nahm seine dritte Hand eines der kleinen Fläschchen vom Boden auf. Verwirrt runzelte Edeard die Stirn. Ein weiteres Fläschchen wurde in die Höhe gehoben und beschleunigte, um in das erste zu krachen. Glas zersprang.

Ein Feuerball brach hervor, blendend weiß in der düsteren Kammer. Instinktiv drehte sich Edeard zur Seite und verstärkte seinen Schild. Lodernde Klumpen prasselten auf ihn ein.

»Edeard!«, schrie sein Trupp über Longtalk gleichzeitig auf.

»Mir ist nichts passiert.« Er blinzelte heftig, versuchte die grellen Lichtflecken, die vor seinen Augen tanzten, loszuwerden. Ein beißender Geruch breitete sich aus und wurde stärker, doch seine Fernsicht ließ nur ein paar flackernde Flammen auf den Regalen erkennen, die sich dem Feuerball am nächsten befunden hatten. Er schlug sie mit seiner dritten Hand aus, erstickte das Feuer, bevor es eine wirkliche Gefahr darstellen konnte. Dann bemerkte er die schwarzen Löcher in den am Boden zerstreuten Kisten. Es war, als ob sich Flammen extrem schnell durch sie hindurchgebrannt hätten. Die rauen Kanten schwelten noch immer. Als er genauer hinsah, bemerkte er, dass sie mit einer Art Teer bedeckt waren, der vor sich hin brodelte. Verwundert schüttelte er den Kopf.

»Wir haben sie«, verkündete Macsen triumphierend. »Herrin, dieser letzte ist mir vielleicht ein arrogantes Arschloch. Bist du sicher, dass du in Ordnung bist, Edeard?«

»Ja. Mir geht's gut.« Er machte sich daran, den Lagerraum zu verlassen. Irgendein tiefsitzender Instinkt warnte ihn vor den Flecken aus heißer Flüssigkeit, die auf dem Boden glänzten. Dünne Dunstfahnen hatten sich unter der Decke gebildet; der Gestank trieb ihm die Tränen in die Augen. Als er durch die massive Metalltür ging, trat er auf einige Päckchen, die Metallfäden enthielten. Der Dieb hatte sie alle weggeworfen. Stirnrunzelnd hob Edeard eines von ihnen auf.

Warum hat er das gemacht?

Verwirrt eilte er den Durchgang hinauf und auf die Gasse hinaus, wo ihn sein Trupp mit den gebändigten Gefangenen schon erwartete. Jetzt erst wurde ihm klar, was er getan hatte und was der Trupp vollbracht hatte.

Sein Hochgefühl erhob sich mit der Macht einer aufgehenden Sonne.

Die Verhandlung fand in Makkathrans Parlamentsgebäude statt, das den Majate-Distrikt dominierte. Technisch gesehen ein Gebäude, waren seine baulichen Komponenten zu einem regelrechten Dorf aus riesigen Hallen, Versammlungsräumen, Auditorien und Amtszimmern verschmolzen, verbunden durch Säulengänge anstelle von Straßen. Direkt im Zentrum befand sich der kunstvolle Saal der Demokratie, wo der Große Rat zusammentrat und über Politik debattierte und Gesetze beschloss. Ringsum lagen die Amtsräume für die Schreibergilde, deren Aufgabe es war, die Stadtverordnungen umzusetzen und

Steuern zu kassieren. Ein ganzer Flügel beherbergte bestens ausgestattete Dienststellen für jeden Distrikt-Abgeordneten, wo sie den Wählern zu jeder vermeintlichen oder tatsächlichen Ungerechtigkeit Rede und Antwort stehen konnten. Irgendwo tief im Innern (unterirdisch, wie man munkelte) befanden sich die Tresore der Schatzkammer, in denen riesige Mengen Gold und Silber für die Münzprägung lagerten.

Auch der Hauptkonstabler hatte in einem der fünf kegelförmigen Türme seinen Sitz, zusammen mit einem bescheidenen Stab. Über Jahrhunderte hinweg hatte der äußerste, den Stadttoren am nächsten gelegene Turm auch die Milizunterkünfte beherbergt. Doch er war schon lange verwaist und die Soldaten in verschiedenen Kasernen in der Stadt untergebracht, während die Generäle und ranghohen Offiziere Residenzen im Orchard-Palast nebenan besaßen. Die geräumten Baracken waren bald schon begierig von der stetig wachsenden Advokatengilde mit Beschlag belegt worden.

Obschon einer Demokratie gemäß zugänglich für jeden, waren es jedoch die Verbindungskuppeln, die sich längsseits des Centre Circle Canal hinzogen, mit denen der durchschnittliche Bürger Makkathrans am ehesten vertraut war. Hier befanden sich die Gerichtshöfe ebenso wie das Untersuchungsgefängnis der Polizei. Edeard und die anderen waren von Meister Solarin herumgeführt worden, der sie lang und breit in die Geschichte jedes Korridors und jedes Zimmers eingeweiht hatte. Es hatte auch zu ihrer Ausbildung gehört, Gerichtsverhandlungen beizuwohnen, damit sie sich mit den Verfahrensordnungen vertraut machen und die Rededuelle der Rechtsgelehrten anhören konnten.

Edeard hatte sich auf diesen Teil sehr gefreut, doch hatten sich die Advokaten in allen Verhandlungen, denen sie bisher beigewohnt hatten, auf einfache Fragen an die Personen im Zeugenstand beschränkt. Einmal hatten sie jedoch eine undurchsichtige Debatte über die Auslegung eines Präzedenzfalls verfolgen dürfen, der vor vierhundert Jahren geschaffen worden war, um einen Streit zwischen zwei Fischhändlern und deren Lieferanten zu schlichten, bei dem es um das Vorrecht auf den Fang für die Dauer der geschlossenen vertraglichen Vereinbarungen gegangen war. Edeard hatte kaum etwas davon verstanden, und schon gar nicht konnte er der Argumentationslogik folgen, die sich dahinter verbarg. In dem einzigen Strafverfahren, das sie zu sehen bekamen, ging es um eine Bande von Söhnen aus unbedeutendem Hause, die während einer Auseinandersetzung in einem Theater von den Konstablern verhaftet worden waren. Die Burschen waren während der Verhandlung ziemlich kleinlaut gewesen, hatten bei der Schilderung des vorgesetzten Truppensergeanten keinerlei Einspruch erhoben, sich in allen Punkten schuldig bekannt und die Ordnungsstrafe widerspruchslos akzeptiert.

Während die Vorbereitungen für ihren zu verhandelnden Fall ihren Verlauf genommen hatten, hatte Edeard allmählich gedämmert, wie zwecklos ihr Einsatz im Grunde gewesen war.

Zwei mittlere Richter und ein Regierungsanwalt waren bestimmt worden, um den Fall des Diebestrios, das sie festgenommen hatten, zu verhandeln. Sie thronten auf einem erhöhten Holzpodium, das sich über den gesamten hinteren Bereich des ovalen Gerichtssaaals erstreckte, gewandet in fließende purpurne und schwarze Roben mit fellgesäumten Überwürfen über der rechten Schulter. Der Regierungsanwalt trug zudem eine goldene Kette zum Zeichen seines hochgestellten Rangs.

Links neben ihnen, auf der Anklagebank zusammengepfercht und von zwei Gerichtskonstablern in Dienstuniform bewacht, saßen die drei Diebe. Zu guter Letzt hatten sie schließlich doch noch ihre Namen angegeben. Ihr Anführer – es war der Mann mit der Kapuze – nannte sich Arminel. Kaum älter als vierzig, besaß er ein abgehärmtes blasses Gesicht und dichtes rotblondes Haar, das er lang trug, um die großen Ohren zu verdecken. Zu keinem Zeitpunkt wirkte er auch nur im Geringsten besorgt. Wenn überhaupt, so verriet sein Gesichtsausdruck nichts als Langeweile. Seine Komplizen hießen Omasis und Harri. Harri, derjenige, der in der Gasse Schmiere gestanden hatte, war fast noch ein Halbwüchsiger. Seine Anklage lautete nur auf Mittäterschaft. Arminel und Omasis dagegen hatten sich beide des Raubs und schweren Hausfriedensbruchs zu verantworten. Arminel außerdem des tätlichen Angriffs auf einen Konstabler. Der Besitzer des Schmuckgeschäfts hatte den Inhalt der beiden Fläschchen, die Arminel zerschlagen hatte, als leichtflüchtige, auf Alkohol basierende Reinigungsflüssigkeit und -säure identifiziert. Bei dem Gedanken, was hätte passieren können, wäre sein Schild nicht stark genug gewesen, um den Feuerball abzuwehren, lief es Edeard eiskalt den Rücken hinab. Wenn es nach ihm gegangen wäre, hätte man Arminel auch wegen des Überfalls auf dem Silvarum-Markt angeklagt, doch Meister Vosbol, der Rechtsgelehrte, den Hauptmann Ronark mit der Verfolgung des Falles beauftragt hatte, hatte sich dagegen ausgesprochen. Der Vorfall läge zu lange zurück, als dass Zeugenaussagen als zuverlässig erachtet werden könnten.

»Aber ich erkenne ihn auf Anhieb«, hatte Edeard ausgerufen.

»Ihr habt jemanden gesehen, der sich verdächtig verhalten hat«, hatte Meister Vosbol erwidert. »Ihr *glaubt,* dass er an der vorhergehenden Straftat beteiligt gewesen war.«

»Kavine wird ihn ebenfalls identifizieren.«

»Kavine wurde niedergestochen, ziemlich schwer. Die Verteidigung wird damit argumentieren, dass seine Verletzung ihn als zuverlässigen Zeugen disqualifiziert. Lasst uns einfach erst einmal an diesem Fall weitermachen, einverstanden?«

Edeard hatte geseufzt und den Kopf geschüttelt.

Das Ganze hätte ihm wirklich eine Warnung im Hinblick auf die Methodik von Makkathrans Rechtswesen sein sollen. Stattdessen beschlich ihn, als die drei Angeklagten sich ausnahmslos für nicht schuldig erklärten, nur eine erste Ahnung, dass der Fall wohl doch nicht so klar war, wie sie sich das gedacht hatten.

»Ich glaub, ich spinne«, zischte Edeard, als Meister Cherix, der Strafverteidiger, vor die Richter trat und den Antrag übergab. Sein Trupp saß an der hinteren Wand, alle in Dienstuniform, und wartete darauf, dass die Anwaltschaft sie aufrief. An einer Seite hatte neben ihnen Hauptmann Ronark Platz genommen, an der anderen Sergeant Chae.

So gut wie sämtliche übrigen Sitzplätze waren leer. Edeard wusste nicht, ob er sich darüber freuen sollte oder nicht. Wenn es nach ihm gegangen wäre, hätten die Bürger der Stadt ruhig sehen sollen, dass sein Trupp dabei geholfen hatte, einen kleinen Teil ihrer Probleme der gerechten Strafe zuzuführen – dass das Gesetz sie nicht im Stich gelassen hatte.

Meister Cherix hob bei Edeards Äußerung überrascht eine Augenbraue und drehte sich zu den Konstablern um. Meister Vosbol warf ihnen einen zornigen Blick zu. »Ruhe da«, befahl er über Longtalk.

Die ganze Sache sei, erklärte Meister Cherix, ein schreckliches Missverständnis. Bei seinen Klienten handele es sich tatsächlich um ehrbare Bürger, die ihren Geschäften nachgegangen seien, als sie die Explosion in der Gasse gehört hätten. Sie hätten daraufhin eine kleine Tür aufgesprengt und seien voller Sorge bis in den von Rauch und Flammen erfüllten Lagerraum vorgedrungen – unter beträchtlichem persönlichen Risiko –, um zu sehen, ob sich darin möglicherweise Verletzte befanden. Und in dem Moment seien nun die Konstabler dazu gestoßen und hätten die Situation vollkommen falsch eingeschätzt.

Einer nach dem anderen betraten die drei Angeklagten den Zeugenstand und schworen unter Eid, dass sie absolut selbstlos gehandelt hätten. Während all dem strahlten ihre unabgeschirmten Gedanken nichts als Aufrichtigkeit aus, vermengt mit einer kleiner Prise gekränkter Unschuld, da doch ihre gute Tat so missdeutet worden war.

Voll des Verständnisses schüttelte Meister Cherix den Kopf, fassungslos darüber, wie sich die Konstabler nur so falsch hatten verhalten können. »Ein Zeichen der Zeit«, sagte er zu den Richtern. »Diese Konstabler hier sind junge Menschen, die es nur gut gemeint haben, die durch ihre Ausbildung gepeitscht wurden von einer Stadt, die aus politischen Gründen verzweifelt darum bemüht ist, ihren Personalbestand aufzustocken. Doch in Wahrheit waren sie an diesem bedauerlichen Tag vollkommen überfordert. Darüber hinaus mussten sie Verhaftungen vorweisen, um sich vor ihrem notorisch strengen Hauptmann der Wache zu beweisen. Unter solchen Umständen ist es nur nachvollziehbar, warum sie sich dafür entschieden, die Ereignisse so zu interpretieren, wie sie es taten.«

Edeard begegnete Arminels Blick. *Er hat versucht mich umzubringen und sein Anwalt behauptet, es war nur ein Missverständnis? Dass wir im Unrecht wären?* Das war so hanebüchen, dass er beinahe laut aufgelacht hätte. Dann veränderte sich Arminels Gesichtsausdruck, nur für einen winzigen Augenblick. Sein herablassendes Grinsen flackerte in Edeards Erinnerung auf. In diesem Moment wusste er, dass das hier noch nicht zu Ende war. Noch lange nicht.

Nachdem sie sich zwei Stunden lang den Sermon der Verteidigung angehört hatten, wurde Edeard schließlich in den Zeugenstand gerufen. *Wurde auch Zeit, ich kann die Dinge schnellstens richtig stellen.*

»Konstabler Edeard«, begann Cherix mit einem freundlichen Lächeln. Er war überhaupt nicht wie Meister Solarin. Vielmehr stand dort ein junger Mann, der wie der Sohn einer Handelsfamilie gekleidet war. »Ihr seid nicht aus dieser Stadt, nicht wahr?«

»Welche Rolle spielt das für diese Verhandlung?«

Meister Cherix verzog gequält das Gesicht und drehte sich zu den Richtern um. »Meine Lordschaften?«

»Beantwortet ohne Umschweife die Fragen«, forderte der Regierungsanwalt Edeard auf.

»Sir«, entgegnete Edeard errötend. »Nein. Ich wurde in der Rulan-Provinz geboren.«

»Und Ihr seid jetzt wie lange hier? Ein halbes Jahr?«

»Ein bisschen länger, ja.«

»Demnach wäre es nicht falsch zu sagen, dass Ihr noch nicht gänzlich vertraut seid mit dieser Stadt.«

»Ich bin durchaus ortskundig, falls Ihr das meint.«

»Ich bezog meine Frage eigentlich mehr auf die Art und Weise, wie sich unsere Bürger verhalten. Warum schildert Ihr uns nicht einfach, was Ihr glaubt, was an jenem Tag geschehen ist?«

Edeard spulte den einstudierten Hergang der Ereignisse ab. Wie Arminel versucht hatte, dem Ge-Adler auszuweichen. Wie der Trupp die Verdächtigen durch die Sonral Street verfolgt hatte. Wie sie ausgeschwärmt waren und die Männer eingekreist hatten, immer auf Abstand und die drei über Fernsicht observierend. Wie er Arminel beim Knacken der Schlösser beobachtet hatte.

»Erst dann sind wir näher ran und ich wurde Zeuge, wie der Angeklagte Golddraht aus dem Lagerraum stahl.«

»Was diesen Aspekt angeht, bin ich wirklich sehr neugierig«, sagte Meister Cherix. »Ihr sagtet, Euer Trupp habe in der Sonral Street am Eingang der Gasse gewartet. Doch Ihr seid in den Lagerraum hinuntergegangen. Aber wenn ich Euch richtig verstanden habe, soll Harri ›als Wachposten‹ in der Gasse zurückgelassen worden sein. Wie seid Ihr an ihm vorbeigekommen?«

»Ich hatte Glück, ich entdeckte einen weiteren Eingang an der Rückseite vom Geschäft des Schmuckhändlers.«

Meister Cherix nickte anerkennend. »Demnach war es wohl schwerlich ein gesicherter Lagerraum, wenn Ihr so einfach hineinspazieren konntet.«

»Es war nicht ganz leicht«, gab Edeard zu und betete zur Herrin, sie möge ihm helfen, sich sein schlechtes Gewissen nicht anmerken zu lassen. Doch im Grunde war es gar keine

Lüge; war es nicht völlig egal, wie er in die Kammer gelangt war? »Ich hab's gerade noch geschafft, rechtzeitig zu kommen.«

»Rechtzeitig wozu?«

»Um zu sehen, wie Arminel den Golddraht gestohlen hat. Bevor er die entflammbare Säure nach mir warf.«

»Tatsächlich. Ich wäre Euch dankbar, wenn Ihr mich noch über einen weiteren Punkt aufklären könntet, Konstabler. Als Ihr nach diesem vorgeblichen Geschehen wieder auftauchtet und zu Eurem Trupp stießet, hatte Arminel da irgendetwas von diesem vermeintlichen ›Golddraht‹ dabei?«

»Nun ja, nein, er hat ihn weggeworfen, nachdem ich ihm einen Strich durch die Rechnung gemacht hatte.«

»Ich verstehe. Und Eure Truppkameraden können das bestätigen, nicht wahr?«

»Sie wissen ... ja.«

»Ja was? Konstabler.«

»Wir haben sie auf frischer Tat ertappt. Ich hab ihn gesehen!«

»Eurer eigenen Aussage nach befandet Ihr Euch tief unter der Erde in dem dürftig beleuchteten Lagerraum zurzeit des angeblichen Diebstahls. Welcher Eurer Truppkameraden vermag mit seiner Fernsicht durch fünfzehn Meter solide Stadtsubstanz zu sehen?«

»Kanseen. Sie wusste, dass ich dort war.«

»Vielen Dank, Konstabler. Die Verteidigung würde gern Konstabler Kanseen aufrufen.«

Auf dem Weg in den Zeugenstand musste Kanseen an Edeard vorbei. Ihr Gesicht war vollkommen ausdruckslos, dennoch sah Edeard ihr an, wie beunruhigt sie war. Als er wieder neben Dinlay Platz nahm, lächelten ihm die anderen mitfühlend zu. »Gut gemacht«, flüsterte Chae. Edeard war nicht überzeugt.

»Ihr verfügt über eine fast ebenso gute Fernsicht wie Euer Truppanführer?«, fragte Meister Cherix.

»Bei den Prüfungen haben wir etwa gleich abgeschnitten.«

»Also konntet Ihr von Eurer Position in der Sonral Street aus mitbekommen, was im Lagerraum vor sich ging?«

»Ja.«

Edeard zuckte zusammen. Sie klang so angreifbar.

»Wie viel Golddraht befand sich dort?«

»Ich ... äh, ich bin nicht sicher.«

»Eine Unze? Eine Tonne?«

»Ein paar Kisten.«

»Konstabler Kanseen.« Meister Cherix lächelte einnehmend. »War das eine Schätzung?«

»Nicht genug Gold, um von einem flüchtigen Fernsicht-Blick entdeckt werden zu können.«

»Lassen wir das für den Moment. Konstabler Edeard behauptet, Ihr hättet ihn dort unten wahrgenommen.«

»Das ist richtig«, erwiderte sie selbstbewusst. »Ich hab ihn im Hintergrund auftauchen gespürt. Wir haben uns Sorgen gemacht, als wir ihn aus den Augen verloren.«

»Ihr spürtet seinen Geist. Es besteht ein großer Unterschied zwischen einer strahlenden Quelle von Gedanken und inaktivem Material, nicht wahr?«

»Ja, natürlich.«

Meister Cherix klopfte auf die Jacke, die er unter seiner schwarzen Robe trug. »In einer Tasche habe ich ein Stück Golddraht. In der anderen ein genauso langes Stück Stahldraht. Welches ist wo, Konstabler?«

Edeard konzentrierte seine Fernsicht auf den Anwalt. Tatsächlich, da befanden sich irgendwelche festen länglichen Gegenstände in seinen Taschen, doch über ihre Beschaffenheit ließ sich bei beiden nichts sagen.

Kanseen blickte starr geradeaus. »Ich weiß es nicht.«

»Ihr wisst es nicht. Dabei sind nur anderthalb Meter klare Luft zwischen uns. Also, könnt Ihr wirklich mit absoluter Gewissheit behaupten, dass Ihr meinen Klienten dabei ›gesehen‹ habt, wie er sich auf der anderen Seite einer fünfzehn Meter dicken kompakten Wand Golddraht angeeignet hat?«

»Nein.«

»Vielen Dank, Konstabler, keine weiteren Fragen.«

Die ganze Angelegenheit verkam zu einem Wortgefecht zwischen zwei Advokaten. Zähneknirschend saß Edeard da, als immer absehbarer wurde, dass die ganze Sache auf Aussage gegen Aussage hinauslief.

»Verdächtiges Verhalten«, fasste Meister Vosbol zusammen und zählte die Punkte dabei an seinen Fingern ab. »Unrechtmäßig verschaffter Zugang zu einem Lagerraum hinter zwei verschlossenen Türen. Von einem Konstabler untadeligen Charakters beim Stehlen von Golddraht gesehen. Tätlicher Angriff auf eben diesen Konstabler. Meine Lordschaften, die Beweislast ist erdrückend. Sie kamen in diesen Lagerraum mit dem klaren Vorsatz des Diebstahls. Ein Diebstahl, der von diesen hervorragenden Konstablern hier unter großer persönlicher Gefahr für Leib und Leben heldenhaft verhindert worden ist.«

»Nichts als Indizien«, hielt Meister Cherix dagegen. »Die Strafverfolgung verdreht die Fakten, um eine rein spekulative Abfolge von Ereignissen zu untermauern. Ein junger Bursche vom Lande, allein in einem unterirdischen Stadtlagerraum voller Rauch und Flammen. Verwirrt von der fremden Umgebung und bedauerlicherweise unglaubwürdig; seine Behauptungen von den eigenen Truppkameraden und Freunden nicht untermauert. Meine Klienten bestreiten ja gar nicht, in dem Lagerraum gewesen zu sein; in Reaktion auf das Feuer, so wie es jeder verantwortungsvolle Bürger tun würde. Die Gegenseite hat nicht einen Beweis erbracht, dass sie den Golddraht auch nur angerührt haben. Ich möchte die Aufmerksamkeit meiner Lordschaften auf den Präzedenzfall Makkathran gegen Leaney lenken, Hörensagen ist nicht zugelassen.«

»Einspruch«, blaffte Meister Vosbol. »Es handelt sich um die Aussage eines Stadtbeamten, nicht um Hörensagen.«

»Eine Aussage, die jeglicher Grundlage entbehrt«, konterte Meister Cherix. »Somit muss ihr das gleiche Gewicht beigemessen werden wie der Darstellung der Ereignisse durch meine Klienten.«

Die Richter berieten sich genau acht Minuten lang. »Unzureichende Beweislage«, verkündete der Regierungsanwalt sodann. »Klage abgewiesen.« Dröhnend ließ er seinen Hammer auf die Richterbank krachen.

Edeards Kopf sank in seine Hände. Er konnte einfach nicht glauben, was er soeben gehört hatte. »Herrin, nein«, stieß er ächzend hervor.

Die Verteidiger jubelten, klopften sich gegenseitig auf die Schultern. Ekel stieg in Edeard auf, als er sah, wie Meister Vosbol und Meister Cherix sich die Hände schüttelten.

»So was kommt vor«, sagte Hauptman Ronark ernst. »Ihr habt tadellose Arbeit geleistet, niemand hätte es besser machen können. Ich bin stolz auf Euch. Aber so ist das nun mal in Makkathran heutzutage.«

»Danke, Sir«, murmelten Dinlay und Macsen düster.

Ronark sah die Truppe mit einem besorgten Gesichtsausdruck an. Er schien mit sich zu kämpfen, ob er noch mehr sagen sollte. »Das hier wird sich für euch einmal als nützlich erweisen«, fuhr er fort. »Ich kann mir gut vorstellen, was ihr im Augenblick denkt, aber das nächste Mal wisst ihr, was zu tun ist, wie viel Sorgfalt ihr auf das Sammeln von Beweisen verwenden müsst, und dann nageln wir diesen kleinen Hurensohn nach Strich und Faden fest.«

Er nickte Chae zu und ging hinunter, um mit Meister Vosbol zu sprechen.

»Kommt, Leute, ich geb einen aus«, sagte Chae. »Ich weiß, wie weh das hier tut, glaubt mir. Ich hatte schon mit Advokaten-Klugschwätzern zu tun, die Abschaum wie diesen aus noch viel eindeutigeren Fällen wie diesem herausgepaukt haben.«

»Einen Doppelten von irgendwas gesetzwidrigem Starken«, sagte Macsen. Die anderen nickten zögernd. Dann sahen sie Edeard an.

»Klar«, sagte er.

Arminel entbot ihm mit zwei Fingern an der Stirn seinen Gruß. Sein Grinsen triefte vor Häme.

Edeard unterdrückte den Impuls, quer durch den Gerichtssaal zu hechten und ihm seine Faust ins Gesicht zu rammen. Stattdessen zwinkerte er ihm zu. »Wir sehen uns«, flüsterte er.

3

Die Unisphäre ist nie ein homogenes System gewesen, noch wurde sie nach logischen Prinzipien entwickelt – eine ziemliche Ironie in Anbetracht des rein digitalen Mediums, mit dem sie es zu tun hatte.

Stattdessen war sie in unregelmäßigen Schüben gewachsen und expandiert, um sich den wirtschaftlichen und privaten Ansprüchen anzupassen, die von einer sich stark ausbreitenden interstellaren Zivilisation an sie gestellt wurden. Per definitionem war die Unisphäre nichts anderes als die Schnittstellen-Protokolle zwischen sämtlichen planetaren Cybersphären, und diese konnten unterschiedlicher nicht sein. So ziemlich jede Hardware-Technologie, die die menschliche Rasse jemals hervorgebracht hatte, war quer durch die Greater-Commonwelth-Welten noch in Gebrauch, vom guten, alten Macro-Array, das RI-Programme ausführte, über semiorganische Kuben, Quantenleit-Datenblöcke, intelligente neuronale Netze und photonische Kristalle bis hin zu ANA, die technisch gesehen nur ein weiterer Routing-Knotenpunkt war. Von ähnlich vielfältiger Art waren die interstellaren Verbindungen; die Zentralcommonwelth-Welten benutzten immer noch ihre ursprünglichen Null-Breite-Wurmlöcher, während auf den Externen Welten eine Kombination aus Null-Breite und Hyperraummodulation eingesetzt wurde. Insbesondere unter der jüngsten Generation Externer Welten wurden transdimensionale Kanäle immer gebräuchlicher. Ebenso waren Raumschiffe als Verbindungsglied geeignet, vorausgesetzt, sie befanden sich in Reichweite des Raumüberwachungsnetzes eines Sternensystems. Die große Kluft zwischen Technologien und Leistungsvermögen innerhalb der Unisphäre hatte zur Folge, dass die Betriebssoftware mit den Jahrhunderten immer weiter aufgebläht wurde, um mit jeder neuen Verbesserung und jedem neuen Einsatzzweck Schritt halten zu können. Aufgrund der praktisch unbegrenzten Speicherkapazität wurden die Upgrades, Adaptoren, Retrocryptoren und Interpreter gleichsam wie binäre Häute einer Zwiebel um jeden Nodus gelegt. Auf diese Weise konnten sie mit jeder anderen Hardware, die seit dem Ende des einundzwanzigsten Jahrhunderts in Betrieb gegangen war, kommunizieren; doch mit einem solch komplexen Prozess, wie ihn die Handhabung jedweder Schnittstellen darstellte, wuchs entsprechend auch das Sicherheitsrisiko. Für einen halbwegs begeisterten Spezialisten war es daher relativ einfach, still und leise Anzapf- und Echoclone-Routinen in die über Jahrhunderte gewachsenen Augmentationsdateien einzufügen. Ein Problem, das jeder User umging, indem er seine eigene Verschlüsselung benutzte. Allerdings musste sich der Empfänger, um eine sichere Nachricht zu dechiffrieren, im Besitz des entsprechenden Schlüssels befinden. Ultrasicherheitsschlüssel wurden grundsätzlich nicht via Unisphäre verschickt, sie wurden im Vorhinein persönlich ausgetauscht, eine gängige Praxis vor finanziellen Transaktionen. Eine weniger sichere Methode für den U-Shadow eines Users bestand darin, einen Schlüssel über die eine Leitung zu senden und dann über eine andere Kontakt aufzunehmen. Angesichts der gigantischen Anzahl von (zufällig festgelegten) Leitungen, die in der Unisphäre verfügbar waren, hielten die meisten Leute (von denen, die sich überhaupt Gedanken darum machten) dies für völlig ausreichend. Immerhin würde es ein immenses Maß an Rechenleistung erfordern, jede Leitung, die wegen eines Schlüssels zu einem bestimmten Adresscode aufgebaut wurde, zu überwachen und dann durch Abfangen der Nachricht nachzufassen.

Natürlich war dies ein Szenario, von dem man in den frühen Jahrhunderten, vor ANA, ausgegangen war. Für jedes Individuum, das sich in ANA downgeloaded hatte, war der Zugang zu dieser Menge an Verarbeitungskapazität ein ganz alltäglicher Vorgang. So führte zum Beispiel die Advancer-Fraktion routinemäßig einen Scan aller Nachrichten an ANA:Regierung aus, um zu überprüfen, ob eine ihrer eigenen Aktivitäten bemerkt und gemeldet worden war.

Und als die Kontrollroutine der Fraktion eine Raumschiff-TD-Verbindung aufspürte, die zu Wohlens Raumüberwachungsnetz aufgebaut worden war und ein Schlüsselfragment zu ANA:Regierungs Sicherheitsabteilung herunterlud, standen augenblicklich alle Zeichen auf Alarm. Während der nächsten zwei Komma drei Sekunden trafen über Routen von sieben unterschiedlichen Planeten die übrigen sieben Schlüsselfragmente ein, und das Überwachungsprogramm bestätigte, dass jemand versuchte, eine äußerst sichere Verbindung herzustellen. Daran war nichts allzu Ungewöhnliches, schließlich war es die Sicherheitsabteilung. Dennoch, sämtliche acht Planeten befanden sich innerhalb eines Radius von fünfundzwanzig Lichtjahren um die geheime Produktionsstation der Advancer-Fraktion. Das katapultierte den Alarm auf Stufe eins.

Drei Sekunden später verfolgte Ilanthes erhabener Geist höchstselbst den sicheren Anruf, übermittelt durch den neunten Planeten, Loznica, siebzehn Lichtjahre von der Station entfernt.

»Ja, Troblum?«, fragte ANA:Regierung.

»Ich muss mit jemandem sprechen. Jemand Bestimmtem.«

»Ich werde gern jedes Anliegen in Bezug auf die Commonwelth-Sicherheit unterstützen. Könnten Sie bitte etwas präziser sein?«

»Ich arbeite für die Advancer-Fraktion. Sagen wir besser ›ich habe gearbeitet‹. Ich besitze Informationen, äußerst wichtige Informationen hinsichtlich ihrer Aktivitäten.«

»Ich werde Ihre Daten gern in Empfang nehmen.«

»Nein. Ich traue Ihnen nicht. Nicht mehr. Ein Teil von Ihnen ist schlecht. Ich weiß nicht, wie weit die Seuche sich ausgebreitet hat.«

»Ich kann Ihnen versichern, dass ANA:Regierung ihre Integrität bewahrt hat, sowohl im strukturellen Kern wie auch moralisch.«

»Als ob Sie etwas anderes sagen könnten. Ich kann nicht einmal sicher sein, dass ich mit ANA:Regierung spreche.«

»Skeptizismus ist gesund, vorausgesetzt, er weitet sich nicht zu Paranoia aus. Nun denn, in Anbetracht dessen also, dass Sie mir nicht trauen, was kann ich für Sie tun?«

»Ich habe jedes Recht, paranoid zu sein, nach dem, was ich gesehen habe.«

»Was haben Sie gesehen?«

»Nicht Ihnen. Ich werde es Paula Myo erzählen. Sie ist die einzige Person, der ich noch vertraue. Leiten Sie diesen Anruf zu ihr weiter.«

»Ich werde sie fragen, ob sie bereit ist, Sie anzuhören.«

Fünfzehn Sekunden später kam Paula Myo online. »Was wollen Sie?«, fragte sie.

»Es gibt da etwas, das Sie wissen müssen. Etwas, das Sie verstehen werden.«

»Dann sagen Sie's mir.«

»Ich muss aber sicher sein, dass Sie es sind. Wo sind Sie?«

»Im Weltraum.«

»Können Sie nach Sholapur kommen?«

»Warum sollte ich das wollen?«

»Ich sage Ihnen alles, was ich weiß über deren Pläne zur Verschmelzung, alles über die Hardware, die wir konstruiert haben, alles über die beteiligten Leute. Einfach alles, wenn Sie mir nur zuhören. Sie müssen mir zuhören, Sie sind die einzige verbleibende Person, die noch fertig wird damit.«

»Womit?«

»Kommen Sie nach Sholapur.«

»Na schön. Ich kann in fünf Tagen dort sein.«

»Tarnen Sie nicht Ihr Schiff. Ich melde mich bei Ihnen.«

Die Verbindung brach ab.

So wie ANA und ihre Möglichkeiten Teil der Unisphäre waren, so waren es auch ihre Hierarchieebenen: die diskreten Befähigungslevel, die von einigen wenigen der Menschen, die ANA aufgebaut hatten, heimlich eingerichtet worden waren. Auf die Möglichkeiten konnten sie zwar zurückgreifen, was sie nicht konnten, war, ANA:Regierung zu korrumpieren oder die Kriegsschiffe der Navy für ihre eigenen Zwecke zu missbrauchen. Ein Eingriff dieser Größenordnung wäre leicht nachzuweisen. Doch gab es eine Hintertür zu den diversen ANA-Kommunikationsbereichen, die es ihnen erlaubte, auf die Aufpasser aufzupassen, ohne dazu die gleichen Anstrengungen unternehmen zu müssen wie die Advancer, wollten diese an dieselben Informationen herankommen. Und da sie zuerst dagewesen waren, hatten sie zudem ein wachsames Auge sowohl auf die Advancer als auch auf andere Fraktionen gehabt, die ihre Überwachungsprogramme in die Unisphären-Nodi verteilt hatten, während sie ihr Betätigungsfeld und ihren Einfluss ausweiteten. Kurz: Sie waren jederzeit darüber im Bilde, welche Nachrichten von den Advancers abgehört wurden.

»Ilanthe flippt bestimmt völlig aus wegen dieses Verrats«, sagte Gore.

»Wenigstens wissen wir jetzt, dass Troblum noch am Leben ist«, erwiderte Nelson.

»Ja, genau, für die nächsten fünf Sekunden.«

»Zumindest bis er Sholapur erreicht. Und unterschätze niemals Paula.«

»Tu ich nicht. Wenn jemand ihn in einem Stück aufsammeln kann, dann sie.«

»Also könnten wir uns im Grunde einfach zurücklehnen und entspannen, falls Paula Informationen darüber zurückbringt, was die Advancer im Schilde führen. Hardware, hat Troblum gesagt. Damit muss der Planetenverschiebungs-FTL-Antrieb gemeint gewesen sein.«

»Schon möglich«, sagte Gore. »Oder er hat ihn nur als Köder erwähnt, um sicherzugehen, dass Paula sich anhört, worum's wirklich geht – um etwas, das groß und beängstigend genug ist, um ihm wirklich die Knie schlottern zu lassen. Was zur Hölle könnte das sein?«

Marius sprintete den Gang hinunter. Ein Vorgang, den das Universum nicht sehr oft zu sehen bekam. In Anbetracht der Higher-Feldfunktionen, die seinen Körper verstärkten, war sein Tempo phänomenal. Malmetal-Türen waren gezwungen, schnellstmöglich zur Seite zu rollen oder ihrer völligen Zerstörung entgegenzusehen. Der dunkle Togaanzug flatterte in seinem Sog, was den gespenstischen Gleiteffekt, den er sonst immer so gern zur Schau trug, zerstörte. Doch im Moment war Marius sein Erscheinungsbild völlig egal. Er war *stinkwütend.*

Ilanthes kurzer Anruf hatte ihn ausgesprochen beunruhigt. Noch nie hatte er sie enttäuscht. Die Folgen waren verheerend, wie sie ihm in bemerkenswert knappen Worten klargemacht hatte. Er wünschte nur, dass ihm genug Zeit blieb, um Troblum für diesen Frevel *leiden* zu lassen.

Er rauschte durch die Dreierverbindungsstelle, die ihn in Sektor 7-B-5 brachte. Irgendeine schwachköpfige Technikerin schlenderte nach einer langen Schicht mitten auf dem Korridor zurück in ihre Unterkunft. Marius stürmte an ihr vorbei und schlug dabei ihren Arm zur Seite, der sofort unter dem Aufprall brach. Sie wurde herumgewirbelt und knallte gegen die Wand. Schreiend sank sie zu Boden.

Die Tür zu Troblums Quartier befand sich direkt voraus, seit zwei Minuten von Marius' eigener Sicherheitsstufe-Neun-Authentifizierung verschlossen, um den kleinen Mistkerl an der Flucht zu hindern. Die internen Sensoren der Unterkunft zeigten Troblum an einem Tisch sitzend und sich in ekelerregender Weise einen spätabendlichen »Snack« einverleibend.

Marius wurde langsamer, während sein U-Shadow die Tür entriegelte. Als er sie erreichte, öffnete sie sich, und er preschte hindurch. Troblum hob den Kopf. Krümel seines Burgerbrötchens fielen ihm von den Mundwinkeln. Trotz seiner vollgestopften Backen schaffte er es, einen überraschten Gesichtsausdruck zustande zu bringen.

In diesem Moment krachte ein Disruptorimpuls in ihn hinein, der ein geisterhaft-grünes phosphoreszierendes Flackern im Quartier erzeugte. Marius ließ ihm augenblicklich einen Schuss aus der Jelly Gun folgen. Der würde seine Memorycell binnen weniger Sekunden zerstören, womit nur noch Troblums gesicherter Speicher auf Arevalo zurückblieb.

Doch anstatt sich in einen ineinandersackenden blutigen Klumpen aufzulösen, zerplatzte Troblum nur wie eine Seifenblase. Ein Rinnsal aus Metallstaub ergoss sich aus der Wand hinter dem Tisch, dort, wo der Jelly-Gun-Schuss eingeschlagen war. Marius war vor Schreck wie erstarrt, seine Feldscanfunktionen huschten umher. Das war nicht Troblum gewesen. Nicht ein Hauch von biologischer Materie befand sich in dem Raum. Sein Blick fiel auf ein halb zusammengeschmolzenes elektronisches Modul, das auf dem Stuhl lag, vom Disruptorstoß ruiniert.

Ein Solido-Projektor.

In völligem Schweigen starrte Marius ihn an.

»Was ist passiert?«, fragte Neskia, als sie mit großen Schritten die Unterkunft betrat. Ihr langer Hals krümmte sich, sodass sie um Marius herumschauen konnte.

»Sieht so aus, als wäre Troblum nicht ganz der fette Dummkopf, für den wir ihn gehalten haben.«

»Wir finden ihn schon. Wird bestimmt nicht lange dauern. So groß ist diese Station ja nicht.«

Marius fuhr herum, die Augen zu bedrohlichen schmalen Schlitzen verengt. »Wo ist sein Schiff?«, fragte er barsch.

»Steht brav in der Luftschleuse«, erwiderte sie gelassen. »Ohne meine Erlaubnis kommt niemand hinein oder hinaus.«

»Das will ich auch hoffen«, zischte Marius.

»Jeder Zentimeter dieser Station wird mittels Sensoren oder auf sonst irgendeine Weise überwacht. Wir werden ihn finden.«

Marius' U-Shadow befahl dem Smartcore, ihm die Luftschleuse zu zeigen. Die *Mellanie's Redemption* befand sich nach wie vor in der Mitte der großen weißen Halle. Rein optisch war sie da, das Luftschleusenradar erzeugte eine klare Reflexion ihres Rumpfs. Das Versorgungssteuerungsprogramm vermeldete einen steten Abfluss von Wartungsenergie durch die an ihrer Unterseite befestigten Kabel. Er fragte den Schiffssmartcore ab. Es erfolgte keine Reaktion.

Marius und Neskia starrten sich an. »Scheiße!«

Vier Minuten später betraten sie die Luftschleuse. Düster schaute Marius auf das lange, zapfenförmige Schiff mit seinen albernen geschwungenen Schwanzflossen. Sein Feldscan dehnte sich aus. Das Schiff war eine Illusion, hervorgerufen durch ein kleines Modul auf dem Boden der Schleuse. Er zertrümmerte den Solido-Projektor mit einem Disruptorimpuls. Das Raumschiffabbild erzitterte und schrumpfte zu einem wunderschönen nackten jungen Mädchen zusammen. Sie hatte blonde Haare, die ihr bis über die Schulterblätter herabhingen. »Oh, Howard«, stöhnte sie lüstern und strich sich mit den Händen über den Körper, »mach das noch einmal.«

Marius stieß einen unkontrollierten Schrei aus und schoss ein zweites Mal auf das Modul. Es zerbarst in glühende Stücke; das Mädchen verschwand.

»Wie in Ozzies Namen hat er das bloß geschafft?«, sagte Neskia. Ein Anflug von Bewunderung schwang in ihrer Stimme. »Er muss direkt mit dem Abwehrkreuzer rausgeflogen sein. Die haben ihn überhaupt nicht bemerkt.«

Marius brauchte einen Augenblick, um sich wieder zu sammeln. »Troblum hat mitgeholfen, diesen Kreuzer zu konstruieren und zu bauen. Entweder er hat schon damals ihre Smartcores infiltriert, oder aber er kennt eine Methode, ihre Sensorsysteme zu umgehen.«

»Am Stationssmartcore hat er auch was gedreht. Der hätte die *Mellanie's Redemption* niemals herausgelassen.«

»Ohne Frage«, sagte Marius. »Sie werden die korrupten Daten ausfindig machen und eliminieren. Diese Operation darf nicht noch weiter gefährdet werden.«

»Ich bin es nicht gewesen, der die Station gefährdet hat«, entgegnete sie, nicht weniger frostig. »Sie haben ihn hierher gebracht.«

»Sie hatten zwanzig Jahre Zeit, um die Bugs zu finden, die er eingeschmuggelt hat. Dass es Ihnen nicht gelungen ist, ist unverzeihlich.«

»Versuchen Sie nicht, die Schuld mir in die Schuhe zu schieben. Diesen Mist hier haben Sie zu verantworten. Und das werde ich Ilanthe auch sehr deutlich zu verstehen geben.«

Marius wandte sich auf dem Absatz um und ging zum Eingang der Schleusenkammer zurück. Seine dunkler Togaanzug ordnete sich selbst um ihn herum und strahlte erneut einen eng anliegenden schwarzen Schimmer aus, der seine Füße verhüllte. Mit schlangengleicher Anmut glitt er den Gang hinunter zu der Luftschleusenkammer, in der sein eigenes Raumschiff stand.

Sein U-Shadow öffnete eine sichere Verbindung zu Cats Schiff.

»Ach, wie ich es genieße, wieder beliebt zu sein«, flötete sie.

»Wir haben ein Problem. Ich möchte, dass Sie Troblum finden. Befreien Sie das Universum von diesem Stück Scheiße. Genau genommen will ich, dass er aus der gesamten Geschichte wegradiert wird.«

»Das klingt ziemlich persönlich, Marius-Schatz. So was ist immer 'ne blöde Sache. Trübt das Urteilsvermögen.«

»Er ist nach Sholapur unterwegs. In fünf Tagen wird er sich dort mit einer ANA-Repräsentantin treffen und sie darüber aufklären, womit wir uns so befassen. Sein Schiff verfügt über eine Art erweiterte Tarnvorrichtung, die uns bis dato unbekannt war.«

»Er ist euch durch die Lappen gegangen, was?«

»Ich bin überzeugt, dass Sie mehr als fähig sind, unseren Fehler zu korrigieren.«

»Und was möchte der Herr, das ich solange mit Aaron mache? Er ist immer noch da unten auf dem Planeten.«

»Irgendein Zeichen von Inigo?«

»Schätzchen, die Sensoren können kaum irgendwelche Kontinente ausmachen. Ich hab keine Ahnung, was da vor sich geht.«

»Tun Sie, was Sie für angebracht halten.«

»Ich dachte, das hier wäre von so wahnsinnig entscheidender Bedeutung für Ihre Pläne.«

»Wenn Troblum uns bei ANA hochgehen lässt, wird es keine Pläne mehr geben, möglicherweise nicht mal mehr eine Advancer-Fraktion.«

»Die Starken überleben immer. Das ist Evolution.«

»Bei der Repräsentantin, die ANA losgeschickt hat, um Troblum aufzusammeln, handelt es sich um Paula Myo.«

»Oh, Marius, Sie sind zu gütig. Wirklich.«

Eigentlich hatte es verlockend geklungen. Allein auf einem kleinen Raumschiff mit drei unheimlich durchtrainierten Männern, für die es höchstwahrscheinlich eine *Ehre* gewesen wäre, wenn sie mit ihm hätten ins Bett gehen dürfen. Oscar war schlechterdings entzückt gewesen, als Tomansio ihm sein Team vorgestellt hatte.

Liatris McPeierl war sein Leutnant, deutlich stiller als Tomansio, mit einem breiten Mund, der ein Lächeln aufblitzen lassen konnte, das geradezu unverschämt attraktiv war. Er würde sich um die technischen Aspekte der Mission kümmern, hatte Tomansio gesagt, einschließlich der Ausrüstung und Bewaffnung. Mit Blick auf den Stapel großer Kisten auf dem Regravschlitten, der Liatris allenthalben folgte, kamen Oscar die ersten Zweifel; er hatte nicht vor, zu Gewalt zu greifen, obwohl er realistisch genug war, um zu wissen, dass er das nicht zu entscheiden hatte.

Cheriton McOnna war zu Hilfe gezogen worden wegen der Erfahrung, die er mit dem Gaiafield besaß. Es gab nichts, so behauptete Tomansio, was er über Konfluenznestfunktionen nicht wusste. Oscar war ein wenig überrascht über Cheritons Leistungsmerkmale, sie entsprachen fast denen eines Higher; seine Ohren hatte er zu einfachen runden Trichtern modifiziert, seine Nase war breit und platt, während seine Augen funkelnde purpurrote Kugeln darstellten, wie Facettenlinsen von Insekten. Sein kahler Schädel wies zwei flache Kämme auf, die sich von den Augenbrauen aus über das Kranium zogen, um in seinem Nacken zusammenzulaufen.

»Multi-makrozellular-Enrichment«, erklärte er. »Und verdammt viele angepasste Gaiamotes.« Um dies zu beweisen, ließ er das Gedankenbild von einem Konzert erstehen. Für einen Moment wurde Oscar in ein altertümliches Amphitheater befördert, verloren in einem Meer aus Menschen unter einem phantastisch sternenklaren Himmel. Weit vor ihm auf der Bühne spielte ein Pianist, von Cheriton selbst dargestellt. Sein gefühlvolles Lied ließ Oscar sich im Takt mitwiegen.

»Wow.« Oscar blinzelte und trat einen halben Schritt zurück, als das Traumbild sich klärte. Beinahe hätte er mitgesungen, der Song kam ihm irgendwie vertraut vor – und dann auch wieder nicht.

»Ich hab es Ihnen zu Ehren arrangiert«, sagte Cheriton. »Ich weiß, dass Sie Wilson Kime sagten, Sie liebten alte Filme.«

Jetzt erinnerte Oscar sich wieder. »Das stimmt. ›Somewhere Over the Rainbow‹, nicht?« Er gab sich Mühe, sein Gaiamotes-Rezeptionslevel zu senken. Cheriton hatte eine äußerst starke Abstrahlung produziert. Konnte es sein, so fragte sich Oscar, dass das Gaiafield tatsächlich auf schädliche Weise einsetzbar war?

»Ja.«

Das letzte Mitglied des Teams war Beckia McKratz, deren Gaiafield-Signale keinen Zweifel daran ließen, wie gern sie mit ihm ins Bett steigen würde. Eine ebenbürtige Rivalin für Anja in Bezug auf ihre Schönheit, dazu ganz ohne irgendwelche Neurosen und Komplexe. Doch Oscar war nicht interessiert. Nicht mal an diesem ersten Morgen, als er aus seiner winzigen Kabine herausstolperte und die vier sich bis zur Taille ausgezogen hatten, um irgendwelche anstrengenden ni-tng-Übungen zu machen. Sie bewegten sich absolut synchron, Arme und Beine anmutig in die Höhe erhebend, um sie in merkwürdiger Weise zu strecken, zu beugen und zu dehnen. Dabei waren ihre Augen geschlossen gewesen und sie hatten tief und ruhig geatmet. Ihren Gaiafield-Ausströmungen nach zu schließen schienen ihre Bewusstseine in eine Art Winterschlaf gefallen zu sein.

Aliens, die in menschliche Körper teleportiert worden waren und nun austesteten, was mit ihm möglich war.

Das alles stand in krassem Gegensatz zu Oscars üblichem Morgenprogramm, zu dem normalerweise jede Menge Kaffee und das Abrufen der trashigsten Unisphären-Klatschshows, die sich finden ließen, gehörte. Und es war mit ein Grund für dieses Null-Anziehungskraft-Problem. Diese totale Hingabe an Kraft und Vollendung schien diesen Leuten nicht viel Zeit zum Menschsein zu lassen. Der totale Abtörner.

Also schlich er um die Lounge herum zur Kücheneinheit, schnappte sich eine große Tasse Kaffee und einen Teller Buttercroissants, setzte sich still in eine Ecke und schaute vor sich hin kauend dem seltsamen Zeitlupenballett zu.

Sie gingen in die Ruhehaltung und atmeten ein letztes Mal gemeinsam tief ein, bevor sie die Augen öffneten und lächelten.

»Guten Morgen, Oscar«, sagte Tomansio.

Schlürfend trank Oscar einen weiteren Schluck Kaffee. Seine Morgenroutine beinhaltete auch: Keine Konversation vor der dritten Tasse Kaffee! Plötzlich kam Leben in die Kücheneinheit, die begann, am laufenden Band Eier mit Speck und Toast zu produzieren.

»Stimmt was nicht?«, fragte Liatris.

Oscar wurde bewusst, dass er den Mann beim Essen anstarrte. »Entschuldigung. Ich hatte angenommen, ihr wärt alle Vegetarier.«

Sie wechselten belustigte Blicke. »Wieso?«

»Ich erinnere mich, dass Cat, als wir mit der Carbon Goose quer über Half Way geflogen sind, ein Riesentheater wegen der Bordverpflegung gemacht hat. Sie weigerte sich, irgendwas zu essen, das auf einem Big-15-Planeten produziert oder weiterverarbeitet worden war.« Auf einen Schlag wurden die anderen ernst. Oscar hatte das Gefühl, als wäre er plötzlich in eine Art Guru verwandelt worden, durchdrungen von Weisheit.

»Dann haben Sie also mit ihr gesprochen?«, fragte Beckia.

»Nicht viel. Fast schien es, als hätten wir sie gelangweilt. Und ich kapier immer noch nicht, warum ihr sie dermaßen vergöttert.«

»Wir machen uns, was sie betrifft, nichts vor«, sagte Cheriton. »Aber sie hat so viel erreicht.«

»Sie hat 'nen Haufen Leute umgebracht.«

»So wie Sie, Oscar«, bemerkte Tomansio nicht ohne einen leiesen Vorwurf in der Stimme.

»Aber nicht absichtlich. Und nicht zum Vergnügen.«

»Der ganze Starflyer-Krieg fand nur statt, weil die Menschheit schwach war. Unsere Stärke wurde von Jahrhunderten des Liberalismus unterhöhlt. Doch damit ist Schluss. Die Externen Welten besitzen genug Glauben an sich selbst, um sich für ihre Sache stark zu machen und den Zentralen Welten den Kampf anzusagen. Dies vor allem aufgrund Far Aways Führungsqualitäten und Vorbildfunktion. Und die Knight Guardians sind die treibende politische Kraft hinter Far Away. Politiker missachten Stärke nicht mehr. Sie wird auf Hunderten von Welten in tausendfacher Weise zelebriert.«

Das war das Unerfreuliche an historischer Geschichte, dachte Oscar. War der zeitliche Abstand erst mal groß genug, ließ sich jedes Ereignis positiv betrachten. Das wahre Grauen verblasste, dann trat die Ignoranz auf den Plan. »Ich habe jene

Tage erlebt. Das Commonwealth war stark genug, sich durchzusetzen. Ohne unsere damalige Stärke würdet ihr heute gar nicht leben und könntet euch über uns beklagen und darüber debattieren, was hätte sein können.«

»Wir wollten Sie nicht verletzen, Oscar.«

Oscar kippte den Rest seines Kaffees hinunter und befahl der Kücheneinheit, einen weiteren zu produzieren. »Demnach sind Empfindlichkeiten also keine Schwäche?«

Liatris lachte. »Nein. Respekt und Anstand sind Eckpfeiler der Zivilisation. Ebenso wie persönliche Unabhängigkeit und Güte. Stärke offenbart sich in vielerlei Gestalt. Einschließlich der Bereitschaft, sein eigenes Leben hinzugeben, um der Menschheit ihr Überleben zu sichern. Wenn die Knight Guardians etwas bedauern, dann, dass Ihr Name nicht ebenso berühmt und verehrt ist wie die anderer aus Ihrer Ära.«

»Heilige Scheiße«, murmelte Oscar und holte sich seinen Kaffee ab. Er wusste, dass er knallrot geworden war. *Meine Ära!* »Nun denn«, sagte er, als er sich wieder auf den Stuhl sinken ließ, den die Lounge für ihn extrudiert hatte. »Ich seh schon, wir werden noch viel Spaß miteinander haben, wenn wir nach Beendigung der Mission über Geschichte und Politik diskutieren. Doch bis dahin haben wir ein äußerst klares Ziel zu verfolgen. Mein Plan ist relativ simpel, und ich hätte gern ein bisschen Input von euch, wenn's darum geht, etwas Brauchbares aus ihm zu machen. Schließlich seid ihr die Experten auf diesem Gebiet ... und für diese *Ära.* Hier also meine bescheidene Meinung dazu: Es gibt einige ANA-Fraktionen, die ganz versessen darauf sind, diesen armen Zweiten Träumer zu finden, ganz zu schweigen von Living Dream, die ziemlich konkrete Pläne für ihn haben. Und sie alle verfügen über Mittel und Wege, von denen wir nur träumen können. Was ich also vorschlage, ist, auf den fahrenden Zug aufzuspringen und sie die Drecksarbeit erledigen zu lassen. Das heißt, wir bringen uns in Stellung und schnappen ihn uns, sobald sie ihn gefunden haben.«

»Gefällt mir«, meinte Tomansio. »Je einfacher, desto besser.«

»Was bedeutet, dass wir nur noch die Details klären müssen«, sagte Oscar. »Jedermann scheint zu glauben, dass sich der Zweite Träumer auf Viotia aufhält. Wir könnten in sieben Stunden dort sein.«

»Beeindruckende Flugzeit«, bemerkte Cheriton trocken. »Ich bin noch nie auf einem Ultra-Antriebsschiff gewesen.«

Oscar ging nicht darauf ein. Tomansio hatte ihn nie danach gefragt, wer seine Auftraggeber waren, aber das Schiff war eine ziemlich großzügige Dreingabe. »Tomansio, wie gehen wir vor Ort bei der Infiltration der Living-Dream-Operation zu Werke?«

»Wir setzen direkt an, hacken uns in die Personaldateien ihres Smartcores und schleusen Cheriton in die Suchoperation ein. Er besitzt genug Know-how, um als Traummeister durchzugehen, stimmt's?«

»Kein Problem«, sagte Cheriton. Er seufzte. »Also Reprofiling für mich.« Er fuhr sich mit der Hand über einen seiner Schädelkämme.

»Danach wirst du beinahe wie ein Mensch aussehen«, versicherte Beckia ihm.

Cheriton warf ihr eine Kusshand zu. »Living Dream hat überall im Hauptcommonwelth Konfluenznester modifiziert, um den Aufenthaltsort des Träumers zu orten«, sagte er. »Es muss sie ein Vermögen gekostet haben, was beweist, wie verzweifelt sie sind. Es ist zwar nicht die exakteste Methode, aber wenn sie die Suche erst mal auf ein Nest eingegrenzt haben, kennen sie zumindest den ungefähren Bereich.«

»Und was nützt ihnen das?«, fragte Beckia. »Das Gaiafield eines Nests kann ein großes Gebiet abdecken. Wenn es sich um eine Stadt handelt, kann es Millionen Individuen umfassen.«

»Wenn ich an ihrer Stelle wäre, würde ich das Gebiet mittels Spezialnestern und Traummeistern einkreisen und versuchen, die Quelle des Traums zu triangulieren.«

»Demnach haben wir den gleichen Zugriff auf diesen Bereich wie sie«, stellte Oscar fest. »Danach kommt's also nur darauf an, wer schneller ist.«

»Die Fraktionen werden ihrerseits Zugriffsoperationen durchführen«, gab Tomansio zu bedenken. »Wir kriegen es also auch mit ihren Agenten zu tun, und nicht nur mit Living Dream.«

Es entging Oscar nicht, wie begeistert die Knight Guardians über diese Aussicht waren. »Die Fraktionsagenten dürften über biononische Waffenenrichments verfügen, oder?«

»Das will ich doch hoffen«, sagte Tomansio.

»Könnt ihr da mithalten?«, fragte Oscar nervös.

»Es gibt nur einen Weg, das herauszufinden.«

Es war ein sanftes Tal, bedeckt von langem, dunklem Gras, das in riesigen Wellen hin und her wogte, während der Wind von den Bergen herabblies. Ein Haus stand dort, in eine kleine Senke im Boden geschmiegt; ein herrlich altmodisches Heim, mit Mauern ganz aus rauem Stein, der aus den nahen Hügeln gebrochen worden war. Mit seinem überhängenden Strohdach befand sich das Haus in perfekter Eintracht mit der Natur. Sein Inneres indessen barg eine Technologie, die im völligen Widerspruch zu seinem Äußeren stand, mit Replikatoren, die ihn mit allem Notwendigem versorgten. T-Sphären-Interstitien ermöglichten eine interessante räumliche Struktur und jeden von seiner Familie gewünschten zusätzlichen Platz.

Dem Haus zugewandt stand er da, den steil nach oben gerichteten Bambusstock in der Hand. Der Oberkörper nackt, die Beine in schlichte, baumwollene schwarze *Dirukku*-Hosen gehüllt. Biononische Feldfunktionen abschalten, Wahrnehmung allein auf Sicht einstellen, Geräusch und Gefühl. Umgebung erspüren. Eine nistende Kobra: die Grundfeste des Selbst. Er wurde zum scharfäugigen Adler. Wirbelte herum, der zum Sprung bereite Gepard. Ein Atemzug. Ein Feind, der sich hinter ihm rührte. Lass den Bambus sinken, die Kralle des

Tigers. Ein Wirbelsprung, wie ein zusammengerollter Drache. Den Arm angewinkelt zum Spartanerschild. Angriff: der Todesengel. Stock fallen lassen und beide Krummdolche aus den Scheiden ziehen. Beuge die Knie zum auferstandenen Phönix.

Ein Vibrieren in der Luft. Schwere Füße, die zarte Grashalme zertraten. Er hob den Kopf und sah eine Linie aus schwarz gepanzerten Gestalten, die auf ihn zumarschierten. Lange Flammen züngelten aus Schlitzen in ihren Helmen, als sie ihren Schlachtruf herausdonnerten. Sein Atem wurde schneller, während sich seine Hände fester um die Dolchhefte schlossen. Der Geruch von verkohltem Fleisch wälzte sich über das Grasland. Der grässliche Gestank ließ Aaron würgen. Hustend setzte er sich in der Ground-Crawler-Kabine auf der Liege auf.

»Scheiße«, fluchte er, dann hustete er erneut und rang nach Atem. Krümmte sich. Die Gesundheitsdisplays seiner Exosicht zeigten, dass seine Lungen- und Atemwegtätigkeit von den Bionics übernommen und die verzweifelten autonomen Funktionen seines Körpers außer Kraft gesetzt wurden. Keuchend schnappte er nach Luft und schüttelte den Kopf, als die künstlichen Organellen ihn stabilisierten.

Corrie-Lyn starrte ihn von ihrer Liege an der anderen Seite der Kabine aus an. Sie hatte die Knie unters Kinn gezogen und sich eine Decke um die Schultern geschlungen. Aus irgendeinem Grunde machte ihr Anblick ihm ein schlechtes Gewissen. »Was?«, blaffte er, dem Koffeinentzug entsprechend ziemlich mies gelaunt.

»Ich weiß nicht«, sagte sie. »Diese Krieger symbolisieren ein ›in der Falle sitzen‹, denke ich. Aber sie kamen auf Sie zu, als Sie draußen *vor* Ihrem Haus standen. Sie konnten dem, was Sie sind, nicht entfliehen, dem, wozu Sie geworden sind.«

»Oh, bitte, verschonen Sie mich«, knurrte er und versuchte, seine Füße von der Liege zu schwingen. Die Decke verhedderte sich um seine Beine. Mit einem wütenden Ruck riss er sie weg.

Corrie-Lyn sah ihn gekränkt an. »Sie könnten aber auch für Paranoia stehen«, sagte sie mit einem letzten Rest von Würde.

»Leck mich.« Er befahl der Kücheneinheit, ihm einen Kräutertee zu brauen. *Um die Seele zu reinigen.* »Hören Sie«, sagte er seufzend. »Jemand hat ernsthaft an meinem Gehirn rumgeschraubt. Da muss ich ja Alpträume haben. Lassen wir's dabei bewenden, okay?«

»Beunruhigt Sie das nicht?«

»Ich bin, was ich bin. Und es gefällt mir.«

»Aber Sie wissen doch gar nicht, wer Sie sind.«

»Ich hab Ihnen gesagt: Lassen Sie es.« Er nahm auf einem der beiden vorderen Sitze Platz und starrte aus dem dicken Frontscheibenschlitz. Der Ground Crawler schleppte sich rumpelnd voran, schaukelnd und schwankend wie ein Schiff auf stürmischer See. Draußen war das Wetter die ganze Fahrt über unverändert geblieben, ein Sprühregen aus Eispartikeln, die mit hoher Geschwindigkeit über das Land gepeitscht wurden. Unbarmherzig brodelte die Wolkendecke hoch über ihnen, durchzuckt von grellweißen Blitzen. Sie durchquerten eine eintönige Landschaft, in die Flutströme tiefe, scharfe Rinnen gefurcht hatten. Helles Scheinwerferlicht huschte über die Dünen aus schmutzigem Schnee, die über den Permafrost wanderten. Dann und wann wurde die eisenharte Oberfläche von ein paar Ruinen oder Stümpfen durchbrochen. Ansonsten gab es nichts, das die Monotonie unterbrach.

Corrie-Lyn kletterte wortlos von der Liege und zog sich in den kleinen Waschraum am hinteren Ende der länglichen Kabine zurück. Sie schaffte es sogar, die ausgeleierte Aluminiumtür laut hinter sich zuzuschlagen.

Aaron rieb sich das Gesicht, betroffen darüber, wie er mit der Situation fertig geworden war. Irgendetwas nagte an seiner inneren Ruhe. Er hasste es, zu glauben, dass sie recht hatte, dass sein Unterbewusstsein tatsächlich ein paar kostbare Erinnerungen weggeschlossen haben konnte. Die Persönlichkeit, die er jetzt hatte, war einfach und unkompliziert, unbelastet von allem Irrelevanten und jeglichen Sentimentalitäten. Das wollte er auf keinen Fall verlieren, niemals.

Er begann, anstelle einer Entschuldigung, eine Reihe von Instruktionen in die Kücheneinheit einzugeben. Dreißig Minuten später, als Corrie-Lyn wieder auftauchte, wartete auf einem kleinen Tischchen ihr Frühstück auf sie. Sie sah es und zog einen Schmollmund.

»Das Crawlernetz hat berechnet, dass wir noch ungefähr neunzig Minuten von dem Camp entfert sind«, sagte er. »Ich dachte, Sie wollten sich vielleicht noch etwas stärken, bevor wir dort ankommen.«

Corrie-Lyn schwieg für einen Moment, dann nahm sie mit einem Nicken das Friedensangebot an und setzte sich an den Tisch. »Hat sich schon irgendjemand gemeldet?«

»Aus dem Camp? Nein.« Am Abend zuvor hatten sie mit einer Frau namens Ericilla gesprochen und ihr ihre geschätzte Ankunftszeit mitgeteilt. Sie hatte interessiert gewirkt, wenngleich auch ziemlich amüsiert darüber, dass einer ihrer Mitarbeiter ein flüchtiger Lover sein sollte. »Wenn Sie meine Teamkollegen kennen würden, wüssten Sie, dass Sie nur Ihre Zeit verschwenden. Romantiker sind das jedenfalls nicht.«

»Wir sind nach wie vor mit dem Signalstationnetz verbunden«, sagte Aaron. Er nippte an seinem Kräutertee. »Bis jetzt hat sich noch niemand geoutet.«

»Und was machen wir, wenn er nicht dort ist?«

Aaron widerstand dem Impuls, sie wieder mit Blicken zu taxieren. Als sie aus dem Waschraum gekommen war, hatte sie sich in ein Paar schwarze Hosen und einen hellgrünen Pulli mit V-Ausschnitt umgezogen. Ihr Haar war frisch gewaschen und fiel leicht und locker herab. Keine Kosmetik-Scales, aber dennoch ein leuchtender Teint. Keine Frage, sie war bestens vorbereitet, ein paar alte Leidenschaften neu zu entfachen, für den Fall, dass *er* da sein sollte. Seit sie von Kajaani aufgebrochen waren, hatte sie ihre Gaiamotes ziemlich gut unter Verschluss gehalten, doch die gelegentlichen Entgleisungen hatten Aaron die große Erwartung offenbart, die in ihrem Geist gärte.

»Ich weiß noch nicht genau«, gab er zu. »Die Zeit arbeitet nicht gerade für uns.«

»Und wenn er dort ist? Was, wenn er gar nicht zurück nach Ellezelin geschleppt werden will?«

Einen kurzen Augenblick lang regte sich etwas in Aarons Bewusstsein. Gewissheit. Er wusste, was anschließend geschehen würde. Das ganze Wissen war da, wartete nur auf ihn. Bereit für den richtigen Moment. »Ich werde ihm einfach sagen, was ich zu sagen habe. Danach liegt's an ihm.«

Corrie-Lyn warf ihm einen zweifelnden Blick zu, bevor sie sich über ihr erstes Schinkensandwich hermachte.

Camp, entschied Aaron, war eine recht großspurige Bezeichnung für den Ort, an dem das Team, das in der Olhava-Provinz arbeitete, sich niedergelassen hatte. Im Grunde bestand es nur aus einer Hand voll Ground Crawlern, die im Schatten einiger schroffer Gebirgsausläufer abgestellt worden waren. Aus ihren Heckteilen hatten sich Malmetal-Unterkünfte herausgeklappt, um dem Team mehr Platz zu bieten. Doch das war auch schon alles.

Aaron parkte ein paar Meter entfernt; dann zogen er und Corrie-Lyn sich ihre unförmigen Oberflächenanzüge an. Nachdem er den Helm geschlossen hatte, begab sich Aaron in die winzige Luftschleuse und wartete darauf, dass die Außentür zur Seite glitt. Augenblicklich wurde er vom Wind fast umgehauen. Eissplitter wirbelten um ihn herum. Vorsichtig ging er, sich am Handlauf festhaltend, die Rampe hinab. Der Wind war heftig, aber er konnte noch aufrecht stehen. Für den Fall, dass die Stürme zuschlugen, war ein Erweiterungssystem in den Anzug integriert. Er diente hauptsächlich dazu, ihn vor Strahlung zu schützen.

Obwohl der Kraftakt sich in Grenzen hielt, wünschte er, er wäre mit ihrem Ground Crawler näher an das Camp herangefahren. Er brauchte fast drei Minuten, um die kurze Distanz zurückzulegen und in eine Dekontaminationsluftschleuse an der Seite einer der Unterkünfte zu klettern. Grummelnd und fluchend arbeitete sich Corrie-Lyn hinter ihm voran.

Ericilla wartete in dem abstellkammergroßen Anzugraum schon auf sie. Eine kleine Frau mit braunem, grau meliertem Kraushaar. Grinsend sah sie zu, wie sich Corrie-Lyn aus ihrem Anzug schälte, und leckte sich dabei belustigt über die Lippen. »Das ist kein Mann wert«, meinte sie.

»Doch, ist er«, versicherte ihr Corrie-Lyn.

Aaron hatte bereits seine Feldscanfunktionen aktiviert und sondierte das Camp. Er konnte vier Personen ausmachen, einschließlich Ericilla. Keine von ihnen war ein Higher.

Ericilla winkte. »Kommen Sie, meine Leute begrüßen.«

Vilitar und Cytus erwarteten sie inmitten der unaufgeräumten Lounge wie zwei unter Arrest gestellte Soldaten. Nerina, Vilitars Lebensgefährtin, warf Corrie-Lyn einen gelangweilten Blick zu.

»Oh, Scheiße«, entfuhr es Corrie-Lyn. Sie wirkte niedergeschlagen.

Nerina knuffte Vilitar in die Rippen. »Okay, ich schätze, damit bist du raus.«

Die beiden Männer grinsten dümmlich und entspannten sich sichtlich. Aaron konnte spüren, wie ihre Nervosität nachließ. Plötzlich lächelten alle und freuten sich, sie zu sehen.

»Ich dachte, es wären fünf in Ihrem Team«, sagte Aaron.

»Earl ist unten an der Ausgrabungsstelle«, erklärte Ericilla. »Die Sensorbots haben in der vergangenen Nacht ein vielversprechendes Signal aufgefangen. Er meinte, das sei wichtiger als, na ja –« Die Art, wie sie das Ende des Satzes offen ließ, machte klar, dass sie das allergrößte Verständnis für Earls Entscheidung hatte.

»Ich würde ihn bitte gern sehen«, sagte Corrie-Lyn.

»Warum nicht?«, entgegnete Ericilla. »Wo Sie schon mal hier sind.«

Das bedeutete einen weiteren Ausflug nach draußen. Der Eingang zur Ausgrabungsstelle befand sich auf der anderen Seite der Unterkünfte. Ein schlichter Metallwürfel, der einen kleinen Fusionsgenerator sowie mehrere Energiezellen beherbergte. Ein angeschrägtes Kraftfeld schützte ihn vor Hankos lebensfeindlichen Elementen. Es gab eine Dekontaminationsluftschleuse, die die radioaktive Luft fernhielt, sodass die Geräte arbeiten konnten, ohne Verunreinigungen oder Zersetzung zu fürchten. Der Rest des Eingangswürfels wurde von großen Filteraggregaten angefüllt, die eine saubere Atmosphäre gewährleisteten. Die Innentemperatur war niedrig genug, um dem Permafrost nichts anhaben zu können. Aaron und Corrie-Lyn beschlossen, ihre Helme nicht abzusetzen.

Grabungsbots hatten einen um fünfundvierzig Grad abfallenden Gang ausgehoben und grobe Stufen in den felsigen Boden gehauen. Entlang der Kalotte waren dicke, blaue Luftschläuche gespannt und rund um eine einen halben Meter durchmessende Aushubröhre gruppiert. Die surrte und brummte, während sie gefrorenen Schlamm abtransportierte, um ihn fünfhundert Meter entfernt auf eine Halde zu spucken. Polyphotostreifen, die von den Leitungen herabhingen, verbreiteten ein schwächliches grünes Licht. Aaron trat sehr vorsichtig auf, als sie hinabgingen. Das kompakte Erdreich um sie herum verhinderte einen gründlichen Feldscan.

Das untere Ende der klobigen Treppe musste sich etwa sieben Meter unter der Oberfläche befinden. Ericilla erklärte, dass man sie in ein Seebett geschnitten hatte, das sich während der Monsune, die dem Angriff folgten, mit Sediment gefüllt hatte. Unzählige Menschen aus dem umliegenden Gebiet hatten es nie bis Anagaska geschafft.

Der Gang öffnete sich zu einer zehn Meter breiten und drei Meter hohen Kammer, die von einem Kraftfeld gestützt wurde. Auf dem Boden lagen ausrangierte armlange und von Energiekabeln umwickelte Bots herum. Ein Paar Hologramm-Projektoren erfüllte die Kammer mit einem monochromen durchdringenden und funkelnden Licht. Eiskristalle glitzerten in dem durch das Kraftfeld zurückgehaltenen Sediment.

Auf der anderen Seite befand sich eine Öffnung. Aarons Feldscan zeigte ihm eine weitere Kaverne, mit jeder Menge elektronischer Energie in ihrem Innern. Jemand war dort. Jemand, der seinen Körper vor dem Scan abschirmen konnte.

»Heiliger Ozzie«, entfuhr es Aaron.

Corrie-Lyn sah ihn fragend an, dann eilte sie weiter in die zweite Kammer. Sie war größer als die erste, ein Drittel ihrer Wandfläche war von Exkavationsbots bedeckt. Sie sahen aus wie eine Armee gigantischer Würmer, die sich ihren Weg in das eiskalte Sediment hineinschlängelten. Aus ihren Schwanzenden trat ein riesiges Filigran aus kleinen Schläuchen hervor, das zum Anfang der Aushubröhre zurückführte. Silberne Sensordiscs schwebten durch die Luft, tanzten umher, um Daten aufzunehmen. Fast silhouettenhaft im Schein der kybernetischen Aktivität stand dort eine einsame Gestalt. Sie trug einen dunkelgrünen Oberflächenanzug. Zögernd machte Corrie-Lyn ein paar Schritte nach vorn.

Der Mann drehte sich um, setzte seinen Kugelhelm ab. Sein Gesicht besaß einen eher südländischen Teint als die nordeuropäische Blässe Inigos und das Haar war eher dunkelbraun anstatt rötlich-blond. Doch abgesehen davon hatte er sich nicht viel verändert. Aaron fand, es war eine ausgesprochen mittelmäßige Verkleidung, als hätte er Make-up aufgelegt und sich eine schlechte Perücke übergestülpt.

»Inigo!«, flüsterte Corrie-Lyn.

»Von allen Wiederherstellungsprojekten auf den ganzen toten Welten in der Galaxis musstest du ausgerechnet in meines hineinstolpern.«

Hilflos schluchzend sank Corrie-Lyn auf die Knie.

»Hey, Mädchen«, sagte Inigo sanft. Er kniete sich neben sie und öffnete ihre äußeren Helmverschlüsse.

»Wo bist du gewesen, du Scheißkerl!«, schrie sie ihn an und schlug mit der Faust gegen seine Brust. »Warum hast du mich verlassen? Warum hast du *uns* verlassen?«

Er wischte ihr ein paar Tränen von der Wange, beugte sich vor und küsste sie. Zunächst schien es, als wollte sich Corrie-Lyn dagegen wehren, doch dann schlang sie ihre Arme um ihn und erwiderte leidenschaftlich seinen Kuss. In der Stille der Kammer rieben ihre Anzüge mit einem kratzenden Geräusch aneinander.

Aaron ließ eine diplomatische Minute verstreichen, dann öffnete er seinen eigenen Helm. Die Luft war bitterkalt. Ein seltsamer Geruch nach ranziger Minze lag darin. Vor seinem Gesicht bildete sein Atem graue Wölkchen. »Nicht ganz einfach, jemanden wie Sie aufzustöbern.«

Inigo und Corrie-Lyn trennten sich aus ihrer Umarmung.

»Hör nicht auf ihn«, sagte Corrie-Lyn eindringlich. »Was immer er will, lass dich nicht drauf ein. Er ist verrückt. Er hat Hunderte von Menschen umgebracht, um dich zu finden.«

»Das ist nun leicht übertrieben«, erwiderte Aaron. »Bestimmt nicht mehr als zwanzig, ich schwör's.«

Inigos stahlgraue Augen verengten sich zu Schlitzen. »Ich kann spüren, was Sie sind. Für wen arbeiten Sie?«

»Ah.« Aaron lächelte schwach. »Ich bin nicht sicher.« *Aber wir sind dabei, es rauszufinden.* Wieder konnte er das Wissen wahrnehmen, das sich in seinem Bewusstsein rührte und regte. Jeden Moment würde er sich im Klaren darüber sein, was als Nächstes zu tun war.

»Ich werde nicht zurückkommen«, sagte Inigo nur.

»Was ist geschehen?«, fragte Corrie-Lyn ihn beinahe flehend.

Aarons U-Shadow meldete einen Anruf von Projektleiter Ansan Purillar. Über die Hunderte von trostlosen Kilometern von Kajaani aus über die kleinen, robusten Signalstationen weitergeleitet, um dieses Camp zu erreichen und schließlich durch einen einzelnen faseroptischen Kabelstrang in die Ausschachtung hinunterzusickern.

»Ja, Chef?«, sagte Aaron.

Inigo und Corrie-Lyn wechselten einen verwunderten Blick und schauten dann auf Aaron.

»Haben Sie noch Kollegen im Schlepptau?«, fragte Ansan Purillar.

»Nein.«

»Nun, über uns stößt gerade ein Schiff durch die Atmosphäre, und es reagiert auf keins unserer Signale.«

Aaron spürte, wie ihm das Blut in den Adern gefror. Seine Gefechtsroutinen schalteten sich ein, während er sich instinktiv mit dem stärksten Kraftfeld abschirmte, das seine Biononics herzugeben vermochten. »Raus da.«

»Was?«

»Raus aus der Basis. Alle raus. Sofort!«

»Ich denke, Sie sollten uns besser erklären, was hier eigentlich vor sich geht –«, begann Purillar.

»Scheiße!« Aarons U-Shadow nutzte die schwache Verbindung zur Basis, um einen winzigen Kanal zum Smartcore der *Artful Dodger* aufzubauen. »Sagen Sie's ihnen«, brüllte er Corrie-Lyn an.

Sie zuckte zusammen. »Mr Purillar, bitte verschwinden Sie dort. Wir sind nicht ganz ehrlich zu Ihnen gewesen.« Sie wandte sich zu Inigo um. »Bitte«, zischte sie.

Er seufzte widerstrebend. »Ansan, hier ist Earl. Tun Sie, was Aaron sagt. Schaffen Sie so viele, wie es geht, in das Raumschiff. Alle anderen werden die Bodenfahrzeuge nehmen müssen.«

»Aber –«

Der Smartcore der *Artful Dodger* scannte den Himmel über Kajaani. Das Kraftfeld, das die Basis wie eine Kuppel umgab, beeinträchtigte seine Reichweite erheblich. Gleichwohl konnte Aaron in dreißig Kilometern Höhe eine kleine Masse erkennen, die über der dicken äußeren Wolkendecke ihre Position hielt.

»Komm und hol uns«, befahl er dem Smartcore. »Schnell!« Seine Exosicht zeigte ihm einen Energieanstieg bei dem fremden Raumschiff; kaum eine Sekunde später fuhr es die Flugsysteme hoch und sein Kraftfeld verhärtete sich. Und dann schlug direkt von oben ein gewaltiger Gammalaserstrahl in das Basis-Kraftfeld ein. Rund um die Punktionsstelle flammte eine dunkelrote Korona auf, und der Strahl schnitt ins Generatorgebäude.

Komplettes Kraftfeldversagen stellte eine Notfallsituation dar, die bei der Konstruktion der Basis berücksichtigt worden war. Über den Unterkünften und Wissenschaftsblocks sprangen Sekundärkraftfelder an, gerade rechtzeitig, um sie vor der ersten gewaltigen Druckwelle zu schützen. Ein Regen aus Eiskristallen hämmerte gegen die Mauern, bohrte sich tief in den Rasen. Belegschaftsangehörige, die es draußen erwischt hatte, warfen sich schreiend zu Boden, als um sie herum die Splitter wie Geschosse einschlugen. Nachdem sich die erneut eingeschlossene Luft wieder beruhigt hatte, war es binnen Sekunden vorbei. Als die Crew aufblickte und sich umschaute, hatte der triumphierende Wind alles Gras und Gesträuch von der Parklandschaft gefegt. Ihr Raumschiff war vom Gammalaser in zwei Hälften geschnitten worden, zerbeulte Teile waren vom Sturm hin- und hergeprügelt worden und lagen nun verstreut auf dem Feld.

Daneben erhob sich die *Artful Dodger* in den Mahlstrom aus radioaktiver Vernichtung, der sich in dem Augenblick, als das Hauptkraftfeld ausgefallen war, kaskadenartig über die Basis ergossen hatte. Die Sensoren zeigten ihr einen Nadelstich aus grellem weißem Licht, das sich mit fünfzig g beschleunigend seinen Weg nach unten brannte. Mit Neutronenlasern und Quantendistorsionsimpulsen eröffnete der Schiffssmartcore das Feuer auf die Waffe. Nichts geschah. Der Smartcore begann den Kurs zu ändern. Er war nicht schnell genug. Der Lichtpunkt traf die *Artful Dodger* mittschiffs, ungeachtet des Kraftfeldes. Gewaltige Kräfte zerrten an der Schiffskonstruktion, zerstörten dessen Integrität. Selbst Holme, die mit Bindungsfeldern verstärkt waren, wurden aus der Verankerung gerissen, alle anderen Komponenten bis zur Unkenntlichkeit entstellt. Der gesamte Rumpf verbog sich und verdichtete sich zu einem Drittel seiner ursprünglichen Größe. Dann bohrte sich der Hawking m-Sink durch die andere Seite des Schiffes und raste zum Boden hinab. Sein intensives Funkeln verschwand. Das umliegende Gelände hob sich, als würde Kajaani von einem mächtigen Erdbeben erschüttert, das die übriggebliebenen Gebäude und Konstruktionen mit sich ins Verderben riss. Sämtliche Sekundärkraftfelder erloschen und gaben die einstürzenden Unterkünfte und Wissenschaftsblocks der bösartigen Planetenatmosphäre preis.

Taumelnd fiel das Wrack der *Artful Dodger* aus dem tobenden Wirbelsturm und krachte in die Ruinen der Basis.

Aaron hatte den Kontakt zum Schiff bereits in dem Augenblick verloren, als der Hawking m-Sink durch die Hülle gebrochen, als jeder Mikroschaltkreis und Kubus sich physikalisch verformt hatte und auseinandergeborsten war.

Einige von Kajaanis Sensoren hatten die letzten Momente des Objekts eingefangen, das aus dem aufgewühlten offenen Himmel herabgeschossen war. So schnell, dass es das menschliche Auge nur als eine einzelne Lichtlinie wahrnehmen konnte, als absolut gerade verlaufenden Blitz. Strahlungsaufzeichnungen zeigten kurzzeitig ein Maximum an, das die Messskala sprengte.

»Was zur Hölle ist da gerade passiert«, verlangte Corrie-Lyn zu wissen.

Aaron war zu fassungslos, um sofort zu antworten. Sein U-Shadow bestätigte, dass das Signalstation-Relais jetzt knapp zwei Kilometer vor dem Basisperimeter endete.

»Sie haben auf die Basis gefeuert«, sagte Inigo leise. »Herrin, die sind doch völlig unbewaffnet gewesen.« Er starrte Aaron an. »War das eine der Fraktionen?«

»Schon möglich. Vielleicht aber auch der Kleriker-Konservator, der gern im Amt bleiben würde.«

»Für Leute wie Sie ist in den Tiefen des Honious ein hübsches Plätzchen reserviert. Ich hoffe, Sie kommen recht bald dorthin.«

»Wo?«, fragte Aaron.

Inigo und Corrie-Lyn schnaubten angewidert.

»Wir kehren besser in unsere Unterkünfte zurück. Ich nehme an, das Team wird umgehend nach Kajaani aufbrechen wollen. Wir sind eines der am nächsten liegenden Camps.«

Kaum waren sie in den engen Umkleideraum getreten, da zeigte Ericilla mit einem anklagenden Finger auf Aaron. »Das waren Sie«, brüllte sie wutentbrannt. »Sie sind dafür verantwortlich. Warum sonst haben Sie ihnen gesagt, dass sie von dort abhauen sollen? Sie wussten, wer das war. Sie haben sie hierher gebracht.«

»Ich hab sie nicht *hierher* gebracht. Diese Leute waren uns die ganze Zeit auf den Fersen. Der Ort war zugegebenermaßen ... unglücklich gewählt.«

»Unglücklich?«, spie Vilitar aus. »Verdammt nochmal, es waren fast zweihundert Menschen dort! Wir wissen nicht, wie viele von ihnen noch am Leben sind, aber selbst wenn einige den Angriff überlebt haben, wird die Strahlung sie töten. Meine Freunde. Abgeschlachtet.«

»Sie werden relifed werden«, erwiderte Aaron ungerührt.

»Sie Dreckskerl.« Cytus trat mit erhobener Faust vor.

»Schluss jetzt«, sagte Inigo. »Das hilft uns auch nicht weiter.«

Cytus hielt inne, dann drehte er sich um, das Gesicht zu einer Grimasse aus Wut und Abscheu verzerrt.

»Du wusstest auch Bescheid, Earl«, sagte Nerina. »Du hattest Ansan doch auch gewarnt. Was zum Teufel geht hier ab? Kennst du diese Leute?«

»Ich bin derjenige, nach dem sie suchen. Von dem Angriff wusste ich nichts.«

Die übrigen des Teams starrten sich in stummer Betroffenheit an. »Wir gehen nach Kajaani«, entschied Ericilla. »Dort können wir helfen, die Leichen zu bergen, bevor der Wind sie zu weit wegbläst.«

»Wie lange wird es dauern, bis Ihre Organisation ein anderes Schiff schickt?«, fragte Aaron.

»Als ob Sie das kümmert!«

»Wie lange? Bitte.«

»Zu lange«, sagte Ericilla. »Hanko gehört nicht zur Unisphäre. Wir können nicht mal Hilfe rufen. Unsere einzige Möglichkeit zur Kontaktaufnahme mit dem Commonwealth bestand in dem Hyperraum-Link im Raumschiff, der mit unserer Zentrale auf Anagaska verbunden war. Ohne ihn sind wir vollkommen abgeschnitten. Anagaska wird zunächst einmal annehmen, dass irgendwelche technischen Störungen vorliegen; und erst dann, nachdem wir sie nicht binnen einer Woche behoben haben, werden sie vermutlich Nachforschungen anstellen. Wenn ich mich richtig erinnere, stehen wir für einen planmäßigen Flug in vierzehn Tagen auf der Liste. Wahrscheinlich werden sie bis dahin warten. Mit Rücksicht auf das Budget.« Die letzten Worte stieß sie voller Verachtung aus.

»Bis dahin hat die Strahlung jeden, der der Atmosphäre ausgesetzt ist, getötet«, sagte Vilitar. »Wir haben nicht genug medizinische Einrichtungen, um allen zu helfen. Herzlichen Glückwunsch.« Er warf Aaron einen vernichtenden Blick zu.

»Wir müssen uns auf den Weg machen«, drängte Ericilla. »Die medizinischen Systeme unserer Ground Crawler könnten wenigstens einige von ihnen retten, vielleicht auch ein paar mehr.« Ohne ihn anzublicken schob sie sich an Aaron vorbei. Cytus gelang es, Aaron einen harten Schlag gegen den Ellbogen zu verpassen, als er in den Umkleideraum ging.

»Kommst du, Earl?«, fragte Nerina.

»Ja, sicher.«

»Du hast schon genug getan«, sagte Vilitar. »Wer immer zur

Hölle du in Wirklichkeit bist. Ich dachte –« Er knurrte etwas Unzusammenhängendes in sich hinein und eilte in den Anzugraum.

»Wir kommen mit euch«, sagte Corrie-Lyn. »Wir können euch helfen.«

»Der Asiatische Gletscher liegt nur 'ne halbe Tagesreise von hier«, entgegnete Nerina. »Der hat meilenhohe Steilhänge. Ihr könntet uns *helfen*, indem ihr euch dort in die Tiefe stürzt.« Sie verschwand in den Anzugraum und schloss hinter sich die Tür.

»Da waren's nur noch drei«, sagte Aaron.

»Wir sollten uns besser in Bewegung setzen«, sagte Inigo. Er blickte Aaron direkt in die Augen. »Ihnen ist doch klar, dass sie das Wiederherstellungsprojekt jetzt wahrscheinlich einstellen werden.«

»Glauben Sie, die Bewohner irgendeiner zukünftigen Galaxis würden ein Wiederherstellungsprojekt für all die Spezies starten, die durch die Expansionsphase der Leere ausgelöscht werden?«

Für einen Moment dachte Aaron, Inigo würde seine Biononics tatsächlich in einen Angriffsmodus versetzen. »Sie wissen gar nichts«, erwiderte der verlorene Messias leise.

»Etwas doch, hoffe ich zumindest.«

»Und zwar?«

»Dass Sie hier irgendwo ein Raumschiff versteckt haben. Vorzugsweise ganz in der Nähe.«

»Nein.«

»Wirklich nicht? Das finde ich allerdings merkwürdig. Sie haben sich so viel Mühe gegeben, verschollen zu bleiben. Und jetzt wollen Sie mir erzählen, Sie hätten sich nicht mal einen Fluchtweg offengehalten für den Fall, dass jemand daherkommt und Sie findet?«

»Offensichtlich nicht, sonst wäre ich wohl kaum hier gewesen und hätte auf Sie gewartet.«

»Wenn es nur um mich gegangen wäre, hätten Sie das vermutlich auch nicht«, sagte Aaron. Er deutete auf Corrie-Lyn. »Aber sie? Das ist was anderes. Siebzig Jahre sind eine lange Zeit, um alleine zu sein. Genauso lange hat sie ihre Liebe zu Ihnen bewahrt. Und Sie?«

Corrie-Lyn trat näher an Inigo heran. »Und du?«, fragte sie ihn mit leiser Stimme.

Ein trauriges Lächeln huschte über Inigos Lippen. »Ich bin froh, dass du es warst. Reicht das?«

»Ja.« Sie legte ihren Kopf auf seine Schulter.

»Kein Schiff«, sagte Inigo zu Aaron. »Und der einzige Weg, dass ich mit Ihnen gehe, ist in einem Koffer als kleiner Kohleklumpen.«

»Wirklich ein Jammer, denn ich weiß, was für Waffen benutzt wurden, um mein Schiff und die Basis auseinanderzunehmen.«

»Und das soll mich beeindrucken? Ich vermute, Sie wissen eine ganze Menge über Gewalt und Waffen. Männer wie Sie tun das immer.«

»Das war ein Hawking m-Sink«, erwiderte Aaron ungerührt. »Wissen Sie, was das ist? Nein? Die sind ziemlich neu und äußerst gefährlich. Sogar ANA wird bei dem Gedanken an die Dinger nervös. Im Prinzip sind sie ein extrem kleines schwarzes Loch, aufgemotzt mit einem übergroßen Ereignishorizont für mehr Absorption. Mit einem kleinen Neutroniumkern von der Größe eines Atomkerns fängt es an.«

»Fängt es an?«, hakte Corrie-Lyn nach.

»Genau. Sein Gravitationsfeld ist stark genug, um jedes Atom anzuziehen, mit dem es in Kontakt kommt. Die werden dann ebenfalls zu Neutronium komprimiert und mit seinem Kern verbunden. Mit jedem weiteren Atom wird er ein kleines bisschen größer. Nicht viel, zugegebenermaßen, zumindest nicht am Anfang. Doch je größer der Oberflächenbereich, desto mehr kann die Materie absorbieren. Und nachdem er durch die *Artful Dodger* hindurchgefetzt ist, ist er auf dem Planeten aufgeschlagen. Jetzt, genau in diesem Moment, gräbt er sich durch den Mantel und frisst jedes Atom, auf das er unterwegs trifft. Im Zentrum des Planeten wird er zum Stillstand kommen. Dort wird er verharren – und wachsen.«

»Wie groß wird er werden?«, fragte sie ängstlich.

Aaron warf Inigo einen Blick zu. »Theoretisch gibt es für schwarze Löcher keine Größenbeschränkung. Im Allgemeinen geht man davon aus, dass die Leere auch mal eines war.«

»Aber … Hanko?«

»Es dauert ungefähr vierzehn Tage, um die gesamte Masse einer H-kongruenten Welt zu verschlingen. Aber bis dahin sind wir sowieso alle tot. Hanko wird sich nach und nach auflösen, während der Planet von innen heraus aufgezehrt wird. In vier bis fünf Tagen werden die Kontinente auseinanderbrechen. Also noch mal mit Gefühl: Haben Sie hier irgendwo ein Raumschiff versteckt?«

Araminta küsste drei seiner Ichs, während sie in seinem Garten an einem Tisch unter einer Laube aus blühendem Ysanthal saßen. »Wie ich das vermisst hab«, gestand sie dem rauen Orientalen.

Sämtliche Mr Boveys lächelten einmütig und erhoben ihre Gläser. »Cheers.«

»Cheers.« Sie nippte an ihrem Weißwein.

»Also?«, fragte der, mit dem sie ihr erstes gemeinsames Abendessen genossen hatte.

Araminta straffte sich. »Wenn dein Angebot immer noch gilt, würde ich's gern annehmen.«

Aus dem großen Haus drang Hurrageschrei zu ihr herüber, während die drei unter der Laube ebenfalls jubelten.

»Du machst ein paar alte Männer sehr, sehr glücklich.«

»Uns junge Männer auch.«

Araminta lachte. »Aber ich hab absolut keine Ahnung, wie ich das angehen soll. In einer Woche sind die ersten drei Apartments fertig. Für das vierte hab ich eine Anzahlung bekommen.«

»Gratulation.«

»Aber solange ich die Arbeiten nicht abgeschlossen habe und die Mieter endlich drin sind, sehe ich kein bisschen Geld. Ich brauche Kohle, um mir Körper zu kaufen.«

»Sie sind nicht so teuer, wie du vielleicht denkst. Eine Freundin, eine von uns, betreibt explizit zu diesem Zweck eine Klinik. Sie gewährt einem Erst-Vervielfacher grundsätzlich Rabatt.«

»Okay.« Sie trank einen weiteren Schluck, um ihr Zittern in den Griff zu bekommen. Das hier war ein ziemlicher Brocken, ungefähr so, als hätte sie zwei Anträge auf einmal akzeptiert.

Das junge keltische Ich drückte ihren Arm. »Geht's dir gut?«, fragte er voller Mitgefühl.

»Ich schätze, ja.« Ihr war klar, dass sie wie ein Idiot grinste. *Aber das hier fühlt sich richtig an.*

Zwei seiner Ichs kamen aus dem Haus geeilt. Einer von ihnen, der ungefähr siebzehn zu sein schien, kniete sich neben sie hin. Er war von schlanker, athletischer Statur, mit vollem, wild-blondem Haar. Jetzt holte er eine kleine Schachtel hervor, die sich öffnete, und präsentierte ihr einen antiken diamantenen Verlobungsring.

»Ich hatte ihn vorsorglich schon mal gekauft«, sagte er zu ihr.

Araminta steckte ihn sich an den Finger und wischte sich verstohlen eine Träne fort.

»Oh, komm her«, rief der Youngster aus.

Er legte seinen Arm um sie, drückte sie fest an sich; und durch ihre Tränen hindurch lachte sie. »Ich hab dich noch nie hier gesehen.«

»Ja, wenn's um mich geht, kann ich manchmal ein ganz schöner Sklaventreiber sein.«

Sie nahm das Gesicht des Jungen in ihre Hände und küsste ihn ausgiebig. »Ich will, dass du heute Nacht dabei bist.«

»Es wäre mir ein großes Vergnügen.«

»Sagtest du nicht, ich hätte noch immer nicht alle deiner Ichs getroffen?«

»Vertrau mir, noch vor der Hochzeit wirst du sic alle kennenlernen.«

»Und es macht mir auch nichts aus, ich werde mich auch nicht über andere Frauen beschweren, solange ich nur genug Körper habe, um's mit ihnen aufnehmen zu können. Bloß ... ich möchte ihnen nicht unbedingt begegnen.«

»Ich will versuchen, das Ganze auf ein Minimum zu beschränken, versprochen.«

»Danke«, flüsterte sie.

»Also, was für Körper sollen's denn sein?«

»Du meine Güte, darüber hab ich noch gar nicht nachgedacht«, gestand sie. »Was würde dir denn gefallen?«

»Hm, vielleicht ein schlanker, blonder Amazonentyp. Immer beliebt.«

»Oh, und auch ein sehr dunkler Typ. Lass uns einfach alle ethnischen Abstammungen abdecken – na ja, zumindest einen Teil.«

»Und eins deiner Ichs muss riesige Brüste haben.«

»Mehr als eins!«

Sie schlug nach ihm, tat so, als wäre sie zutiefst empört und schockiert. »Du bist unmöglich. So was mache ich nicht.«

»Im Bett sagst du so was aber nie.«

Araminta lachte. Sie hatte das hier wirklich vermisst. *Ich habe die richtige Entscheidung getroffen.*

Araminta lag auf dem großen Bett und lauschte dem Schlaf drei seiner Ichs. Zwei lagen neben ihr, und eins auf dem Sofa, eingerollt in eine Decke. Sie alle atmeten ruhig und leise, wenngleich nicht ganz synchron. Heute Nacht hatte sie auf jegliche Aerosole verzichtet, weil sie Likans Programm ausprobieren wollte, um zu sehen, ob es auch mit Personen funktionierte, die nicht durch Likan selbst freigegeben waren.

Es hatte funktioniert.

Und wie.

Mr Bovey war zunächst überrascht, dann ausgesprochen dankbar dafür gewesen, um wie viel empfänglicher ihr Körper geworden war. Wie sie bereits geahnt hatte, war eine Liebesnacht mit seinen Ichs um einiges besser, als es mit Likan und dessen Harem der Fall gewesen war. *Schön, wenn man Recht behält.*

Und jetzt konnte sie nicht schlafen. Nicht, dass sie nicht müde gewesen wäre, aber sie konnte einfach nicht aufhören, an die Verlobung zu denken und daran, wie es sein würde, ein Multiple zu sein. Es war so ein gewaltiger Schritt. Alles, einfach alles würde sich für sie ändern. So sehr, dass sie angesichts des Gedankens mehr als nur ein bisschen aufgewühlt war. Wieder und wieder wälzte sie ein und dieselbe Frage. Und fand doch keine Antwort darauf, da sie im Grunde genommen über das Leben als Multiple nichts *wusste.* Der einzige Weg, etwas darüber in Erfahrung zu bringen, bestand darin, einer zu werden.

Sie wandte den Kopf, um das junge rothaarige Ich anzusehen, das sich behaglich an sie schmiegte. Er würde ihr während des Übergangs helfen, das wusste sie. Und Mr Bovey liebte sie. Das reichte, um sie über die kommenden Monate zu bringen. Sie hatten sich keinen Termin gesetzt. Er hatte sich lediglich mindestens zwei ihrer Ichs gewünscht, um die Eheschließung mit ihm zu beurkunden. Was fair war. Verdammt, sie musste *endlich* diese Apartments fertigstellen. Nach dem heutigen Tag dringender denn je.

Araminta streckte sich auf der weichen Matraze aus und schloss die Augen. Sie benutzte das Programm, um ihre umherwirbelnden Gedanken zu beruhigen, ihren Kopf zu leeren. Ihr Körper begann sich zu entspannen, als sie seinen natürlichen Rhythmus fand und verlangsamte, herunterschaltete. Doch anstatt ihr in den Schlaf zu verhelfen, führte ihr das Nichts, das sich in ihr öffnete, nur jene Bilder vor ihr inneres Auge, die direkt unter ihren bewussten Gedanken lauerten. Und zwar nicht nur eines, sondern eine ganze Palette, und alle schmeckten anders, fühlten sich unterschiedlich an. Sie wanden sich aus unendlicher Entfernung heraus; eine Verbindung, die, wie sie plötzlich begriff, zu ihr selbst gehörte. Instinktiv wusste sie auf einmal, wie sie sich auf das fokussieren musste, was immer sie wollte.

Einige der Bilder waren Mr Boveys Träume, sie kannte ihn gut genug, um seinen mentalen Geruch zu erkennen. Sie seufzte verliebt, als sie seine Anwesenheit wahrnahm; ein Teil seines Bewusstseins war so überdreht – der arme Mann –, während sie gleichzeitig seine Zufriedenheit spürte. Unablässig glitt ihr eigenes Gesicht in seine Gedanken und wieder aus ihnen heraus. Eine der Verbindungen war vollkommen fremd, und dennoch angenehm warm, etwa in der Art, wie es ein Elternteil für ein Kind sein mochte. Ihre Mundwinkel hoben sich zu einem heiteren Lächeln. Der Silfen-Mutterholm. Also hatte Cressida die Wahrheit gesagt. In dem Fall musste dieses ach so emsige Ballett aus bunten Gestalten das Gaiafield sein.

Araminta umarmte das stillste der Bilder, die schwächste Verbindung von allen. Und fand sich sanft durch den Raum gleitend wieder, weit weg, weit von jedem Stern. Satt und wunderbar schimmerten hinter ihr die Nebel der Leere, während sie zur Dunkelheit der äußeren Regionen aufstieg.

»Hallo«, sagte sie.

Und der Skylord antwortete ihr.

Justine hatte gedacht, sie würde ziemlich aufgeregt sein, wenn ihr Raumschiff, die *Silverbird*, auf Centurion Station heruntergíng. Fünfhundert Stunden allein in einer kleinen Kabine ohne Unisphärenverbindung hatten sie unerwartet angespannt werden lassen. Rein verstandesmäßig wusste sie natürlich, dass das Blödsinn war, eine Laune ihrer primitiven Biochemie und ihrer neurologischen Schwäche. Aber deshalb war es immer noch real.

Und da war sie nun, an ihrem Bestimmungsort, und das Einzige, woran sie denken konnte, war die gleiche, nervtötende Reise zurück. *Ich muss verrückt gewesen sein, mich hierauf einzulassen.*

Die *Silverbird* setzte auf einem Lavafeld auf, das als Raumhafen für die Menschensektion der Centurion-Station diente. Fünf weitere Schiffe standen dort, allesamt größer als ihres. Der Smartcore meldete mehrere Sensorscans, die das Schiff diskret prüften. Der schlimmste Übeltäter war der hoch aufragende Ethox-Turm, der relativ offensive Quantensignatur-Detektoren benutzte. Etwas subtilere Scans kamen von den düsteren Kuppeln der Forleene. Es erfolgte sogar ein kurzer Check seitens der Beobachtungseinrichtungen in der Menschensektion. Sie quittierte es mit einem Lächeln, während ihr dünner Raumanzug sich eng um ihren Körper legte und alle Luft dazwischen verdrängte, um eine verlässliche Schutzhaut zu bilden. Sie schloss den Helm.

Zur Hauptluftschleuse war es nur ein kurzer Marsch über die sandige Lava. Doch Justine brauchte ihn, weil er ihr ein Gefühl für Raum und Normalität gab. Sie konnte kaum glauben, wie sehr sie der Anblick eines Planetenhorizontes beruhigte, selbst wenn er so trist war wie dieser hier. Als sie kurz stehenblieb, um nach oben zu blicken, brachten wütende Ionenstürme in alle Richtungen hinweg den Himmel über Lichtjahre hinweg zum Glimmen. Ein schwacher Abklatsch der Nebel im Innern der Leere.

Sektionsleiter Lehr Trachtenberg erwartete sie in der Empfangshalle hinter der Schleuse. Ein Mann von stattlicher Größe, der sie augenblicklich an Ramon, einen ihrer ehemaligen Lebensgefährten, denken ließ. Vor ihm zu stehen, ihm die Hand zu schütteln und den Kopf in den Nacken zu legen, um ihm ins Gesicht sehen zu können, war eine weitere Erinnerung daran, wie verzichtbar ihr physischer Körper letztendlich war. Natürlich lenkte die Ramon-Connection ihre Gedanken sofort auf Sex.

»Es ist mir eine außerordentliche Ehre«, hörte sie Lehr Trachtenberg sagen. »Es ist das erste Mal, dass ein ANA-Repräsentant uns besucht.«

»In Anbetracht der Umstände zu Hause im Commonwealth hielt man es für angebracht, die Daten aus der Leere aus erster Hand zu überprüfen.«

Der Sektionsleiter fuhr sich bedächtig mit der Zunge über die Lippen. »Entfernung spielt für Daten keine Rolle, Justine. Wir haben alle unsere Ergebnisse umgehend zurück an die Forschungsabteilung der Navy geschickt, und an die Raiel.«

»Trotzdem, ich würde gern die Gelegenheit nutzen, mir ein Bild von Ihrer Operation hier zu machen.«

»Ich hatte keineswegs die Absicht, Ihnen etwas vorzuenthalten. Vor allem nicht nach dem langen Flug, den Sie auf sich genommen haben. Meines Wissens ist noch nie jemand alleine so weit gereist. Wie sind Sie mit der Isolation fertiggeworden?«

Sie ging davon aus, dass er bereits vermutete, dass die *Silverbird* über einen Ultra-Antrieb verfügte, entschied sich jedoch, nichts über ihre tatsächliche Reisezeit zu sagen. »Schwer, und mithilfe einer Unmenge von Senso-Dramen.«

»Das kann ich mir vorstellen.« Er winkte die fünfsitzige Fahrkabine herbei, die am anderen Ende der Empfangshalle wartete. »Ich hab Ihnen eine Suite im Mexiko-Wohnblock zugeteilt.«

»Vielen Dank.«

»Außerdem habe ich mir erlaubt, eine Willkommensparty für Sie zu organisieren, die in drei Stunden beginnt. Alle sind ganz gespannt darauf, Sie kennenzulernen.«

»Dacht ich's mir«, erwiderte sie. »Schön, ich werde da sein. Nach dieser Reise kann ich ein bisschen Gesellschaft gut gebrauchen.«

Gemeinsam stiegen sie in die kleine Kabine, die augenblicklich in den Transporttunnel schoss. »Vielleicht sollten Sie wissen, dass beinahe ein Drittel unserer Observationsbelegschaft Living-Dream-Anhänger sind«, sagte der Sektionsleiter.

»Ich hab mir die Personalakten angesehen, bevor ich herkam.«

»Hauptsache, Sie wissen Bescheid.«

»Ist das ein Problem?«

»Ich hoffe, nicht. Aber wie Sie schon andeuteten, die Situation augenblicklich ist brisant.«

»Keine Sorge, ich kann sehr diplomatisch sein, wenn es sein muss.«

Ihre Suite konnte es mit jedem der Luxushotels aufnehmen, in denen sie in ihrem langen Leben gewohnt hatte. Das Einzige, was sie vermisste, war menschliches Personal, doch die zahlreichen modernen Bots machten dies wieder wett. Die Navy hatte offensichtlich weder Kosten noch Mühen gescheut, um den Wissenschaftlern den Aufenthalt auf der Station so angenehm wie möglich zu gestalten. Das Hauptzimmer besaß sogar ein langes Fenster, von dem aus man die Aliensektionen der Station überblicken konnte. Einen Moment lang ließ Justine ihren Blick auf ihnen ruhen, dann verdunkelte sie das Glas. Ihr U-Shadow klinkte sich ins Netz der Suite ein. »Keine Anrufe oder Besucher«, wies sie ihn an.

Justine lehnte sich auf dem Bett zurück und öffnete ihren Geist dem örtlichen Gaiafield. Der abgedunkelte Raum füllte sich mit Phantomen, Farben funkelten inmitten der Schatten auf. Stimmen flüsterten. Jemand lachte. Sie fühlte sich in mannigfaltige emotionale Zustände gezerrt, die sie in verlockende seelenvolle Empfindungen zu tauchen verhießen.

Der Versuchung widerstehend, konzentrierte sie ihre Aufmerksamkeit auf den Nukleus der Posse, auf das Konfluenznest selbst; ein quasibiologisches neurales Modul, das jeden Gedanken, der ins Gaiafield entlassen wurde, gleichzeitig speicherte und aussendete. Es besaß ein Erinnerungsvermögen gleich einem menschlichen Gehirn, nur mit einer viel, viel größeren Kapazität. Justine formte ihre eigenen Bilder, entbot sie dem Nest. Es antwortete mit Verbindung. Natürlich enthielt es jeden einzelnen von Inigos Träumen; dafür hatte

Living Dream gesorgt. Sie ignorierte das bildhafte Spektakel vom Leben des Waterwalkers, fegte diese Erinnerungen beiseite, indes sie ihre eigene Idee von einem anderen, sich rückbesinnenden Leben in der Leere präzisierte. Das Nest war voller Rätsel, zurückgetreten war die Poesie der Gedanken von Beobachtern hinter eine Ratlosigkeit angesichts des finsteren Herzens der Galaxis. Da waren Geistesschöpfungen, ganze Dichtungen darüber, was für ein Leben jemand womöglich zu leben vermochte, der das Glück hatte, ins Innere zu kommen; reine Wunschvorstellungen, leicht zu unterscheiden von der Realität. Die verheißungsvollen Gebete, mit denen sich die Living-Dream-Anhänger allabendlich zu ihrem mystischen Ziel bekannten. All das war ins Nest eingeprägt. Doch nichts darüber hinaus. Kein noch so flüchtiger Blick auf ein weiteres auf Querencia geführtes Leben. Nicht die Spur eines großartigen, erhabenen Gedankens, der von irgendeinem Skylord ausging.

Die Gartenkuppel im Zentrum der Menschensektion konnte sich Bäumen rühmen, die mehr als zweihundertfünfzig Jahre alt waren. Eichen mit mächtigen Stämmen entfalteten ihr dichtes Geäst und schufen ein grünes Dach über den Tischen, an denen sich die Stationsbelegschaft versammelte. Hoch oben auf der Plattform eines rustikalen Baumhauses spielte eine passionierte Amateurband Songs aus verschiedenen Epochen, die mehrere Jahrhunderte zurückreichten, und erfüllte begeistert jeden Musikwunsch. Es war Abenddämmerung in der Kuppel, sodass das scharfe, violette Licht der Wall-Sterne den Himmel darüber beherrschte.

Justine betrachtete den ausgedehnten Fleck augenversengender Szintillationen in der gleichen Art von Überdruss, die sie sonst für gefährliche Tiere reserviert hatte. Ihre Ankunft in der Gartenkuppel hatte zu merklichen Wogen des Interesses geführt. Ihr gefiel der Gedanke, dass dies zumindest zu einem gewissen Teil auf das kleine schwarze Cocktailkleid, für das sie sich entschieden hatte, zurückzuführen war. Auf Sektionsleiter Trachtenberg jedenfalls schien es die gewünschte Wirkung zu haben; der gute Mann überschlug sich fast dabei, von hierhin nach dorthin zu hasten und ihr Drinks sowie eine Auswahl an Fingerfood anzubieten.

Jeder, dem sie vorgestellt wurde, war ganz wild darauf zu erfahren, welches Interesse ANA an ihnen nahm. Ein gefühltes Dutzend Mal wiederholte sie die offizielle Version, dass sie nur auf Besuch sei, um sich über den derzeitigen Stand der Beobachtungen zu informieren.

»Unverändert«, beklagte sich Graffal Ehasz, der Observationsabteilungschef. »Wir gewinnen zurzeit überhaupt keine Erkenntnisse, sieht man mal von Ionensturmmustern in der Kluft jenseits der Wall-Sterne ab. Aber das verrät uns nichts über die Natur dieses Biests. Wir sollten versuchen, Sonden hineinzuschicken.«

»Ich dachte, durch die Barriere kommt nichts hindurch«, sagte sie.

»Genau deshalb brauchen wir viel detailliertere Analysen. Und die bekommt man nicht über Fernsonden, die fünfzig Lichtjahre weit weg stehen.«

»Die Raiel möchten nicht, dass wir näher herangehen«, erklärte Trachtenberg.

»Wenn Sie wieder zu Hause sind, können Sie ANA ja mal fragen, wieso wir eigentlich immer noch für jeden Furz ihre *Scheißgenehmigung* brauchen«, schimpfte Ehasz. »Das ist verdammt kränkend.«

»Ich werd dran denken«, erwiderte Justine. Die Party war erst zwanzig Minuten alt und sie fragte sich, wie viel Aerosole Ehasz wohl schon intus hatte.

Der Sektionsleiter ergriff ihren Arm und führte sie höflich weiter.

»Tut mir leid«, sagte er. »Aber es gibt hier nicht viel Gelegenheit, Dampf abzulassen. Ich arbeite nach einem ziemlich engen Zeitplan. Das hier ist eine kostspielige Einrichtung, und eine äußerst wichtige dazu. Wir müssen mit dem, was wir haben, die besten Informationen gewinnen, die wir kriegen können.«

»Ich verstehe.«

»Das ist Ehaszs erste Schicht hier draußen. Er neigt dazu, sich von mangelndem Fortschritt frustrieren zu lassen. Es ist nicht das erste Mal, dass ich das erlebe. Zunächst ist man ganz hin und weg von dem Wunder dieser Station. Und dann, wenn die anfängliche Begeisterung nachlässt, beginnt man allmählich zu erkennen, zu welcher Untätigkeit die Observation in Wahrheit verdammt ist.«

»Wie oft sind Sie hiergewesen?«

Er grinste. »Dies hier ist mein siebtes Mal. Aber andererseits bin ich auch viel älter und weiser als Ehasz.«

»Würden Sie sich nicht gern der Pilgerfahrt anschließen?«

»Nicht wirklich. Soweit uns dreihundert Jahre direkter Beobachtung gezeigt haben, ist man im selben Moment, in dem man die Barriere berührt, tot. Genau genommen stirbt man lange bevor man die Barriere erreicht. Ich kapier einfach nicht, aus welchem Grund diese Leute annehmen, hindurchkommen zu können.«

»Einer hat's geschafft, vor einiger Zeit.«

»Ja, das ist das Ärgerliche daran.«

»Und was glauben Sie –« Justine brach mitten im Satz ab, als sich der Boden hob und sie beinahe von den Füßen riss. Sie spannte sich und ließ sich wie alle anderen in die Hocke sinken. Ihr integrales Kraftfeld wurde aktiv. Das lokale Netz schrie alle verfügbaren Alarmmeldungen hinaus. Die Äste der Eichen krachten bedrohlich; ihre Blätter raschelten, als fege eine Windböe durch sie hindurch.

»Heilige Scheiße!«, kreischte Trachtenberg auf.

Justines U-Shadow stellte eine Verbindung zum Smartcore der *Silverbird* her. »Bereitschaftsmodus«, befahl sie. »Ortung auf meine Position.« Als sie die Kuppel scannte, war diese noch immer intakt. Dann blickte sie zum Horizont, der absolut gleichmäßig schien. Sie hatte erwartet, große Spalten zu sehen, die die Lavaebene aufrissen. Der Boden neigte sich abermals. *Nichts bewegte sich!* »Was passiert hier?«, fragte sie. Eine Art Erdbeben? Unmöglich, dieser Planet war eine tote Hülse, komplett inaktiv in jeder Beziehung.

»Ich bin nicht sicher.« Verärgert wedelte der Leiter mit der Hand in ihre Richtung, um sie zum Schweigen zu bringen.

So schnell sie konnte kletterte die Band aus dem Baumhaus, die letzten Meter von der Holzleiter springend. Ihre Instrumente ließ sie zurück. Justine starrte auf das Glas in ihrer Hand, als der Boden sich erneut verschob. Der Wein schwappte in dem Glas hin und her, obwohl sie es vollkommen ruhig hielt.

»Allmächtiger Ozzie«, rief Trachtenberg aus. »Gravitation!«

»Was?«

»Gravitationswellen. Verflucht gewaltige.«

Ehasz kam zu ihnen herübergeeilt, bedenklich schwankend, als der Boden erneut zu kippen schien. »Haben Sie sich die Langstreckensensoren angesehen?«, brüllte er Trachtenberg zu.

»Was haben Sie festgestellt?«

»Die Leerengrenze! Lichtjahre lange Risse ziehen sich darüber hinweg. Und das verflixte Ding wächst. Die Sensoren in der Kluft können sogar *sehen*, wie es sich bewegt. Ist Ihnen klar, was das bedeutet? Die Ausdehnung ist schneller als das Licht. Das hier ist eine ozzieverdammte Expansionsphase.«

Ein heftiges Beben erschütterte den Boden. Das Wasser in den kleinen angelegten Bächen schwappte umher und stieg in feinen Gischtfontänen empor. Einen Moment lang spürte Justine tatsächlich, wie sich ihr Gewicht verminderte. Dann kehrte es zurück, und die ordentlich zusammengestellten Teller und Gläser auf den Tischen landeten scheppernd im Gras. Taumelnd stolperte sie von der Eiche weg, als diese ein hässlich splitterndes Geräusch von sich gab. Notfallkraftfelder schalteten sich ein und verstärkten die Kuppel. Entlang ihres Rands öffneten sich die Zugänge zu den Sicherheitsbunkern.

»Bitte begeben Sie sich alle zur Evakuierungsplattform eins«, verkündete Trachtenberg. »Navy-Angehörige melden sich direkt bei ihren Schiffen. Observationsteam, ich brauche ein präzises Bild von dem, was da draußen vorgeht. Uns bleibt möglicherweise nicht viel Zeit, also etwas Beeilung, bevor uns hier alles um die Ohren fliegt.« Er wankte, als eine weitere Gravitationswelle durch die Beobachtungsstation ging. Diesmal waren die Aufwärtskräfte so stark, dass Justine das Gefühl hatte, vom Boden gehoben zu werden.

»Kommt diese Gravitation von der Leere?«, fragte sie. Die Vorstellung war erschreckend, sie waren Hunderte von Lichtjahren von ihr entfernt.

»Nein«, schrie Ehasz. »Das hier muss was Lokales sein.« Er blickte nach oben, studierte den verworren leuchtenden Himmel über der Kuppel. »Da!«

Justine folgte seinem Blick und sah zwei azurblaue Monde, die durch den funkelnden Schleier der Wall-Sterne zogen. Sie befanden sich in äußerst merkwürdigen Orbits. Und sie bewegten sich unglaublich schnell – wurden sogar noch schneller. »O mein Gott«, keuchte sie. Die planetengroßen DF-Maschinen der Raiel flogen in neue Positionen.

»Die Raiel machen sich bereit für das letzte Gefecht«, sagte Ehasz wie betäubt. »Wenn sie es verlieren, wird dieses Monster die ganze Galaxis verschlingen.«

Das ist doch alles nicht möglich, dachte Justine. *Living Dream hat die Pilgerfahrt noch nicht mal angetreten.* »Das kannst du nicht machen!«, brüllte sie hinauf zu dem uralten unsichtbaren Feind, während menschliche Hormone und Gefühle die totale Kontrolle über ihren Körper und Geist übernahmen. »Das ist nicht fair. Es ist einfach nicht *fair!*«

Fünf Stunden nachdem der neue Traum ins Gaiafield geströmt war, hatten sich bereits fünfzigtausend Gläubige im Golden Park versammelt, auf die Führung des Kleriker-Konservators hoffend. Sie taten ihm dies über ihre Gaiamotes kund. Das einmütige Begehren von fünfzigtausend Menschen war eine erstaunliche Macht.

Ethan war sich dessen nur allzu bewusst, als er sich, gestützt von Ratsmitglied Phelim, auf den langen, schmerzhaften Gang aus den Räumen des Bürgermeisters hinaus machte, wo die Ärzte für ihn eine Intensivstation eingerichtet hatten. Humpelnd schleppte er sich durch die Liliala Hall, während die Decke über ihm dicke Kumuluswolken zeigte, zu Zirren zerflockt und in flimmerndes Leuchten gekleidet. Obwohl er sich vor dem Gaiafield verschloss, tropfte die Gewalt der flehenden Menge in sein gemartertes Gehirn.

Phelim geleitete ihn weiter durch die kleinere Toral Hall. Ihr Mitternachtshimmel zeigte den Ku-Nebelfleck, mit seinen glitzernden goldenen Funkelfeuern, die in fetten, wogenden Jade- und Saphirnimben schwammen.

»Ihr hättet sie an Euer Bett rufen sollen«, sagte Phelim.

»Nein«, grunzte Ethan. In dieser Sache würde er, durfte er keine Schwäche zeigen.

Sie traten durch die mit Schnitzereien verzierten Türen zur Obersten Ratskammer des Orchard-Palasts. Die Decke hier wurde von mächtigen Säulen gestützt. Den Scheitel des zentralen Segments dominierend, strahlte hell ein verschwommener kupferfarbener Stern, sein Licht schimmerte in einer umlaufenden Akkretionsscheibe wider. Mondgroße Kometen, Feuerbällen gleich, umkreisten in hohen Inklinationen das äußere Band. Keiner von Makkathrans enthusiastischen Astronomen hatte jemals diese Konstellation in der Leere entdeckt.

Die Mitglieder des Klerikerrats erwarteten ihn in ihren scharlachrot-schwarzen Roben. Sie standen schweigend an dem langen Tisch, der in der Mitte des Saales stand. Phelim blieb an Ethans Seite, bis sie am Podium angekommen waren, dann bestand Ethan darauf, die letzten Schritte zu seinem Thron hinauf allein zu gehen. Mit verzerrtem Gesicht machte er es sich auf den flachen Kissen bequem. Der Schmerz in seinem Kopf hätte ihn beinahe aufschreien lassen, als er sich herabsinken ließ. Er nahm sich einen Moment, um sich wieder zu sammeln, am ganzen Körper zitternd. Seit er das Bewusstsein wiedererlangt hatte, war jede plötzliche Bewegung eine Qual.

Die Ratsmitglieder setzten sich, versuchten, den Blick von den leberfarbenen semiorganischen Knötchen abzuwenden, die an Ethans Schädel angebracht waren, von der voluminösen Kapuze seiner weißen Robe nur halb verdeckt.

»Ich danke Ihnen für Ihre Anwesenheit«, wandte sich Ethan an die Versammelten.

»Wir alle sind erleichtert, Euch gesundet zu sehen, Kleriker-Konservator«, erwiderte Rincenso förmlich.

Auch ohne Gaiafield konnte Ethan die Verachtung, die die anderen Ratsmitglieder für Rincenso empfanden, spüren. Er empfand sie selbst. »Noch nicht ganz«, entgegnete er und tippte gegen eines der glänzenden Knötchen. »Aber meine neuralen Strukturen sollten in einer weiteren Woche wieder voll hergestellt sein. Bis dahin sollten die Hilfszusätze reichen.«

»Wie konnte so etwas passieren?«, fragte Ratsmitglied DeLouis. »Gaiamotes sind seit Jahrhunderten absolut sicher.«

»Es waren nicht die Gaiamotes«, sagte Phelim. »Die Traummeister, die die Verbindung unterbrochen haben, glauben, dass die Panik des Zweiten Träumers einen Neuralspasmus im Gehirn des Kleriker-Konservators ausgelöst hat. Sie wurden auf eine Stufe eingestellt, wie man sie außerhalb des intimsten Moments des Traumteilens eines Paares selten erreicht. Das wird sich nicht wiederholen.«

»Das Gaiafield und die Unisphäre sind voll von Gerüchten, dass der Zweite Träumer ein natürlicher Telepath sein soll, dass er in der Lage ist, mit einem einzigen Gedanken zu töten.«

»Dummes Zeug«, sagte Phelim. Sein totenkopfartiges Gesicht wandte sich DeLouis zu. Für einen kurzen Augenblick blitzte ein gefährlicher Zorn in seinem Geist auf.

DeLouis konnte seinem Blick nicht standhalten.

»Auf jeden Fall ist es irrelevant«, sagte Ethan. »Die Traummeister haben mir versichert, dass so eine Rückwirkung aufgehoben werden kann, jetzt, wo sie ihre Natur kennen. Jeder zukünftige Kontakt mit dem Zweiten Träumer wird durchgeführt werden mit«, er grinste grimmig, »einer ›Sicherheitsabschaltung‹, wie sie es nennen.«

»Wollt Ihr ein weiteres Mal mit ihm sprechen?«, fragte Ratsmitglied Falven.

»Ich denke, die Situation erfordert es«, entgegnete Ethan. »Sie nicht?«

»Na ja, schon, aber ...«

»Ich hab seinen letzten Traum zugleich mit Ihnen allen empfangen. Er war stark, mindestens ebenso deutlich wie die des Träumers Inigo selbst. Das wesentlich Neue an diesem Traum war allerdings das Zwiegespräch, das der Zweite Träumer mit dem Skylord geführt hat.« Der Gedankenaustausch hatte Ethan weitaus mehr erschreckt als die vollkommene Klarheit des jüngsten Traums.

»Ich kam her, dich zu finden«, hatte der Skylord auf den Gruß des Zweiten Träumers erwidert.

»Wir sind weit jenseits des Rands deines Universums.«

»Dennoch spürte ich dein Verlangen. Du willst zu uns gehören.«

»Nicht ich. Aber andere, ja.«

»Sie sind alle willkommen.«

»Wir können nicht hinein. Es ist sehr gefährlich.«

»Ich kann dich empfangen. Ich kann dich leiten. So lautet meine Bestimmung.«

»Nein.«

Und mit diesem Definitivum hatte der Traum geendet. Bevor er gänzlich verblasste, war da noch ein Anflug von Erregung gewesen, der von den Gedanken des Skylords ausgegangen war. Mit Zurückweisung hatte er offenbar nicht gerechnet.

Und damit steht er wohl kaum alleine da.

»Der Skylord glaubt, er kann uns nach Querencia bringen«, sagte Ethan. »Das ist der letzte Beweis, auf den wir gewartet und um den wir gebetet haben. Unsere Pilgerfahrt wird von Erfolg gesegnet sein.«

»Nicht ohne den Zweiten Träumer«, wandte Ratsmitglied Tosyne ein. »Mit Verlaub, Konservator, aber er ist nicht bereit, uns in die Leere zu führen. Ohne ihn kann es keine Pilgerfahrt geben.«

»Er ist verzweifelt«, hielt Ethan dagegen. »Bis jetzt weiß er ja nicht einmal, dass er der Zweite Träumer ist. Zu erkennen, dass man die Hoffnung von Milliarden ist, ist keine einfache Sache. Letzten Endes schien diese Verantwortung sogar Inigo zu groß zu sein. Also können wir dem Zweiten Träumer seinen Fehltritt guten Gewissens vergeben und ihm unsere Hilfe und Unterstützung anbieten.«

»Möglicherweise ist er sich jetzt durchaus darüber bewusst, wer und was er ist«, erwiderte Ratsmitglied Tosyne. »Aber wir dagegen wissen nicht mal, *wo* er ist.«

»Doch, wir wissen es«, verkündete Phelim. »In Colwyn City auf Viotia.«

»Exzellente Neuigkeiten«, sagte Ethan in fast raubtierhafter Weise. Amüsiert verfolgte er, wie der Widerspruch in Tosynes Geist schwächer wurde. »Wir sollten ihn willkommen heißen und Viotia für das Geschenk danken, dass es uns dargebracht hat.« Sein Blick richtete sich erwartungsvoll auf Rincenso.

»Ich möchte den Antrag stellen, Viotia als Vollmitglied in die Freihandelszone aufzunehmen«, sagte Rincenso. »Und ihm den Status eines Kernplaneten zuzusichern.«

»Unterstützt«, sagte Falven.

Der Rest des Klerikerrats reagierte mit Verwirrung.

»Das könnt Ihr nicht machen«, protestierte Tosyne. »Sie werden sich widersetzen, der Commonwealth-Senat wird sich einschalten, um uns einen Verweis zu erteilen. Wir verlieren jeden diplomatischen Vorteil, den wir haben.« Zustimmung heischend blickte er sich in der Runde um.

»Es ist nicht nur unser Streben«, sagte Phelim. Er wies auf das freie Ende des Tischs, genau gegenüber von Ethans Podium. Sein U-Shadow baute eine ultrasichere Verbindung auf, und ein Portal projizierte ein Abbild von Likan, das gleich hinter dem Tisch stand.

Likan verbeugte sich höflich. »Konservator, es ist mir eine Ehre.«

»Danke«, erwiderte Ethan. »Soweit ich unterrichtet bin, sind Sie als inoffizeller Emissär für unsere Regierung tätig.«

»Ja, Sir. Ich habe soeben mit der Premierministerin gesprochen. Es ist ihr Wunsch, Ellezelins großzügiges Angebot, uns in den Status einer Kernwelt innerhalb der Freihandelszone zu erheben, zu akzeptieren.«

»Das sind wunderbare Neuigkeiten. Ich werde umgehend Ellezelins Kabinett über Ihre Entscheidung informieren.«

»Die Zusage ist an die Übereinkunft geknüpft, dass ein Nullzoll-Tarifabkommen Teil der Vereinbarung ist«, sagte Likan.

»Selbstverständlich. Der uneingeschränkte Handelsverkehr beginnt, sowie der Zweite Träumer hier bei uns in Makkathran2 eintrifft.«

»Natürlich. Die Premierministerin wird den Vertrag mit ihrem offiziellen Amtszertifikat anerkennen, sobald er ihr vorliegt.« Likans Abbild verschwand.

»Ich glaube«, sagte Ethan in die betroffene Stille hinein, »wir sollten zur Abstimmung kommen. Wer ist dafür?« Er sah, wie sich die Hände erhoben. Die Entscheidung war einstimmig. In Momenten wie diesem vermisste er beinahe Corrie-Lyns Anwesenheit im Rat; nie hätte sie solche Sowjet-Entscheidungen kampflos durchgehen lassen. »Vielen Dank. Ihre einhellige Befürwortung meiner Politik rührt mich sehr. Das wäre für heute alles.«

Phelim blieb sitzen, als die anderen der Reihe nach hinausgingen. Lichtflecken huschten über ihre ausdruckslosen Gesichter, während die Kometen unablässig über ihnen kreisten.

»Das war ja einfach«, bemerkte Ethan.

»Sie wissen nicht, was sie tun sollen«, entgegnete Phelim. »Sie sind da nicht anders als die Gläubigen, die sich draußen versammelt haben: bestürzt und verletzt, weil der Zweite Träumer den Skylord zurückgewiesen hat. Sie benötigen eine starke, entschlossene Führung. Und die bietet Ihr ihnen. Ihr habt die Lösung. Natürlich wenden sie sich Euch zu.«

»Wann können wir das Wurmloch öffnen?«

»Ich werde dafür sorgen, dass Eure Staatskanzlei den Vertrag sofort an Viotias Premierministerin schickt. Wenn Likan uns nicht enttäuscht, wird er umgehend an uns zurückgehen. Das Wurmloch kann binnen zwei Stunden in Betrieb gehen. Wir haben eine Reihe von Orten vorbereitet, in die es mündet.«

»Ich hoffe, Colwyn City gehört dazu.«

»Ja. Die Stadt verfügt über einen Raumhafenkomplex, der uns sehr zustatten kommt.«

»Und unsere Polizeikräfte?«

»Vierzigtausend stehen zur sofortigen Entsendung bereit, zusammen mit Einsatzfahrzeugen und der erforderlichen Ausrüstung, um Volksunruhen niederzuschlagen. Ist das Wurmloch geöffnet, haben wir sie in sechs Stunden drüben. Im Verlauf der nächsten vier Tage wird eine weitere Viertelmillion folgen.«

»Ausgezeichnet.«

»Ich hatte gehofft, dass Ihr zustimmen würdet.« Phelim zögerte. »Wir haben noch keinen Plan, was wir machen, wenn der Zweite Träumer sich vollends seiner Fähigkeiten bewusst wird. Wir brauchen etwa einen Tag, um unsere Traummeister über ganz Colwyn verteilt in Stellung zu bringen.«

»Aber wir können vorher den kompletten Kapsel- und Raumschiffverkehr stilllegen?«

»Ja. Das hat höchste Priorität. Wir wollen ihn innerhalb der Stadtgrenzen halten.« Abermals das untypische Zögern. »Aber um ihn zu lokalisieren, muss er noch ein weiteres Mal träumen. Nach heute Nacht wird er das vielleicht nicht mehr.«

Ethan schloss die Augen und sank, geschwächt von all der Anstrengung, auf seinem Thron zusammen. »Er wird. Wenn er wüsste, was er bereits getan hat.«

»Was wollt Ihr damit sagen?«

»Vor einer Stunde erhielt ich einen Anruf von Sektionsleiter Trachtenberg auf Centurion Station. Er hielt es für wichtig genug, uns seine Beobachtungen mitzuteilen und sich dabei der Navy-Relaisstationen zu bedienen. Gleich nachdem der Zweite Träumer seinen Kontakt zu dem Skylord beendet hat, hat eine Expansionsphase der Leere eingesetzt. Das ist kein Zufall. Sieht so aus, als nähme der Skylord die Zurückweisung persönlich. Unser einsiedlerischer Freund wird ihn wohl oder übel beschwichtigen müssen, oder wir enden alle damit, dass uns die Demarkationslinie zerfetzt. Ein ziemlicher Ansporn, finden Sie nicht?«

Inigos siebter Traum

Edeard wachte mit einem leichten Brummschädel auf. Wieder einmal. Der letzte Abend war der dritte in Folge gewesen, an dem er mit Macsen und Boyd ausgewesen war.

Er setzte sich aufrecht und befahl Licht. Augenblicklich begann die hohe, gewölbte Decke in einem matten, cremefarbenen Leuchten zu schimmern. Einer seiner drei Ge-Schimpansen eilte herbei, um ihm ein Glas Wasser und ein kleines Pulverdragée zu bringen, das er von Doktor Murusas Lehrling bekommen hatte. Edeard ließ die winzige Pille auf seiner Zunge zerplatzen und schluckte sie mit etwas Wasser herunter.

Seine Gedanken kehrten zu einem Morgen vor Jahren in Witham zurück, als Fahin sein schreckliches Katerkur-Gebräu zusammengemixt hatte. Es war immer noch das wirksamste Mittel, das er kannte. Edeard war sicher, dass die Pillen kaum mehr als Placebos darstellten, eingedenk des Lehrlings mit seinem nur spärlichen Einkommen. Rasch trank er das Glas aus. Fahin hatte immer gesagt, dass Wasser dabei half, das Gift wegzuspülen.

Das runde Becken im Bad der Maisonette verfügte nun über eine Reihe schmaler Stufen an einem Ende, über die er hineinsteigen konnte. Er tauchte bis zum Nacken ein, setzte sich auf das Sitzbord und seufzte dankbar auf. Ein Ge-Schimpanse goss Flüssigseife ins Becken, die zahllose kleine Bläschen aufsteigen ließ. Er schloss erneut die Augen und wartete darauf, dass der Kater nachließ. Die Wassertemperatur war perfekt, exakt Körperwärme. Es hatte ihn einige Wochen des Herumexperimentierens gekostet, bis alles so war, wie er es wollte; das Badewasser in Makkathran war für Menschen normalerweise recht kühl. Außerdem hatte er das Loch im Boden, das als Toilette fungierte, neu gestaltet. Der allgegenwärtige Holzkasten, der in jedem Haushalt Makkathrans Anwendung fand, war verschwunden und durch einen einfachen hohlen Sockel ersetzt, den der Raum für ihn hatte hervorwachsen lassen. So viel einfacher zum Draufsitzen.

Verschiedene weitere kleine Modifikationen hatten die Maisonette in ein einigermaßen behagliches Zuhause verwandelt. Das standardmäßig viel zu hohe, würfelförmige Bett war nun wesentlich tiefer und seine schwammartige Oberfläche viel anschmiegsamer und weicher. Nischen waren jetzt mit Regalen gefüllt. Eine Wandvertiefung im Küchenbereich war permanent kühl, sodass er, wie sie es in den größeren Stadtpalästen machten, darin sein Essen tagelang frisch halten konnte.

Das war der größte Segen, den das Leben in den Konstabler-Mietskasernen gegenüber dem Schlafsaal auf der Wache mit sich brachte. Edeard konnte endlich wieder selbst entscheiden, was er aß. Die Hälfte seines ersten Monatsgehalts war für einen neuen Eisenherd, auf dem er kochen konnte, draufgegangen. Eigenhändig hatte er ihn eingebaut, hatte das Loch angepasst, das von dem vorherigen Bewohner als Abzug in die Wand gehackt worden war. Stolz stand er nun in der Küche, zusammen mit einer stetig wachsenden Zahl von Pfannen und Töpfen. Es gab sogar ein kleines Bassin, das er für den Abwasch benutzen konnte, statt alles ins Badebecken zu kippen, wie die meisten Leute es taten. Diese Neuerung gefiel ihm so gut, dass er gleich ein weiteres nur für Gesicht und Hände im Badezimmer formte. Er modellierte es mit der gleichen Mühelosigkeit, mit der er dereinst Genistar-Eier geformt hatte, auch wenn dadurch nun jeder wissen würde, dass er die Fähigkeit besaß, die Stadtsubstanz zu manipulieren.

Jeder, der ihn in seiner Wohnung besuchte.

Also niemand.

Macsen hatte am vergangenen Abend ein Mädchen vom Theater abgeschleppt. Eine der Tänzerinnen! So schön wie ein Mädchen aus vornehmem Hause, aber mit einem kräftigen, biegsamen Körper. Er wusste das wegen der gewagten Kleider, die sie auf der Bühne beim Tanzen getragen hatte. Edeard hatte die Zähne zusammengebissen und versucht, nicht eifersüchtig zu sein. Er und Boyd waren daraufhin alleine weitergezogen. Alles in allem war es ein netter Abend gewesen. Edeard gefiel es im Theater viel besser, als einfach bloß in der Taverne zu sitzen und sich volllaufen zu lassen. Oft waren auch verschiedene Musiker auf der Bühne. Immer Gildenlehrlinge, jung und enthusiastisch. Allein ihren Liedern zuzuhören, die so voller Verachtung für die Stadtobrigkeit waren, weckte in ihm das Gefühl, einen lasterhaften Treuebruch gegenüber dem Großen Rat zu begehen. Dennoch kannte er die Texte vieler der populärsten Weisen genau, von denen nicht wenige aus Dybals Feder stammten. Es war laut in den Theatern, einige von ihnen stellten kaum mehr als unterirdische Lagerräume dar. Er war regelrecht zusammengefahren, als er das erste Mal Trommelspiel vernommen hatte, als hätten die Musiker irgendwie den Donner gezähmt.

Eines Tages würden sie losziehen und Dybal spielen sehen, versprach Macsen. Edeard hoffte, dass es bald so weit war.

Die Bläschen im Becken verschwanden, als das Wasser durch die schmalen Öffnungen im Boden ablief. Edeard seufzte und kletterte heraus. Ein Ge-Schimpanse wartete mit einem Bademantel auf ihn. Auf dem Weg in die Küche schlüpfte er hinein und setzte sich sodann an den kleinen Tisch. Er stand direkt neben einem Fünfpass-Fenster, von dem aus Edeard die Dächer im Zentrum der Stadt sehen konnte.

Ein Ge-Schimpanse stellte ein Glas Apfel-Mango-Saft auf den Tisch, zusammen mit einer Schale gemischter Haferflocken, Nüsse und getrockneter Früchte. Der Saft war angenehm erfrischend; die Ge-Schimpansen wussten, dass sie ihn für eine Stunde in der kühlen Ecke stehenlassen mussten, bevor sie ihn servierten. Er schüttete Milch (ebenfalls kalt) in die Schale und begann zu essen. Dabei schaute er auf die Stadt hinaus, die unter der aufgehenden Sonne allmählich erwachte.

Das Leben hätte so herrlich sein können, wenn er nur nicht dauernd über all die Gesetzlosigkeit nachgrübeln müsste, die er allenthalben auf den Straßen und Kanälen sah. Im Verlauf der letzten Wochen hatte sein Trupp es tatsächlich geschafft, einige Verurteilungen vor Gericht zu erwirken. Allerdings nichts Bedeutendes, nur kleine Fische: einige Ladendiebe, die noch fast in den Kinderschuhen steckten, ein Straßenräuber, der die meiste Zeit betrunken war, und einmal hatte die Schreibergilde sie losgeschickt, um einen Gastwirt festzunehmen, der seiner Steuerpflicht nicht nachgekommen war. Nur auf die Banden, die das eigentliche Problem von Makkathran darstellten, hatten sie nicht den geringsten, wie auch immer gearteten Einfluss.

»Bist du fertig?«, fragte Kanseen über Longtalk, als Edeard seinen Uniformrock zuknöpfte.

Er zog sich seine Stiefel an. Neu, mehr als drei Tageslöhne teuer – aber den Preis wert. »Komme.«

Sie wartete draußen auf dem Laufgang auf ihn, einen Ölmantel über den Arm geschlungen. »Wird bestimmt Regen geben heute«, verkündete sie.

Er betrachtete den wolkenlosen, klaren Himmel. »Wenn du das sagst.«

Sie grinste, während sie die heiklen Treppen hinabstiegen. Jeden Morgen war er aufs Neue versucht, sie in eine etwas weniger gefährliche Form zu bringen – und dann das Wunder der Herrin zuzuschreiben.

»Das wird dein erster Winter in der Stadt, stimmt's?«, fragte sie.

»Ja.« Edeard konnte sich ein kaltes und zugefrorenes Makkathran kaum vorstellen, der lange Sommer war so herrlich heiß gewesen. Inzwischen war aus ihm ein ganz passabler Fußballspieler geworden (nahm er an), und sein Team hatte bei Jeavons kleiner Parkliga den Dritten gemacht. Die meisten

Wirtshäuser hatten draußen Tische und Stühle, wo er so manchen vergnüglichen Abend verbracht hatte. Es hatte sogar einige Abende gegeben, an denen er wieder angefangen hatte zu zeichnen; nicht, dass er irgendjemandem die Ergebnisse gezeigt hätte. Und nachdem es ihm tatsächlich gelungen war, ein bisschen Kleingeld zusammenzusparen, hatten er und Salrana sich endlich auch einmal eine Stadtrundfahrt in einer Gondel gegönnt.

»Freu dich drauf«, sagte Kanseen. »Es wird eine Menge Feste geben zu Neujahr. Und am Neujahrstag spendiert uns der Bürgermeister mittags einen riesigen Ochsenbraten im Golden Park – zu dem allerdings immer alle zu spät kommen, weil sie noch 'nen ausgewachsenen Kater vom Vorabend haben. Und die Parks und Plätze sehen alle so sauber und neu aus, wenn sie vom Schnee bedeckt sind.«

»Klingt gut.«

»Du wirst einen dicken Mantel brauchen. Und eine Mütze.«

»Auf unsere eigenen Kosten?«

»Ich kenne ein paar Geschäfte, die Qualität zu einem erschwinglichen Preis anbieten.«

»Danke.«

»Und vergiss nicht, dir rechtzeitig einen Vorrat an Kohle für deinen Ofen anzulegen. Im Winter sind die Häuser nie so richtig warm, und normalerweise geht der Preis durch die Decke, sobald der erste Schnee fällt. Die Herrin sollte diese Händler verfluchen; es ist kriminell, mit was für Forderungen die durchkommen.«

»Du bist so gutgelaunt heute Morgen«, stellte Edeard fest. »Was ist los?«

»Meine Schwester feiert diesen Samstag das Namensgebungsfest für ihren Jungen. Sie hat mich gefragt, ob ich vor der Herrin die Verantwortung einer Patenschaft übernehmen möchte.«

»Nett. Wie soll der Kleine denn heißen?«

»Dium, nach dem dritten Bürgermeister.«

»Ach ja, richtig.«

»Du hast nicht die geringste Ahnung, wer das ist, hab ich recht?«

Er grinste breit. »Nö, nicht die Bohne!«

Sie lachte.

So stand es dieser Tage um Edeard und Kanseen. Sie waren die besten Freunde. Jegliches Unbehagen, das von dem Abend nach der Abschlussfeier noch zurückgeblieben sein mochte, war inzwischen längst gewichen. Worüber er einigermaßen froh war. Er wollte nicht, dass etwas zwischen ihnen stand. Doch dann wiederum konnte er diesen Kuss nicht vergessen, und auch nicht, was sie dabei empfunden hatten. Es hatte ihm immer der Mut gefehlt, noch einmal zur Sprache zu bringen, worüber sie damals geredet hatten. Und ihr offenbar ebenso.

Was ihn mit seinen widerstreitenden Gedanken an Salrana zurückgelassen hatte, die stets so heiter und meistens so zauberhaft war. Mittlerweile war es ungeheuer schwer zu ignorieren, wie fraulich sie geworden war. Und er nahm an, dass sie das wusste, denn in letzter Zeit bewegten sich ihre Neckereien oft ziemlich hart an der Grenze.

Die Übrigen des Trupps warteten bereits in der Haupthalle der Konstablerwache, wo sie an einem Tisch saßen und gerade ihr Frühstück beendeten. Im Gegensatz zu Edeard kochten nur wenige von ihnen für sich selbst. Macsen hatte eine Brille mit extrem dunklen Gläsern auf, nicht unähnlich der, die Dybal trug. Kanseen sah ihn an und brach in lautes Gelächter aus. »Na, gestern mal wieder in den Theatern gewesen, Jungs?«

Macsen grunzte und schaute sie über den Rand eines Bechers mit starkem schwarzem Kaffee finster an.

Nur zu gern hätte Edeard ihn gefragt, wie es denn mit Nanitte, der Tänzerin, so gelaufen war. Es musste eine phantastische Nacht gewesen sein, wenn man bedachte, wie mitgenommen er wirkte. Aber auch wenn sie Freunde waren, so hatte Kanseen doch wenig Verständnis für dieses »unter uns Männern«-Geschwätz.

»Hab ein paar Neuigkeiten für dich«, zischte Boyd, sich nach den anderen Tischbänken in der Halle umsehend, um sich zu vergewissern, dass ihnen niemand zuhörte.

»Schieß los«, sagte Edeard und zog sich einen Stuhl heran. Boyds Verhalten reizte ihn fast zum Lachen.

»Sie haben schon wieder meinen Bruder Isoix bedrängt. Gestern Abend, als er sein Geschäft zumachen wollte, standen sie auf einmal da und wollten zwanzig Pfund von ihm haben, um ›das Feuer zu löschen‹, wie sie es nannten. Und sie meinten, sie würden heute Morgen wiederkommen, um das Geld zu kassieren.«

Das gefiel Edeard überhaupt nicht. Dreimal schon hatte Boyd ihnen in den vergangenen paar Monaten von Bandenmitgliedern berichtet, die seinen Bruder in der Familienbäckerei drangsaliert hatten. Es hatte allerdings niemals eine konkrete Drohung gegeben, nur Warnungen, besser nicht aus der Reihe zu tanzen. *Um ihn weichzuklopfen.* Nun, jetzt war die Forderung ausgesprochen. »Das war ziemlich dumm von ihnen«, sagte er langsam.

»Was meinst du damit?«, fragte Dinlay.

»Sie müssen doch wissen, dass Isoix' Bruder Konstabler ist. Warum so ein Risiko eingehen? Es gibt Hunderte von Geschäften in Jeavons ohne eine solche Verbindung.«

»Es sind Bandenmitglieder«, entgegnete Dinlay. »Raffgierig und blöd. Allerdings zu raffgierig und blöd dieses Mal.«

»Die, die in Erscheinung treten, sind wahrscheinlich nicht wichtig«, meinte Kanseen. »Irgendwelche Strolche und Schläger, die die Drecksarbeit machen, mehr nicht.«

»Willst du damit etwa sagen, wir sollten ihm nicht helfen?«, fuhr Boyd hitzig auf.

»Nein«, entgegnete Edeard. »Natürlich nicht. Wir werden

dort sein, um die Festnahme durchzuführen, das weißt du. Was Kanseen zu sagen versucht, ist, dass damit das Problem noch nicht gelöst ist.«

Macsen zog seine Brille ein kleines Stückchen nach unten, um über ihren Rand hinwegzuspähen. »Aber irgendwo müssen wir doch anfangen«, krächzte er.

»Das hört sich so an, als ob wir diejenigen wären, die diese Banden zerschlagen müssten«, sagte Kanseen.

»Irgendjemand muss es ja tun. Und vom Bürgermeister oder Hauptkonstabler kommt ja offensichtlich nichts.«

»Oh, bitte!«

Macsen zuckte die Achseln und schob sich die Brille wieder hoch. Alle blickten auf Edeard.

»Brechen wir auf«, sagte er. »Und vergewissert euch, dass ihr alle eure Dro-Seidenwesten anhabt. Ich will Hauptmann Ronark nicht irgendwelche Verluste melden müssen.«

Boyds Familienbäckerei lag am nördlichen Ende der Macoun Street, nicht weit vom Outer Circle Canal. Die Straße war schmal und gewunden und an jeder Seite von verschnörkelten Häusern gesäumt, die eine direkte Beobachtung schwierig machten. Ebenerdig behinderten scharfe Biegungen die Fernsicht des Trupps. Die dreistöckige Bäckerei selbst besaß einen mittigen, rechteckigen Turm mit einem gezahnten Mansardenstildach. Hohe, halbmondförmige Gaubenfenster überragten einen Balkon auf der mittleren Etage, während das Stockwerk darunter sich von der Straße aus über mehrere glatte Stufen erreichen ließ, die zu einem großen Eingangsbogen zwischen zwei gewölbten Erkerfenstern führten. Die drei hässlichen Metallschornsteine der kohlebefeuerten Öfen wuchsen aus Löchern, die in das Turmgesims geschlagen worden waren, und bliesen dünne Rauchwolken in die feuchtkalte Luft.

Sorgfältig brachte Edeard seinen Trupp in Stellung. Die

Bande würde den schnellsten Fluchtweg wählen, also befanden sich Macsen und Dinlay in einem Geschäft zwischen Bäckerei und Kanal. Kanseen deckte das andere Ende der Macoun Street ab, streifte, die Uniform unter ihrem Mantel verborgen, zwischen den Ständen einer schmalen Arkade umher. Edeard seinerseits bezog gegenüber der Bäckerei in einer Wohnstube im ersten Stock Position. Sie gehörte einer Familie, die im Erdgeschoss einen Bekleidungsladen betrieb und eng mit Isoix befreundet war. Boyd selbst hatte sich für diesen Tag wieder nach Hause begeben und half nun in der Bäckerei aus, seiner Rolle entsprechend mit grüner Mütze und weißem Schurz. Edeard war sich nicht ganz sicher, ob er den Ge-Adler einsetzen sollte. Schließlich entschied er sich dafür, ihn sich in eine tiefe Regenrinne kauern zu lassen, wo er vom Boden aus so gut wie unsichtbar war. Zwar jagte er die Ruumöwen davon, aber sonst bemerkte ihn niemand.

»Zumindest müssen wir sie nicht weit bis zum Haftrichter eskortieren«, bemerkte Macsen zu Edeard. Tatsächlich konnte er durch das Balkonfenster der Wohnstube die sich verjüngenden Türme des Parlamentsgebäudes sehen.

Sie warteten zwei Stunden. Fünf Mal gaben sie untereinander Alarm, nur um ebenso oft festzustellen, dass sie sich getäuscht hatten. »Zu viele Bürger sehen hier aus wie schräge Typen«, erklärte Kanseen, nachdem ein paar Halbwüchsige, die mit ihren dritten Händen einige Orangen aus den Auslagen eines Lebensmittelgeschäfts stibitzt hatten, die Straße hinunter davongestürmt waren. »Und benehmen sich auch so.«

»Wir sind alle ein bisschen paranoid heute, das ist alles«, gab Macsen über Longtalk zurück. »Wir sehen in jedem nur den Schuft.«

»Ist das der Titel von ’nem Lied?«, fragte Dinlay.

Edeard lächelte über das Geplänkel. Es sprach vieles dafür, Truppführer zu sein. Zum Beispiel wie jetzt in einem bequemen Polstersessel zu sitzen und Tee zu trinken, den die Frau des Ladenbesitzers ihm unermüdlich heraufbrachte. Und jedes Mal schleppte sie dazu einen Teller ziemlich leckerer Biskuits für ihn an.

Seine gute Laune verflog augenblicklich, als die jungen Schläger um eine außer Sichtweite befindliche Ecke bogen. Eine Vorahnung beschlich ihn, stark genug, um seine Haut zum Kribbeln zu bringen. Er kannte dieses schreckliche Gefühl noch von früher. »Oh, Scheiße«, wimmerte er.

»Edeard?«, erkundigte sich Kanseen besorgt.

»Es ist so weit.«

»Was ist so weit?«, fragte Macsen.

»Sie sind da. Es geht gleich los.«

»Wo genau sind sie?«, fragte Boyd.

»Weiß ich nicht«, erwiderte Edeard. »Hört zu, vertraut mir einfach, wenn ich euch sage, bitte seid vorsichtig. Ich *weiß*, dass wir es sein müssen.« Er konnte ihre Verunsicherung spüren, sie waren es nicht gewohnt, ihn solche Dinge sagen zu hören. Es fiel ihm schwer, aus dem Sessel aufzustehen, sein Körper reagierte eher widerstrebend. Als er sich gegen das Balkonfenster stützte, konnte er sich kaum auf die darunterliegende Straße konzentrieren.

»Ich glaub, ich seh sie«, sagte Boyd.

Zwei jüngere Männer gingen die Treppe zu dem Geschäft hinauf, während ein dritter draußen stehenblieb. Durch Boyds Augen sahen Edeard und die übrigen des Trupps, wie sie den Laden betraten. Isoix hinter der Theke straffte sich. »Ich hab's euch doch schon gesagt«, rief er ihnen entgegen. »Ich hab nicht so viel Geld.«

»Doch, hast du«, sagte der erste Mann. Unablässig huschte sein Blick nervös zu Boyd hinüber, der von Isoix aus gesehen am anderen Ende des Verkaufstresens stand.

Falsch, schoss es Edeard durch den Kopf. Warum sollte sich ein Bandenmitglied Sorgen wegen eines Bäckereiverkäufers machen?

»Boyd, er weiß, was du bist«, sendete Edeard über den direktesten Longtalk, zu dem er in der Lage war, und betete, dass die Bandenmitglieder es aus dem allgemeinen telepathischen Hintergrundgemurmel Makkathrans nicht heraushörten.

»Häh?«, grunzte Boyd.

Abermals warf ihm der Mann einen unruhigen Blick zu, dann wandte er sich wieder an Isoix. »Her mit den zwanzig Pfund, oder wir fackeln die Bude hier ab«, drohte er laut.

»Nein«, flüsterte Edeard. Er spürte, wie sich seine Nackenhaare aufrichteten. »Nein, nein, nein.« *Falsch!*

»Ihr«, sagte in diesem Moment Boyd. Er riss seine Bäckerschürze zur Seite, um seine Konstabler-Dienstmarke, die an seiner Weste steckte, zu zeigen. Die beiden Bandenmitglieder drehten sich um und sahen ihn an.

»Ich bin städtischer Konstabler, und ich stelle euch hiermit wegen Nötigung mit erpresserischer Absicht unter Arrest.«

»Na, wie gefällt euch das, ihr Dreckskerle?«, rief Isoix hämisch aus.

»An alle, wir schreiten ein«, befahl Edeard. Er zwängte sich durch die schmale Tür hinaus auf den Balkon. Das Bandenmitglied, das auf der Straße zurückgelassen worden war, hob seinen Blick. Und lächelte.

»Oh, Scheiße«, knurrte Edeard.

»Er ist es«, verkündete der Mann auf der Straße mit einem mächtigen Longtalk. Dann begann er zu rennen.

In der Bäckerei zückte das erste Bandenmitglied ein kleines Messer und schleuderte es nach Boyd, der zurücktaumelte. Dessen dritte Hand schaffte es gerade noch, das Messer beiseite zu stoßen. Im gleichen Moment schnappte sich Isoix ein viel größeres Messer und warf es den flüchtenden Schlägern hinterher. Es wirbelte durch die offene Tür hinaus auf die Straße und verfehlte nur knapp eine vorbeigehende Frau. Die begann laut zu schreien.

Edeard sprang über das Balkongeländer hinweg und ließ sich auf die Straße darunter fallen. Er kam hart auf und rollte sich ab, als sein Sprunggelenk nachgab. Seine Schulter krachte gegen eine der Stufen, die zur Tür des Bekleidungsgeschäfts hinaufführten. Der grelle Schmerz, der ihn durchfuhr, ließ ihn aufbrüllen, einen Moment lang verschleierten Tränen seinen Blick.

Seine Fernsicht erfasste Boyd, der gerade über den Bäckereitresen setzte. Kanseen kam die Macoun Street hinaufgesprintet, ihren Mantel bei den Ständen auf dem Boden zurücklassend. Macsen und Dinlay traten aus ihrem Laden heraus, selbstbewusst und forsch. Ihre Schilde vereinigten sich, als sie in der Mitte der Straße stehenblieben und den Weg versperrten. Alle drei Bandenmitglieder rannten auf sie zu.

»Lasst sie laufen«, befahl Edeard.

Auf Macsens Gesicht spiegelte sich eine Fassungslosigkeit, die fast schon an Entrüstung grenzte. »Was?«

Edeard war wieder auf die Beine gekommen und begann, die Straße hinunterzuwanken. »Lasst sie.«

»Das kann nicht dein Ernst sein.« Die drei Bandenmitglieder waren kaum mehr zwanzig Meter von Macsen und Dinlay entfernt.

»Es ist eine Falle. Sie wussten, dass wir hier sind.«

»Blödsinn«, sendete Dinlay zurück. »Ich kann sie komplett abtasten, sie haben nur ein paar kleine Messer dabei. Das ist alles.«

»Dabei wird es nicht bleiben. Irgendwo erwartet uns mehr als das. Bitte, lasst sie einfach laufen, ich werde sie mit dem Ge-Adler verfolgen.«

Macsen zögerte. Er machte einen Schritt auf den Straßenrand zu.

»Nein!«, zischte Dinlay grimmig. Weit öffnete er seine Arme, während die drei Bandenmitglieder weiterhin auf sie zustürmten.

»Dinlay, hör auf«, brüllte Edeard. Inzwischen rannte er, den Schmerz in seinem Gelenk ignorierend. Nicht weit hinter ihm war Kanseen; sie preschte wie ein Schlachtross voran, die Zähne entschlossen zusammengebissen. Boyd kam die Stufen von der Bäckerei hinuntergeschlittert und spurtete ihnen hinterher.

»Stehenbleiben«, rief Dinlay laut, streckte eine Hand aus, als würde allein das die ganze Stadt zum Innehalten zwingen. »Ihr seid verhaftet.«

»Kacke«, fluchte Macsen leise und begann sich instinktiv wieder in Richtung Dinlay zu bewegen. Sie trafen sich, als die drei Bandenmitglieder in sie hineinrannten. Fäuste wirbelten umher, Beine traten aus. Dritte Hände fingerten und stießen. Macsen ging mit einem der Schläger zu Boden, der direkt auf ihm landete, und schlug mit dem Kopf auf das Pflaster. Dinlay wurde heftig gegen die Wand eines Hutladens geschleudert und ruderte wild mit den Armen, um das Gleichgewicht zurückzugewinnen. Dann rappelte sich das Bandenmitglied, das auf Macsen lag, wieder auf und ergriff zusammen mit seinen Komplizen die Flucht. Sofort heftete sich Dinlay an ihre Fersen.

»Komm zurück!«, schrie Edeard frustriert. Er erreichte Macsen, der, sich mit einer Hand den Hinterkopf haltend, taumelnd wieder auf die Beine kam. Blut quoll zwischen seinen Fingern hervor.

»Was machen wir jetzt?«, fragte Macsen. Er zuckte vor Schmerz zusammen.

Edeards Fernsicht konnte Dinlay mühelos folgen, als er auf das nördliche Ende der Macoun Street zurannte. Die drei Bandenmitglieder befanden sich zehn Meter vor ihm. »Ihn retten«, stieß er knurrend aus. Er war stinkwütend auf Dinlay. Er sandte einen einzelnen, unmissverständlichen Gedanken an seinen Ge-Adler, der daraufhin sofort in die Lüfte aufstieg.

Kanseen bremste ihren Lauf, als sie bei Edeard und Macsen eintraf. Ihr Gesicht war knallrot. Ein Stück dahinter kam Boyd angekeucht. »Los, kommt«, sagte Edeard und setzte sich wieder in Bewegung. Kanseen sah ihm mit verzweifeltem Blick nach und setzte sich sodann wieder in Bewegung.

»Alles in Ordnung mit dir?«, rief Boyd, als er an Macsen vorbeirannte.

»Ja, alles klar.« Macsen holte tief Luft und stürmte ebenfalls los.

Der Ge-Adler jagte die Macoun Street entlang, hatte Edeard und Kanseen schon bald überholt. Zügig schoss er voran, erhob sich hoch über die Dächer und spähte hinab. Dinlay hetzte unverdrossen weiter, die Brille schief im Gesicht. Die drei Bandenmitglieder hatten beinahe das Ende der Straße erreicht. Sie kamen direkt unterhalb des Birmingham Pool heraus, wo eine silbern-blaue Brücke Jeavons mit der unteren Spitze des Golden Park verband. Wie immer war der Birmingham Pool voller Gondeln. Ein halbes Dutzend Anlegestellen säumte das Ufer neben dem Abzweig in den Outer Circle Canal, allesamt von mehreren wartenden Gondeln belegt. Der Ge-Adler ließ sich ein Stück auf die Liegeplätze herabsinken, während Edeard herauszufinden versuchte, welches der schimmernden schwarzen Boote der Bande gehörte. Falls das Ganze wirklich eine Falle war, würden sie ihre Flucht gut geplant haben.

Kurz bevor es geschah, wurde der Ge-Adler zweier anderer Vögel gewahr, die immer näher kamen. Er schwenkte herum und blickte gerade rechtzeitig nach oben, um zu sehen, wie sich sein Angreifer auf ihn herabstürzte. Es war ebenfalls ein Ge-Adler, größer und mit in scharfe Eisendornen gekleideten Krallen. Der Aufprall traf ihn mit voller Wucht. Goldene und smaragdgrüne Federn stoben davon. Dornen gruben sich in den Ansatz seiner Vorderflügel, durchschnitten Haut und Muskeln, zertrennten Gefäße. Dann wirbelte der größere Ge-Adler herum und versuchte nach dem zentralen Flügelknochen zu schnappen. Edeards Ge-Adler wehrte sich, drehte sich zur Seite, um seinen Kiefer um den Hinterflügel seines Angreifers zu schließen. Beide gerieten ineinander verschlungen ins Trudeln, stürzten in rasantem Tempo dem Boden entgegen. In diesem Moment schlug der zweite Angreifer zu, Eisenklingenkrallen stießen in Fleisch. Unisono kreischten Edeard und sein Ge-Adler auf, als dessen Flügel brach. Edeard sah Krallen, die auf sein Gesicht einharkten, und duckte sich. Jäh verschwand der Geist des Ge-Adlers aus seiner Wahrnehmung, zurück blieb nur eine zu Boden trudelnde Masse. Die beiden anderen Ge-Adler schossen über den Birmingham Pool davon. Edeard vermeinte, das Klatschen zu hören, als der Körper seines Vogels auf das Wasser aufschlug.

»Was ist passiert?«, schrie Kanseen.

»Gütige Herrin, sie *haben* auf uns gewartet.« Edeard riss sich von dem toten Ge-Adler los und sah, wie Dinlay am Ende der Macoun Street auftauchte. »Stop! Dinlay, um der Herrin willen, ich flehe dich an.« Er trieb seine erschöpften Beine noch härter an, sprintete auf das Ende der Straße zu. Noch dreißig Meter.

»Ich seh sie«, antwortete Dinlay frohgemut. Er ließ den Trupp an seiner Sinneswahrnehmung teilhaben, und so sahen auch sie die drei Bandenmitglieder, die sich oberhalb einer Anlegestelle zusammenrotteten. Auf ihren Gesichtern lag ein grausames Grinsen. Zum ersten Mal war in Dinlays Geist so etwas wie Unsicherheit zu spüren. Er wurde langsamer und blieb schließlich stehen, zehn Meter entfernt, an der Kante des Pools. Noch immer taten die Bandenmitglieder nichts weiter als warten. »Bleibt ja da stehen«, befahl ihnen Dinlay, heftig keuchend nach seiner wilden Jagd, und fuchtelte dabei mit dem Finger wie ein altersschwacher Schulmeister vor seiner ungehorsamen Klasse.

Die Männer lachten ihn aus.

In gleichen Augenblick kam Edeard aus der Macoun Street gestürzt. Direkt zu seiner Linken befand sich der Outer Circle Canal mit der silbern-blauen Brücke, die sich über den Birmingham Pool hinweg geradewegs in den Golden Park spannte. Rechts von ihm endeten die Gebäude, um einer geschwungenen Uferpromenade um das Becken zu weichen. Oberhalb der zahlreichen Liegeplätze waren Kisten ordentlich aufeinandergestapelt. Davor sortierten Händler ihre Ware und wickelten ihre Geschäfte mit den Gondolieri ab. Hohe Hasfol-Trauerweiden bildeten ein langes Band zwischen dem Pool-Ufer und der sichelförmigen Vorderfront der Promenade, ihre blau-gelb gestreiften Blätter begannen sich mit dem Ende des Sommers allmählich zu kräuseln. Zahlreiche Fußgänger schlenderten müßig dahin.

»Dinlay«, rief Edeard, während er so schnell er konnte auf seinen isolierten Truppkameraden zurannte.

Dinlay blickte sich um, mit einer Hand seine Brille richtend.

In diesem Moment trat Arminel hinter einem der Hasfolbäume hervor, fünfzehn Meter von Dinlay entfernt. In der rechten Hand hielt er einen Revolver. Hilflos sah Edeard zu, wie Dinlay endlich die Gefahr, in der er schwebte, bemerkte und Anstalten machte, sich umzudrehen. Arminel hob seine Waffe.

»*Nein!*«, brüllte Edeard seinem Widersacher entgegen. »Ich bin es, den du willst.«

Dinlay öffnete den Mund, um erschrocken aufzuschreien.

Arminel schoss. Er lächelte, als er den Abzug betätigte.

Dinlays Schild war nicht stark genug, um einen Pistolenschuss abzuwehren. Und Arminel hatte ein hervorragendes Ziel. Die Kugel traf Dinlay in der Hüfte, knapp unterhalb seiner Dro-Seidenweste. Die Fußgänger rings um den Birmingham Pool kreischten entsetzt auf, als die Schmerzenswelle aus Dinlay herausflutete. Dann schwand die abscheuliche Hitze, die das Eindringen der Kugel ausgelöst hatte, rapide dahin. Ungläubig blickte Dinlay auf die Blutfontäne hinab, die aus der Wunde strömte. Er sank zu Boden.

Binnen Sekunden war Edeard bei ihm, ließ sich noch im Lauf auf die Knie fallen und schlitterte fast in seinen reglos daliegenden Freund. Dinlays Augen waren weit aufgerissen, sein Atem ging keuchend. Eine Hand hielt er auf das Einschussloch gepresst. Sie war blutüberströmt. »Es tut mir leid«, wimmerte er.

Überall auf der Promenade war lautes Geschrei ausgebrochen. Menschen rannten umher, um sich in Sicherheit zu bringen. Familien klammerten sich aneinander, duckten sich von dem bewaffneten Räuber weg.

Mitten in all dem Tumult hörte Edeard den Revolvermechanismus klicken. Er weitete sein Schild aus, um Dinlay zu umschließen. Die Kugel schlug in seine Seite, schob sie beide ein Stück über den rauen Boden. Doch sein Schild hielt. Er warf den Kopf herum, um einen verdutzten Arminel anzuschnauzen. »Nicht so verdammt einfach, was?«, brüllte er herausfordernd. Arminel schoss erneut. Edeard ächzte vor Anstrengung, als die Kugel seinen Nacken traf. Der Schild hielt. So gerade. Dann feuerte jemand anders einen Schuss ab.

Dreckskerle. Ich wusste, dass dies ein Hinterhalt war.

Erstaunlicherweise hielt sein Schild auch diesmal. Es war sogar wesentlich einfacher, ihn aufrechtzuerhalten. Sein Herz hämmerte wie verrückt. Wut und Erbitterung hatten jegliche andere Empfindung fortgespült, hatten es ihm leichter gemacht, sich auf den Schild zu konzentrieren, seine Geisteskräfte einzusetzen, sie richtig zu kanalisieren.

Zwei weitere Revolverschüsse dröhnten gegen sein Schild, während er dalag und schützend seine Arme um Dinlay schlang. Erneut wurden sie ein paar Zentimeter über den Boden geschoben, aber das war auch schon alles.

»Stirb, du kleines Stück Scheiße«, rief Arminel.

Edeard spürte, wie die dritte Hand des Mannes gegen ihn stieß. Er war nicht einmal annähernd stark genug, um Edeards Abschirmung zu durchdringen. Edeard lachte. Dann stieß eine weitere Hand zu, es folgte eine dritte. Die drei Bandenmitglieder, die sie verfolgt hatten, schalteten sich ein. Edeard keuchte auf, als er und Dinlay über den Boden zu schlittern begannen.

»Edeard«, schrie Kanseen.

»Bleib zurück«, befahl er.

Die Bandenmitglieder versetzten ihnen einen letzten Stoß. Edeard und Dinlay wurden über die Kante des Pools hinweggetrieben und stürzten drei Meter tief ins Wasser. Der Aufprall löste Edeards Griff um Dinlay. Knapp unterhalb der Oberfläche warf er sich hin und her und versuchte seinen Freund wieder zu fassen zu bekommen. Wasser trübte seine Fernsicht und machte es schwierig, etwas zu erkennen. Er konnte gerade noch Dinlays klägliche Gedanken wahrnehmen, die unter ihm in die Tiefe hinabdrifteten, bevor sie erloschen. Seine eigenen Kleider waren voll Wasser gesogen und zogen auch ihn abwärts. Es war relativ einfach, abzutauchen und Dinlays langsamem Absinken zum Grund des Pools zu folgen.

»Edeard.« Dinlays Gedanken wurden schwächer.

Es war dunkel. Kalt. Edeard konnte eine schemenhafte Masse ausmachen, oder vielleicht spürte er sie auch nur. Er stieß sich weiter nach unten, mit Stiefeln tretend, so schwer wie Blei. Seine Lungen brannten, machten jeden Schwimmzug zu einer Qual. Er hätte die Stadt um Hilfe bitten können, aber ihm war klar, dass sie nichts tun konnte. Wasser drang in seine Nase ein, Angst griff nach ihm.

Seine Hände bekamen etwas zu fassen. Durch die Finsternis hindurch konnte er undeutliche Lichtpunkte erkennen. Dinlays polierte Uniformknöpfe! Hektisch tasteten seine Finger umher, und endlich erwischte er ein Stück Stoff.

Jetzt muss ich es nur noch nach oben schaffen.

Er warf den Kopf in den Nacken, konnte den Silberspiegel der Wasseroberfläche über sich sehen. Es schien ein langer Weg bis dorthin zu sein. Und seine Lungen taten nicht mehr ganz so weh. Seine Sicht war von roten Flecken getrübt, die im Rhythmus seines Herzschlags pulsierten. Als er mit den Beinen austrat, bewegte er sich kaum. Unbarmherzig zogen ihn seine Stiefel hinab.

O Herrin, hilf.

Irgendetwas stieß an seine Schulter. Seine Fernsicht nahm es als eine dünne, schwarze Linie wahr.

»Edeard«, hallte der vereinte Longtalk von Kanseen, Macsen und Boyd in seinem Geist. »Edeard, ergreif den Staken.« Sie waren weit, weit weg.

Wieder schlug das Ende des Holzes gegen seine Schulter. Edeard packte ihn. Plötzlich bewegte er sich aufwärts. Es kostete ihn unendliche Anstrengung, Dinlay nicht loszulassen. Dann wurde das Wasser heller.

Mit einem gewaltigen Schnappen nach Luft brach er durch die Oberfläche. Jemand sprang neben ihm ins Wasser, nahm ihm Dinlay ab. Sie befanden sich direkt neben einem Anlegesteg. Hände krallten sich in seine Uniform, dann wurde er hustend und spuckend auf die Planken gezerrt.

Kanseens zu Tode erschrockenes Gesicht tauchte riesengroß über ihm auf. »O Herrin. Edeard, bist du in Ordnung?«

Er nickte, was einen neuerlichen Hustenfall auslöste. Hände klopften ihm heftig auf den Rücken, als er sich auf die Seite wälzte und eine dünne, ekelhafte Flüssigkeit erbrach.

Macsen und einige Gondolieri hievten Dinlay auf den Steg. Immer noch strömte Blut aus seiner Wunde an der Hüfte. Boyd war im Wasser, das Gesicht leichenblass.

»Dinlay«, rief Edeard schwach.

»Wir haben schon über Longtalk einen Arzt angefordert«, beruhigte ihn Kanseen. »Leg dich einfach auf den Rücken.«

Edeard dachte nicht daran. Er sah zu, wie Macsen anfing, Mund-zu-Mund-Beatmung zu machen. Dies war nun schon das dritte Mal, dass sein Leben von den Mächten der Anarchie und Zerstörung in Gefahr gebracht worden war. Zuerst der Hinterhalt im Wald auf dem Rückweg von Witham. Dann die Auslöschung Ashwells. Und jetzt das hier. Das war einfach zu viel.

»Nein«, spuckte er. *Nicht noch einmal. Ich werde nicht zulassen, dass es so kommt. So können die Menschen nicht leben.*

»Edeard, lehn dich zurück«, befahl Kanseen streng.

»Wo steckt er? Wo ist Arminel?«

»Hör auf damit.«

Mühsam kam er auf die Beine, stand leicht schwankend und schwer atmend da, während er wütend umherblickte. Das Ufer des Pools war voller Menschen, alle sahen hinunter auf den Anlegesteg. Er drehte sich zum Birmingham Pool um. Die meisten Gondeln waren zum Stillstand gekommen, als das Drama sich abgespielt hatte.

Eine indessen bewegte sich. Und zwar rasant.

Edeard blinzelte sich das salzige Poolwasser aus den Augen und ließ seine Fernsicht hinauspeitschen.

Arminel stand auf der mittleren Bank der Gondel. Er bedachte Edeard mit einem reumütigen Schulterzucken, seine Gedanken glühten förmlich vor vergnügtem Bedauern. Fast so, als hätte er, Edeard, bloß ein Fußballspiel verloren. Nichts weiter. Ganz bestimmt jedenfalls nichts Wichtiges. Doch eines Tages würde es ein Rückspiel geben, und dann würde das Ergebnis möglicherweise anders aussehen.

Edeards Wut ließ nach, fiel von ihm ab wie das Wasser, das von seinen durchnässten Kleidern tropfte. Eine unheimliche Ruhe ergriff von ihm Besitz.

Einer der Gondolieri, der über Macsens Schulter blickte, trat erschrocken einen Schritt zurück.

»Edeard?«, sagte Kanseen mit gedämpfter Stimme.

Er hatte nicht gewusst, dass so etwas möglich war, er tat es einfach. Es blieb ihm keine andere Wahl. Wie schon beim letzten Mal, war Arminels Gondel viel zu schnell. Sie würden ihn niemals einholen, niemals seiner gerechten Strafe zuführen. Edeards dritte Hand griff auf das Wasser neben dem Anlegesteg hinaus und festigte es.

»Ich werde das hier zu Ende bringen«, erklärte er entschlossen. »Auf die eine oder andere Art.«

Edeard trat auf die kleine Wasserfläche hinaus, die er kontrollierte. Ein überraschtes Keuchen stieg von den Schaulustigen am Ufer des Birmingham Pool auf. Edeard grinste teuflisch und machte einen weiteren Schritt. Und dann noch einen. Sanft verschob er den Griff seiner dritten Hand Meter um Meter, wobei die Vorderkante der stabilisierten Fläche ein ums andere Mal direkt vor ihm entstand.

Arminels gute Laune schwand dahin. Die beiden Gondolieri am Heck der Gondel ließen ihre Riemen sinken und schauten entgeistert zu, wie Edeard über das Wasser auf sie zukam. Totenstille trat ein, als er sich zielstrebig über den Pool in Richtung Barke bewegte. Jede Gondel auf dem Birmingham Pool verharrte nun reglos auf dem Wasser. Gondolieri wie Fahrgäste erstarrten voll Ehrfurcht und Grauen, als Edeard an ihnen vorübermarschierte.

»Bewegt euch!«, brüllte Arminel die Gondolieri wütend an. »Bringt uns hier raus.«

Die Angesprochenen zeigten keinerlei Reaktion. Die beiden Bandenmitglieder, die zusammen mit Arminel auf der Bank saßen, hoben langsam die Hände. Gleichzeitig rückten sie ein kleines Stück von Arminel ab.

Edeard war noch zehn Meter von der Gondel entfernt, als Arminel eine Hand an seine Taille brachte, wo der Revolver in seinem Gürtel steckte. Er konnte die Unsicherheit des Mannes spüren, seine Angst. Ein in die Enge getriebenes Tier. Keiner von ihnen beiden hatte jetzt noch eine Wahl.

Während er die letzten wenigen Meter Richtung Gondel zurücklegte, öffnete Edeard seinen Geist und verkündete mit aller Macht über Longtalk: »AUF DASS EIN JEDER ES WEISS. AUF DASS KEIN ADVOKAT NOCH RICHTER JEMALS IM ZWEIFEL SEI ÜBER DIESEN TAG.« Dann ließ er sie alle durch seine Augen teilhaben an dem, was geschah.

Ganz Makkathran, vom Bürgermeister im Orchard-Palast bis zu den Seeleuten im Hafendistrikt, sah eine Gondel, in der vier Männer kauerten, die Hände über dem Kopf zusammengelegt. Ein fünfter Mann stand aufrecht da, das Gesicht zu einer Grimasse des Hasses verzerrt, während seine Hand den Revolver ergriff, der aus seinem Gürtel ragte. Sie fühlten, wie Edeards Mund sich bewegte. »Nun denn, Bandenmann, deine Zeit in dieser Stadt ist vorbei. Wenn du anderer Meinung bist, solltest du jetzt dein Bestes geben.«

Arminel hob den Revolver. Wie ein Mann schreckten Makkathrans Bürger zurück, als die Mündung keinen halben Meter von Edeards Augen zur Ruhe kam.

»Leck mich«, knurrte Arminel. Dann betätigte er den Abzug.

Der einzelne, gemeinsame Aufschrei, der aus der Stadt herausgellte, war, wie später einige behaupteten, noch über die halbe Iguru-Ebene hinweg zu hören. Nachdem jedermann seinen Atem zurückgewonnen und realisiert hatte, dass sie noch lebten, erblickten sie die Kugel. Reglos schwebte sie zehn Zentimeter vor Edeards Gesicht.

Wieder bewegte sich Edeards Mund, diesmal, um sich zu einem schwachen Lächeln zu verziehen. Arminels Miene hingegen war zu einem einzigen Ausdruck des Schreckens erstarrt.

Das Letzte, dessen Makkathrans Bürger teilhaftig wurden, war mitzuerleben, wie Edeard seine dritte Hand zu einer Faust zusammenballte und sie in Arminels Gesicht schnellen ließ. Knochen knirschten, als die Nase des Mannes brach. Blut spritzte hervor. Seine Füße hoben sich von der Bank, dann wurde er nach hinten geschleudert. Mit einem gewaltigen Platschen landete er im Wasser, das sogleich über ihm zusammenschlug.

»Ihr seid alle verhaftet«, waltete Edeard mit ruhiger Stimme seines Amtes.

Am Ufer des Birmingham Pool herrschte wilder Tumult, als die Gondel langsam auf den Anlegesteg zufuhr, wo Kanseen, Boyd und Macsen warteten. Auf der Jeavons-Seite standen die Menschen in fünfzehn Reihen um die Beckeneinfassung herum. Kinder rannten aufgeregt über die blau-silberne Brücke, die sich vom Golden Park über den Pool spannte, sie lehnten sich über das Geländer und jubelten und winkten. Über hundert Konstabler hatten sich am Anlegesteg versammelt, die Hälfte von ihnen gehörte zu Dinlays Verwandtschaft. Und noch immer strömten Menschen aus den umliegenden Distrikten auf die Promenade, um bei diesem historischen Ereignis zugegen zu sein. Einige besonders wagemutige Burschen waren sogar bis hoch in die Hasfolbäume geklettert, um besser sehen zu können.

Gemessenen Schrittes ging Edeard hinter der Gondel her und betete zur Herrin, dass er es jetzt nicht verbockte, dass seine telekinetischen Kräfte anhalten würden und er nicht schmachvoll rückwärts ins Wasser fiel. Draußen in der den Pool umgebenden Menge sah er Setersis und Kavine, die vor einem großen Aufgebot von Standbesitzern des Silvarum-Markts standen, und ihren Leuten beim Applaudieren mit bestem Beispiel vorangingen. Eine riesige Schar sorgfältig herausgeputzter Mädchen empfing ihn mit schrillem, aufreizendem Lachen, während sie ihre Unterröcke und Pumphosen aufblitzen ließen. Auch Isoix und seine Familie waren da. Ebenso wie Evala, Nicolar und die Mädchen von der Schneiderei, die stürmisch winkten und schrien, um seine Aufmerksamkeit zu erregen. Er glaubte sogar Dybal und Bijulee zu erkennen, aufgeregt lachend inmitten der Menge, aber dann wiederum war er auch definitiv ziemlich erschöpft.

Der Bug der Gondel stieß an den Anlegesteg. Sogleich waren Konstabler zur Stelle und hielten das Boot fest. Rasch übernahm Hauptmann Ronark die Regie. Chae und einige der kräftigsten Konstabler von Jeavons legten Arminel und seinen Komplizen Handschellen an. Geschwind bildeten die Menschen auf der Promenade eine Gasse, durch die die Gefangenen auf die Wache abgeführt wurden.

Schließlich trat Edeard auf den Steg. Beinahe hätten seine Beine unter ihm nachgegeben. Er zitterte vor Anstrengung. Hauptmann Ronark nahm vor ihm Haltung an und salutierte. Zum Entzücken der Menge gab ihm Kanseen einen dicken Kuss. »Du verdammter Idiot«, flüsterte sie ihm ins Ohr. »Ich bin so stolz auf dich.« Macsen klopfte ihm auf den Rücken. Boyd umarmte ihn wild.

»Dinlay?«, fragte Edeard.

»Ist in ärztlicher Obhut«, brüllte Macsen über das Getöse

der Menge hinweg. »Er wird wieder gesund. Die Kugel hat keine lebenswichtigen Organe verletzt. Nicht, dass er in diesem Bereich seines Körpers irgendwas Lebenswichtiges hätte.«

»Du hast uns beinahe zu Tode erschreckt«, sagte Boyd. Er wischte sich eine Träne aus dem Auge. »Was für eine Nummer, du Wahnsinniger.«

»Schau dich um, Edeard«, sagte Kanseen. »Sieh dir alles ganz genau an. Dies wird der Tag sein, von dem du noch deinen Ururenkeln erzählst.«

»Nun wink ihnen doch endlich mal zu, du Hornochse«, forderte Macsen ihn auf. Er schnappte sich Edeards Hand und riss sie hoch, wedelte mit ihr laut brüllend in der Luft.

Der frenetische Jubel, der ausbrach, als Edeard verlegen zu der ihn feiernden Masse hinaufgrinste, war in seiner Stärke beängstigend. Die mentale Macht so vieler in Bewunderung vereinter Menschen war überwältigend, fast wie eine physikalische Kraft. Sein Grinsen wurde breiter, als Macsen ihn herumschwenkte, damit man ihn auch auf der anderen Seite der Promenade sehen konnte.

»Wenn heute Wahlen wären, wärst du Bürgermeister«, bemerkte Boyd.

»Hör sie dir an«, sagte Macsen. »Sie lieben dich. Sie wollen dich. Dich!« Er lachte laut auf.

Edeard starrte zu der blau-silbernen Brücke hinüber, überzeugt, dass jeden Moment eines der Kinder, die sich über das Geländer hängten, herunterfallen würde, so weit lehnten sie sich hinaus. Auch riefen sie irgendetwas im Chor. Dazu stießen sie einmütig ihre Fäuste in die Luft.

»Was hat das zu bedeuten?«, fragte Edeard. »Was rufen die da?«

»Die meinen dich«, brüllte Kanseen zurück. »Sie rufen nach dir.«

Dann vernahm auch Edeard die Worte. Und er lachte.

»Waterwalker«, skandierte die Menge voller Verehrung. »Waterwalker. Waterwalker. Waterwalker.«

Zeitleiste

1500 Jahre zwischen der Commonwealth-Saga und der Leere-Trilogie

2384 Das erste »Lifeboat« (ein Raumschiff der Brant Dynasty) bricht auf, um außerhalb des Commonwealth eine Menschenkolonie zu gründen

2384 Abschluss des Brandmauer-Projektes, keine weiteren Außenposten von Prime-Aliens entdeckt

2385 Die Barsoomianer befürworten das Konzept einer Advancer-Genetik und erklären Far Aways politische Unabhängigkeit vom Commonwealth

2403 Paula Myo gewinnt in letzter Berufung vor dem Obersten Gerichtshof des Senats das Verfahren gegen Gene Yaohui, der 1100 Jahre Lebenssuspensionsstrafe erhält

2413 Das letzte (23.) ursprüngliche Dynasty-Lifeboat startet zum Koloniegründungsflug

2518 Ende der Wirtschaftsrezession infolge des Starflyer-Krieges, als der Ausbau der New47-Welten seine Vollendung erreicht, Herabsetzung der Umsiedlungssteuern

2520 CST bildet Raumschiff-Explorationsdivision, um neue H-kongruente Planeten zu erkunden

2520– Second47-Bevölkerungen erscheinen auf ihren neuen
2532 Welten

Seit Einsatz von Großraumschiffen, um im sich annähernd
2545 500 Lichtjahre von der Erde ausdehnenden Phase-Drei- bis Phase-Fünf-Raum die »Externen« Commonwealth-Welten zu etablieren

2547 »The Cat« gründet auf Far Away ihre Knights-Guardian-Bewegung

2550 Aufbau der Commonwealth-Navy-Explorationsflotte, um die Galaxis jenseits des Phase-Fünf-Raums zu erforschen

2552– Kontakt zu 47 intelligenten (physikalische Entwick-
3450 lungsstufe) Spezies in der Galaxis

2560 Das Commonwealth-Schiff *Endeavour* umrundet unter Captain Wilson Kime die Galaxis, Entdeckung der Leere

2603 Die Navy stößt auf das 7. High-Angel-Typ-Schiff

2620 Die Raiel bestätigen ihren Rang als uraltes Volk der Galaxis, das einen Kampf gegen die Leere verlor, und als Erbauer von High-Angel-Schiffen als transgalaktische Archen

2652 Paula Myo verhaftet »The Cat«, Unruhen auf Far Away

2653 »The Cat« wird zu 5000 Jahren Suspensionsstrafe verurteilt

2833 Vollendung der ersten Stufe von ANA auf der Erde, Mitglieder der Großen Familien beginnen, ihre Erinnerungen in ANA anstatt in die SI downzuloaden

2856 ANA nimmt erste Kontakte zu anderen postphysischen Existenzformen in der Galaxis auf

2867 Das Gigalife-Projekt der Sheldon Dynasty erweist sich als teilweise erfolgreich, erste biononische Ergänzungen des menschlichen Körpers zur Regeneration und zu allgemeinmedizinischen Zwecken

2872 Geburtsstunde des Higher-Menschen, biononische Ergänzungen ermöglichen eine Zivilisationskultur mit allmählich fortschreitend hoher Lebenserwartung, Abwendung von Wirtschaftsökonomie und alten politischen Ideologien

2880 Entwicklung von Waffenbiononics

2913 Die Erde beginnt, »gereifte« Menschen in ANA aufzunehmen, die »Migration nach Innen« setzt ein

2934 Die Knight Guardians eignen sich die Higher-Biononics-Technologie an

2955 Phase-Eins-Welten jetzt vorwiegend Higher-Kultur

2958 Kontakt mit der Heimatwelt der Hancher (der Spezies des Alien Tochee), 8640 Lichtjahre entfernt, auf der anderen Seite des Eagle Nebula (7000 Lj)

2967 Der erste NeoGuardian downloadet Erinnerung in ANA

2973–3060 Die Commonwelth-Navy hilft den Hanchern, ihre Heimatwelt gegen die Expansionswellen des Ocisen-Empire zu verteidigen

2984 Formierung radikaler Higher, die das Ziel verfolgen,

die gesamte menschliche Spezies zu einer Higher-Kultur umzuwandeln

2991 Gründung des Protektorats, einer Anti-Higher-Bewegung auf den Externen Welten

3001 Ozzie erzeugt einen einheitlichen neuralen Verschränkungseffekt, auch als Gaiafield bekannt

3040 Die Explorationsflotte der Commonwelth-Navy schließt sich Centurion Station an, dem Leeren-Observationsprojekt unter der Leitung der Raiel und der Beteiligung von mehr als 30 Alien-Spezies

3084 Unterzeichnung eines Nichtangriffsvertrags zwischen der Heimatwelt der Hancher und dem Ocisen-Empire

3088 Militärisches Unterstützungsabkommen zwischen der Hancher-Heimatwelt und der Commonwelth-Navy zur Durchsetzung des Nichtangriffsvertrags

3120 ANA regiert die Erde, Planetenbevölkerung fünfzig Millionen (aktivierte Körper) und fallend

3150 Besiedlung Ellezelins, 420 Lj von der Erde, pro-kybernetische, kapitalistische Advancer-Kultur

3255 Radikaler Angel erscheint auf Anagaska, Inigos Empfängnis

3290 Ellezelin öffnet Wurmloch nach Tari, 15 Lj entfernt, Beginn der Ellezelin-Freihandelszone

3320 Inigo begibt sich ins Centurion-Sonnensystem, sein erster Traum

3324 Inigo lässt sich auf Ellezelin nieder, gründet die Living-Dream-Bewegung und beginnt mit der Errichtung von Makkathran2

3338 Ellezelin öffnet Wurmloch nach Idlib

3340 Ellezelin öffnet Wurmloch nach Lirno

3378 Ellezelin öffnet Wurmloch nach Quhood

3407 Ozzie verlässt das Commonwelth für »The Spike«, um einen »galaktischen Traum« zu erbauen

3456 Die Living-Dream-Bewegung zählt 5 Milliarden Anhänger auf den Externen Welten, ist besonders stark in der Ellezelin-Freihandelszone vertreten

3466 Ellezelin öffnet Wurmloch nach Agra (der letzte Planet, der mit dem Core der Freihandelszone verbunden wird)

3478 Living Dream wird Mehrheitspartei in Ellezelins Parlament (72 Prozent) und wandelt den Planeten in eine Theokratie um, Makkathran2 wird planetare Hauptstadt

3503 Gene Yaohui wird aus der Suspension entlassen, relifed in neuem Advancer/Higher-Körper, lässt sich auf Tourakom nieder, am Rand des Externen Raums, 520 Lj von der Erde

3520 Inigo »ruht sich aus« vom öffentlichen Leben, der Klerikerrat übernimmt Führung von Living Dream

3587 Fragmente des Zweiten Traums tauchen im Gaianetz auf

3589 Ethan wird zum Kleriker-Konservator gewählt und kündigt die Pilgerfahrt an

Werde Teil der Bastei Lübbe Welt
www.lesejury.de
Lesen, rezensieren, Bücher gewinnen
Lerne Autoren, Verlagsmitarbeiter und andere Leser kennen